死はすぐそばに

アンソニー・ホロヴィッツ

ロンドンはテムズ川沿いの閑静な高級住宅地リヴァービュー・クロースで、金融業界のやり手がクロスボウの矢を喉に突き立てられて殺された。門と塀で外部と隔てられた、昔の英国の村を思わせる敷地のなかで6軒の家の住人が穏やかに暮らす——この理想的な環境を、新参者の被害者は騒音やプール建設計画などで乱していた。我慢を重ねてきた住人全員が同じ動機を持っているこの難事件に、警察から招聘《しょうへい》された探偵ホーソーンは……。あらゆる期待を超えつづける、〈ホーソーン&ホロヴィッツ〉シリーズ第5弾！

登場人物

ダニエル・ホーソーン……………ロンドン警視庁の顧問。元刑事
アンソニー・ホロヴィッツ…………作家
アダム・シュトラウス………………《厩舎》の住人。チェスのグランドマスター
テリ・シュトラウス…………………アダムの妻
ウェンディ・シュトラウス…………アダムの前妻
トム・ベレスフォード………………《庭師の小屋》の住人。医師
ジェマ・ベレスフォード……………トムの妻。宝飾デザイナー
カイリー・ジェーン…………………ベレスフォード家の子守
アンドリュー・ペニントン…………《井戸の家》の住人。元法廷弁護士
メイ・ウィンズロウ…………………《切妻の家》の住人。書店経営者
フィリス・ムーア……………………メイの同居人
ロデリック・ブラウン………………《森の家》の住人。歯科医
フェリシティ（フィー）・ブラウン……ロデリックの妻
ダミアン・ショー……………………フェリシティの介護士

ジャイルズ・ケンワージー……《リヴァービュー館》の住人。ヘッジファンド・マネージャー
リンダ・ケンワージー……ジャイルズの妻
サラ・ベインズ……庭師
ジャン＝フランソワ……フランス語教師
レイモンド・ショー……トムの患者
マーシャ・クラーク……カイリーのボランティア先の老婦人
ジョン・ダドリー……ホーソーンの助手
アラステア・モートン……《フェンチャーチ・インターナショナル》の最高経営責任者
タリク・カーン……警視
ルース・グッドウィン……巡査

死はすぐそばに

アンソニー・ホロヴィッツ
山田 蘭 訳

創元推理文庫

CLOSE TO DEATH

by

Anthony Horowitz

目次

第一部　リヴァービュー・クロース　一三
第二部　シリーズ第五作　八一
第三部　六週間後　一一三
第四部《フェンチャーチ・インターナショナル》　二一一
第五部　さらなる死　二四九
第六部　密室の謎　二九七
第七部　二度めの話しあい　三四〇
第八部　真　相　四〇九
第九部　終　局　四四七

解　説　古山裕樹　四八一

死はすぐそばに

ピーター・ウィルソン（一九五一年一月十二日―二〇二三年九月四日）の思い出に
終わりの地点から、われわれはまた歩を進める。

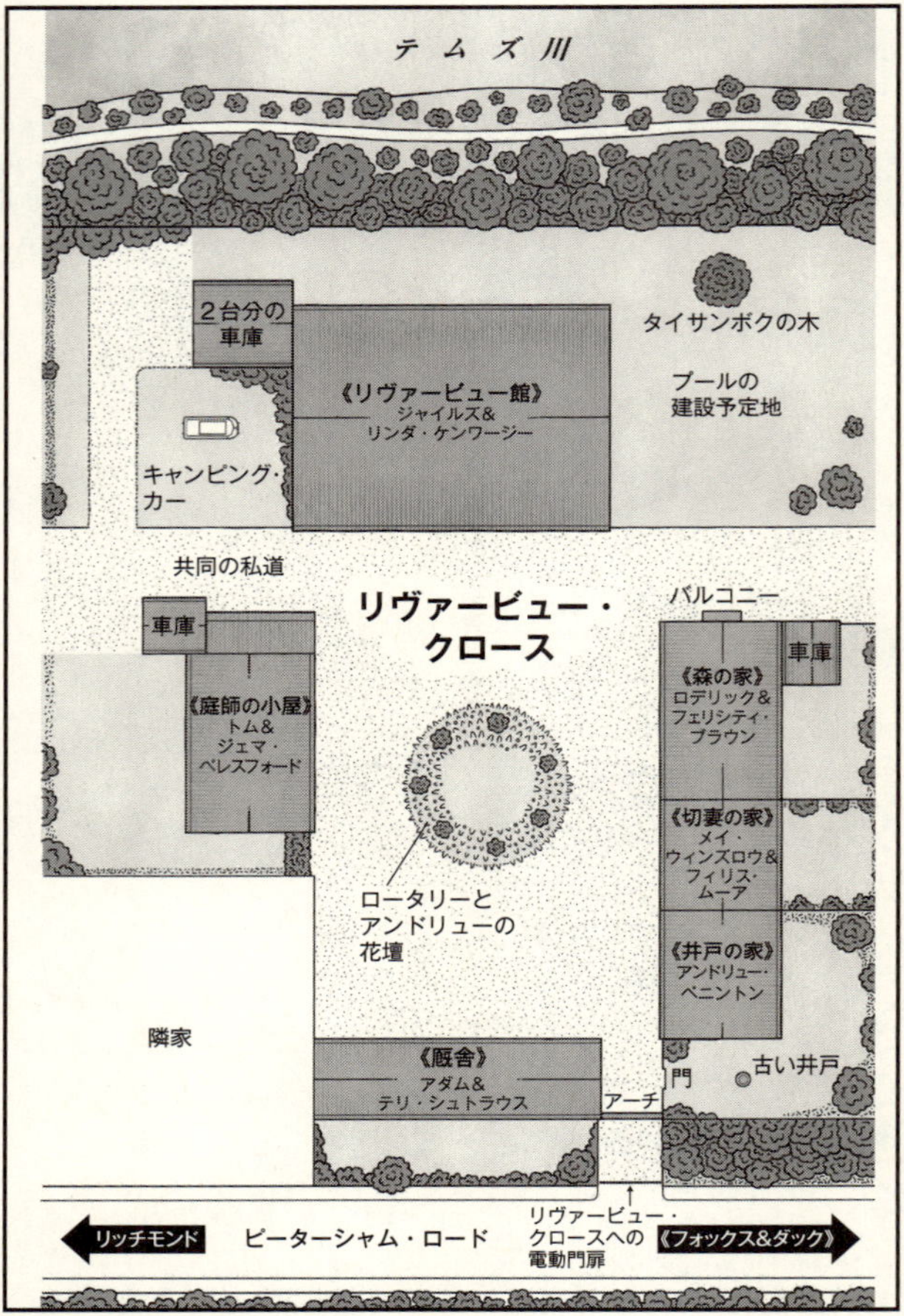
テムズ川
2台分の車庫
《リヴァービュー館》
ジャイルズ&
リンダ・ケンワージー
タイサンボクの木
プールの建設予定地
キャンピング・カー
共同の私道
リヴァービュー・クロース
バルコニー
車庫
《庭師の小屋》
トム&
ジェマ・ベレスフォード
車庫
《森の家》
ロデリック&
フェリシティ・ブラウン
《切妻の家》
メイ・ウィンズロウ&
フィリス・ムーア
ロータリーとアンドリューの花壇
《井戸の家》
アンドリュー・ペニントン
隣家
《厩舎》
アダム&
テリ・シュトラウス
門
古い井戸
アーチ
リッチモンド
ピーターシャム・ロード
リヴァービュー・クロースへの電動門扉
《フォックス&ダック》

第一部　リヴァービュー・クロース

1

　午前四時、これから始まる一日の覇権をめぐり、夜と朝が争っているかのような不可思議な境目。リヴァービュー・クロースはしんと静まりかえっている。ひとつとして動くものはなく、ひとつとして明かりの灯《とも》った窓もない――アダム・シュトラウスはこんなひとときを愛していた。宇宙空間のただなかに浮かぶこの世界が、これより先の未来を決めかねながら、次の二十四時間、新たな一週間の始まりに備えて、宇宙のからくりがゆっくりと回るのを息を詰めて見まもっている、そんな光景が目に浮かぶ。目ざめているのは、自分ひとりだけ。鳥たちさえも夜明けのけたたましい唱和を始めてはいないし、この庭を囲むレンガの塀の向こうを走る見えない道路も、いまはありがたいことに車の往来が絶えている。

　ベッドを抜け出してスモーキング・ジャケットとぱりっとした白いシャツに着替え、妻が出しておいてくれたボウタイを締めてから、もう二時間が経っていた。アダムが生きている世界では、どんな服を身につけるかは、ただの気ままな選択ではない。これはひとつの戦略なのだ。

今回のように、観客がこちらの姿を見ることができない場合でも、それは変わらない。自分の姿は見えるし、さらに重要な、これまで何十年もかけて作りあげてきた、あるべき自分の像も見えている。たったひとつの気まぐれは、磨きあげてドアの脇に用意しておいた靴ではなく、ヴェルヴェットのスリッパを履いたこと。スリッパのほうが快適ではあるし、足音をたてないので、階段を下りるときに妻のテリを起こさずにすむ。

いま、たったひとりで坐っているのは、この《厩舎《ステイブルズ》》の一階のほぼすべてを占める横長の部屋だ。片方の突きあたりは間仕切りのないキッチン、反対側の突きあたりにはソファや椅子を並べ、読書やテレビを楽しむための居心地のいい一角となっている。部屋の中央には、フランスの修道院から買い付けた十八世紀のオーク材の食卓が長々と鎮座していた。アダムがかけているのはキャスター付きの椅子で、これなら十二人の修道士がゆったりと囲めるほどのテーブルの端から端まで、楽々と行ったり来たりできるというわけだ。

木製のテーブルの上には、六台のノートパソコンがずらりと並んでいる。部屋の片隅に明かりがひとつ点《つ》いている以外、光っているのはこれら六台の画面だけ。それぞれのノートパソコンは、電源ケーブルと延長コードで主電源に接続されている。これから使う四時間程度のことなら、内蔵バッテリーで充分にまかなうことができるだろうが、そうなると、アダムは画面の隅に表示されるバッテリー残量が減っていくのを、つねに意識せざるをえなくなるだろう。どれか一台でもバッテリーが切れて落ちてしまうかもしれないなどと心配するだけでも、思考のリズムが狂ってしまう。いまは、とにかく集中しなくてはいけない。そのためにも、すべてを完璧に準備しておかなくては。

　チェスのグランドマスターであるアダム・シュトラウスは、サンフランシスコ、ロサンジェルス、サンタ・バーバラ、パーム・スプリングスのクラブとインターネットで接続し、すでに二十二局の多面指しを終えていた。今夜は二ラウンドの予定で、いまは二回戦の二十四局を、ひとつの画面に四局ずつ表示して指している。このトーナメントはカリフォルニア時間で午後六時に開始され――つまり、アダムは真夜中に起きて、朝までずっと指さなくてはならない。もっとも、アダムにとって、それはたいした問題ではなかった。単独の対局であれ、トーナメントであれ、チェスを指している間はたとえ月にいようと変わりはない。重力がはるかに弱いことにも――空気がないことにさえも気づかないだろうから。

　一回戦の二十二局は、全勝で終えた。二回戦の二十四局のうち、すでに十七局で勝ちを収めてはいるものの、米国のアマチュアたちの実力には、嬉しい驚きをおぼえざるをえない。その中のひとり――フランクという男（姓は使わない）――は、アダムの王《キング》側の歩《ポーン》の並びを崩しにきていた。終盤になり、前方に敵のポーンがいない列へどうにかこちらのポーンを送りこめたのは、アダムにとって幸運だったといえよう。いま、次の画面の前に移動すると、フランクは僧正《ビショップ》を引き、さらに自分の形勢を悪くしてしまっていた。どう受けたとしても、あと五手で詰《チェックメイト》みになることは、フランク自身も当然わかっていることだろう。ほかの対局もいまやみな終盤にさしかかり、この調子ならあと十八分ですべてが終わる。理屈では、勝とうと負けようと何のちがいもない。受けとる対局料は同じなのだから。だが、今夜は全勝で終えようと、アダムは決意していた――四十六戦で、四十六勝。どれほど巧みに指そうと、相手は全員がアマチュアなのだ。誰にとっても、これが当然の結末といえよう。

さらに、別の画面で城《ルーク》を進め（わざとタダ取りできる場所に……はたして、ディーンはこの罠を見抜けず食いつくだろうか？）、シャーメインには王手《チェック》をかけて（あと二手で詰み）、まさに次の局に目をこらし、駒を動かそうとしたそのとき、自宅のすぐ外にある門が開く音が聞こえてきた。

リヴァービュー・クロースは、大通りから引っこんだところにある。大通りにつながる細い私道にはアーチ形の電動門扉が備えつけられ、住民以外の人間は勝手に出入りできない仕組みだ。アダム・シュトラウスの家は、この電動門扉のすぐ隣に位置していた。家の反対側にある寝室なら、門扉の開閉する音はまったく聞こえないのだが、ここはあまりに近すぎる。そのうえ、あたりに響きわたっているのは、門扉の作動音だけではなかった。まるで鈍色《にびいろ》の絹に刃を突き立てるかのように、静かな夜をポップ・ミュージックの爆音が切り裂いていく。〝そしてぼくらはひと晩じゅう踊りあかした、最高の曲でね……〟『ベスト・ソング・エヴァー』の一節が部屋じゅうに反響し、ほんの一瞬、アダムはトラックパッドに人さし指を載せたまま、その場に凍りついた。あの車だ。あの男の運転する車にちがいない。いかにもやりそうなことではないか。こんなにも無神経で、こんなにも思慮分別を欠いたことをやらかす人間など、ほかにいるわけがないのだから。

画面に目をやる。指先に冷たいプラスティックの感触があり、浮かせていたはずの指が知らず知らず触れてはいけない場所に触れていたことに気づいて、アダムは動揺した。まちがったキーを押し、動かすつもりのなかった駒を選んでしまった！　次の手をどうするかは、すでにはっきりと決まっていた――f列2行へ、騎士《ナイト》を。輝くネオンのような標識が、そこに立っていたようなものだったのだ。それなのに、なぜかアダムはナイトの隣にいたキングを選んでしまった。ルール上、もう手を戻すことはできない。キングを正しい場所に置きなおすしかないが、すでにどう動かそうとも、この対局は負けになる。ほんの一瞬、集中が途切れただけで、すべてがだいなしになってしまったのだ。もはや、とりかえしはつかない！

そして、やはり思ったとおりになった。心のどこかでは、この対局相手――名はウェイン――が降って湧いた幸運を信じられず、きっとアダムが何やら難解な罠を仕掛けてきたにちがいないと思いこみ、あちらもまた悪手を指してくれないだろうかとかすかな望みを抱いていたのだが。ウェインはけっして強い相手ではなかった。序盤は平凡だったし、中盤は支離滅裂、ようやく終盤になだれこんだときには、あと六手も指さないうちに終わる見こみだったくらいだ。だが、さらに一周して戻ってきてみると、ウェインはルークをd列4行に進め、こちらにとどめを刺しにきていた。苛立《いらだ》ちを押し殺し、アダムは投了するしかなかった。

四十五勝。そして一敗。いまごろサンタ・バーバラのどこかでは、学校の教師か会計士、あるいは想像するだけでもうんざりするが、ひょっとして十代の少年が、勝利の雄叫びをあげているのだろう。どこの誰とも知らないウェインは、かのカスパロフやスパスキーをもかつて倒したことのある名手にまんまと土をつけたのだ。しかも三十八手で。アダムが勝つはずだった対局なのに。

十五分後、身じろぎもせずそこに坐っていたとき、背後で何か動く気配がした。妻のテリが、裸足で柔らかい絨毯《じゅうたん》を踏みしめ、足音もたてずに部屋に入ってきたのだ。テリはそっと手を伸ばして肩に触れたが、夫が視線をあげ、対局がすべて終了しているとわかるまで、口を開こうとはしなかった。

「どうだった？」テリが尋ねる。

「さっきの車の音を聞いたか？」アダムは問いかえした。

テリはうなずいた。「あれで目がさめちゃって」何も映っていないノートパソコンの画面に目をやる。「何があったの？」

「集中が切れてしまってね。自分から勝ちを投げ捨ててしまった」

テリは正面の窓に歩みより、外に目をやった。リヴァービュー・クロースの突きあたりに建つ大きな館に、明かりが灯っているのが見える。正面玄関の前に駐まっている派手な緑のスポーツ・カーは、まだ屋根を開けたままだ。すぐには、テリは言葉を返せなかった。夫がいまどんなことを考えているのかは、手にとるようにわかる。そして、いまはまだ朝の四時二十分で、ベッドに戻るべき時間だということも。「一局だけ？」

「ああ」

「ほかは全勝だったのね……」

「そうだ」アダムの声に苛立ちが混じる。勝利の喜びなどかけらもない。

「頭にくるのはわかるのよ、アダム」夫に反論する隙を与えないよう、テリは早口でたたみかけた。「でもね、そんなたいしたことじゃないでしょ。実際に盤をはさんだ勝負じゃないし、記事が出るわけでもないんだから」にっこりして、片手を差しのべる。「ねえ、いっしょにもうひと眠りしない？　朝になったら、きっと何もかも忘れてるから」

アダムは立ちあがり、両腕を妻の身体に回した。いまにも肩から落ちそうな、ゆったりとした象牙色のナイトガウン。ついいましがたまでベッドにいたからこその、心地よく温かい肌。かすかなムスクの香りが、ふわっと立ちのぼる。アダムにとっては、どこにいてもそれと気づく香りだ。テリはふたりめの妻となる。最初の結婚は過ちでしかなかったが、テリこそは生涯いちばん大切な女性だ。先ほど終えた四十五局の記憶は、薄れていくにまかせるとしよう。

それでも、あの一局だけは別だ。

ふいに疲労がのしかかってくるのを感じながら、アダム・シュトラウスは妻に続いて上階の寝室へ向かった。突きあたりに建つ大きな館で、ふっと窓の明かりが消える。

2

トム・ベレスフォードもまた、先ほどの隣人の帰還騒ぎを耳にしていた。ただ、浅い眠りから目ざめてしまったのは、ワン・ダイレクションの歌声というより、車のドアを勢いよく閉めた音のせいだ。あのエメラルド・グリーンのポルシェ・ボクスター（ナンバープレートはＣＯＫ９９９）がどこに駐められたのか、窓からのぞいてみるまでもなくわかっている。タイヤが砂利を踏みしめる音、あの大きな館の正面玄関に向かう足音が聞こえただけで、その光景はくっきりと脳裏に浮かんでいた。またしても、同じことのくりかえしになりそうだ。三時間後、トムが車で出勤しようとするときも、あの車はいまだ私道に駐まっていることだろう。あと数センチでもどちらかに寄せてくれていたら、その脇をすり抜けることもできるだろうに、おそらくトムはあの館の呼鈴を鳴らし、これまでと同じように話の嚙《か》みあわないやりとりを重ねるほかはない。そのあげく、結局はリッチモンドにある自分の診療所まで、徒歩かバスで向かうはめになるのだ。

　ちらりと脇に視線をやり、闇の中に横たわる妻を探す。ジェマは仰向けになり、わずかに胸が上下しているほかは、ぴくりとも動かない。いまの騒音で妻が目をさまさなかったことにほっとする。もっとも、もしも隣の部屋で寝ている双子がかすかな音でもたてようものなら、妻はすぐさま目をさまし、ベッドを飛び出していくにちがいない。上階には住みこみの子守がいて、居心地のいい勾配天井の部屋ですやすや眠っているというのに。双子の娘たちが生まれたその日から、ジェマはふたりと心が通じあっているようだった。たとえ一キロ以上も離れた遊び場でどちらかが転んだり、怪我をしたりしても、ジェマはすぐに異変を感じとるのだから。

　眠っている妻の隣で自分も仰向けに横たわり、ひとりではないのに孤独な気分を味わいながら、もう自分の人生は自分の思うようにはならないのだというお馴染みの感覚を、トム・ベレスフォード医師は味わっていた。不動産屋に連れられて内覧させてもらったときは、たしかに完璧な家に思えたものだが、それでもリヴァービュー・クロースに住みたいと思ったことなど、これまで一度だってない。トムのための書斎、子どもの遊べる庭、川、ゴルフ・クラブ、オールド・ディア・パーク、すべてが手近にそろってはいる。ロンドンでいちばん住みたい場所のアンケートでは、リッチモンドはいつだって上位に名前が挙がる人気の地区だ。それでも、ジエマと初めていっしょに暮らしたノッティング・ヒル・ゲートのテラスハウスが、トムはいまだに恋しかった。あそこには、ちゃんと自分の駐車場があった。誰と口論する必要もなく、道をふさいで車を駐める人間もいなかったのだ。

そして、以前の診療所も恋しい。たった十キロとちょっと西に移動しただけで、何がそんなに変わってしまったのだろう？　リッチモンドの診療所の同僚である家庭医たちは、みな感じのいい人々ではあるが、そもそもあまり顔を合わせる余裕さえない。最近、ベレスフォード医師はめっきり忙しくなってしまい、診察室に入ったときにはすでにくたびれているし、出るときには疲労困憊《ひろうこんぱい》しているありさまなのだ。これからの一日に思いをめぐらせると……月曜は、週のうちでも最悪だ。午前中には二十人、午後には二十五人の患者がやってくることだろう。いつものことだが、週末に溜まった仕事を片づけなくてはならない。机にうずたかく積まれた手紙の山が目に見えるようだ――専門クリニックからの手紙、検査結果の通知、紹介状、今後はこうしろ、ああしろとの指示が書かれている病院からの退院通知。さらに、ＱＯＦ《成果払い》指標、ＣＣＧ《臨床委託グループ》による処方への取り組み、ＣＱＥ《看護の質》査定。これもノッティング・ヒルを去ってからの数年で、いやに目につきはじめたことのひとつだ。こうしたさまざまな略語の沼をどうにか渡りきらないと、仕事を始めることさえできない。

口に残る嫌な後味。ふと、寝る前にウイスキーを引っかけたことを思い出す——しかも、歯を磨いた後に。ミント、フッ素、シングル・モルトが混じりあい、不快な味が舌にまとわりついている。熟睡の助けになるかと思ったのに、まったくの逆効果だったようだ。

視界の隅で何かが動いた。まるで誰か、何かが部屋に入ってきたかのように。だが、そこには誰もいなかった。あの大きな館の明かりが消え、また部屋の隅々まで夜の闇が広がっただけだ。目を閉じる。早く、また眠りに戻らなくては。ヒツジを数えるんだ！　『フィッシュバーン・アンド・グローヴ』の第六章——〝国民保健サービスにおける人員計画と発展〟のことを考えてもいい。とにかく頭を枕に沈め、よけいなことをすべて忘れよう。睡眠薬を服めばよかった。自分のために、すでにゾルピデムを処方してある。この五ミリグラムの睡眠薬は効き目が早く、認知機能も低下しない。依存症の危険もないのだ。服用は週に一度、せいぜい二度までにしている。つまり、服薬をうまく管理できているということだ。いっそいま服めたらと思わずにいられなかったが、たとえ一錠の半分にしたところで、この時間に服用したら午前中がたいへんなことになってしまう。きょう寝すごすことだけは、絶対に避けなくてはならない。

溜まっている書類の作成、六ヵ所の往診のほかにもまだ、きょう片づけなくてはならない仕事があった（さらに、大動脈瘤が拡大しつつあるリー夫人が週末を乗り切れたかどうかも気になる）。この三ヵ月間ずっと埋まらなかった診療所の看護師の欠員を補充すべく、応募者の面接が決まっているのだ。診療の終わる時間に、若い男性が訪ねてくることになっている——向こうが忘れていなければ。そうしたことすべてを考えるだけで、ベレスフォード医師は頭が痛かった。何もかもうまくいけば、七時までには帰宅して、ジェマと手早く夕食をとることができるだろう。その後は、七時半からアダム・シュトラウスの自宅、《厩舎》で話しあいが予定されている。

それだけが、いまのベレスフォード医師にとっての心の支えとなっていた。

どうせ眠れないのに、これ以上こうして横になっていても仕方がない。ベレスフォード医師はそっとベッドから起きあがり、足音を忍ばせて寝室を出た。ガウンをはおり、スリッパはその場に残していく。双子たちのために、寝室のドアはいつもジェマが半開きにしておくので、取っ手をひねる必要も、がちゃりと音をたてる必要もない。

階下のキッチンに入ったところで、ようやく明かりを点《つ》ける。半分空いたシングル・モルトのボトルと、氷の溶けた水が二センチほど残ったグラスが、こちらを責めるようにカウンターの上に並んでいた。昨夜はまだ返事をしなくてはならないメールがあるからと、ジェマを先に寝室へ行かせた——これは、けっして嘘ではない。ただ、週末の最後の楽しみを喉に流しこむための口実だったことも確かだ。もしも自分が自分の主治医だったら、いったいどれだけ飲んでいるのか、医師としては質《ただ》さないわけにはいかない。そして、患者のほとんどがそうするように、自分もきっと嘘をつくだろう。

電気ケトルのスイッチを入れ、コーヒーを飲むことにする。ミルで豆を挽いたら、家じゅうが目をさましてしまう。今回はインスタントで我慢するしかなさそうだ。まあ、それはかまわない。タバコを吸うには早すぎるだろうか？　また喫煙を始めてしまったことを、いまだジェマにはうちあけていないが、さすがにパジャマ姿で裸足のまま外に出るわけにはいかない。湯が沸くのを、じっと待つ。終わりのない書類の作成も、担当患者たちのことも、A三一六号線に面しているせいで、行き交う車の排気ガスの臭いが漂ってくる診察室のことも、いまは忘れよう。リー夫人の大動脈瘤のことを思いわずらっても仕方ない。いま本当に重要なのは、リヴァービュー・クロースのすべての住人が使う私道の件なのだから。今夜の話しあいに集中しなくては！　ついに今夜ジャイルズ・ケンワージーと顔を突きあわせ、あの新しい隣人が引っ越してきた日から、溜まりに溜まった不平不満の決着をつけるのだ。騒音、度重《たびかさ》なるパーティ、醜悪なキャンピング・カー、バーベキューの煙――そして、何より最悪なのは、共同で使うはずの私道のありさまだ。いまや、ベレスフォード医師はつねにそのことが頭から離れなくなっていた。自分でも馬鹿馬鹿しいとわかってはいるが、この小さな住宅地に出入りするたび一悶着《ひともんちゃく》ある――そのことこそが、リッチモンドになかなか馴染めない真の理由なのだ。

このリヴァービュー・クロースで二番めに大きな家、《庭師の小屋《ガーデナーズ・コテージ》》を買ったときには、何もかもがすばらしく思えたのに。いや、実のところ、買ったのはジェマだが。妻が宝飾デザイナーとしてロンドン、パリ、ニューヨーク、ドバイに店を出し、国際的に成功を収めたからこそ、この家を購入することができたのだから。この囲われた住宅地の奥まった側に建つ、三階建ての家。そこにたどりつくには、電動門扉のゲートをくぐり、壁を共有する造りのコテージが並んでいる前を通りすぎ、中庭の中央にある円形の芝生と花壇の上側をぐるりと回る――ここは、みなが自発的に一方通行を守ることで、ロータリーのような役割をはたしているのだ。誰もが、ここは反時計回りに走る。

だが、ベレスフォード医師の自宅も目前となったこのあたりから、話はいささかややこしくなってくる。リヴァービュー・クロースには三棟の車庫があり、おそらくは美観を考えてのことだろうが、目立たないようそれぞれの家の裏側に置かれていた。ベレスフォード医師にとって問題となったのは、ロータリーから自宅へ向かう細い私道を使うのが、自分の家族だけではなかったことだ。この私道は、わずかな距離ではあるが《庭師の小屋》の壁と《リヴァービュー館》の庭の塀の間を通り、突きあたりで分岐している――左はベレスフォード家へ、右はケンワージー家へ。どちらの家族も、車庫へ向かうにはこの同じ砂利道を通らなくてはならない。だが、もしもジャイルズ・ケンワージーが自宅の敷地の外に車を駐めると、ベレスフォード医師の車がその脇を通りぬけるのは、ほぼ不可能となってしまうのだ。

七ヵ月前に越してきたケンワージー家の住む《リヴァービュー館》には、二台の車を収容できる車庫がある。だが、残念ながら、一家は四台の乗用車を所有していた。例のポルシェのほかに、ベンツ、リンダ・ケンワージーの乗るミニ・クーパー、七〇年代の馬鹿げた（そして、やたらに車幅の広い）クラシック・カーである、ポンティアック・ルマンのカブリオレ。さらに、車庫の隣には白いフォルクスワーゲンのキャンピング・カーまで駐めてある。このキャンピング・カーはその場から一度も動いたことはないのだが、ベレスフォード医師にとっては物陰にひっそりと隠れている怪物のようにも思え、トイレに立つたびに目に入ってしまう存在となっていた。

そんなジャイルズ・ケンワージーは、言うまでもなく金融業界で働く人物だ。金から金を生み出すものの、他人のためには何ひとつ動こうとしない人種。誰かの生命を救うこともなければ、健康的な食生活について、学校で子どもたちに話してきかせることもないのだ。だが、そんなことは別にかまわない。トム・ベレスフォード医師が苛立《いらだ》っているのは、あの男が自分の権利ばかり過剰に主張し、他人に対する思いやりや共感をまったく持とうとしないことだった。急患が出て診療所に呼び出されることもあるのだから、いつ何時《なんどき》でも自由に車を出し入れできないと困るのだと、いったい何度あの男に説明したことだろう？　だが、ケンワージーはいつだって、もっともらしい言いわけを並べてきた。もう時間も遅かったからだの、急いでいたからだの、ほんの三十分ほどしか駐めていないだの、脇をすり抜けて通れたはずだの。そして、一度だってこちらの願いに応じてくれたことはない。

ベレスフォード医師は法律家に助言を求めたこともある。たまたま、隣人のひとり――アンドリュー・ペニントン――は引退した法廷弁護士であり、リヴァービュー・クロースに家を買うときに全員が署名した管理契約書にじっくりと目を通していた。この住宅地内の私道は、ケンワージー家とベレスフォード家の車庫へ向かう部分も含め、この敷地内に建つ全六軒の家の共有であり、したがって、管理や修繕にかかる費用も六軒で均等に負担することとなっている。さらに細かい活字で印刷されている部分を読みすすめると、すべての住人は〝私道をふさいで他の住人の通行を妨げないよう配慮する〟法的な責任を負っている、と書かれていた。だが、この文章は、結局のところ何を意味するのだろう？　誰かが配慮を怠ったと、どうやって証明できるのだろうか？　さらに言うなら、誰かがわざと道をふさいだとして、こちらは具体的にどんな手が打てる？　忍耐づよく交渉すること、それがアンドリュー・ペニントンの助言だった。

だが、トム・ベレスフォードの怒りはいっそうつのるばかりだ。

キッチンの窓に歩みより、ガラスに額を押しつけて、斜めに視線を投げる。その瞬間、思ったとおりの場所に駐められている車が視界に飛びこんできた――正面の壁の陰からうちの車庫の目の前に向けて、あの鮮やかな緑色の車体の尻が堂々と突き出し、私道のど真ん中をふさいでいる。湧きあがる怒りが吐き気と疲労感の波となって、ベレスフォード医師の身体を震わせた。原因となっているのは仕事のこと、双子のこと、リー夫人のこと、書類作成のこと、長い勤務時間のこと、請求書のこと、そしてはてしない無力感、自分の人生が思いどおりにならない焦りのせいもある。だが、それらすべてに増して、ジャイルズ・ケンワージーの車が怒りの波を煽《あお》りたてた。こんなことがあってはならない。これまでの人生、ずっと他人を助けるために力を尽くしてきたのに。いったい、どうしてあんな男に、ここまで馬鹿にされなくてはいけないのだろうか？

だが、今夜は話しあいが予定されている。リヴァービュー・クロースの住人すべてが参加する話しあい。そこで、何らかの答えが出るはずだ。

トム・ベレスフォードは、そのときを待ちかねていた。

3

名前とは裏腹に、リヴァービュー・クロースからテムズ川は眺望《ビュー》できない。

ここにはもともと《リーヴォー屋敷》という王族の住まいがあった。一七五八年、ジョージ二世のさほど名の知られていない愛人、ジェーン・リーヴォーが建てたものだ。当時の資料によると、もともとの屋敷はかなり珍奇なしろものだったらしい——対称性の美しさで有名なパラディオ様式ながら、わざと非対称で不格好に仕上げてあったという。とはいえ、これがウィリアム・ド・クインシーの設計だったことを思えば、さほど驚きはない。この建築家は、たまたまではあるが、後に自らが設計した刑務所で獄死することになる。当時の屋敷は、現在はもう何も残ってはいない。十九世紀初頭に火災で損傷した後、百五十年間近くにわたって放置され、近隣の住民にとっては目ざわりな異物以外の何ものでもなかったが、ついに一九四一年のドイツ空軍による爆撃により、ありがたくもこの地上から消滅するに至った。その長い歴史のうちに、リーヴォーという名はいつしかリヴァービューに変貌していたようだ。地元っ子にとっては気どったフランス語の名前がまどろっこしかったのか、あるいは単に綴《つづ》りがわからなかっただけかもしれない。

屋敷の敷地のうち残されたのは、ピーターシャム・ロードから少し入ったあたりの不定形な土地で、テムズ川とは鬱蒼《うっそう》と茂る森林帯で隔てられていた。対岸沿いには、曳舟道《ひきふねみち》が走っている。木の葉の落ちた冬でさえ、この土地から川面はちらりとも見えない。それでも、この看板に偽りのある地名はすっかり定着した。やがてこの一角はついに開発され、新しい六軒の家が建つ。いちばん大きな家はもともとの屋敷のあった場所に、さらに二軒はそれぞれ《庭師の小屋》と《厩舎》があった場所に建てられて、ここをリヴァービュー囲い地《クロース》と呼ぶようになったのだ。

設計を担当した建築家たちは、ここに昔の英国の村のような光景を再現すべく、伝統的な製法のレンガを多用して、オランダ切妻と呼ばれる装飾のある屋根や上げ下げ窓、花壇や低木を組みあわせ、ここが大都市の郊外に位置することばかりか、いっそ現代世界の一部であることも住人に忘れさせようと目論んだ。いったん電動門扉が閉まってしまえば、ここはまさにその名に恥じない囲い地だった。結束の固いことこのうえない、小さな社会。実のところ、ほぼ密閉されているといってもいい。そう、たしかにリッチモンド・ヒルを上り下りする車の騒音は聞こえてくる――とりわけ、朝夕のラッシュアワーには。だが、そんな音を相殺《そうさい》してくれるのが、鳥たちのさえずりであり、週末の芝刈り機のうなり声であり、開け放した窓から時おり流れてくるバッハの音楽やシドニー・ベシェの奏《かな》でるジャズだ。この中に住む人々は、みなお互いを知っている。気の置けないつきあいができる隣人どうしだった。

少なくとも、ケンワージー家がここに越してくるまでは。

あの館に荷物を搬入しに作業員が乗りこんできた日、自宅にいたアンドリュー・ペニントンは一部始終を見まもっていた。ペニントンの家のすぐ目の前にある電動門扉を、ぎりぎりかすめるほどの巨大な家具運搬車が次々と入りこんできたのだ。王室の祝賀パレードか、それとも葬列かといぶかるほどの騒ぎだった。それらは《リヴァービュー館》の前に列をなして駐まり、十数人の若い作業員たちが段ボール箱や木箱、合計何千メートルもの長さになりそうな梱包材《こんぽうざい》に包まれたありとあらゆる種類の家具を運びこむ。アンドリューはすでにアダム・シュトラウスから、アダムが《リヴァービュー館》を売却して、電動門扉をはさんでアンドリューの家の向かいにある《厩舎》に移り住んだ経緯を聞いていた。ジャイルズ・ケンワージーがある種のヘッジファンド・マネージャーで、リヴァプール・ストリートに事務所をかまえていることも。妻のリンダ・ケンワージーは、元客室乗務員だという。子どもはふたり——十二歳のヒューゴと、九歳のトリストラム——いて、どちらも地元の進学準備校に通い、イートン校をめざしているのだそうだ。レ・トロワ・ヴァレには、スキー旅行のための山荘も持っている。これまではギルフォードに住んでいたが、もっとロンドンに近い場所に移ることにしたのだとか。

ケンワージー家が姿を現したのは、家具搬入から数日後のことだ。一家がやってきた瞬間、アンドリューはそれとわかった。館の上階から大音量のポップ・ミュージックが響きわたり、間髪をいれず二、三年前に植えたばかりのイチイを二本、テラスを広げるために切り倒す電動ノコギリの音がとどろく。その翌日、アンドリューはふたりの少年が『スター・ウォーズ』のライトセーバーを模したプラスティックのおもちゃを振りまわしながら、スケートボードでこの住宅地じゅうを追いかけっこしているのを見かけた。そのころには、すでに二台の車がロータリーを（逆方向に）走り、急角度で右折して館の車庫に入っていったのも目撃していた。三台めの車、ベンツのMクラスは私道に駐められている。これだけのことが起きれば、この新しい隣人に反感を抱くのも当然の流れではあったが、アンドリューはあえて、何もかも好意的に解釈するようにしていた。これは逆説的ではあるが、刑事専門の法廷弁護士として数十年をすごした経験から、どんなに性悪な人々にもどこか長所を見つけようと努めてきた影響だろう。ずっと被告人の弁護をしていると、どんな人間も殺人を犯しかねないことが身にしみる。だが、もっとも冷血な殺人犯の中にもわずかながらの善良さが眠っていることが、よくよく目をこらせばわかるのだ。恐怖、罪悪感、自責の念……さまざまな形をとってはいても、何かしらそうした人間らしさを持っていない人間に、アンドリューはこれまで会ったことがない。

弁護士だった日々も、もう昔のことだ。引退したのは、妻ががんと診断されたころのことだったが、結局、妻はその病でこの世を去ることになる。隣人たちに励まされ、アンドリューはロータリーの内側に花を植えた。どの花も、妻の一生のささやかな思い出にまつわるものばかりだ。結婚式のブーケに使ったシャクヤク。いつも妻が愛用していた香水のラヴェンダー。〝ジャマイカ・プリムローズ〟と呼ばれる黄色いマーガレットは、妻が生まれ、そしてふたりが出会った地の花だ。そして妻の名を思わせるスイート・アイリス。リヴァービュー・クロースには庭師を兼務している用務員がいるが、その女性もけっして花壇に触れようとはしなかった。ここはすべて自分が世話をしたいと、アンドリューが頼んだからだ。

ジャイルズ・ケンワージーとの初めての出会いは、さんざんな結果に終わった。

ケンワージー家が引っ越してきて最初の日曜の午後、アンドリューは午前中に焼いたばかりのジンジャー・ケーキを手土産に、《リヴァービュー館》を訪ねた。新たな隣人と近づきになるには、もってこいの方法だと思ったからだ。十一月の最終週とは思えないほど暖かく、英国の気まぐれな天候ならではの、誰もがびっくりするような陽気の日だった。アイリスが生きていたころも、料理はほとんどアンドリューが担当していたものだ。シナモンと黒糖蜜を使ったこのケーキは、妻のお気に入りの一品だった。

タッパーに入れたケーキを手に、アンドリューはこの住宅地を横切り、《リヴァービュー館》の呼鈴を押した。アダム・シュトラウスが住んでいたときに、この館は何度も訪れたことがあるので——ここの住人たちは、しょっちゅうそれぞれの家で軽食や飲みものを楽しむパーティを開き、お互いを招待しあっているのだ——つい窓から中をのぞき、部屋の内部がどう変わったか確かめてみたくなるのをこらえる。ずいぶん長く待たされて、そろそろもう一度呼鈴を押してみようかと思っていたそのとき、ふいにドアが勢いよく開き、アンドリューは新しい隣人と初めて間近で顔を合わせることとなった。

ジャイルズ・ケンワージーはいかにも機嫌が悪そうだった。まるで、何か重要なことをしていた最中に邪魔が入ったといわんばかりだ。背は低く、真っ黒な瞳の小さい目に、どうやら染めているらしい真っ黒な髪をきっちりと梳《と》かしつけている。丸くつやつやした頰に上を向いた鼻、クリケット用の白いウェアという恰好は、どこか学校の男子生徒じみた雰囲気があるが、実際の年齢はもう四十代というところだろう。口もとに笑みを浮かべてはいるが、けっして感じのいい笑みではない。まるで、子どもが蜘蛛《くも》の脚を引っこ抜こうとするときに浮かべるような。

「はい?」甲高い声で、ジャイルズが答える。このひとことを聞くだけで、パブリック・スクール出だとはっきりわかるような発音だ。アンドリューはためらったが、その瞬間、ジャイルズはこの場の主導権を握りにかかった。「裏へ回ってくれ。庭木戸を使うといい」

「何ですって?」

「バーベキューの配達に来たんだろう?」これは、質問というより申し渡しだった。アンドリューの背後に目をやり、ジャイルズが続ける。「車はどこに駐めた?」

「いや、わたしはすぐそこに住んでいるものでしてね。お近づきの挨拶にうかがったんですよ」アンドリューは手にしたタッパーを掲げてみせた。「わたしが焼いたケーキをお持ちしました」

ジャイルズの顔がゆがむ。「なんと! これは、とんでもない勘ちがいをしてしまって。失礼しました。ちょうどバーベキュー用のガスコンロを買ったところでね、そろそろ届くころだと思っていたんですよ」手を伸ばし、タッパーを受けとる。「これはこれは、ご親切に……いや、本当に申しわけない。上がってもらえればいいんですが、きょうはちょっと。わたしも妻もバタバタしているうえに、息子たちのひとりは百日咳らしくて。またの機会にしてほしいと申しあげたら、お気を悪くされますかね?」

「とんでもない。折の悪いときにお訪ねしてしまって、申しわけありません」

「いやいや、そんな。ご親切に感謝しますよ。お名前をうかがっていませんでしたね」

「アンドリュー・ペニントンです」

「なるほど、アンディ、お会いできてよかった。近いうちに引っ越し祝いのパーティも開く予定なので、またそのときにゆっくりお近づきになれれば。お住まいはどちらです?」

「あの電動門扉を入ってすぐのところですよ」アンドリューは指さした。「《井戸の家《ウェル・ハウス》》です。ほら、門のアーチをくぐって右側に、古い井戸があるのはご存じですね。十五世紀に作られたものだそうですよ」なぜこんな情報をわざわざ提供したのか、自分でもよくわからない。「息子さんたちは、井戸に近づかせないほうがいいでしょう」さらにつけくわえる。「転落したらたいへんですからね」

「息子たちもそれほど愚かではないでしょうが、いちおう注意しておきますよ。もしもバーベキュー・コンロの配達人を見かけたら、この家だと教えてやってください」

「ええ、そうします」

「ありがとう」

ドアが閉まった。気がつくと、手にしていたケーキがいつの間にやら消えている。アンドリューはきびすを返し、自宅へ戻った。

疑念が湧いてきたのは、しばらく経ってからのことだった。

たしかに、自分はあまりぱりっとした恰好をしてはいなかった。午前中はあれこれ雑用を片づけていたから、いまも古いコーデュロイのズボンに、ぶかぶかのシャツのままだ。シャワーを浴び、ちょっとでもお洒落《しゃれ》していけばよかったのだろう。だが、ジャイルズ・ケンワージーはなぜ自分を配達業者とまちがえたりしたのか、配達用のワゴン車も見あたらないのに――それに、そういう業者はたいてい制服を着ているものではないだろうか？　そもそもあの最初の言葉には、どこかわざとらしい、当てこすりめいた響きがあった。〝裏へ回ってくれ。庭木戸を使うといい〟――ジャイルズは唇を丸め、いかにも見くだすような響きでそう吐き捨てたではないか。さっさと出ていけといわんばかりに。

アンドリュー・ペニントンは物心ついたころから、ちょっとした人種差別をそこかしこで経験してきた。とはいえ、自分が幸運だったことはわかっている。電気通信事業を経営していた父親がかなりの財産を築いていたおかげで、私教育を受けることもでき、法律家をめざしたいと口にしたときには、リンカーン法曹院の大きな事務所に入ることができたのだから。いわゆる〝黒人貧民街の弁護士事務所〟に入っていたら、公的な法律扶助を受けている貧しい被告人のため、その地元の弁護士たちといっしょに凡庸《ぼんよう》な事件ばかりを担当することになっていただろう。最初は修習生《インターン》として、やがて所属弁護士として、アンドリューはたゆまず努力を続けた。絶対に過ちを犯してはならないと、自分に言いきかせながら。自分に過ちは許されない。人の倍の努力をして、ようやく半分だけ進むことができる――古くから、黒人たちはそう言いならわしてきたのだ。

とりたてて、誰かが何かひどいことを言ってきたわけではない。誰からも、悪意をむき出しにされたことはなかった。だが、部屋に入った瞬間に空気が変わり、自分だけが異質の人間なのだということ、肌の色がその理由だということがわかってしまう。実際、奇妙なほど先に進めずにいることを、アンドリューは感じていた。事務員たちともうまくやっているはずなのに、より注目される事件の担当に、アンドリューの名が挙がることはなかった。少なくとも普通《ジュニア》弁護士の見習《ジュニア》いにはなっているはずの時期にも、夜遅くまで書類の山と格闘するだけの日々が続いたのだ。

　弁護士生活も後半に入り、ようやく勅選弁護士になってからも、それは変わらなかった。法廷に向かおうとして、事務官や新聞記者、さらには——最悪の場合——被告人にまちがわれ、制止されたことが何度あっただろう。〝失礼ですが、お名前をうかがってもよろしいでしょうか？　関係者名簿を確認させていただきたいので〟——警備員は決まって礼儀正しく、すまなそうに尋ねてくる。だが、それも含め、すべては自分を陥れようとする巨大な罠の一部なのではないかと、ときに思えてしまうこともあった。裁判官の中にさえ、妙に庇護者《ひごしゃ》ぶった態度をとったり、そっけなくあしらおうとしたりするものもいた——それも、アンドリューが反対尋問を始めるまでの話ではあったが。

　とはいえ、そんなあつかいに、アンドリューはこれまで文句を言ったことはない。法廷弁護士のうち、黒人はたった一パーセントにしかすぎないのだから、もしもその世界で上をめざそうというのなら、ひたすら目立たないようにしなくてはならないと、いつもアイリスは夫に説いてきかせていたものだ。

「だが、後に続く人間はどうなる？」アンドリューは妻に反論した。「若者たちのためにも、わたしはきちんと声をあげ、たとえ耳ざわりではあっても、問題を提起していくべきではないかね？　わたしは自分の人生すべてを捧げて、正義を語ろうとしてきた――だが、不当にあつかわれているのが自分だとしたら、わたしはいったいどうしたらいい？」

「あなたはすばらしい成功を収めてきたのよ、アンドリュー。わたしの自慢の夫。あなたがこんなにも成功した、そのこと自体が……後に続く人たちの励みになるの」

妻と三十五年にわたってともにしたベッドにひとり横たわっていると、そんな声が耳によみがえる。いまは朝の五時半、外はもう明るい。アダム・シュトラウスやトム・ベレスフォードと同じく、アンドリューもまた、さっきのポルシェのせいで目がさめてしまったのだ。いったい、ジャイルズ・ケンワージーは朝の四時まで、どこで夜をすごしていたのだろう？　昨夜は、まったく寝ていないのだろうか？

ジャイルズは、やっぱり人種差別主義者なのか？

ケーキを手に玄関に立っていたあのとき、アンドリューはもうひとつ気づいたことがあった。窓のひとつに、ポスターが貼ってあったのだ――この住宅地内の人間しか目にしないことを考えると、あまり意味はないのだが。真っ赤な正方形の紙に〝英国を信じろ〟という白い文字。英国独立党のスローガンだ。もちろん、あそこの党員が人種差別主義者だというわけではないことはわかっている。だが、あの党の候補者たちが、アンドリューをも含め、英国のありとあらゆる民族グループの感情を逆撫でしてきたことは事実だ。家路をたどるたび、あの窓に貼られたポスターが目に入り、その言葉がまっすぐ自分に向けられているのではないかという思いに、アンドリューはずっと苛《さいな》まれつづけていた。

そして、あれから《リヴァービュー館》では、計六回のパーティが開かれてきた。大晦日《おおみそか》には一月一日未明まで続く騒ぎが繰りひろげられたものの、結局のところ、アンドリューはまだ一度として招待状を受けとったことはない。あれから七ヵ月、いまだ《リヴァービュー館》に足を踏み入れる機会はなかった。

ベッドを出て、お茶を淹《い》れようと階下へ向かう。いたるところに飾られているアイリスの写真を見て、妻なら何と言っただろうかと、アンドリューは思いをめぐらせた。誰もが日ごろの腹立ちを口に出す機会となる、今夜の話しあいにいっしょに参加してくれただろうか、それとも、行かないほうがいいと自分を止めただろうか。冷蔵庫を開け、牛乳の匂いを嗅ぐと、ふと妻の声が聞こえてきた。

「そんな話しあい、何もいいことはないわよ、アンドリュー。あなたもわかっているでしょ。これまで、どれだけ同じことを見てきたと思う？　ちょっとした恨みでも歯止めが利かなくなって諍《いさか》いが起こり、諍いがどんどん暴力的になって、ついには法廷に立たされることになるのよ。そんなことにかかわらないで！」

冷蔵庫のドアを閉める。そう、妻が何を言うかはわかっていた。だが、今回はあえてそれにしたがうまい。その決断をアンドリューが後悔したのは、かなり後になってからのことだった。

4

朝八時きっかり、小さいながらも完璧に整えられたキッチンで、メイ・ウィンズロウとフィリス・ムーアは朝食の席についた。放し飼いの有機卵を三分半ゆでたものをひとつずつ、耳のない真四角な白いパンのトーストを一枚ずつ、搾りたてのオレンジジュースが一杯ずつ、そしてポットのお茶をふたりで分ける。ギンガムチェックのクロスを掛けた小さなテーブルに、二枚の皿、二本のスプーン、二個のエッグ・カップ、そして二客の磁器のカップを並べて、ふたりは向かいあっていた。上階には、それぞれシングル・ベッドを置いた小さな寝室がふたつある。どちらもかつて家庭を持っていたが、夫に先立たれていた。メイには息子がひとりいるが、いまは外国に移住しており、この囲われた住宅地の外に友人はほとんどいない。ふたりは独身生活を楽しみながらも、いっしょに暮らすことを選んだのだ。

ふたりがこの《切妻の家《ゲイブルズ》》に越してきたのは二〇〇〇年二月、いまから十四年前のことだった。

この住宅地の雰囲気に合わせ、建築家たちは壁を共有する三軒のコテージを東側の端に建てた。ふたりの住む《切妻の家》は、《井戸の家》と《森の家《ウッドランズ》》にはさまれた中央にある。廊下は細く、庭もいかにも余裕のない造りで、この住宅地ではいちばん狭く、いちばん価格の安い家だった。だが、この家を見つけたメイは、この小洒落《こじゃれ》た住宅地に住みたいと、固く心を決めたのだ。もともとリッチモンドの生まれだったメイは、いわゆる〝上品な暮らし〟をしていた両親のことをよく憶えている。自分も晩年は両親のような日々を送りたい、その願いは譲れなかった。

この新しく建った三軒はみな、あっという間に売れてしまったが、全員の引っ越しが終わったのは、それから六ヵ月が経ったころだっただろうか。いったん暮らしがおちついてみると、やはり自分の決断は正しかったと、メイはしみじみ実感した。両隣の住人――片側にアンドリユーとアイリス・ペニントン夫妻、反対側にロデリックとフェリシティのブラウン夫妻――は、どちらも感じがいい。続いてベレスフォード夫妻も、ちょうど向かいにある《庭師の小屋》に越してきた。

この住宅地に、残る家は二軒。

チェスの名手として名を馳《は》せ、テレビに自分のチェス番組を持つちょっとした有名人、アダム・シュトラウスが最初に入居したのは、この住宅地でもっとも広く、群を抜いて高価な《リヴァービュー館》だった。ピーターシャム・ロードを背にして建つ《厩舎》を購入したのは、実業家のジョン・エミン。妻とふたりの礼儀正しい子ども、ドリスという名の黒いラブラドールという顔ぶれで、この住宅地に最後にやってきたエミン一家は、結局のところ、最初に出ていくこととなったのだが。

そもそもの最初は、誰もが仲よくやっていた。メイが子どものころの、あるべき近所づきあいそのままに。愛想よく、出すぎたお節介は控え、お互いに必要なときには手を貸し、地域の情報を交換し、ときには相手の家を訪ねて言葉を交わす。ときには、昼食や夕食にお互いを招くこともあった。アンドリューとアイリスは、ロデリックとフェリシティとブリッジを楽しむ。ベレスフォード家は、エミン家と親しかった。アダム・シュトラウスと最初の妻のウェンディは、毎年夏にガーデン・パーティを開き、この住宅地に住む誰もが顔をそろえたものだ。

だが、年を経るにつれ、さまざまなことが変わっていくのは仕方あるまい。人生が完璧なときなどめったにないし、たとえあったとしても、永遠に続きはしないのだ。メイとフィリスは、原則として自分たちのことは自分たちでこなしていた。この小さな住宅地でのつきあいに参加しながらも、けっして依存はしないように。それでも、七十代に入り、やがてその次の年代に足を踏み入れようとするころになると、ふたりとも、否応なしに新たな状況を受け入れるしかなくなっていた。

両隣に住む女性——フェリシティ・ブラウンとアイリス・ペニントン——が、相次いで病に倒れる。フェリシティはまだそれほどの年齢ではなかったのに、すぐにベッドから起きられなくなり、いまでは家を出ることもめったにない。アイリスの病は、さらに重かった。膵臓《すいぞう》がんとの診断を受け、その二、三年後に亡くなったのだ。この世を去るものもいれば、新しい生命の誕生もある。《庭師の小屋》に住むジェマ・ベレスフォードは、双子の女の子を産んだ。アダム・シュトラウスがウェンディと離婚したのは、その少し前だっただろうか。ウェンディはここでの暮らしに馴染んでいなかったし、以前から暗い顔をしていたのを見ていた住人にとっては、さほど驚きではなかっただろう。一年後にアダムは再婚するが、新妻のテリは《リヴァービュー館》を好きになれないようだった。ふたりで暮らすにはあまりに大きすぎるし――費用がかかりすぎる。アダムの収入は目減りしつつあった。テレビ番組『あなたの手番です』は打ち切りになり、いくつか投資の失敗もあったらしい。今後三年はそのまま《リヴァービュー館》に住みつづけることになってはいたものの、どこかに転居するしかないことは夫妻ともわかっていて、リッチモンドの外で新たな家を探しはじめているところだった。

そんなとき、まさに折よくというべきか、ジョン・エミンが一家でサフォークへ転居すると発表した。個人や法人のローンを手配する事業で財をなしたジョンは、できればどこか自然の豊かな土地に大きな屋敷を買い、子どもたちを育てたいと考えていたのだ。メイ・ウィンズロウにとって、エミン一家が去っていくのはとりわけつらかった。メイも犬――フレンチ・ブルドッグ――を飼っており、川沿いを散歩するときにはよく顔を合わせていたのだ。とはいえ、一家の転居には思いがけないおまけがついてきた。アダムがジョン・エミンと話をつけ、個人間で《厩舎》を売買する契約を結んだのだ。エミン一家が去っていくと、アダムとテリ・シュトラウス夫妻はその週のうちに《厩舎》に引っ越し、この小さな共同体の顔ぶれが大きく変わることはなかった。

残る問題は、《リヴァービュー館》に越してくる新たな住人は誰なのか――そして、より重要なのは、ここに馴染める人間なのか、ということだったのだが。

「今朝の騒ぎ、聞こえた?」きっぱりとした手つきでゆで卵の天辺《てっぺん》を切りとりながら、フィリスが尋ねた。メイより小柄で、白髪にきっちりとパーマをかけた痩身の女性。その顔には無数の皺《しわ》が刻まれており、このままミイラ化しても、誰もちがいに気づかないことだろう。たしかに、この女性の若かったころはなかなか想像がつかない。いまや七十九歳という年齢の軍門に下り、抗《あらが》おうという気もとっくに失っている。着ている服でさえ、わざと年寄りくさいものを選んでいるかのようだ。きょうの花模様のドレスも、まるでまだハンガーに掛けてあるかのように、ぶかぶかのまま肩から垂れ下がり、茶色のダービー・シューズは第二次世界大戦時代を思わせる。

「ケンワージー氏のこと？」メイが訊きかえす。

「四時すぎに帰ってきたのよ。わたし、目覚まし時計を見たんだから。しかも、車のステレオを大音量で鳴らしながらね」

「そんな時間まで、どこにいたのかしらね？」

「あの感じだと、たぶんパーティ帰りでしょうよ」非難するように、フィリスは唇をすぼめた。

「世界じゅうに聞かせてやるとばかりに、すごい音を響かせていたもの。あれじゃ、目のさめない人はいないわよ！」

ふたりの老いた女性は、まさにうってつけの組みあわせに見えた。離れて行動することなどめったになく、長年のつきあいのおかげでお互いをよく理解しており、冗談こそ言わないものの、まるで喜劇の二人芝居のようにぴったりと息が合っているのだから。何をするにも、ふたりの動きは調和していた。掃除機をかけるのも、埃《ほこり》を払うのも。料理をするのも、配膳をするのも。どちらかがお茶の缶に手を伸ばせば、もう片方はお湯を沸かす。テレビも同じ番組を観て、同じ時間に寝室へ上がるのだ。言いあらそいなど、したこともない。よく姉妹にまちがわれるのを、ふたりはいつもおもしろがっていた。そして、実はリーズの同じ修道院で、三十年近く修道女《シスター》としていっしょに暮らしてきたんですよと種明かしをするのが常なのだ。

実のところ、ふたりの関係の主導権は、ほぼメイが握っているといっていい。そもそも、この家はメイひとりのものなのだから。まだ設計図しかない段階でこの《切妻の家》を購入すると決め、内覧もせずに、相続した財産で支払ったのだ。フィリスのほうは、いわば無給の話し相手《コンパニオン》として、家賃なしでここに住んでいる。メイは英国南部の育ちで、保育者養成校として名高いノーランド・カレッジ出の乳母のように、一語一語を区切ってはっきりと発音するが、フィリスのほうはバーミンガム訛《なま》りが抜けたことはない。どっしりとした体格も、メイが優位に立つのに一役買っていた。最近めっきり体重が増えたせいか、ちょっとでも急いで動くとすぐ息が切れ、顔に赤みが差すようになったが、それもどこかメイには似合っている。明るい色の服、大ぶりなアクセサリー、首に紐でぶらさげた老眼鏡といういでたちは、いかにも楽しげな老婦人に見えた——丸々として満足げ、飾り気がなく陽気な頼りになるおばあちゃん、とでもいうような。

「実はね、わたしはそれ、聞いてないの」メイは三角形のトーストにコーンウォール産バターを塗ると、それを真っ白な歯でかじった。驚くべきか、これは正真正銘の自分の歯だ。「あなたは、それで起こされたのね?」

「そうじゃないの。もう起きてたから。わたし、もうずっと、あまりよく眠れないのよ。どこが悪いのかわからないけど」

「ベレスフォード先生に相談してみたらどうかしら」

「でもね、ベレスフォード先生こそ、医者にかかるべきだと思うの。昨日、本通りでたまたま先生に会ったんだけどね」

「その話、前にも聞いたわよ」フィリスが同じ話をくりかえすと、メイはたちまち苛立《いらだ》ってしまう。

フィリスは申しわけなさそうに目をしばたたいた。「ベレスフォード先生、見るからに具合が悪そうだったのよ、可哀相に」

そのとき、テーブルの下から甘えるように鼻を鳴らす音がして、飛び出した目と大きすぎる耳をした茶色い顔が、いつも変わらぬ不服そうな表情でふたりを見あげた。この家に越してきて二、三年したころ、ふたりが買ったフレンチ・ブルドッグのエラリーだ。この小さなずんぐりした生きものは、散歩のときにしか犬らしく見えない。ベッドや自分のかごに寝ているときには、どちらかというとジャガイモを詰めすぎた袋に似ている。

「ちっちゃなエラリー！」ほとんど反射的に、メイは手を伸ばしてトーストの端を犬に食べさせてやった。エラリーは別に空腹なわけではないが、仲間に入れてもらうのが好きなのだ。

「さあ、いい子はだあれ？　いい子ちゃんはどこかしら？」

このまま、たっぷり五、六分は甘いささやきが続くところだったが、そのとき呼鈴が鳴った。

メイがちらりとフィリスを見やる――その目にふっと浮かんだのは不安か、それとも苛立ちだろうか。郵便配達人ではないことはわかっている。時刻はまだ八時半で、郵便は十時前に来ることはない――そもそも、この家にはめったに郵便は来ないのだ。ほかの配達が来る予定もない。どういうわけか、来訪者の正体はふたりともわかっていた。こんな時間に、ほかに誰が訪ねてくるというのだろう？

「わたしが出るわね」と、フィリス。

「いいえ」メイが制した。「わたしが行ってみる」

手をティー・タオル（〝バートラム・ホテルからくすねてきた品〟という文字がプリントしてある）で拭い、きっぱりとした足どりで廊下に出ると、玄関へ向かう。といっても、さほどの距離はない。ミラー・ガラスの向こうにいる人物が誰かを見てとると、メイは両頰に小さな赤い点を浮かびあがらせながら、鍵を外してドアを開けた。

戸口に立っていたのは、いささか窮屈すぎるデザイナー・ジーンズにゆったりとしたブラウスをまとった、化粧をしていない女性だった。うっすらと銀色がかった、くすんだ金髪を首筋に垂らしている。片手には、小さなビニール袋。いかにも不快なものが入っていますとばかりに、女性は人さし指と親指でつまんだ袋をぐいと突き出した。

「これ、こちらのだと思うんですが」教養があるようにも、粗野なようにも聞こえる声。何年も話しかた教室に通ったのに、教師のせいでさっぱり伸びなかったかのような。

「おはようございます、ケンワージー夫人」戯言《たわごと》につきあう暇はないとばかりに、一歩も譲らぬ態度でメイが答える。

「今朝、うちの芝生で拾ったんですよ」リンダ・ケンワージーは続けた。爆発したいのを必死にこらえているようだ。「こんなものを拾うはめになったのは、今週これで二回めなんですけど」

「はい？　どういうことなのか、わたしにはさっぱり……」

「わたしが何の話をしているのか、そちらも充分おわかりのはずですけどね、ウィンズロウ夫人。おたくのあのとんでもない犬ときたら、まったく手に負えないんですから。柵をくぐってこっちに入ってきては、うちのタイサンボクの周りの芝生を掘りかえすんですよ。どんなにひどいことになっているか、いっそ見ていただきたいくらい！　そのうえ、それでも足りないとでもいうのか、花壇に糞までしていくんです。まったく、ぞっとするったら！」

「どうか、わたしに対してそんな言葉づかいは控えていただけますか、ケンワージー夫人？　それに、これはもう何度も申しあげていることですけれどね。あの柵は、ブラウン氏のものですから。わたしたちとは、いっさい関係ないんです」

「でも、おたくの犬はブラウン氏の庭に侵入し、さらにその先の柵をくぐって、うちの庭に入ってくるんですから」

「だったら、ブラウン氏とお話しになればいいでしょう」

「いいえ、ウィンズロウ夫人。わたしはあなたにお話ししているんです。おたくで飼っている動物はおたくできちんと管理してほしい、これは、けっして理不尽なお願いだとは思いませんけど」

依然として、リンダ・ケンワージーは緑のビニール袋を突き出している。だが、メイはそれを受けとりたくはなかった。「うちのエラリーがしたところを、本当に見たんですか？」

「見て確かめるまでもないでしょう？　この住宅地で、犬を飼っているのはおたくだけなんですよ」

「外から入ってきた犬かもしれないじゃありませんか。そもそも、これが犬のしわざだと、どうしてわかるんです？」

「あなたと議論するつもりはありません、ウィンズロウ夫人」リンダは鼻を鳴らした。「でも、いちおう警告しておきますけどね。この件は主人にも相談しているんですけど、主人としても、あなたにはきちんと理解してほしいそうです」老婦人に向かい、けばけばしく彩った長い爪を突きつける。「おたくの犬が、あと一度でもうちの庭に侵入したら、主人にしかるべき措置をとってもらいますからね」

メイが顔をしかめると、またしても頰に赤い点が浮きあがる。「あなたやあなたのご主人に、不当な仕打ちを受けて黙っているつもりはありませんからね、ケンワージー夫人！」

だが、相手はもう、さっさと引きあげていくところだった。きびすを返すついでに、手にしていたビニール袋をメイの足もとにぽとりと落とす。メイはしばしその場に佇《たたず》み、やがて袋を拾うと、家の中へ戻った。

玄関を入ったところには、フィリスがフレンチ・ブルドッグを抱いて立っていた。いまのやりとりを、すべて聞いていたのだ。「なんて嫌な女かしら！」思わず叫ぶ。

まるで同意するかのように、犬は悲しげな目で玄関のドアを見つめていた。

「あんな女のこと、そこまで心配する必要もないと思うのよ」と、メイ。「このことも、今夜、みんなに聞いてもらえばいいわ。そのための話しあいですもの。風通しをよくするためのね。ケンワージーの人たちの困ったところは、越してきてもう六ヵ月以上にもなるのに、いまだ新参者みたいに好き勝手にふるまって、こちらのやりかたに合わせようという気がさらさらないことよね」

「七ヵ月よ」フィリスが怖い顔をする。

「あなた、数えていたのね！　まあ、いいわ。きっと、どうにかなるでしょう」メイは決然とキッチンへ戻り、ごみ箱にビニール袋を放りこんだ。「さあ、そろそろ出ないと」お気に入りの真っ赤なベレー帽に手を伸ばすと、頭に載せて慎重に角度を整える。「スライス・アーモンドを忘れないでね。さあ、遅刻しないように！」

十分後、ふたりの女性はバス停に立ち、リッチモンド行きの六十五番バスを待っていた。この年齢になっても、ふたりはまだ働いていたのだ。メイの持つ、小さな店を切り盛りして。《ティー・コージー》は、カフェを併設した書店だ。広さが半々であることを考えると、その逆といってもいいかもしれない。置いてあるのは探偵小説ばかり――それも、いわゆる黄金時代の作品か、あるいはその雰囲気を踏襲して現代に書かれたものにかぎられている。そんなわけで、このふたりの女性が親しげに〝ピーター〟や〝アデラ〟、〝アルバート〟の話をしているところを小耳にはさんだ人間は、たぶん友人かお得意客の噂をしているのだと思うかもしれないが、実はそれぞれピーター・ウィムジイ卿、ブラッドリー夫人、アルバート・キャンピオンという、古書として、あるいは大英図書館が新たに古風な装幀のペーパーバックとして刊行している《クライム・クラシックス》版として、この書店で販売されているさまざまなミステリの主人公である探偵たちなのだ。現代の暴力的な犯罪小説、とりわけ汚い言葉が含まれている本が、この店の書棚に並ぶことはない。そこまでこだわりのない読者がハーラン・コーベンやシャリ・ラペナ、イアン・ランキン、あるいはいっそジェームズ・M・ケイン（『郵便配達は二度ベルを鳴らす』）の本を探しにきたら、坂を下りた角にある《ウォーターストーンズ》書店にまで足を運んでもらうことになる。ふたりの店がもっぱら取りあつかっているのは、コージー・ミステリだけなのだから。

本だけではなく、ミステリにかかわる雑貨もいろいろととりそろえている。先ほどメイが手を拭ったティー・タオルも、そのひとつだ。さらにはシャーロック・ホームズの拡大鏡や、《バーナビー警部》シリーズのマグカップやTシャツ、推理ボードゲーム《クルード》のジグソー・パズル。アントニイ・バークリーの偉大な小説にちなみ、〝毒入り〟というロゴの入ったチョコレートの詰めあわせもある。

とっくに経営破綻していてもおかしくない店ではあったが、ふたりはここまでどうにかこうにか切り抜けてきた。店の奥には、床から天井までさまざまな作家の本がびっしりと詰まったオーク材の書棚があり、鉢植えの植物を置いて区分けしてある。店を入ってすぐのところには、

五、六台ほどのテーブルが並べられ、雑貨はそこに陳列されていた。カフェで提供しているのは何種類かのお茶とコーヒー、そして毎日フィリスが腕を振るっている、焼きたてのケーキやペストリー。中でもブラッド・オレンジ・ケーキは、この店でいちばん血《ブラッド》なまぐさい一品かもしれない。
エラリーも、ふたりといっしょに出勤する。店では、めったにふたりの側を離れることはない。営業時間のほとんどにわたり、メイもフィリスも忙しく立ち働き、合間には店に立ち寄った客とおしゃべりをしているが、エラリーは本に囲まれ、専用のかごですやすや眠っているのが常だった。

シリル・ヘアーの『英国風の殺人』。ナイオ・マーシュとヘンリー・ジャレットの『病院殺人事件』。ドロシー・L・セイヤーズの『殺人は広告する』。アガサ・クリスティの『スリーピング・マーダー』。

ふたりの周りには、いつも殺人があった。

5

《森の家》の二階にある自室に立っていたロデリック・ブラウンは、メイ・ウィンズロウとリンダ・ケンワージーとのやりとりをすべて聞くはめになった。六月初旬のその朝は暖かく、窓を開けたままにしてあったのだ。身を乗り出せば、斜めからではあっても、ふたりの姿を見ることだってできただろう。だが、そんなことをする気はさらさらなかった。リンダ・ケンワージーには、どうにも居心地の悪い気分にさせられる。かつて進学準備校ですごした不幸な五年間、劣等感に苛《さいな》まれ、絶え間なくほかの男の子たちにからかわれていたころの寮母を思い出すからだ。寮母だったブレンダ・フォーブズ（歯科医学の教科書に写真が載っていてもおかしくない典型的な〝正中離開《せいちゅうりかい》〟、つまり二本の前歯にはっきりと隙間がある状態で、そのため歯垢《しこう》が溜まりやすいのか、かなり深刻な歯槽膿漏《しそうのうろう》の徴候があった）とちがい、リンダのほうは完璧な笑顔の持ち主ではある。だが、片方は消灯後の廊下を見まわる姿が、もう片方はリヴァービュー・クロースの日々の生活で意地の悪さを見せつける姿が、いかにもそっくりの威圧的な態度なのだ。

　メイ・ウィンズロウとフィリス・ムーアは、そういう女性たちとはまったく似ていない。ロデリックの家は、メイとフィリスの家の二倍の大きさではあるが、同じ壁を共有し、お互いの玄関はほんの数歩しか離れていないので、お隣さんとはしょっちゅう顔を合わせる。こちらの老婦人はふたりとも愛想がよくにこやかで、気さくなつきあいができるものの、けっして自分の友人として数えられるような関係ではない。これまで、隣の《切妻の家》に足を踏み入れたのは、何か困ったことが起きたときだけだ――どういうわけかヒューズが飛んで、すべての照明が消えてしまったとき、アーガのオーヴンの再点火を手伝ったとき、そして、浴室に出現したとんでもなく大きな蜘蛛《くも》を外に出してやったとき。こうして手を貸すと、老婦人たちはいつも自家製のレモン・スプレッドやジャムの壜、ペーパーバックの小説やミステリ関係の雑貨に、手書きの感謝カードを添えて戸口に置いていってくれるのだ。

メイとフィリスがそんな行動をとるのは、こちらよりかなり年上だというだけのことではなさそうだ。ふたりの老婦人は、どこか外界に対して神経をとがらせているように見えた。《切妻の家》にはめったに郵便が届かないこと、たまに届いてもほぼ請求書や広告らしいことには、穿鑿《せんさく》するつもりがなくても気づいてしまう。客が訪ねてきたところも見たことがない。ふたりがリッチモンドで奇妙な小さな書店を経営しているのは知っている。だが、ロデリックはそこで買いものをしたことはなかった。犯罪小説に興味はないし、砂糖や炭水化物はできるだけ摂らないことにしているからだ。歯の病気の原因となるトレポネーマ・デンティコーラやミュータンス・レンサ球菌に、どうして餌をやる必要がある？　とはいえ、雨が降っているときなど、バス停で自分のシュコダ・オクタヴィアを停め、ふたりを行きたい場所に送っていくことはあった。

そんな短いドライブの車内で、ふたりからいろいろ話を聞こうともしてみた。だが、ふたりは親切に感謝しつつも、自分たちのことは頑《かたく》なにほとんど話そうとしない。どちらもかつては結婚していたこと、ふたりが血縁ではないこと、メイには米国に住んでいる息子がいて、フィリスには子どもがいないことは知っている。メイはここから一キロも離れていない場所で育ったという。フィリスはバーミンガムの郊外、スタウアブリッジの出身だ。いちばん驚いたのは、ふたりはかつて神に仕える身であり、その縁で知りあったという事実だった。メイとフィリスは修道女としてリーズの聖クレア修道院にいたが、メイが遠縁の親戚から遺産を相続したのをきっかけに、修道院を出たのだという。そして、このリヴァービュー・クロースに越してきた。《切妻の家》は、この住宅地で最初に売れた家だったのだ。

そして、最後に所有者が替わったのが《リヴァービュー館》だ。ガラスの向こうからはこちらが見えないよう気をつけながら、ロデリック・ブラウンはリンダ・ケンワージーが自宅の玄関に入っていくのを見とどけた後に窓辺を離れ、途中だった着替えを続けた。出勤するときには、いつもスーツ姿だ。ナイツブリッジのカドガン・スクエアにある診療所に着いたらすぐに白衣に着替えるのだが、この診療所の経営者である以上、職員——ふたりの受付、そして歯科衛生士たち、歯科助手たち——にはいい印象を与えておかなくてはならない。なにしろ、自分は〝スター御用達の歯科医〟なのだから。これは、《イブニング・スタンダード》紙(無料紙に移行する以前のことだが)の日誌欄に書かれていた形容で、ロデリックはいまだにそんな役割を演じようとしていた。実際、受け持ちの患者には著名な俳優が五、六人、人気ポップ歌手がひとり、ベストセラー作家がふたりいる。世の中のたいていの人間は、歯科医の仕事にさほど胸躍るものを感じないかもしれないが、けっしてそんなことはないと、ロデリックは心から信じていた。より健康であろうとする人々に手を貸す、こんなすばらしい職業があるだろうか。これこそは、心血を注ぐに足る仕事だ。

幅の広い、柄入りのヴェルサーチの絹のネクタイを手にとり、首に巻く。《ギーブス&ホークス》製の淡い青のスーツに、ピンクのネクタイはよく映える。鏡に映る自分の姿に、ロデリックはまんざらでもなかった。五十歳に手が届こうとしているにもかかわらず、体型は崩れていない。頭髪も白いものが交じりはじめてはいるが、いまだに艶《つや》やかでふさふさしている。潑剌《はつらつ》とした目、赤みの差した頰、そしてもちろん、すばらしい歯。最近、いささか体重が増えたのは確かだ。これは気をつけたほうがいいかもしれない。頭をかしげ、目をこらす。この首回りの肉は、ひょっとして弛《ゆる》んできたのか――それとも、単に襟の締めつけのせいだろうか？　スカッシュやテニスはもう何年もしていないし、ジョギングもやめてしまったのがいけないのかもしれない。

いや、ちがう。これは襟のせいだ。何も問題はない。

この住宅地に越してきて間もなく、ブラウン夫妻の生活は大きく変わってしまった。ロデリックが哲学的な人間だったら、コインを、あるいはサイコロを投げて、ふたりの経歴、ふたりの生活様式、順風満帆な結婚生活が頓挫《とんざ》する可能性がどれだけあるものか、その不運な偶然を真剣に考察してみたくなったかもしれない。大手の公認会計士事務所で働く有能な会計士だった妻のフェリシティには、もうすぐ共同経営者になる話も出ていた。だが、そこに病魔が襲ったのだ。最初は疲労感から始まった。なかなか寝付けない日が続き、やがて集中力が低下し、記憶力が衰え、頭痛がして、日に日にベッドですごす時間が多くなる。腺熱か、ホルモンの乱れか、貧血か……さまざまな医者に症状を訴えるたび、さまざまな可能性を指摘されたものだ。実際に確定診断が下りてみると、それらよりはるかに悪い結果だったにもかかわらず、夫妻はほとんど安堵《あんど》をおぼえた。少なくとも、これで闘う相手がわかったのだから。

筋痛性脳脊髄炎《のうせきずいえん》。慢性疲労症候群ともいう。主な症状は、慢性的な倦怠感《けんたいかん》だ。蓋を開けてみれば、闘う相手など存在しないにも等しかった。鎮痛剤と抗うつ剤はいくらか効いたものの、いつか治るという希望は、どんな医者にも与えてはもらえなかったのだ。フェリシティは、いまやほとんど家を出ることはない。暖かい日など、たまにロデリックに説得され、庭に出てみることもあった。だが、階段の上り下りもきついし、日射しに目が痛む。本を読むのもつらく、最近ではオーディオ・ブックを聴くようになった。クラシック音楽、オペラ、合唱も、フェリシティのお気に入りだ。妻が少しでも居心地よくすごせるよう、ロデリックはいちばん大きな寝室に手を入れた。家の側面にあるフランス窓を開くと、そこにはこぢんまりしたバルコニーがあり、《リヴァービュー館》の庭のきらめくタイサンボクの木と芝生が見わたせる。芝生を下った先には、ブラウン夫妻の家の名の由縁《ゆえん》となった森が生い茂っていた。

この部屋にフェリシティを残して、毎朝ロデリックは出勤する。日々の生活は、いまや妻の介護を中心に回っているといってもいい。リッチモンドに越してきた当初、ロデリックはスポーツに夢中だった。定期的に《井戸の家》を訪ね、アンドリューとアイリス・ペニントン夫妻とともに、ブリッジを楽しんでもいた。《ロイヤル・ミッド=サリー・ゴルフ・クラブ》や《リッチモンド・ブリッジ・ボート・クラブ》、《ロンドン・スクール・オブ・アーチェリー》の熱心な会員だったのは、大学時代にこれらのスポーツに打ちこんだ日々を懐かしむ意味もあったのだろう。だが、それもみな、いまは過去のこととなってしまった。家の裏手にある車庫には、もはや忘れ去られた趣味の悲しい名残《なごり》がぎっしりと並んでいる。ゆがみの出たゴルフ・

クラブ、埃《ほこり》をかぶったテニスのラケット、いまや使うあてもない救命胴衣、そして遡《さかのぼ》ること八〇年代に、大学の卒業祝いにと両親が送ってくれた《バーネット》製のワイルドキャット・クロスボウ。

最後にネクタイの結び目を軽く整えると、ロデリックは寝室を出て踊り場を渡り、もともとは夫婦の寝室だったが、いまはフェリシティがひとりで使っている部屋に足を踏み入れた。妻はベッドに横たわり、窓の外に目をやっている。

「そろそろ出るよ」ロデリックは声をかけた。

「ねえ、見た?」本来なら、妻はこんなところに横たわってはいなかっただろうに。「きょうは、すごくたくさんインコが来ているのよ」

「いや、見ていないな……」

「もう、そこらじゅうにいるの」

明るい緑色のインコは、いまやリッチモンドのそこかしこにいる。どうしてインコが現れたのか、誰もはっきり知るものはいない。アイルワース・スタジオで映画を撮影していたハンフリー・ボガートが、うっかり逃がしてしまったという説もある。また、かの有名な米国のギタリスト、ジミ・ヘンドリックスが、最初のつがいをわざと逃がしたのだという噂もある。歴史家によると、このあたりにはもう何世紀も前からインコが生息しており、もともとはヘンリー八世の所有する動物園で飼っていたものだという。何が本当なのかはわからないが、このインコたちが妻の慰めになっていることに、ロデリックはいつも感謝していた。

「きょうは早めに帰ってくるよ」ロデリックは告げた。「《厩舎》での話しあいに出ないといけないからね」

「そんな話、聞いていないけれど」

昨夜、たしかに話したのに。「ああ、ごめん。言ったつもりだったんだ。この住宅地内のあれこれについて、みんなで話しあうことになっている」

「わたしにも来てほしい？」

「そうだな、夕方になってみて、きみの具合がよければね」

フェリシティはいつもこうだった。キッチンでお茶をいっしょに飲もうとか、庭をちょっと散歩してみようとか、ときにはピーターシャム・ロードの《フォックス&ダック》で一杯やろうなどと自分から提案しておいて、実際にそのときになってみると、たいていはとりやめにしてしまうのだ。

玄関のドアが開く音がした。「ダミアンが来たな。何かほしいものはある？」

「何かあったら、わたしがダミアンに頼むからだいじょうぶ」

「じゃ、また今夜」ロデリックはかがみこみ、妻の額にキスをした。フェリシティも笑みを返す。まるで、思い出に微笑みかけているような笑みを。

階段を下りていくと、ちょうどダミアンが玄関のドアを閉めているところだった。ほっそりとした長身、黒い巻き毛の青年。きょうはジーンズに薄紫のポロシャツを着て、《ホールフーズ・マーケット》のトートバッグを腕に掛けている。ダミアンはフェリシティの介護士としてもう二年間、週に三度この家に通ってきていた。ロデリックはダミアンに——というより、派遣元に——かなりの額を支払っているが、これはまさに、意義のある金の使いかたというものだ。ダミアンは頼りになるし、いつも朗《ほが》らかで、そばにいてくれるとフェリシティも心強いらしい。いまさらダミアン抜きの生活など、とうてい考えられなかった。

「おはよう、ロデリック！」そもそもの最初から、ダミアンはこんなくだけた話しかただった。

「いらっしゃい、ダミアン」

「フェリシティの好きな、柔らかいチーズを買ってきましたよ」腕に掛けたトートバッグを掲げてみせ、中から何かつかみ出す。「あと、これがドアマットの上に来てた郵便です」

《森の家》所有者宛ての、いかにもお役所のものらしい茶色い封筒。ロデリックはそれを受けとり、親指で封を切った。中身を開くと、リッチモンド区役所からの通知だ。最初に頭をよぎったのは、おそらくごみ収集の制度が変更になるのだろうということだった。あるいは、ついにピーターシャム・ロードの渋滞について、区が何か手を打つつもりになったのか。だが、たった一枚の紙をちらりと見ただけで、見出しと詳細が目に飛びこんできた。

申請通知書

二〇一〇年都市田園計画命令（開発管理手続）（イングランド）
一九九〇年都市田園計画法

一九九〇年計画（登録建造物および保存区域法）

サリー州リッチモンド、ピーターシャム・ロード、リヴァービュー・クロース、《リヴァービュー館》

照会番号：J．05／041955／RIV――許可計画概要

内容：住宅地におけるプールと更衣室の建設、および東側の芝地の新たなパティオの増築について……

「何かあったんですか？」ダミアンが尋ねる。

その心配そうな声で、ロデリックは自分がしばらく黙りこくっていたことに気づいた。息すら止めてしまっていたようだ。目の前の通知書が意味を持たないばらばらのかけらにしか見えなくなり、どうにか集中力を振りしぼって文面に目をやる。そう、実に単純な話だ。ジャイルズとリンダ・ケンワージー夫妻は、プールとちょっとした更衣室、バー、ジャグジーを自分たちの庭に建設しようとしている。東側の芝生に。つまり、わが家に向かって続く、フェリシティの寝室の目の前の芝生だ。ロデリックは通知書をふたたび読みかえし、念のため、さらにもう一度その文面をたどった。

ケンワージー家の人々は、いまのフェリシティにとって大切なものをとりあげようとしている。芝生とタイサンボクの木、花壇、あんな平穏で心安らぐ風景をすべて奪い、その代わりに……

プール！　ジャグジー！

自宅の廊下に立っていながら、ロデリックの耳には子どもたちの金切り声が、水しぶきの音が、遊びにきた客たちのおしゃべりが、シャンパンのコルクの飛ぶ音が聞こえた。温かい湯で満たされた浴槽から湯気が立ちのぼり、あたりに塩素の臭いが漂う。さらに更衣室まで！　建物の高さはどれくらいでどんな意匠なのか、申請通知書には説明がなかった。北欧のログハウスの可能性もあるし、ひょっとしたら日本の仏塔かもしれない！　いったい、自分に何ができる？　フェリシティの部屋を、家のどこか別の場所に移せということだろうか？　そもそも、なぜそんなことをしなきゃならない？

こんなことが通るものか。させてしまってはいけない。リッチモンドの区議会は、こういう建築許可申請に対する厳しい対処で有名だ。歴史や環境に価値のある地区は、最優先に守ろうとしてくれる。自分も反対の声をあげよう。この住宅地に住む誰もが、同じ行動をとるはずだ。こんな無茶がこのまま通るはずはない。

そんなふうに自分に言いきかせながらも、ロデリックはその場に立ちつくし、たった一枚の通知書を片手でぐしゃぐしゃに握りしめながら、心配げにあれこれ尋ねてくるダミアンの言葉さえ耳に入らずにいた。そう、この通知書は、いま始まったばかりの戦争の、最初の弾丸が一斉に放たれたものにすぎないのだ。ジャイルズ・ケンワージーには、まちがいなく弁護士がついているだろう。区議会に友人も複数いるのかもしれない。望んだものはすべて手に入れるケンワージーのような男が、勝算もなしに建築許可申請などを出すはずがない。だが、絶対に、自分がこの企《たくら》みを阻止してやる。

今夜《厩舎》で話しあいが行われることを、ロデリックはふと思い出した。まさに、ちょうどいいめぐり合わせだ。リヴァービュー・クロースに住む全員が、同じ通知書を受けとっているのだろうから。

どちらかが倒れるまで引くことのできない闘いが、いま始まろうとしている。

6

その夜の七時半、リヴァービュー・クロースの住人たちは、この話しあいを主催したアダムとテリ・シュトラウス夫妻の自宅《厩舎》に集まった。

最初に到着したのは、弁護士時代と変わらず時間厳守のアンドリュー・ペニントンだ。Vネックのセーターにスラックスという服装で、小さな花束とワインのボトルを手にしている。二、三分ほど遅れて、トム・ベレスフォード医師とその妻が、こちらは手ぶらでやってきた。ベレスフォード医師は仕事がなかなか終わらず、帰宅して大急ぎで夕食を詰めこむと、着替えもせずにここへ駆けつけたのだ。妻のジェマのほうは、黒いスーツに自分の作品である銀の蛇のネックレスを合わせ、夫よりよそゆきの恰好をしている。どちらも、いささか機嫌が悪そうだ。

続いてメイ・ウィンズロウとフィリス・ムーアが、その日の午後《ティー・コージー》に委託販売品として届いた菓子の中から、弾丸の形をしたチョコレートの箱を手土産に姿を現した。

そのすぐ後ろに続いたのは、老婦人たちの隣家に住むロデリック・ブラウンで、なんと――みなが驚いたことに――妻を連れている。フェリシティにとってはたいへんな遠出ではあるものの、今夜の集まりはそれだけ重要な意味があると、心を決めて夫に同行したのだ。

《厩舎》の広々とした居間、ほんの十五時間前にアダムが痛恨の一敗を喫した場所で、集まった九人は思い思いに佇《たたず》み、あるいは腰をおろしていた。照明を絞った室内は美しく、磁器の花瓶に花が活《い》けられ、どこか見えない位置に設《しつら》えられたスピーカーからショパンのピアノ曲が流れている。ずらりと並んだ本棚には、アダムがこれまで獲得したさまざまな賞も飾られていた。ノートパソコンはすべて片づけられていたが、まだ五、六面のチェス盤はその場に展示されている。どれもアダムが賞品として贈られた美しい品ばかりだ――木製、象牙製、磁器製、ガラス製。長い食卓には、テリが用意したさまざまな料理の皿が並んでいる。自分の子ども時代を思い出して腕を振るった、包子《パオズ》やエッグ・タルト、パイナップル・ケーキも。キッチンにはワインや蒸留酒のボトル、フルーツ・サラダ、チーズの盛りあわせもあった――まさに、絵に描いたようなパーティの品ぞろえだったが、ただひとつ、雰囲気だけが欠けている。顔をそろえた客たちはみな、明らかにはらはらと気を揉みながら、そのときが来るのを待っていた。

ジャイルズとリンダ・ケンワージー夫妻は、まだ姿を現さない。あのふたりがわざと遅れてくるとしてもさほど驚きはないが、このとき、みなの頭には同じ疑問が浮かんでいた——はたして、ケンワージー夫妻は本当に来るのだろうか？　今夜の集まりが、リヴァービュー・クロースで目につく問題点について話しあうために開かれたことは、夫妻もよく知っている。となると、ひょっとしたら、その問題が自分たちのことだと気づき、そんな話しあいには参加すまいと心を決めたのかもしれない。とはいえ、いまはまだ八時十五分前だ。この瞬間にも、到着を告げる呼鈴が鳴ってもおかしくはない。

ジン&トニックのグラスを揺らしながら、あるチェス盤を眺めていたアンドリュー・ペニントンに、アダム・シュトラウスが話しかけた。

「それはわたしのお気に入りのひとつなんだよ」テーブルの下手《しもて》に回ると、ひざまずいて祈るように両手を組んでいる僧正の駒をそっと手にとり、明かりにかざす。この駒のセットは、『ロード・オブ・ザ・リング』に見立てて作られた品だった。サウロンとサルマンが率いる黒の駒に、ガンダルフとガラドリエルが率いる白の駒が対峙する。オークたちと戦うホビットたち。フロドとサム・ギャムジーは騎士だ。「プラハで手作りされたものだが、この世に五、六セットしか出ていなくてね。非常に価値のある逸品で——とはいえ、それが理由で大切にしているわけではないんだ。ほかでもない、ドバイの首長であるシーク・ムハンマド・ビン・ラーシド・アール・マクトゥームから、四十歳の誕生日に贈られたものでね」

アンドリューは思わずにっこりせずにはいられなかった。アダムは何かというと有名人の名前を出すことで知られている……リヴァービュー・クロースの住人の間では、ちょっとした冗談になっているほどだ。このチェスのグランドマスターは、さほど押し出しが立派なほうではない。黒縁の眼鏡に、いささかきっちりと整えすぎたあごひげ。だが、服装はいかにもぱりっとして高価そうだ。髪は乱れなくオイルで固め、靴は左右とも美しく光っていることからも、見た目は大切だと考えているのがわかる。《リヴァービュー館》を出なくてはならなかった顚《てん》末《まつ》を、アダムが屈辱と感じているのは誰もが知っていた。五十歳の坂を越え、いろいろな意味で落ち目となってしまったいま、こうして知られた名前を出すのも、これまで出会った有名人との逸話をとめどなく話しつづけるのも、アダムなりに沽券《こけん》を保とうとしているのだろう。

「あちらで開かれたトーナメントに招かれたときのことでね」アダムは続けた。「シークには目をかけていただいたよ。実のところ、ご子息のひとりに何度か指導対局をしたんだ。美しい顔立ちの少年で、チェスの腕前もなかなかのものだったよ」手にしていた僧正の駒を、アンドリューに渡す。「当時は『ロード・オブ・ザ・リング』を読んだことがなかったんだが、これをいただいてから読んでみたよ。なかなかおもしろかったな。知っているかもしれないが、トールキンもチェスを指したそうでね。きっと、この駒を見たら喜んでくれたことだろう」

「この駒は、オーランド・ブルームにそっくりだね」と、アンドリュー。

「ああ、似ているな」

「象牙かな？」

アダムはかぶりを振った。「いや。磁器だ。象牙の駒も持っているがね」別の駒のセットを指さす。「あれが象牙だよ。もちろん、いまはもう、象牙で駒を作ることなど許されてはいない。ただ、わたしがあれを獲得したのはまだ二十一歳で——初めて大きな競技会で優勝したときの賞品だったんだ——だからまあ、持っているだけならかまわないだろうと思っているよ」

　そして、アンドリューから返してもらった僧正の駒を、そっと正しい位置に置く。

　ほんの何歩かの距離にあるキッチンでは、テリ・シュトラウスがチーズ味のスティックを盛った皿をメイ・ウィンズロウとフィリス・ムーアに差し出しているところだった。ふたりの老婦人は、中央のカウンターに並んだ背の高いスツールに、どうにか腰をおろしている。ふたりとも、手にはウオツカを混ぜたフルーツ・カクテルのグラスを手にしている。どちらも、おいしい酒を勧められて断ったことがないのは、誰もがみんな知っていた。たぶん、聖クレア修道院で長年にわたって禁欲的な生活を送ってきたからだろう。

「ありがとう、でも、そちらはけっこうよ」フィリスは降参するように両手を挙げ、チーズのスナックを断った。「わたしたち、出るときに食事をすませてきたから。でも、このカクテルはとってもおいしいわね。何が入っているの？」

「マンゴスチンよ」テリが答える。

「そう」それが何なのかわからないまま、フィリスはにっこりした。そのまま、グラスの中身を飲みほす。「おかわりをいただいてもいい？」

「やめたほうがいいんじゃないかしら、フィリス」メイがたしなめた。そして、腕時計にちらりと目をやる。「ケンワージー夫妻は、いったいどうしちゃったのかしらね？」

人を姓で呼ぶのは、いかにもメイらしい。どちらの女性も、まるで自分の店に置いているミス・マープルのシリーズの登場人物をなぞっているかのようだ。シリーズの舞台となった時代から、すでに数十年が経っているというのに、そんな時の歩みなど、まるで存在していないかに思える。

「きっと、いまこちらに向かっているところでしょう」と、テリ。

「たしかに、車ならたいした距離じゃないものね！」飲みすぎを反省し、空のグラスを手の中で転がしながら、フィリスはちょっと冗談を言ってみた。

「まあ、疑わしきは罰せずということで」会話を漏れ聞いたアンドリュー・ペニントンが、仲間に入る。「知りあいに、いつも法廷には遅刻すべきだという持論の弁護士がいましたよ。そのほうが、相手に強い印象を与えられると」

「よかったら、わたしもひとついただこうかな」ジェマ・ベレスフォードがこちらに手を伸ばし、ゆったりとした動きでチーズ味のスティックをつまむ。

「わたしたちね、ケンワージー夫妻がご降臨くださるかどうか、みなで首をひねっていたところなの」皮肉を利かせ、メイが説明した。

「ほんとに、そうなるといいんだけど」ちょうど二杯めのウイスキーを注いでいる夫に、ジェマはちらりと目をやった。「あのふたりにどうしても会いたいと、トムは心から願っているようだから」

「それでも、みなさんが来てくださって本当によかった」と、テリ。「このところ、みなさんとゆっくりお話しする機会が以前の半分もないでしょう。やっぱり、わたしたちがしっかりまとまっていることが大切だと思うのよ」

テリは香港系中国人で、はっと目を惹く優雅な女性だ。両親は――衣料品事業を経営し、成功を収めている――ずっと愛してきた故郷の支配権が中国に移ったらどうなるか、あれこれ思いをめぐらせた末に、一九九七年の返還前に英国に移住したのだという。その両親は、いまはマンチェスターに住んでいる。アダム・シュトラウスの前妻と現在の妻が同じ人種だということに、当然ながらリヴァービュー・クロースの住人たちは気づいていた。アダムはアジア人の女性が好みなのだろう。もちろん、これはきわめて個人的な感覚の問題であり、そんなことを口に出そうとは誰ひとり思いもしなかったが。

ジェマはチーズ味のスティックをもうひとつとると、夫のそばに歩みよった。「あなた、だいじょうぶ？」声をかける。

まるで酒を盗もうとしているところを見つかったかのように、トム・ベレスフォードはウイスキーのボトルを脇へ押しやった。「あの野郎、どうやら来ないつもりだな！」

ジェマは腕時計に目をやる。「そうね、来そうにないかも」

「欠席して、われわれのことをせせら笑っているんだ！」

ジェマは眉をひそめた。「あなた、もうちょっと肩の力を抜いたほうがいいんじゃない」抑えた声で答える。「あんな男に振りまわされてちゃだめ。あなたにとっても、何もいいことはないもの」

妻の言葉を無視し、トムは続けた。「あいつのせいで、ぼくは夜中に叩きおこされたんだ。そして今朝は、診療所に出勤しようと思ったら、あいつのいまいましい車が道をふさいでいたよ。またしてもね！」

「どうやって出勤したの？」ジェマは先に家を出て、ロンドンの中央部に地下鉄で向かっていた。

「歩いたさ」

「ほんと、配慮のない人よね」

「あれは、わざとやっているんだよ」グラスに入ったウイスキーの半分を、トムはぐいと喉に流しこんだ。「今夜、この話しあいをすっぽかしたのも同じだ。あいつがどうしてこの囲われた住宅地に住もうと思ったのか、不思議で仕方ないよ。明らかに、われわれ全員を見くだしているじゃないか」

ジェマはもう、夫が心配でならなかった。酒をすごし、隠れてタバコを吸いはじめ、さらには胸のうちでどんどん怒りをつのらせているのが透けて見えるだけではない。ふたりの間の距離は、このところどんどん開いていくばかりに思える。結婚したころの、あの幸せそうで穏やかだった夫はどこにいってしまったのだろう、そんなふうに思わされることもしばしばだ。長身ですらりとした体型、額に落ちかかる砂色の髪をしたトムは、いつだってどこか少年めいた雰囲気を残していたのに。いまや――生活に、仕事に、そして何よりジャイルズ・ケンワージーとあの腹立たしい車に――さまざまな方向から引きずりまわされて、その影響ははっきりと、見た目にも表れはじめていた。来年やっと四十歳になろうというのに、いまのトムははるかに老けて見える。顔のいたるところに、不幸がその痕を刻んでいるかのようだ。わたしがこんなところに家を買わなければと、ジェマは後悔していた。どうしたら夫を救える？　夫とわたしは、どうすればこの苦境を抜け出せるのだろう？

「あんまり思いつめないようにして」優しく夫の腕に触れると、何か反論される前に、ジェマはそっとその場を離れた。

部屋の反対側へ歩いていくと、安楽椅子にすっぽり包みこまれているようなフェリシティと、妻を守ろうとするかのようにその後ろに立つロデリック・ブラウンがいた。フェリシティがこの住宅地に越してきたときのことを、ジェマはよく憶えている。お互いの家は《リヴァービュー館》の左右にあり、中庭をはさんで向かいあっていたので、ふたりはよくいっしょに時間をすごすことがあった。そのころのフェリシティ（フィーという愛称で呼ばれていた）は、いまとはまったく別人だったのに。社交にも政治活動にも積極的で、自由民主党の選挙戦を手伝ったり、リッチモンドにあるオレンジ・ツリー劇場の支援をしたり、大好きなアーチェリー・クラブに夫のロデリックを引っぱっていったり――フェリシティによると、腕前は夫よりはるかに上だという――ときには料理の腕を振るって、客を招いたりしていたのを思い出す。

だが、そんなとき、この意地の悪い病気が忍びより――というより襲いかかってきて、フェリシティの気力も活力もすべて吸いとってしまい、今夜のような集まりにも足を運ぶのがやっとという、こんな姿に変えてしまった。それでも、ここで久しぶりに顔を合わせ、ジェマがい

いたから。

ささか驚いていたのも確かだ。いまのフェリシティがほとんど寝たきりなのは、よくわかって

「フェリシティ、あなたに会えるなんて嬉しい」ジェマは声をかけた。「来てくれて、本当によかった」

「例のプール建設の件、どうしても話しあわなきゃと思って」フェリシティが答える。話をするのもつらいらしく、懸命に言葉を唇から押し出しているようだ。

「ああ、当然よね」リヴァービュー・クロースの住人として、ジェマもまた、例の申請通知書を受けとっていた。帰宅すると、あの茶封筒がキッチンのテーブルの上で待ちかまえていたのだ。実のところ、ケンワージー一家が自分たちの庭にどれだけ悪趣味なものを建てようと、ジェマにはさほど気にならない。プールが作られるのは中庭の向こう側で、ジェマたちが住む《庭師の小屋》からはそこそこ距離があるのだから。だが、それはつまり、療養するフェリシティのすぐ目の前に、ジャグジーと更衣室のおまけつきでプールが出現するということだった。

「こんな無茶を通させちゃいけない」ロデリックが声をあげた。「誰かがあの男を止めないと！　誰かが……ああ、どうしたらいいんだ！　ここに越してきてからというもの、あの男は揉めごとばかり引き起こしているじゃないか」

「あんな申請を区議会が通すはずはないと、わたしは思っているんだよ」アダム・シュトラウスが口をはさんだが、言葉とは裏腹に、声はいかにも自信がなさそうだ。この住宅地に建つ家はどれも新築だし、ケンワージー家の庭は幹線道路から見えない。景観に大きな影響はなく、

ケンワージー家の思いどおりになる可能性も充分にある。

「この申請が通るようなら、うちは引っ越すしかないのかもしれないな」ロデリックがむっつりとつけくわえた。

「わたしは引っ越しなんかしない」ふいに、フェリシティが安楽椅子のひじ掛けを両手で握りしめ、語気を荒らげた。「どうして引っ越さなきゃいけないの？　そんなの、不公平よ。あそこはわたしの家なのに！」

そのとき、グラスをフォークで叩く音が響いた。玄関脇に置かれた金縁の鏡の前に、アダム・シュトラウスが立っている。「ちょっと、いいかな」客たちに呼びかけると、アダムはフォークを置き、携帯電話を手にとった。悪い知らせが告げられることを、その場の全員が悟る。アダムの顔を見れば、それは一目瞭然だった。「いま、ジャイルズ・ケンワージーからメッセージが届いてね。結局、ジャイルズとリンダは欠席するそうだ」

その言葉を、ずっしりと重い沈黙が受けとめる。室内の誰もが、身じろぎさえしなかった。まるで、隣にいる誰かが先に反応するのを待っているかのように。

最初に声をあげたのは、トム・ベレスフォードだった。「どうして来ないんだ？」詰問するような口調だ。

「理由は書かれていないんだ」アダムは画面の文字を読みあげた。〝申しわけない。今夜は参加できないようだ。仕事で、ちょっと問題が起きてね。また次の機会にでも〟読みおえて、携帯を下ろす。「実のところ、そんなことじゃないかと思っていたんだが」

「ずいぶん調子のいいメールだな」と、トム。

「失礼にもほどがあるでしょ！」テリ・シュトラウスが怒りに燃える目をしばたたくと、華奢《きゃしゃ》な手を巨大な食卓に向けて振ってみせた。「すばらしい夜にしようと思って、できるだけのことはしたのに」そして、懸命の努力をしたのは自分だけではないことを思い出す。「そうよ、フェリシティだって！　あなたがここに来るのに、どれだけ、どれだけたいへんな思いをしたか、わたしは知ってる。こんなのって、あんまりよ！」

「本当にね、ひどすぎる」フェリシティはすっかり打ちのめされていた。

「失礼なだけじゃなくて、配慮もまるっきり欠けているのよね」ジェマ・ベレスフォードも会話に加わる。「うちはカイリーに、今夜のベビーシッター代もよけいに払わなきゃならなかったのに」

「カイリーはお宅に住みこみなのかと思ってた」と、テリ。カイリーというのはオーストラリア出身の子守で、ベレスフォード家の幼い双子の娘の世話をしている。

「ええ、住みこみよ。それでも、規定時間外まで働いてもらったら、そのぶんを払わないわけにはいかないでしょう」ジェマは夫に歩みよった。「トムも、もう疲れきっているの。今朝は四時に起こされて……」

「ジャイルズ・ケンワージーにね」苦々しげに、アダムがつぶやいた。「あの騒ぎは、わたしも聞いたよ」

「わたしたちが今夜ここに集まった理由はただひとつ、ケンワージー家のふたりと、この問題をきちんと話しあいたかったからなのに」と、ジェマ。「あなたに失礼なことを言うつもりはないの、テリ。本当にすばらしいご馳走よね。でも、これってあんまりよ……」

「わたしはね、柵の件も話しあいたかったのよ」メイが口をはさむ。「うちの柵じゃないのに、何度そう言っても、あの人たちはうるさく文句をつけてくるんだから」

「あの奥さんときたら、わたしたちを放っておいてくれないのよねえ」フィリスがつけくわえる。「今朝もうちに来て——いろいろ脅しを並べていったわ」

「あのプール建設計画！」フェリシティが訴える。「どうしても、あれを止めさせなくちゃ。みなさんには想像もつかないでしょうね。どんなひどいことになるか！」

アダムが片手を挙げ、静聴を求めた。「わたしがどんなに心を痛めているか、どうか、みなさんにもわかってもらえたら。結局のところ、あの家族に《リヴァービュー館》を売却したのはわたしなんだ。けっしてそんなつもりはなかったとはいえ、わたしこそが、こんな揉めごとをわれわれの生活に呼びこんでしまった張本人なんだよ。いまでもよく、あの夫妻に会ったときにもっといろいろ質問しておくべきではなかったか、せめてもっと詳しく説明をしておけば、と自問自答しているくらいでね」

その顔に後悔の色を浮かべ、アダムは言葉を切った。

「交渉の席では、夫妻のどちらとも顔を合わせているんだが、まさか、こんなに……面倒な人たちだとは、夢にも思わなかった。交渉相手としては、むしろ感じがいいくらいだったんだ。まあ、ジャイルズ・ケンワージーが悪辣《あくらつ》な手を使ってきたことは確かだが。わたしが応じるしかないことを知っていて、契約の前日に提示額を引き下げてきたことは、みなさんにも以前からお話ししているとおりでね。だが、まあ、向こうは金融界の人間だ。あちらの業界では、それがごく普通のやりかたなんだろう——公平に見るなら、調査すればこちらの状況はかなり正確につかめただろうしね。できることなら、わたしだって別の人間にあの家を売りたかった。だが、購入を真剣に考えてくれる相手は、ほかに誰もいなかったんだ」

「あなたを責める人なんて、誰もいない」そう夫に声をかけると、反論は許さないとでもいうような顔で、テリは室内を見わたした。

「問題は……今後われわれはどうすべきか、ということだ。いったい、何ができるんだろう？」

「やつらを同じ目に遭わせてやるべきかもしれませんね」トム・ベレスフォードが提案した。

「道をふさがれて車を出せなかったら、どんな気分になるか」

「わたしたちで、何度かパーティを開いてみるのもいいかも」ジェマがつけくわえる。「真夜中に大音量で音楽を流して、翌日はあの家の私道にシャンパンの空きボトルを捨てておくとかね、あの人たちがいつもやっているように。トムの意見は正しいと思うの。わたしたち、これまでちょっと礼儀正しすぎたのよ」

「わたし、もうちょっとだけウオッカをいただいてもかまわないかしら？」フィリスが頼んだ。

「今回は、マンゴー・ジュースは抜きで」

アンドリュー・ペニントンが、一歩前に進み出る。いつもはもの静かな男だが、長年にわたり法廷に立ってきた経験のおかげで、いざというときにはその場の全員の耳目を集めるだけの威厳があった。しばらく間を置き、一同が静まるのを待つ。そして、口を開いた。

「わたしから助言するとしたら、消耗戦に持ちこむのだけは、絶対に避けなくてはいけないということだよ。近所どうしのこうした争いは、わたしも職業上さんざん見てきたが、往々にして危険な方向へ劇化していく傾向があってね。文明人としてきちんと話しあうことが、結局は最善の道なんだ」

「しかし、向こうが話しあいの場に出てこないんじゃ、どうしようもないでしょう」ロデリック・ブラウンが指摘した。

「だったら、手紙を書くといい。よかったら、われわれの懸念をまとめた文案を喜んで作るよ」

「でも、あの人たちが手紙を読んでくれる保証はないでしょう?」と、ジェマ。

「そのときはそのときだ。まずは、一歩ずつものごとを進めていかないと——どんな手を打つにせよ、あくまで法律に則《のっと》って行わなくてはならない。そして、どんなことがあったかを、委細漏らさず記録に残していくことだよ。トム、もしも私道をふさがれたら、その日時をメモにとってくれ。ジャイルズ・ケンワージー、ケンワージーが攻撃的な態度に出たら、できるだけiPhoneで録音するんだ。ケンワージー家でパーティが開かれたときの騒音や、住宅地内のごみの放置などについても、同じように対処するといい」

「あの家の子どもたちについては、どう思います?」メイが尋ねた。「わたしねえ、あの子たちがすごい勢いでスケートボードを乗りまわしているのが、どうも気になって。つい先日、あの兄弟の片方が、もうちょっとでわたしにぶつかってくるところだったの」

「わたしが大声で注意したら、あの子、中指を立ててよこしたのよ」フィリスが口を添える。

「ちょっと、汚い言葉を使っちゃだめよ！」

「ええ、でも、わたしじゃなくてあの子がしたことだから」

「この住宅地に越してきたときに、全員が署名した行動規範があっただろう」アンドリュー・ペニントンが指摘する。「あそこには、球技や自転車についても記載されていたはずだ。スケートボードについては、ちょっと記憶にないが」

「そうそう、クリケットも！」ジェマがつけくわえた。「あの子たち、周りに誰がいようとおかまいなしに、思いきり球を打つでしょ。一度、危うくカイリーに球が当たりそうになって。もしも、双子の娘のどちらかに当たっていたら？　怖ろしい事故になっていたかもしれないのに」

「あのいまいましいキャンピング・カーも、どこかへ動かしてもらわないと」と、トム・ベレスフォード。「あんなふうに年じゅう置きっぱなしにされちゃ、こっちはかなわない」そして、アンドリュー・ペニントンに向きなおる。「あいつらを訴えるとか、そういうことはできないのかな？」

「われわれにできることは、ほとんどないんだ」元弁護士は残念そうに答えた。「たしかに、夫妻宛ての手紙の中で、法的措置をとると脅すことはできる。だが、外部の弁護士を雇うとなると、かなりの費用がかかるだろう——そして、そういう争いに突入してしまったら、まちがいなくケンワージー氏のほうが厚い財布を持っているからね。それでも、あの男と法廷で争いたいと思うかね？」

「プール建設計画はどうなるの？」胸の内の怒りをわかってもらおうと、フェリシティが懸命に声を絞り出す。今夜、この件をフェリシティが持ち出したのは、これで三度めだ。

ロデリックはすぐさま妻の援護射撃に回った。「みなさんにとっては、さほど重要な問題ではないかもしれないが、あのプールはフェリシティの窓の目の前に作られるんだ」アンドリュー・ペニントンを見やる。「なんとかして、止める方法を考えないと」

「そうですね、さっきアダムも言っていたとおり、あの申請はまだ区議会を通っていない。却下される見こみは充分にあるはずだよ」

「わたしの部屋からの眺望が、ほとんどさえぎられてしまうのよ！」

「残念ながら、眺望がさえぎられるかどうかは、都市計画法が考慮するところではないんだ」アンドリュー・ペニントンは続けた。「とはいえ、法律に沿って、こちらから異議申し立てできる点はまだまだある。騒音も、そのひとつだ。騒がしくなってしまっては、この住宅地の評判を損なうことになるからね。ここは自然保護区域だから、塩素やそのほかの化学物質が環境に悪影響をおよぼす怖れがあれば、それも考慮しなくてはならない。プールの建設にあたっては、樹木を切り倒すことになるかもしれないし――」

「わたしの植えた二本のイチイも、とうに切り倒されてしまったよ。誰も、気にもとめていないようだが」と、アダム。

「そう、まずは建設計画を見せてもらう必要があるね。更衣室というのは、いったいどんな建物を考えているのか？　ロデリックとフェリシティの家の日照が大きくさえぎられてしまうようなら、それはまちがいなく却下の理由になるだろう」

「プールなんて、うちのエラリーにも危険かもしれないわ！」ふいに思いついたというように、フィリスが口走る。その声に、全員が老婦人へ目を向けた。「あの子、ときどきケンワージー家の庭に入りこんでしまうから。けっして悪さはしないのよ。ただ、そのへんを嗅ぎまわるだけ。でも、そこにプールがあったら、あの子は落ちてしまうかもしれないでしょう」

「あなたが手紙を書くときは、そのこともつけくわえるといいね」アンドリューは優しく声をかけた。「それと、もうひとつ考えがあるんだが、こちらのほうがうまくいくかもしれないな。われわれ全世帯が、それぞれ区議会に手紙を出すんだよ、こうした反対意見をまとめてね。どうせ出すなら、事前にみなで内容を調整したほうがいいだろう。こちらも、わたしは喜んでお手伝いするよ。だが、あくまで節度を守ることが肝要だ。悪意をむき出しにしても、何もいいことはないからね」

その提案を一同がじっくりと考え、呑みこむまで、しばしの沈黙が続く。

「じゃ、そういうことで決まりかな？」ロデリックが口を開いた。「みんなで手紙を書く――そして、結果を待つと」

「ああ、わたしの助言は以上だ」言うべきことはすべて言ったと示すかのように、アンドリューはジン＆トニックを口に含んだ。

「わたしも、まったく同意見よ」と、メイ。「あんな男とやりあったところで何にもならないし、弁護士を雇おうなんて気にもなれませんからね。みんなであの男を無視しつつ、早くどこかへ越してくれと願っていればいいでしょ。ああいう無法者とやっていくには、そうするしかないの。あんな一家、存在しないふりをしてやるのよ！」

「ほんとに、わたしもそう思うわ」すっかり酔いの回ったフィリスが、おぼつかない笑みを浮かべようとする。「お互い我慢しあってやっていく。まさに、そのとおりよ。でも、せっかくこうして集まったんだから、みなさん、もう一杯やりません？」

こうして、その夜のパーティ――と呼ぶべきかどうか――は、さらに三十分ほど続いたが、ケンワージー夫妻の欠席で、本来の意味がすっかり薄れてしまったことは確かだ。メイ・ウィンズロウとアンドリュー・ペニントンに後押しをもらい、どうにかその場を盛りあげようとアダム・シュトラウスが力を尽くしたにもかかわらず、冷めた空気がみるみる広がるのをとどめるすべはなかった。最初にロデリックとフェリシティ・ブラウンが席を立ち、ほかの客たちも次々とそれに続く。巨大な食卓には、包子やエッグ・タルトが手つかずのまま残された。

リヴァービュー・クロースに死が訪れ、この集まりの出席者たちが大打撃を受けるのは、この六週間後のことだ。警察が捜査を続けるうち、お互いの間にも疑念が渦巻き、隠されていた真実が次々と明かされることになるのだが、これだけは全員が同意するにちがいない。

この夜の集まりに、ジャイルズ・ケンワージーは何をおいても出席すべきだったのだ。

第二部　シリーズ第五作

1

これまでわたしとダニエル・ホーソーン元警部の冒険を描いた作品を追ってきてくれた読者なら、今回の本にはいささか驚いたかもしれない。ホーソーンはどうした？　ホロヴィッツはどこにいる？　どうしてまた、物語が三人称で語られているのだろう？

これらはすべて、わたしが好きでそうしたわけではない。

わたしの書いた戯曲『マインドゲーム』が上演されてから、すでに一年あまりが経った。あの戯曲は劇評家たちからこき下ろされ、いまは〝国立劇場で再演の見こみなし〟のファイルに放りこんである。このなりゆきに、わたしは落ちこんだだろうか？　実をいうと、そうでもない。もの書きとして一生やっていくのなら、失敗の可能性は受け入れなくてはならないし、実際に失敗したときにはそれを乗りこえていかなくてはならない。古い格言によると〝脚本家の善し悪しは最後に書いた脚本で決まる〟そうだが、それはまちがっている。脚本家の善し悪しを決めるのは、次に書いた脚本なのだ。ものを書くというのは、つねに先を見すえる作業なのだから。『マインドゲーム』を書いた結果、わたしの身に起きた最悪のことといえば、この舞台を悪意たっぷりに酷評した劇評家ハリエット・スロスビーが無惨にも殺害され、わたしがその犯人として逮捕されてしまったことだろうか。ここだけの話、ハリエットとわたしを比べると、よりひどい目に遭ったのは向こうだとは思っている。

わたしの著作権エージェント、ヒルダ・スタークは、こんななりゆきを何も知らない。この事件を描いた作品の原稿はまだ送っていないので、いまのところ『ヴォードヴィル劇場の殺人』（仮題）については、あらすじしか読んでいない状態なのだ。わたしが身の潔白を証明できたことを、ヒルダはきっと喜んでくれるにちがいない。わたしがワームウッド・スクラブズ刑務所にぶちこまれたら、新たな本を書かせるのも一苦労だという理由だけからかもしれないが。実のところ、著作権エージェントは作家のために働いてくれる存在なのか、それともその逆なのか、わたしはいまだ結論を出せずにいる。ヒルダはわたしの腕をねじりあげるようにして、新たに四冊の本を書く契約を《ペンギン・ランダムハウス》と結ばせたうえ、ニューラル・ネットワークを用いたＡＩ搭載マシンでも苦労しそうな締切まで設定させた。わたしの気が弱すぎるのか、それとも本を書くのが好きすぎるせいか、ほかの作家たちが楽しそうに遊び歩いている間も、わたしはいつだってＡ４の紙の束といっしょに仕事部屋に閉じこもるはめになっているような気がする。

とはいえ、その後の展開は、ヒルダでさえ予知できなかった。

いまだ新たな殺人事件が起きないという理由で、わたしは次のミステリが書けずにいる。ホーソーンからは、もう何ヵ月も連絡がない。

いわゆる犯罪ノンフィクションを書くことの難しさがここにある。わたしがテレビドラマ『バーナビー警部』の脚本を書いていたときは、一話に四件か五件の殺人を詰めこんでも、みながら当然のことのように受けとめていたものだ。エルキュール・ポワロはその生涯で（スタイルズ荘での事件を皮切りに）八十五件以上の謎めいた死を捜査している。だが、現実はそうはいかない。英国では年間に七、八百件ほどの殺人が起きるが、そのほとんどはどこも謎めいてなどいないのだ。酒場での喧嘩。家庭内での口論が暴力に発展。衝動的にナイフを振るう。こうした犯罪はどれも怖ろしくはあるが、そんなものを読みたい人間はいない。ジャーナリストさえ、これらは陳腐な犯罪とみなしている。キッチンに踏みこんでみると、殺人者が片手に肉叩き、もう一方の手にウイスキーのボトルを握って坐りこんでおり、壁一面が血に染まっていたなどという事件では、警察としてもわざわざホーソーンに助力を求めるまでもないのだ。

まさかこんな事情とは夢にも思っていなかったらしいヒルダが、思いがけずわたしに電話をかけてきたのは昼ごろのことだった。いつものように、わたしはクラーケンウェルにある自宅の仕事部屋にいて、すぐ道向かいで行われている新しいクロスレール線の地下工事現場から、削岩機が地面を揺るがし、巨大な工業用ドリルがけたたましいうなり声をあげるのを聞いていた。どちらを見ても林立したクレーンが首を旋回させている姿は、まるで先史時代の怪物たちが、立ち話に夢中になっているかのようだ。こうしてにぎやかにロンドンが生まれかわっていく様子を見ていると、わたしはどうしようもなく孤独感に苛《さいな》まれてしまう。そのおかげもあってか、電話に出そこなうことはめったにない。

「次の本は進んでる?」聞き慣れた声が、耳もとで叫ぶ。

「やあ、ヒルダ」わたしは答えた。「何の本のことだ?」

「ホーソーン・シリーズの新作よ。第五作を、早く書きおえてもらわないと」

ヒルダはいつも、この一連の物語をホーソーン・シリーズと呼ぶ。ヒルダだけではない、みなが。最初から最後まで書いているのはわたしなのに、わたしの名がまったく出てこないなんて、どうにも奇妙な話ではないか。

「どうして、そんな質問を? まだ、時間はたっぷりあるじゃないか。そもそも、わたしはまだ『ヴォードヴィル劇場の殺人』を仕上げていないんだ」

「わたし、その題名はあんまり好きじゃないのよね。あまりに古くさくて。はるかに素敵な題名候補を、ホーソーンが考えてくれているみたいよ……」

「いったい、いつホーソーンに会ったんだ?」あの男と出会ったその日から、自分の人生がじわじわと非現実感に浸食されているような気がしてならない。

「先週、電話をもらったの。ラジオ4の《トゥデイ》から出演依頼があったんだって」

「いったい、何の話をさせるつもりなんだろう?」

「あなたと組んで仕事をしていることについて、じゃないかな」

どうして、その逆ではないのだろう? 依頼されても、わたしは絶対に行くものかと心を決める。「そもそも、まだ書きはじめてもいない本の進み具合を、どうしてわたしに訊く?」

「どうしてって、あの本の締切は今年のクリスマスだからよ」

「誰がそんなことを言った？」

「あなた、契約書を読んでいないの？」

「これまでだって、契約書なんか読んだことはないね。それはきみの仕事だろう」

「まあね、十二月には原稿を仕上げると、わたしがうけあったのよ。早めの進行ではあるけれど、それは先方があなたを信頼していることの証《あかし》でしょ。あちらは春に間に合うように出版したいんですって」電話の向こうで何やらどさっ、がさがさという音がして、ヒルダの声が遠くなる。どうやら、携帯を膝に下ろしたらしい。「わたしにはツナのバゲット・サンドとミルク入りのエスプレッソ、ペパーミント・チョコをお願い」

「ヒルダ？　電話中に昼食の注文か？」

わたしの言ったことが聞こえなかったのか、それとも無視したのか、電話に戻ってきたヒルダはこう尋ねた。「それで、いつ書きはじめるつもり？」

「わからないな。ホーソーンには、もう何ヵ月も会っていないしね。きみが何か新情報を聞き出しているなら別だが、その後、新たな事件を捜査している様子もない」

わたしに言われたことを吟味しているらしく、ヒルダはしばし沈黙した。

「そう、だったら、昔の事件を書いたらいいじゃない」やがて、こう切りかえす。「ホーソーンと話してみて。あの人、あなたと会う前にも、五、六件は殺人事件を解決しているはずよ。考えてみて、トニー。何か決まったら連絡してね」

トニー！　ヒルダまで、わたしをそんなふうに呼ぶなんて。抗議しようと口を開きかけたものの、もう電話は切れていた。

いくつもの思いが、次々と頭をよぎる。

複数の本の契約を結ぶ安心感は、わたしにとっていつもありがたいものだった。今回の契約では、四冊ぶんの報酬とともに、四冊を書く機会が約束されたことになる。たとえ次の本が大失敗に終わったとしても、あと三冊は書けるのだ。多くの作家は、いわゆる〝詐欺師症候群《インポスター》〟を抱えている。自分は実は才能のない詐欺師だということがいまにも発覚し、いきなり書店の棚から著書が回収され、溶かされて乳白色のパルプに戻り、ほかの誰かの書いたものを本にするために使われるのではないかという、慢性の恐怖のことだ。だが、こうして複数の本の契約を結べば、そんな危険もそれだけ未来へ押しやることができる。

とはいえ、悪い面もある。これらの契約によって、わたしはその出版社に縛りつけられ、ほとんど専従の社員と化してしまうわけだ。わたしが書くと約束した量は四冊の合計で三十万語、いや、第二稿を書いて推敲《すいこう》を終えるころには五十万語にも達しているかもしれない。まさに、目の前に高い山がそびえ立っている状態なのだが、登りはじめようにも、肝心のホーソーンからは、ハリエット・スロスビー殺害の犯人が逮捕されて以来（最低服役期間二十三年の終身刑となった）、メールもメッセージも何ひとつ届かない。言ってみれば、他人のスランプで書けずにいる作家のようなものだ。

電気ケトルの電源を入れ、ヒルダに言われたことをあらためて考えてみる。昔の事件……ホーソーンがわたしの人生に無理やり押し入ってくるより前に、解決した殺人事件ということか。たしかに、それは魅力的な話ではあった。

そもそも、それなら執筆ははるかに楽な作業となる。すべての事実が出そろっていて、証拠も集まり、犯人がすでにわかっているところから始めるのだから。これは、わたしにとっては大きな安心材料だ。何週間にもわたってホーソーンを五、六歩遅れて追いかけ、あの男がどうか事件を無事に解決し、わたしが本を書きあげられるような結末を迎えられることを必死に祈る、そんな苦労をせずにすむ。実在のワトスンあるいはヘイスティングズよろしく、何もかもまちがえた推理をする必要もなく、刺される心配もない……これまで二度も起きてしまったように。ただホーソーンとじっくり向かいあい、事件の概要を説明してもらって、あの男がとったメモなどあれば見せてもらい、ひょっとしたら事件現場を訪れて細かい配置や雰囲気をつかむ。あとは、自宅の居心地のいい仕事部屋に腰をおちつけ、静かに書きすすめていくだけでいい。

時期のめぐり合わせも、いまがちょうどよかったかもしれない。妻が経営しているテレビドラマ制作会社《イレブンス・アワー・フィルムズ》は、ちょうどAmazonのために『アレックス・ライダー』の制作を始めたところだが、今回、わたしは脚本を書かないことにした。理由はふたつある。ひとつは、ちょうどアレックス・ライダーのシリーズ最新作『ナイトシェイド』を書いているところだったからだ。そしてもうひとつ、十六年前の二〇〇三年に制作されたアレックス・ライダーの映画『ストームブレイカー』の思い出が、どうしても頭をよぎってしまうということもある。米国のプロデューサーはハーヴェイ・ワインスタインとかいう御仁《ごじん》だったが、いっしょに仕事をした経験は、総じてあまり愉快なものではなかった。そんなわけで、こちらの手綱《たづな》は別の誰かにとってもらうのが賢明だろうと、わたしは判断したのだ。幸い、わたしより二十ほど年下の、すばらしい脚本家が見つかった——自分なりの登場人物像を持っていて、新たな世界観を作品にもたらしてくれるような。そのうち何話かについては、わたしも構成を手伝ったりはするにしても、これでほかのことに注力できる余裕ができた。

そのひとつが、ジェームズ・ボンドの新作だ。以前に出版した『逆襲のトリガー』が好評を博したおかげで、驚いたことに、イアン・フレミング財団から二作めを書かないかと依頼があったのだ。わたしはとっさに、断るべきだろうと思った。ジェームズ・ボンドの小説は、とにかく手間がかかるのだ——取材をし、状況に応じた言葉づかいに正確を期し、二十一世紀のまったく新しい価値観に生きる読者の眼前に、一九五〇年代の登場人物を生き生きと描き出すためにも、見え透いた落とし穴はすべて回避しなくてはならない。二作めの物語など、そもそも思いつけるかどうかさえ自信がなかった。

だが、そんなとき、思いがけないことが起きる。新しい物語の最初の一行が、ふいに天から降ってきたのだ。作家というのはみなラジオ受信機で、どこからか……そう、知る由《よし》もない場所からの信号を受けとっているだけではないかと、わたしはときどき思うことがある。〝そうだ、007は死んだ〟——これは、Mの台詞《せりふ》だ。部下のエージェントのひとりが殺されるが、それはボンドではない。これは『カジノ・ロワイヤル』より以前の、どうやってボンドが殺しのライセンスを手に入れ、００７というコードナンバーを受け継ぎ、最初の任務に送りこまれたかを描く、オリジナルの物語だ。これまで誰も思いつかなかったほどすばらしい着想だ、などと言うつもりはないが、わたしはこの物語に心揺さぶられた。これは、どうしても書かなくては。

舞台は南仏にしようと、わたしは考えた。ＣＩＡや、五〇年代に実際に起きたヘロイン密売にかかわる米国のスキャンダルも物語に絡めよう。向こうを張る悪役、ジャン＝ポール・スキピオについても、すでにある程度は人間像が浮かびつつあった。フレミングはもともと、ドクター・ノオのコンタクトレンズしかり、スカラマンガの第三の乳首しかり、肉体にかかわる特徴を物語に織りこむことを好む。スキピオはとてつもない、不自然なほどの肥満体にして、それが死の場面にもかかわってくる設定にしようという構想だ。

四六時中この物語のことを考えてはいたものの、まだ書きはじめてはいない。つまり、仕事机の上に何も載っていないいまこそは、ヒルダのうるさい催促を封じる絶好の機会でもあった。

さらに、別の記憶もよみがえる。文芸フェスに参加すべく、ホーソーンといっしょにオルダニー島を訪れて、島で千年ぶりくらいの殺人事件に遭遇したとき、ホーソーンはたしかロンドン郊外、リッチモンドの袋小路《クロース》だか湾曲《クレッセント》した道だかで起きた事件のことに触れてはいなかったか。ある〝事故〟を起こし、取り調べ中だった容疑者を病院送りにしてしまった結果、警察を放り出されて私立探偵となり、そこで最初に解決した事件のひとつだったと。この〝事故〟が引用符でくくってあるのは、それなりの意味がある。問題の容疑者は児童ポルノをあつかっていた下劣な人間だったが、その男がなぜかつまずいて、急な階段を転がり落ちたとき、ホーソーンはそのすぐ後ろに立っていたのだ。

ホーソーンに最後に会ってから、もうしばらくになる。あの男に会いたいという、どこか奇妙な感情がわたしの胸に芽生えていた。ホーソーンを友人と形容する気にはなれないが、四つの事件をともに追いかけたいま、わたしたちの間に、どこかチームめいた感覚が生まれているのは確かだ。それに、あの男がいなかったら、いまごろわたしはこれを刑務所の狭苦しい一室で書いていたにちがいない。ヒルダと電話で話していたときから、久しぶりにホーソーンに会うのも悪くないと、わたしは考えはじめていたのだ。

携帯を手にとり、あの男を呼び出す。

2

いつものことだが、わたしたちの待ちあわせ場所は、ロンドンの街角のどこにでもあるコーヒーショップのひとつだった。こうした店はお互いによく似ているばかりではなく、競合他社のチェーン店ともそっくりなのだから、まったくわけがわからない。ホーソーンのアパートメントはわたしの自宅から歩いて十五分ほどのところにあるが、そちらも、こうしたコーヒーショップと同じく、さほど居心地のいい場所ではない——それも、あの男がめったにわたしを自宅に招かない理由のひとつなのだろう。結局のところ、わたしたちは近くの《スターバックス》——いや、《コスタ》だったか？——に決めて、ホーソーンが自由にタバコを吸えるよう、店外の席に腰をおちつけ、さほど新鮮でもない空気にさらされていた。

ホーソーンのロンドンの自宅については、これまでも充分に描いてきたはずだ。まったく個性というものの感じられない、がらんとした部屋に、大量のプラモデルだけが飾られている——二度の世界大戦で活躍し、いまはこの部屋にたどりついた飛行機、戦車、戦艦、輸送車両の数々。ホーソーンは自分のことをわたしになかなか語りたがらず、そのせいで、あの男がどこで——そして、どんなふうに——暮らしているのか、それを知ればある程度の手がかりは得られるかもしれないと、わたしは不健全なほどの興味をつのらせることになってしまったのだ。たとえば、趣味を例にとってみよう。あのプラモデル製作は、何らかの理由で不幸だった子ども時代の反動なのか、それとも、ただの楽しい暇つぶしなのだろうか？

あるいは、あの奇妙な人々が毎月ホーソーンのアパートメントの階下の一室に集まっている、例の読書会はどうだろう？　以前わたしが一度だけ顔を出したときには、獣医師、引退したピアニスト、精神科医、そのほか四人（ケネス、アンジェラ、クリスティーン、リサ）を紹介してもらったが、みながみな、わたしが文学の偉人と崇《あが》めるサー・アーサー・コナン・ドイルの作品を解体することにひねくれた喜びをおぼえているかのような人々ばかりだった。同席したのはほんの短い時間だったが、その後、あの顔ぶれはみな、本当に紹介されたとおりの素性だったのだろうかと、わたしは思いをめぐらさずにはいられなかった。まるで、みなが何か怖ろしい秘密の絆で結ばれているような気がして──『ローズマリーの赤ちゃん』の登場人物たちのように。あの場で顔を合わせた人々は、誰ひとりとして一筋縄ではいかないような相手ばかりだったのだ。

たとえばリサの息子、ケヴィン・チャクラボルティ。ホーソーンの年若い友人で、デュシェンヌ型筋ジストロフィーのため、つねに車椅子にかけて生活をしている。だが、世界じゅうを探しても、こんなに危険な青年もそうはいまい。さまざまなコンピュータ・システムをハッキングし、必要とあらばクラッシュさせることで、いつもホーソーンの捜査を手助けしているのだから。英国全土の防犯カメラ映像にもアクセスでき、ちょっとマウスを動かすだけで、誰だろうと、どこにいようと見つけ出すことができる。その気になれば、この国のすべての活動を停止させることも、空から飛行機を落とすこともできるだろうとわたしはにらんでいるが、少なくともある程度、ケヴィンとホーソーンが天使の側に立って活動しているのは幸運といえよう。ホーソーンは殺人事件を解決する。あくまでも、正義を信じる人間なのだ。問題は、その目的を達するためなら手段を選ばない、というところなのだが。

警察に追われていたとき、わたしはホーソーンの自宅にひと晩だけ泊めてもらい、ウィリアム・ホーソーンのベッドに寝かせてもらったことがある──少なくとも、身体が納まるぶんだけは。ウィリアムというのはホーソーンの十四歳の息子で、ベッドの丈がいささか短かったのだ。ここにもまた、わたしにはよくわからない事情があるらしい。ホーソーンはいまだ離婚してはいない。息子にもしょっちゅう会っている。だが、別居してひとり暮らしをしているのは確かだ。いったい、そのへんはどうなっているのだろう？

そして、ホーソーンはなぜブラックフライアーズ橋のたもとでテムズ川を見晴らす、どこかブルータリズム建築めいたぎくしゃくと無骨なアパートメントの最上階に住むことになったのだろう？　あの部屋は、実際にはホーソーンの所有ではない。本人の説明によると、半分だけ血のつながった不動産業者の兄に依頼され、管理人としてここに住んでいるという話だったが、実際にはこれも何ひとつ真実ではなかった。ひどく込み入った事情のようだが、いまわかっているかぎりでは、実はこういうことらしい。


•ローランド・ホーソーンは不動産業者ではない。

•ローランドは何やら謎めいた保安組織に属しており、この部屋は建物ごと、その組織が所有している。

•その組織はモートンという男が運営しており、ホーソーンも警察に協力していないときは、そこの調査員として働いている。

•ローランドはホーソーンの半分だけ血のつながった兄ではない。ローランドの父親は警察官で、両親が謎めいた死を遂げたホーソーンを養子にして育てた。


ホーソーンについて知れば知るほど、あの男のことがわからなくなってしまう。凄腕の探偵であることは確かだ。これまで四回にわたってあの男の事件捜査に同行したが、いつもわたしがこと細かに書きとめておきながら、その意味に気づかなかった手がかりを巧みにつなぎあわせ、みごとに真実を探り出すところをこの目で見てきた。だが、ホーソーンの私生活のほうは、そんなものがあるとしたらだが、あまりにも奇妙で、いささか危険な香りさえする。ホーソーンの自宅を二度と訪れることがなくても、わたしはさほど残念には思うまい。

もちろん、わたしのほうからクラーケンウェルの自宅にホーソーンを招くことはできる。だが、こちらもあまり気が進まなかった。まず大きな理由として、わたしの妻のジルが切りまわしているテレビ制作会社は、このすぐ先の角を曲がったところにあり、いつジルが帰ってこないともかぎらないのだ。わたしは、できれば妻をホーソーンと会わせずにおきたかった。ジルはホーソーンとのつきあいをあまり喜んではいない——そもそもの最初、あの男がわたしの人生に巧妙にも入りこんできたときから。『メインテーマは殺人』と『その裁きは死』は読み、おもしろかったとは言ってくれたものの、わたし自身が物語に登場することには深刻な懸念を抱いていたし、自分は絶対に出たくはないらしい。四冊めの『ヴォードヴィル劇場の殺人』が世に出た暁《あかつき》にはジルにどう説明しようかと、この期《ご》におよんでもわたしは気を揉んでいた。あのとき実際に何があったのか、わたしはいまだ妻にすべてをうちあけてはいないのだ。わたしがハリエット・スロスビー殺害容疑で警察に逮捕され、被疑者の権利告知を受けたうえで、二十四時間にわたって取り調べを受けていたなどと本を読んで知ることになったら、ジルはいったいどんな顔をするだろう。

そのうえ、わたしの知人でいまだ喫煙しているのは、ホーソーンひとりだけだ。もっとも、傍《はた》で見ているかぎり、さほどタバコが好きなようには見えない。いつも機械的に吸っている――中毒というより、こういう特異体質ですとでもいわんばかりに。ホーソーンといえば、いつものスーツ、白いシャツにネクタイという恰好で、肩を丸めてブラック・コーヒーのカップの上に身を乗り出し、柔らかな、それでいてどこか不穏なまなざしでこちらをじっと見つめながら、ポリスチレンのカップの蓋にタバコの灰を落とす姿が目に浮かぶ。こんなとき、ホーソーンはまるで四〇年代の映画から抜け出してきたかのようだ――ジェイムズ・キャグニー、あるいはハンフリー・ボガートの生まれかわりというところだろうか。けっして白黒の映像ではない。ホーソーンはいつも、濃淡さまざまな灰色だ。

そんなわけで、その日わたしたちはクラーケンウェル・ロードの《スターバックス》店外席に腰をおちつけていた。八月第一週のことだったから、この時点でまだ題名も決まっていない、筋書きもわからない、登場人物も知らない本を書きおえるまで、あと五ヵ月しかないというわけだ。実際、それがどんな本になるのか、わたしはまだ何ひとつ知らなかった。ホーソーンも会おうという誘いには応じてくれたものの、この本のために情報を提供してくれるかどうかはわからない。

「調子はどうだ?」わたしは切り出した。

どうでもいいというように、ホーソーンが肩をすくめる。いつものとおり、自分についての情報はできるだけ明かすまいというかまえだ。この男が病気になったら、いったいどうするのだろうという思いが頭をかすめる。椅子に縛りつけないと、採血さえできそうにない。「問題ない」しばらくの後、ようやく答えが返ってきた。

「ラジオ4の番組はどうだった?」ホーソーンに声がかかり、自分は呼ばれなかったことを、わたしはいまだに少し根に持っていたが、そんな本音はできるだけ出さずにおく。

ホーソーンはかぶりを振った。「あれは断ったよ。宣伝には興味がないんだ」

「宣伝すれば本が売れるじゃないか」

「それはおれの仕事じゃないんでね、相棒。そもそも、おれの名を本に出すべきじゃなかった」タバコを取り出す。「いまさら遅いが」

「いまは何の捜査をしている?」

「たいして、何も」あやしむような目で、じっとわたしを見る。「どうしてそんなことを訊く?」

ヒルダから電話があり、新しい本をすぐにでも書きはじめなくてはならないことを、わたしは告げた。

そこまでは、ホーソーンもすでに知っていたらしい。「ああ。あんたに電話するつもりだと、ヒルダが言ってたよ」

考えてみれば、ヒルダから話が行っていないわけがない。ただのコーヒーとおしゃべりのためなら、ホーソーンは時間を割《さ》いてなどくれなかっただろう。ヒルダがいまやホーソーンのエージェントでもあること、しかも、どうやらわたしよりこの男に期待しているらしいことに、わたしはどうにもいたたまれない思いだった。ホーソーンとの電話中には、ヒルダも昼食など注文しないだろうに。「それで、きみはどう思う?」

「おれたちが会う前に起きた事件を、あんたは書きたいのか?」

「だって、それはいい考えだときみが言ったんじゃないか。オルダニー島の文芸フェスで、きみはリッチモンドで起きた事件を解決したときのことを話していただろう。リヴァーサイド・クロースとかいう場所だったか」

ホーソーンはタバコに火を点《つ》け、最初の一服を肺いっぱいに吸いこんだ。「リヴァーサイドじゃない。リヴァービューだ」

「誰かがハンマーで殴り殺されたんだったな」

「クロスボウで射殺されたんだよ」

思わず目を怒らせ、にらみつける。「ホーソーン! わたしが何かまちがえて書くたびに、どれだけの指摘ツイートやメールが降りそそいでくるか、わかっているのか?」

ホーソーンは肩をすくめた。「おれは、あまり自分のことを知られたくないんだ」

「だからって、わざと嘘をついていいわけはないだろう」

眉をひそめ、ホーソーンが灰を落とす。「いろいろと事情が変わってね。おれたちがこんなにも注目されちまうとは思ってなかった。ラジオ4も、そのほか諸々《もろもろ》も。人目につかずにいてほしいと、おれに望んでる仕事相手もいる。それに、そのリッチモンドの事件についちゃ——正直なところ、おれは結果にあまり満足してなくてね」

「だが、きみは事件を解決したんだろう……」

ホーソーンはむっとしたようだ。「あたりまえだ」

「わたしに話してくれるつもりはないのか?」

「どうかな」その表情は、本当に苦しんでいるように見える。ホーソーンがこんな顔をするのは、この男が子ども時代をすごしたというヨークシャーの村、リースについて尋ねたとき以来だろうか。「五年前に起きた事件でね。だが、あんたはその場にいなかったのに、どうやってその話を書くつもりなんだ?」

「ついこの間まで、わたしはアフガニスタンで活躍するアレックス・ライダーの話を書いていたんだぞ」

「まあ、作り話はまた別だ」

「それで、リヴァーサイド……リヴァービュー・クロースでは、いったい何があったんだ?」

無言でタバコを吸うホーソーンの返事を、じっと待つ。わたしはもう、いいかげん苛立《いらだ》っていた。「殺されたのはどんな人間だった?」

「ジャイルズ・ケンワージーって男でね。あまり人好きのしないやつで……いわゆるヘッジファンド・マネージャーというのかな。イートン校出身。右翼で、人種差別主義者ぎりぎりというところだ。もっとも、女房とふたりの子どもはいてね、家族だけはその死を悲しんでたな」

「なかなかの滑り出しじゃないか」と、わたし。「どうして殺された?」

「近所づきあいがうまくいってなくてね」

これはホーソーンの皮肉か何かだろうかと、わたしは頭をめぐらせた。「捜査中にとったメモはどこかに保存してあるんだろう？　それとも、何もかも記憶しているのか？」

「そのときは助手がいてね。そいつがメモをとってた。聞きこみの録音もな」

ことともなげにそう言ってのけたホーソーンは、わたしがその言葉にどれほど衝撃を受けているか、まったく気づいていないようだった。わたしはこれまで何週間もホーソーンとすごし、捜査の足どりを追い、何ヵ月もかけてその記録を書きつづってきたのに。わたしと会う以前に別の相棒がいたなんて、そんな話はこれまで一度も、ほのめかされたことさえなかった。

「助手の名前は？」わたしは尋ねた。

「どうしてそんなことを訊くんだ？」

「この事件を書くとなれば、当然その男のことも書くことになるからね」

「ジョン・ダドリー」ホーソーンはしぶしぶ答えた。「その事件では手伝ってもらったよ。あんたと同じことをやってくれてた。まあ、本は書いてないが。あんたとちがって……この道の専門家でね」

「それはそれは、正直な論評に感謝するよ」わたしはつぶやいた。「その男は、いまはどこにいる？」

「もう、ずいぶん会ってないな」

「どうしてきみの助手を辞めたんだ？」

ホーソーンは肩をすくめた。「ほかに、いろいろやるべきことがあったんだろう」

答えにならない答えとは、まさにこれだ。

「とにかく、われわれにはほかに選択肢がないんだ」わたしはヒルダから言われたことを、もう一度くりかえした。「出版社としては、次の本を来年の春までには出したいというんだ。そうなると、あと五ヵ月で原稿を書きあげないといけない。もちろん、次の事件が起きるのをひたすら待つ手もあるんだが、最近はずっと平穏な日々が続いているようだし、もしも誰かが殺されたとしても、五冊めの本の材料となるほどおもしろい事件かどうかはわからないだろう」

「あんたが何か、想像ででっちあげられないのか？」

「きみを主人公に据えて？　そんな試みがうまくいくとは思えないな。いいか、きみが捜査した――そして解明した事件が、すでに手もとにあるんじゃないか。どうして、素直にその事件の話を聞かせてくれないんだ？」

手にしたタバコを吸いおえるまで、ホーソーンはしばし無言で考えこんだ。「まあ、あんたに話してきかせることはできるよ」ようやく口を開くと、タバコを揉み消し、灰皿代わりにしていたコーヒーカップの蓋に落とす。「だが、それなら、あんたの原稿を見せてほしい」

「それは……書いている途中で、ということか？」

「ああ」

考えただけでぞっとする。肩ごしにホーソーンがのぞきこんでいるような状態で、原稿など書けるものだろうか。そもそも、ホーソーン自身についての形容も、半分は自制しなくてはいけなくなる。それどころか、過去の事件を書くときでさえ、結局はホーソーンが主導権を握ることになるわけだ。なにしろ、向こうは容疑者全員と実際に顔を合わせている。事件現場に足を運んでいるホーソーンに比べ、こちらはどうしても、ある程度は暗中模索になってしまう。そうなると、かなりの部分をわたしが想像で補うしかなく、わたしの書いたすべての言葉、すべての形容に対して、ホーソーンがダメ出しする情景が目に浮かぶようだ。そんなことをしていたら、書きあげるまでに何年かかるかわからない。「どうして、未完成の原稿なんかを見たいんだ？　わたしを信頼できないのか？」

「信頼はしてるさ、その証拠に、あんたの本なんか読んじゃいない。だが、昔の事件を書くとなると、あんたがちゃんと理解してるか確認する必要があるんだ。今回の本は、いっしょに書くことになる」

「それは、わたしの仕事のやりかたとはちがうんだが……」

「今回は特別なんだ！」

たしかに、ホーソーンの言うことにも一理あった。わたしは写真を見て、警察の報告書を読み、録音を聞き、ホーソーンが目撃したことをすべて話してもらうことはできる……だが、それでも実際の事件との間の距離を完全に埋められるわけではない。今回の本は、自分の視点から語る一人称ではなく、第三者の視点から語る三人称で綴《つづ》らなくてはならなくなる。作家なら誰でも知っていることだが、こうなると物語の見せかたは完全に変わってくるのだ。三人称の物語は、自分とは切り離された、俯瞰《ふかん》する視点から描くことになる。一人称で語るときとちがって、わたしの物語ではないし、わたしが現場に到着したときの様子も、わたしの第一印象も語られることはない。すべての情報はホーソーンを通して伝えられるわけだから、こうした形式の本を書くことは、たしかにこの男の言うとおり、ある程度までは共同作業となるだろう。だが、それでもやはり、わたしは気が進まなかった。

「そうは言っても、実際にいっしょに書くわけじゃないだろう」わたしは抗《あらが》った。「必要な情報はきみから得ることにはなるが、書くのはあくまでわたしだ。わたしの文体、わたしの言葉でね。そして——表紙に載るのもわたしの名なんだ」

いかにも無邪気な目で、ホーソーンはこちらを見た。「わかってるさ、トニー」

「共著じゃない」

「あんたの言うとおりだ、相棒」

「そして、きみは手持ちのすべての情報を、わたしに教える」

「ああ、教えるよ」言葉を切る。「一段階ずつ」

わたしのカプチーノは、もうすっかり冷えていた。「何だって?」

「そのほうが、あんたも書きやすいと思うんだ。あんたが必要な情報は、すべて渡す——分割してね。あんたが二、三章ほど書く。それを、おれが読む。そして、その部分について、ふたりで話しあうんだ。あんたが何かまちがった方向に行きかけてたら、おれが正しい道に引きもどす。つまり——ほら、よく言うだろう——事実確認というやつだよ」

「だが、結末は教えてもらわないと!」

「いや、だめだ」

「どうして?」

「あんたは結末を知らずに物語を書く。それでこそ、あんたの文章は輝くんだ。道標《みちしるべ》ひとつなく、迷いながら進むことでね」

こんなにも褒められた気のしない賛辞があるだろうか？　ホーソーンの提案をじっくり考えた末、わたしは結論に達した。気が進もうが進むまいが、年末の締切に間に合わせるには、この提案を呑むしかない。手を伸ばし、仕事用のかばんを開く。そして、中からメモ帳とペンを取り出す。

「わかったよ」と、わたし。「それで、どこから始める？」

3

それからさらに二時間ほど、ホーソーンとわたしは店外席に根を生やし、このコーヒーショップの支店史上、おそらくはもっとも儲からない客となりはてていた。最初にホーソーンから聞いたのは、事件の起きた住宅地――リヴァービュー・クロースの場所だ。ピーターシャム・ロードにはわたしもぼんやりと憶えている《フォックス＆ダック》というパブがあり、その近くの角を曲がった先だという。西ロンドンに住んでいたころ、わたしもそのパブで二度ほど飲んだことがあったし、犬を連れてリッチモンド・パークに出かけるときには、そのあたりをいつも通っていたものだ。もっとも、そんなところに囲われた住宅地があったとは、まったく知らなかったが。

住宅地の中の家の配置、その土地の歴史、ピーターシャム・ロードと周囲の環境についても、ホーソーンは説明した。さらに、わたしがこれから数ヵ月間、いっしょにすごすことになる人人の名前をホーソーンから教えてもらうのも、今回が初めての経験だ。トムとジェマ・ベレスフォード。〝スター御用達の歯科医〟、ロデリック・ブラウンと、病に伏せっているその妻。チェスの名手、アダム・シュトラウス……そういった面々を。さらに、後からこの物語に登場する何人かの脇役についても――女性の庭師、ベレスフォード家の子守だけではなく、ハンプトン・ウィックに暮らす老婦人の面倒も見ているオーストラリア人女性、この事件を担当した警視。そして、この警視の部下である巡査もいるが、こちらは最初、あまりに警察官が多すぎてもいけないと、いったんわたしが省略し、第二稿でようやく登場することとなった。

ただひとりホーソーンがあまり語りたがらなかった人物は、案の定というべきか、ジョン・ダドリーだ。姿恰好の描写さえ、どうにも口が重い。「おれと同い年。黒っぽい髪。ごく普通の見た目だよ」これが、ホーソーンが口にしたすべてだった。話を進めるにつれ、どうもふたりは険悪な別れかたをしたか、少なくとも何か気まずいことが起きたらしい雰囲気を感じとり、わたしは実に気分がよくなった。結局のところ、わたしもさほど無能な助手というわけではなかったのかもしれない。

さらに当時の資料を探しておくとホーソーンは約束し、その翌日に宅配便が届いた。きっちりと包装された荷物を解くと、中には二十枚ほどの白黒写真、警察の報告書、ホーソーンの元助手が作成したらしいタイプ打ちの文書や手書きのメモなどが入っていた。驚いたのは、一昔前のメモリースティックがぎっしり詰まったプラスティックの箱だ。どれも、関係者とのやりとりの録音が収められていた。これだけの材料がそろうと、わたしも実際にリヴァービュー・クロースにいるかのような気分になれる。ホーソーンが後から訪れてみたという《ティー・コージー》さえも、目の前にまざまざと浮かぶようだ。

ひとつ明記しておくと、これまで書いた部分（第一部：リヴァービュー・クロース）はすべて事実に即しており、わたしはわずかに細かい部分を飾りつけたにすぎない。だが、憶えておいてほしいのは、これだけ事件前の様子を詳しく描いていても、わたしはまだ闇の中にいるということだ。ダイアナ・クーパーの死の真相を追ってロンドンのあちらこちらを回ったり、洞窟事故の真相を探りにヨークシャーへ足を運んだり、オルダニー島で参加していた文芸フェスが、後援者が椅子にテープで固定されたあげく刺殺されたため、いきなり中断してしまったりしたときと同じように。これこそが、ホーソーンの望んだ状況なのだ。主導権を握るのは、今回もまたあの男ということになる。

わたしのほうは、あれだけいろいろと危惧していたというのに、この第一部の出来映えにはかなり満足していた。ホーソーンから渡された資料に沿って、関係者それぞれの視点を描き出し、最後はジャイルズとリンダ・ケンワージー夫妻がドリンク・パーティを欠席するという事態から、やがて殺人事件が起きるのは避けられない流れとして提示する。いかにもしっかりとした導入部で、細部にいたるまで正確だ。この部分を書きおえると、わたしはそこそこ自信を持ってホーソーンに送信した。二回めの打ち合わせには、あえてこれまでの線引きを崩し、自宅にあの男を招くことにする。ジルはITVのために制作しているドラマ『セーフハウス』の撮影現場に出かけていた。家にいるのは、わたしひとりだ。

わたしの送った第一部を、ホーソーンはまったく気に入らなかったらしい。

「半分はあんたのでっちあげじゃないか！」これが、最初のひとことだった。送信した三十二ページの原稿を印刷して持ってきたホーソーンが、それを目の前に並べてみせる。われわれは、わたしの仕事部屋に腰をおちつけていた。

「どういう意味だ？」

「まず、第一章のチェスのくだりだ。フランクやらシャーメインやら、そんな名前の相手と対局してたなんて、おれは話した憶えはない。メイとフィリスがどんな朝食をとってたかなんて、どうしてあんたにわかる？　ロデリック・ブラウンが進学準備校にいたときの寮母の話だって……前歯に隙間があるとか書いてあったな。いったい、どこからそんな情報を引っぱり出してきた？」

「おいおい、ホーソーン。いくらなんでも、きみからもらった情報だけで本は書けないよ。そんなことをしたら、全体でたった三十ページのぺらぺらな本になってしまって、しかも退屈だ！　そんな本は、誰も読まないね。だからこそ、きみから渡された情報に、わたしはいくらか色づけをした。それだけのことだ」

「まあ、それはわからんでもない。だが、読者もさすがにうんざりするぞ、そう思わないか？

あんな、いまいましいインコの話までくだくだと！　これだけのページを費やして、まだ誰も殺されてないじゃないか」

「その前に、まず舞台設定が必要なんだ！　そもそも、きみだってよく知っているはずだろう、小説というのは――たとえ推理小説だって――暴力的な死だけじゃない、周囲のさまざまな描写が重要なんだよ。登場人物や、その世界の雰囲気や、言葉づかいや。いったい、どうしてジェーン・オースティンの小説が、あんなにも広く読まれていると思う？　オースティンはあれだけ何千ページも執筆しながら、ひとりも殺す必要を感じなかったんだ」

「うーん、それは正確じゃないな。アンナ・パーカーは両親を殺し、妹も殺すつもりでいたんだから」

「それも、ジェーン・オースティンの小説に出てくる人物なのか？」わたしは頭がくらくらするのを感じた。「きっと、きみの読書会のために読んだ本だろう」

「『初期作品と短編集』の中に入ってるんだ」ホーソーンはタバコを一本もてあそんでいたが、火を点《つ》けないだけのたしなみは持ちあわせていたようだ。「とにかく、あんたが書き漏らした重大な点もいくつかある」

「というと？」

「ジャイルズ・ケンワージーの庭に英国旗《ユニオンジャック》が掲げられていたこと。ロデリック・ブラウンの家の照明。メイ・ウィンズロウの花壇の状態」

「それが、この話といったい何の関係がある？」

「どれもみな、手がかりなんだよ」

「なるほど、そうだとしても、きみがまだ現場に到着してもいない段階で、わたしにそんなことがわかるわけがないだろう？　それはそうと、きみはできるだけ早く登場したほうがいいな。ここまでのところ、このミステリでは殺人も起きていないばかりか、謎を解く名探偵も存在していない。まちがいなく、グレアムのお気には召さないだろうな」これは、《ペンギン・ランダムハウス》でわたしを担当している編集者グレアム・ルーカスのことだ。グレアムの好みに合わせたら、ジャイルズ・ケンワージーは最初の段落で殺されていたにちがいない。

「それに、ロデリック・ブラウンの車庫に救命胴衣があったって話は、いったい何なんだ？」

「あったっておかしくないだろう。ロデリックは《リッチモンド・ブリッジ・ボート・クラブ》の会員だったんだから。自分でそう言っていたはずだ！」

「あの車庫には、ほかに重要なものがいろいろあった。だが、あの男は救命胴衣なんぞ持っちゃいなかったね。おれは見てない」

「わたしが救命胴衣のことを書いたのは、読者の目をクロスボウから逸《そ》らすためだよ」

「何だって？」

わたしはため息をついた。「〝チェーホフの銃〟と呼ばれる文学の技法があってね。ロデリックの車庫にクロスボウがあったとだけ書けば、それが凶器に使われることは誰の目にも明らかになってしまうだろう」

「だったら、クロスボウのことも書かなきゃいいじゃないか」

「それは、ミステリとしてアンフェアだろう！　ただ、そこに救命胴衣とゴルフ・クラブも並べて、目立たないように隠したんだ。こうすれば、いざ凶器として登場するときに驚いてもらえるかもしれない」いまだホーソーンが指の間でひねくり回しているタバコに、つい目が吸いつけられる。「そのいまいましいしろものに、さっさと火を点けたらいいだろう」ぴしゃりとそう言いはなつと、わたしは立ちあがって窓を開けた。「まったく、きみという男は、自分の身体が心配にならないのか？」

「それより、あんたの小説技法のほうがよっぽど心配だよ、相棒」ホーソーンはライターで火を点けると、肺いっぱいに煙を吸いこんだ。「つまりだ、この第一部を読んで、本当にそれぞれの家の位置関係が理解でき、どこから何が見えるか、ちゃんと想像できるのか？　まずは、そこをきちんと整理すべきだろう」

「だったら、最初に見取り図を入れるさ。それで満足いただけるかな？」

「あんたの読者には、たしかに大喜びする連中がいるだろうよ。おれも別に、説明がめちゃくちゃだとまでは言ってない。だが、これを読んでも、おれはとうてい目当ての家に郵便を届けられないだろうな」

わたしはこれまでずっと、いろいろなところからダメ出しを食らってきた。ロンドンやニューヨークにいるプロデューサーから、ディレクターから、妻のジルから、主演俳優から……ときには、主演俳優の配偶者や恋人から届くこともある。本を書けば、編集者や校閲者に原稿をじっくりと精査され、最近では目ざとい読者たちからの指摘も飛んでくる。どちらを向いてもダメ出しに囲まれているような気分になることさえあるのだ――まるで、蚊柱に飛びこんでしまったかのように。だが、だからといって、腹を立てたりしたことはない。それなら、その人の視点から見てみようと、わたしはいつも心がけている。

だが、ホーソーンが相手となると、それも難しい。

「見取り図を入れてもらうよう、グレアムに頼んでみるよ。まあ、嫌がられるだろうが」

「どうしてだ?」

「よけいに費用がかかるからだ。ほかに、まだ何か?」

「そうだな、あとひとつある。あんたは例の弁護士――アンドリュー・ペニントン――が、ブラウン夫妻とブリッジをしてたと書いてるだろう」

「ああ」

「だが、ペニントンはリヴァービュー・クロースの外に住む友人とも、ブリッジをしてるんだ」

これは、さすがによけいな口出しというものだろう。「まさか、それが殺人事件と何か関係があるとでもいうつもりなのか?」ついに、わたしは爆発した。

「あんたが第一部の最後で描いてる、近所の連中を集めての話しあいは、月曜の夜に開かれた。アンドリュー・ペニントンは毎週月曜と水曜にブリッジをする習慣があって、その夜は話しあいに出席するために断りを入れたんだよ」

「それで、話しあいに出てこなかったジャイルズ・ケンワージーを殺したのか? せっかくブリッジの約束を断ったのに、それを無駄にされて?」

ホーソーンは悲しげにこちらを見た。「そんなわけがないだろう。あんたは論点を見失ってる」

「そりゃ、わたしはいつ、どんなふうにジャイルズ・ケンワージーが殺されたのかも、まだ知らないんだからな。論点が見えなくても仕方ないさ」

ふと、わたしは口をつぐんだ。ホーソーンの言葉の中に、いささか気になるところがあったのだ。たしかに、この物語もそろそろ動きが必要かもしれない。さらに一万語を費やして、郊外生活の楽しさを謳《うた》うのはごめんだ。

「ジャイルズ・ケンワージーはいつ死んだ？」わたしは尋ねた。

「あんたは答えを知ってるじゃないか」と、ホーソーン。「第一部の終わりに書いてある」

「六週間後だな」

「ああ」

「《厩舎》での話しあいから数えて六週間後か」

「そのとおり」ホーソーンはあたりを見まわして灰皿を探し、銀細工のどんぐりを見つけて、そこに灰を落とした。二十年ほど前、わたしの児童書が賞を獲ったときの記念品だ。「捜査責任者からおれに電話があってね――カーン警視から」

「どうして、きみの力が必要だと思ったんだろう？」

ホーソーンはわたしをまじまじと見た。「トニー、しっかりしてくれ！　ロンドン郊外の高級住宅地で、大富豪がクロスボウの矢を喉に突き立てて死んでたんだ。近所の住人は、みなそいつの死を願ってた。どう考えたって、これは普通の事件じゃないだろう。控えめに見たって難事件だし、正直なところ、地元の警察がこれを解決できる可能性は……そうだな、あんたと同じくらいだ！」

「そりゃどうも」

「死体が発見されたその日に、電話がかかってきたよ。おれとジョン・ダドリーのところに」

「それで、次にどうなったんだ？」

第三部　六週間後

1

　ジャイルズ・ケンワージー殺害事件は、自分がこれまで捜査してきた事件とはまったく異なり、下手をするとこれまでの輝かしい経歴に傷をつけることになるかもしれないと、タリク・カーン警視はすぐに悟っていた。

　被害者の遺体は自宅の玄関ホールでシートをかぶせられ、カーン警視の到着を待ちかまえていた。警視が衝撃を受けたのは、あたりに飛び散った無数の血痕――絨毯《じゅうたん》に、床に、さらには天井にも数滴――のせいではなく、見るからに異様なその姿だ。白い麻のシートは遺体の肩や腰にまとわりつき、その体型をぼんやりと浮かびあがらせている。だが、首の部分に視線を向けると、まるでミニチュアのテントのような形に布が押しあげられているのだ。どこかグロテスクで、滑稽《こっけい》にさえ見える光景。警視はシートをめくり、ジャイルズ・ケンワージーの喉にいまだ突き刺さったままのクロスボウの矢に目をやった。たとえ愛する家族であっても、この顔から誰なのか見分けはつくまい。目は驚愕のあまり大きく見ひらかれ、口は叫ぼうとして開いた瞬間に死が訪れたらしく、ゆがんだしかめ面で固まっている。矢は喉の中央に深々と突き刺さっていた。もしもネクタイを締めていたら、結び目のど真ん中を射貫かれていたにちがいない。

何もかもが最初からおかしな事件だったが、その日のうちにも、状況は悪化の一途をたどるばかりだった。

そもそも、使われた凶器からしてとんでもない──あろうことか、クロスボウとは！　クロスボウの的にされた人間の話など、ウィリアム・テルの息子このかた聞いたことがない──しかも、あの息子には、矢は当たっていないというのに。犯人は凶器を捨てようともせず、被害者の自宅前の砂利の上に放置していった。まるで、つかまってもかまうものかと宣言しているかのように。このクロスボウの出どころはすでに判明していて、隣の家に住む中年の歯科医、ロデリック・ブラウンの持ちものだという。それに加えて、この囲われた住宅地であるリヴァービュー・クロースも、美しく目を惹く家々が並び、まるでアラン・エイクボーンの戯曲に登場するような人物──家庭医と宝飾デザイナーの夫妻に双子の娘、チェスのグランドマスター、ふたりの可愛らしい老婦人、引退した弁護士、そして件《くだん》の歯科医──ばかりが住んでいる、とうてい殺人事件の舞台とは思えない場所なのだ。

カーン警視も、いつもならこんな顔ぶれを容疑者に数えたりはしないが、今回は事情が異なる。何より重要なのは、全員に動機があることだ。この住宅地に暮らす人々がジャイルズ・ケンワージーを嫌い、ことによっては憎んでさえいたのはまちがいない。話を聞くかぎり、ケンワージーは最近よくテレビ番組で興味本位にとりあげられる〝最悪の隣人〟のたぐいだったようだ。家族とともにこの住宅地に越してきたのはほんの八ヵ月前だが、まるでわざわざ周囲の住民に嫌がらせをしにきたかのようにさえ思える。この中の誰が犯人でもおかしくはない――誰だとしても、動機は同じ。ジャイルズ・ケンワージーに、ここから出ていってほしかったのだ。

そして、このリヴァービュー・クロースという住宅地の造りも問題となる――夜七時には電動門扉が閉まり、全員が外部と隔てられるうえ、例のクロスボウは鍵のかかった車庫に保管されていて、外から誰かが侵入したとしても、そんな凶器の存在すら知りようがない。もちろん、捜査を進めるうちにほかの容疑者も浮かんでくるはずだ――ジャイルズ・ケンワージーほどの富を築くまでには、当然ながら多くの敵を作ってきたことだろうから。だが、事件が起きたのは真夜中だった。電動門扉をこじ開けた形跡はなく、何の痕跡も残さずに乗りこえて侵入するのも難しい。こうなると、すべての状況が〝内部の犯行だ〟と叫んでいるも同然だった。

何か、得体《えたい》の知れないことが進行しつつある。その日のほとんどの時間は、自宅にとどまるよう要請された住人たちから話を聞いてまわるうちにすぎていった。くつろいだ雰囲気を演出しようと、カーン警視は気をくばった――正式な事情聴取ではなく、あくまで普通のおしゃべりをしているだけだというふうに。さして難しくはないはずだった。こんな上品な住宅地に暮らす人々なら、誰もが進んで警察の聞きこみに協力してくれるにちがいない。こうした人種にとって、警察への協力は目新しい体験、退屈な日常からの脱却、次のディナー・パーティでの楽しい話題の種になるはずなのだから。だが、何かがおかしいという感覚は、話を聞くにつれ強まるばかりだった。誰もが話をはぐらかし、口をつぐみ、あげくの果てには……何かを怖れているようにさえ見える。

中でもいちばんひどかったのは、歯科医のロデリック・ブラウンだ。話しながらせわしなく目をしばたたき、しきりに唇を舐める。〝ええ、聞きましたよ。とうてい信じられませんね。まさか、ジャイルズ・ケンワージーが！　たしかにね、けっしてつきあいやすい人間じゃありませんでしたが、だからといって、あんなことをする人間はここにはいませんよ。もちろん、わたしだって！　わたしは歯科医ですからね。他人の健康を守る仕事なんです。まあね、わたしのクロスボウが使われたことは知っていますよ。トム・ベレスフォードから電話をもらって、すぐさまうちの車庫を見にいったんです。そうしたら、どこにも見あたらない！　いつ盗まれたのか、見当もつきませんね。正直にうちあけますと、あんなものが車庫にあることさえ、ほとんど忘れていたくらいで。最後に矢を射たのは、もうかなり昔のことでね。ええ、もう、何年経ったことやら。まさか、誤解してはいませんよね……上の階に妻がいるんです。すっかり身体を壊してしまっていて。でも、妻に訊いてもらえればわかりますよ。昨夜、わたしはぐっすり眠りこんでいたんです。わたしたちは、もう同じ部屋で寝てはいませんが……妻の身体のことがありますからね。でも、何かあれば妻は聞きつけていたでしょうし……〟

空っぽな笑みを貼りつけた唇から、しどろもどろな言葉がとめどなくこぼれ落ちてくる。額には、うっすらとにじみ出る汗。カーン警視に言わせれば、いっそ肩の上に〝こいつが犯人だ〟という看板を載せ、ロデリックを指さす手を描きくわえたいくらいだった。

ほかの住人たちも、似たり寄ったりの状態だった。ふたりの老婦人たちは、なんとか半開きのドアごしに話を終わらせようとして、どうか中に入れてほしいと、警視が説得するはめになる。引退した弁護士のアンドリュー・ペニントンは、慎重に話そうとするあまりに支離滅裂になり、言葉より態度で多くを語ってしまう。それとは対照的に、何を尋ねてもそっけない答えしか返してこなかったのが、アダム・シュトラウスだ。このチェスの名手が、かつて祖母が好きだったくだらないクイズ番組の司会を務めていた姿は、いまだにカーン警視も憶えていたのだが。家庭医の妻、ジェマ・ベレスフォードは、敵意を隠そうともしなかった。

タリク・カーン警視は、いわばロンドン警視庁の顔ともいえる存在で——本人も、それを自覚していた。まだ若く、整った容姿にオックスフォード卒という学歴、労働者階級出身ならではの、どんな相手とも意思疎通が図れる能力を併せもっている。父親は、病院内で患者や医療機器を移動させるポーターとして働いていた。若くして銀色を帯びた髪、すらりとした体型、インド映画のスターのような顔立ち、気どりのない態度のおかげで、カーン警視は誰からも一目置かれ、記者会見や夕方のニュース番組出演にもしばしば駆り出される。だが、今度ばかりは自分の手にあまる事件かもしれないと、警視はいま初めて不安をおぼえていた。生まれ育ったのは南ロンドンの荒れた地区に建つ、薬物まみれの公営団地だったが、あそこの住人のほうがリヴァービュー・クロースより、よっぽど気さくで親切だ。いまのところ、そこらの店で売られているお手軽なケーキひと切れさえ、誰ひとり勧めてこない。

夕方も近くなったころ、カーン警視は日だまりに立ち、組んで五年ほどになる部下のルース・グッドウィン巡査といっしょに、捜査メモを見かえしていた。なかなか息の合ったふたりではあるが、ルースのほうは、まったく異なる環境で育っている。出身は、ハムステッド・ガーデン・サバーブ地区の裕福なユダヤ人家庭。娘が警察官と結婚しても、両親はけっして反対しなかっただろうが、自分が警察官になると宣言されては、さすがに驚いたようだ。小柄で浅黒い肌、丸顔にベリーショートの髪。部下が最近タバコをやめたことを、カーン警視は心から喜んでいた。もっとも、残念ながらルースは代わりに電子タバコを吸いはじめ、色鮮やかな突拍子もないフレーバーのものをあれこれとりそろえている。きょうはレモンとミント味らしい。そんなものをくわえている姿は、まるで小さな子どもが飴を舐めているかのようだと、警視は思わずにいられなかった。

「この事件、きみはどう思う?」ルースに質問をぶつける。ここまで乗ってきた車に、ふたりはもたれかかっていた。

「わかりません、警視。誰もがみんな、何かを隠していますよね。それだけはまちがいないんですけど」

「ここの住人の誰かが、ジャイルズ・ケンワージーを殺したと思うか?」

「ありうるとは思います。ここの住人はみんな友人どうしで、お互いの裏庭に接するように家をかまえていますし。ただ、こと殺人となると、そこまで重大な犯罪をかばいあうような人たちにも見えないんですよね」

「そうだな、誰もが何らかの形でかかわっていたら別だが」

「いくらなんでも、全員でやったはずはないですよ」

警視はうなずいた。「だとしたら、被害者の首には九本の矢が突き刺さっていただろうしな」

電子タバコの蒸気が風に流され、やがて消えていくのを見まもる。「ルース、わたしはどうも、嫌な予感がしていてね。もしも住人たちがお互いにかばいあっていたら、証言を突き崩すのは難しそうだ」

「しかも、みなが同じ動機を持っていますし。〝最悪の隣人〟に消えてほしい、という。そこも面倒ですよね」

長い沈黙。周囲では警察官や鑑識担当者が、まるでアダム・シュトラウスのチェス盤上の駒のように、あちこち動きまわっている。

「外部の応援を呼んだらどうでしょう？」沈黙を破り、ルースが提案した。

「いったい、何の話だ？」

「あの、どならないでくださいね。でも、わたし、ずっと考えていたんです。呼んでみたらって……ホーソーンを」

「冗談だろう？」

「試してみたって害はないし、この事件って、ひょっとしてホーソーン向きなんじゃないかと思って……」

どちらも実際に会ったことはなかったが、ホーソーンがどんな人物かは知っていた。取り調べ中の容疑者に、死ぬまで後遺症が残るような怪我を負わせ、職を追われた元警部だ――とはいえ、かなりの腕利き刑事であることは、在職中から有名だった。勤勉な、つきあいにくい一匹狼で、どんな手を使ってか、いつも血まみれの帽子から真犯人のウサギを手品のように取り出してみせるという。警察を去ってからというもの、ホーソーンの評判はさらに高まるばかりだった。カーラ・グランショー警部がホーソーンの話をしているのは、ふたりとも聞いたことがある。これまで二度ほどかかわって、何やら深い恨みをつのらせているようだが、それでも事件解決を手助けしてもらったことは認めていた。警察内には、ホーソーンと親しい人間がかなりいるらしい。イアン・ラザフォード主任警部は、かつて自分の部下だったホーソーンについて、批判にはいっさい耳を貸さないという。

「外部顧問として呼べばいいと思うんです」ルース・グッドウィン巡査は続けた。「これは特別な難事件だと、警視は考えているんですよね」

「それはどうかな」カーン警視は危ぶむように頭を振った。

「凶器はクロスボウなんですよ、警視。しかも、現場はリッチモンドの囲われた住宅地でしょう。すでにもう、外には地元新聞の記者が押しかけてます。みんな、もう舌なめずりしてますよ」

「だが、どうやって連絡をとるんだ？　報酬の支払いは、誰に決裁を仰げばいい？」

「わたし、ラザフォード主任警部に訊いてみます」目のさめるような黄色の電子タバコを、ルースは深々と吸いこんだ。先端の光がまたたく。綿菓子のような匂いが、ふたりの間に漂った。

「聞くところによると、ホーソーンって人、手柄は譲ってくれるそうですよ」

警視にとって、それは重要な情報だった。こんな衝撃的な犯罪に怖じ気《おけ》づき、白旗を揚げたなどと誰にも思われたくはない。

「そうだな」決断を下す。「電話してみよう」

2

ホーソーンが現場にやってきたのはその翌日、水曜日の朝のことだった。

九時を少し過ぎたとき、一台のタクシーが近づいてきて、電動門扉の前でふたりの男を降ろす。カーン警視は厚紙のファイルを小脇に抱え、門の内側で待ちかまえていた。記者の姿が見えないことに、ほっと胸を撫でおろす。外部の助けを借りるということに、警視はいまだ抵抗があり、タクシーを乗りつけられたことも気になった。あれも、経費として請求されるのだろうか？　昨夜ホーソーンに電話をかけたときには、まるで連絡があるのを予想していたかのように、いかにも機嫌のいい応対をされて驚いたものだ。リヴァービュー・クロースで起きた事件については、その電話であらましを語っておいた。ここに暮らす住人たちについて、年齢、職業、人種、聞きこみで何を話してくれたか、警視自身はどう考えているか。いまのところ、つじつまの合う解釈は見つかっていない。このホーソーンという男が来たからといって、それ以上の成果が望めるのだろうか？

自分が救援に呼んだ男がどの程度のものか、カーン警視はざっと値踏みした。

さほど大柄ではなく、七月の暑い日だというのに、スーツの上にだぶっとしたレインコートをはおっている。周囲のありとあらゆることを見のがさず分析しようとする油断のない目くばり、内心の動きをまったく表に出さない顔。ごく普通の色合いの髪は短く、きっちりと整えられている。年齢は三十代なかばから後半というところだろうが、はっきり特定するのが難しいのは、この男の見かけにどこか子どもっぽい雰囲気が漂っているせいだろうか。カーン警視は新人のとき、児童保護を担当する部署に配属された経験があったが、このホーソーンという男には、どこか奇妙にも、そのとき出会った被害者の子どもたちを思い出させるところがあった。

ホーソーンが連れてきた男のほうも、負けず劣らず謎に満ちている。助手とは思えないほど距離をとり、周囲に何の関心も払う様子はない――まるで、こんなことにはもう飽き飽きだとでもいうように。年齢はホーソーンと同じくらいだろうか、撫で肩で、こしのない髪を長く伸ばし、大きすぎるコーデュロイのズボンにひじ当てのついたジャケット、底のすり減った靴というだらしない恰好だ。今朝はひげを剃ってこなかったらしく、面長《おもなが》の顔の下半分は、すでに無精ひげに覆われている。どこを見ても、いかにも無頓着《むとんちゃく》な人間という雰囲気だ。身ぎれいにするということを知らないのか、そんなことはどうでもいいと思っているのだろうか。ホーソーンが助手として連れてきたからいいようなものの、この男ひとりだったら、犯行現場に近づくことなど、カーン警視はけっして許可しなかっただろう。

カーン警視に気づき、ホーソーンはこちらへ近づいてきた。助手も、何歩か遅れて続く。自分はまちがった決断を下してしまったのかもしれないと、警視はすでに思いはじめていた。ホーソーンが差し出した手を握り、口を開く。「来てもらえて感謝するよ」

「こちらこそ、呼んでもらえてありがたいかぎりです。こちらはジョン・ダドリー」

　助手はかすかにうなずいてよこした。

「あの家が、ジャイルズ・ケンワージーの自宅ですかね」ホーソーンが《リヴァービュー館》を指さす。

「ああ、そのとおり」ほんの一瞬、カーン警視は苛立《いらだ》ちをあらわにした。「中に入る前に、ひとつだけはっきりさせておきたくてね。きみは、わたしの下で働くことになる。そこを理解しておいてほしい。何か発見したら、すぐわたしに知らせる。隠しごとはしないでくれ」

「心配はいりませんよ、相棒。これがおれの仕事なんでね――おたくの見すごしたことを指摘する、ってのが」

「ここまで、わたしは別に何も見すごしたつもりはないがね。それから、わたしのことは警視と呼んでくれるとありがたい」

《リヴァービュー館》に向かって、一同は歩きはじめた。

「ケンワージー氏が殺害されたのは、月曜の夜十一時ごろのことだ」カーン警視が説明する。

「病理医の報告書は、後から送る。クロスボウの矢が一本、近距離から発射されて輪状軟骨《りんじょうなんこつ》を貫通し、喉に突き刺さったままの状態で発見された。遺体は昨日のうちに移送されたが、写真はここにある。死因は出血性ショックとのことだ」

「輪状甲状靭帯《りんじょうこうじょうじんたい》か輪状気管靭帯《りんじょうきかんじんたい》の損傷は？」ダドリーが尋ねた。

「なかった」

「だったら、息子たちは容疑者から外れますね！」

ダドリーは冗談を言っているのだろうかと、カーンはいぶかった。「なぜ、そう考える？」

「つまり、矢は水平に突き刺さったわけですからね。犯人の身長は、被害者と同じくらいってことですよ」

「もともと、息子たちは容疑者じゃない」警視は顔をしかめた。「実のところ、ふたりの子どもには鉄壁のアリバイがあってね。ふたりは地元の進学準備校に通っていて、週に二泊は寮に泊まることになっている。事件の夜は、自宅にはいなかったんだ。これはまあ、幸運だったというべきだろう」

「自宅にいたのは、ケンワージー氏だけだった？」ホーソーンが尋ねる。

「ああ。夫人は友人と夕食に出かけていた。遺体を発見したのは夫人でね。いまは上の階で……まだ、ひどくとりみだしている。本来はフィリピン人の家政婦が住みこんでいるんだが、いまは年次休暇をとって、母国に帰っているそうだ。あと一週間は戻ってこない。それから、パートタイムの運転手がいる。その男にはわれわれが話を聞くことになっているのでね、何か情報があったら知らせるよ」

「夫人が帰宅したのは何時です？」

「月曜の夜、十一時二十分。玄関のドアが半開きになっているのを見て、不審に思ったそうだ。ドアの向こう側には夫が倒れていて、そこらじゅうに血が飛び散っていた。夫人の悲鳴に、近隣の住人は飛びおきたそうだ。それまでさんざんパーティだの、カーステレオだの、騒音に苦情を入れてきたものの、悲鳴となるとまた別だからね」

玄関の片側には、制服警官がひとり立っていた。中に入ろうとして、カーン警視がふいに立ちどまる。「そういえば、報酬の件については、まだ話しあっていなかったな」

ホーソーンはむっとしたようだ。「そんな必要はありませんよ、警視」

ジョン・ダドリーが上着のポケットから封筒を取り出すと、それを警視に差し出す。「これが契約条件です。特別補助金の認可は下りたんですよね?」

「昨日、話はつけておいた」カーン警視は封筒を受けとると、中を見ずに畳んでポケットに突っこんだ。「近いうちに、しかるべきところから連絡があるはずだ」

《リヴァービュー館》に足を踏み入れる。玄関ホールに入ると、ダドリーはiPhoneを取り出し、ユーティリティ・フォルダからボイスメモのアプリを起動させた。一日が終わるとファイルを保存し、自分のノートパソコンにデータを移して、ホーソーンと共有することになっている。さらに、かつてはベージュだった絨毯《じゅうたん》と壁に広がった血痕を中心に、ダドリーは何枚か写真を撮った。

「来訪者に応えて玄関のドアを開けたとき、ジャイルズ・ケンワージーはどんな恰好だったんです?」ホーソーンが尋ねる。

「寝る準備はまだのようだったよ、それが訊きたいのならね。白いシャツに、スーツのズボン。ジャケットとネクタイは、あちらの仕事部屋に置いてあった」カーン警視は開いたままのドアを指さした。「足にはスリッパを履いていたよ。紺のヴェルヴェットのね。白州のシングル・モルト・ウイスキーを二杯ほど飲んでいた。高い酒をたっぷり、というわけだ」

「つまり、遅くまで仕事をしてたと。そこに、呼鈴が鳴る。応えて玄関を開けると、犯人は戸口ごしにクロスボウを撃ってきた」

「そのようだな」

「凶器はどこで見つかったんですかね？」

「玄関のすぐ外の地面に落ちていたよ。暗かったのでね、ケンワージー夫人は気がつかなかった。そのクロスボウはロデリック・ブラウンの持ちものだそうだ。ここのすぐ隣、テラスハウスの端の……《森の家》に住んでいる。指紋は検出されなかった――持ち主以外の指紋はね。例によって、犯人は手袋をしていたのかもしれない」

「その場に残して逃げちまったんですか？」ダドリーは驚いたようだ。「普通なら、見つからないよう始末しようとするでしょうに。テムズ川に放りこむとか」

「おかしな話だが、クロスボウはロデリック・ブラウンの家を指す向きに置いてあったよ。まるで、誰の持ちものかを知らせようとしたかのように」

カーン警視は抱えていたファイルを開くと、何枚かの写真を取り出してホーソーンに渡した。ジャイルズ・ケンワージーの遺体が発見されたときの状態を、さまざまな角度から撮影したものだ。半分は白黒写真だったが、カラー写真はさらに無惨さが際立つ。ふと手をとめたホーソーンは、遺体の首から上を接写した一枚にじっと見入った。言葉はなく、表情からも内心は読みとれなかったが、凄まじいまでの集中力、この瞬間、ほかのすべてのことはどうでもいいといわんばかりの気迫を、カーン警視は感じとっていた。

「ごく一般的な矢だったよ」警視は説明した。「長さ二十インチ、軸はアルミ製、矢羽はプラスティック。同じものがさらに五本、ブラウン家の車庫から見つかった」

「ロデリック・ブラウンは犯行を自白したんですか？」ダドリーが尋ねた。

この質問に、カーン警視は意表を突かれた。「いや。なぜ、そんなことを？」

「自分の持ってる武器と矢を使い、現場にそのまま残してったんなら、もうつかまってもいいと思ってるんじゃないですかね」

「まあ、ひどい動揺ぶりだったな」と、カーン警視。「だが、まだ何も自白はしていない。むしろ、逆だね。最初に顔を合わせたとき、ブラウンはひたすら、自分がどんなに衝撃を受けているか、どれほど動揺しているか、自分はベッドでぐっすり寝ていたのだから何の関係もあるはずはない、妻も隣の部屋にいて、とまくしたてていたよ……そもそも、こっちはひとことも責めていないのに！」

ホーソーンは写真の束を返した。「ケンワージー夫人から話を聞けるんでしたね」

「ああ、二階にいる」

ケンワージー家の住まいにはたっぷりと金がかかっていて、訪れた人間にもそれをわからせようとしているのが明らかだった。北欧家具、すばらしく現代的な照明の数々、足首まで埋まりそうな毛足の長い絨毯、著名な競売会社のカタログからそのまま持ってきたような抽象画。ふたりのまだいたずら盛りの息子たちと暮らしているというのに、脱ぎ散らかした服もおもちゃも見あたらず、まるで子どもたちの存在そのものがかき消されてしまったかのようだ。裏手には床からほとんど天井までの巨大な一枚ガラスの窓があり、クロームメッキの獣《けもの》のようないかついバーベキュー・グリルのかたわらに、英国旗のひるがえる新しい庭が見える。

リンダ・ケンワージーが身体を横たえているのは、家族全員で眠れそうな広々としたベッドだった。羽毛の上掛けと枕に埋もれ、乱れた金髪はだらしなく垂れ下がり、絹のナイトガウンから身体の輪郭が浮きあがるのもかまわず、きっちりと化粧してあったはずの顔は涙でどろどろだ。室内には、タバコの臭いが充満していた。かたわらの灰皿には、真っ赤な口紅で汚れた吸い殻が積み重なっている。窓はみな閉めきってあるらしい。たとえ開いていたとしても、絹のたっぷりとしたカーテン、上部のレールを隠す飾り板、カーテンをまとめる金の紐や房飾りにさえぎられて、外の空気が入ってくる余地はなさそうだ。

「気分はいかがです?」ホーソーンが口を開く。まるで、ひどい風邪をひきこんで養生中の相手に声をかけるかのように。

「あなたたちは誰?」リンダが尋ねた——ささやきと変わらないほどの声で。

「われわれは警察の手伝いをしてましてね」ダドリーが答える。「ご主人を殺した犯人をつきとめるために」

「ここの人たち、みんなジャイルズを憎んでいたのよ！」新しくあふれてきた涙が、以前の涙の跡をたどる。「ここに越してきた瞬間から、やめておけばよかったって、わたし、ジャイルズに言ったのに。お高くとまった気どり屋ばっかりよ、ここの人たち全員がね」

「なるほど、おたくらは近所づきあいがうまくいってなかったわけだ」と、ダドリー。

「そんなの、わたしたちのせいじゃないってば！」リンダは手を伸ばし、ヴェニスの運河に浮かぶゴンドラを刺繍《ししゅう》した箱からティッシュを引っぱり出した。「わたしたち、何もまちがったことはしていないんだから。あの人たちはいつも、わたしたちの落ち度を探そうとしてた。何をしても同じよ！　何ひとつ、お気に召さないんだから」

　ホーソーンとダドリーは、夫人がおちつくのを待った。

「じゃ、このリヴァービュー・クロースには、尋常じゃない敵意をご主人に向けてた人間がいたってことですかね？」ホーソーンが尋ねる。

「いま言ったでしょ。全員がそうだったのよ。越してくる前から、すでにわたしたちのことを憎んでたの」

「近ごろ起きた出来事の中で、とくにわれわれに話しておきたいことは？」

　リンダがティッシュで目もとを押さえると、頬骨あたりのチークもいくらか拭いとられた。

「どういう意味なのか、わかりませんけど」

「誰か、ご主人に暴力をふるうと脅してきた人間はいませんか？」

「そうね……」リンダはしばし考えこんだ。「ジャイルズは、いつもベレスフォード先生と揉めていた。ベレスフォード夫妻は隣に住んでいるんだけど、うちの車のことで、ひっきりなしに文句をつけてきて。うちの車を外に駐めておいて、どうしていけないの？　ここはうちの私道、うちの家なんだし、別にこっちだってわざと道をふさいでるわけじゃないのに。ベレスフォード先生だって、もう少し運転がうまければ、やすやすと脇をすり抜けられたはずよ」何が起きたのかを思い出して、話を本題に戻す。「二週間前、ベレスフォード先生は主人とひどい口論になったの。あの人、ジャイルズを殺すと脅したのよ！」リンダは大きく目を見ひらいた。「まさに、そのとおりの言葉を使ったんだから！」

「正確には、何と言ったんですかね？」

「おまえを殺してやる、って！」

「あなたもその場で聞いてたんですか？」

「いいえ。ジャイルズが話してくれたの」

ホーソーンとダドリーは、ちらりと視線を交わした。駐車する場所をめぐる争いがどれほど多いか、ふたりはよく知っている。近隣の住人どうしが揉める原因として、つねに一、二を争うほどだ。だが、いくらベレスフォード医師がそんな脅しを口にしたからといって、はたして駐車問題が殺人の動機になりうるものだろうか？　「ほかには何か？」ダドリーが促した。

リンダは遠くへ視線を投げた。「それはもう、全部そっちの人に話したから」そっちの人というのは、いくらか離れた場所からこの会話を聞いていたカーン警視のことだ。

「われわれにも話してほしいんですがね」

リンダは大きく息を吸いこんだ。「あのね、ジャイルズはサラと決裂してしまったの」

「サラというのは？」

「庭師。金曜のことよ」

「金曜に、いったい何があったんです？」

「ジャイルズが書斎に入ったら、そこにサラがいたの。机の真ん前に立ってたんですって。そんなところ、勝手に入っちゃいけないに決まってるでしょ。庭からフランス窓を開けて入ってきたの。そこで、主人のコンピュータを見てたそうよ。そういうことに、ジャイルズはとっても神経質なの。ほんの数週間前には、職場のコンピュータに攻撃を仕掛けられたし——誰かがデータベースに侵入しようとしてね。そのせいで、わたしたちは《厩舎》のドリンク・パーティにも行けなかったわけ。そのときはどうにか侵入を防げたんだけど、家のコンピュータは職場のほど厳重なセキュリティで守られてるわけじゃないしね。だから、そこで何をしてるんだって、サラを問いただしたのも当然でしょ。そうしたら、サラはひどい態度をとって、口汚い言葉を浴びせてきたから、ジャイルズはその場であの女を解雇したの——当然の報いよ。警察に通報すべきだって、主人に言ってやったくらい」

「通報というと、何の罪で？」

「あなたは何だと思うの？」悲しみから憤怒《ふんぬ》、そして敵意と、リンダの表情は驚くほどめまぐるしく変わっていく。「現在の金融市場や投資について、どれだけ多くの情報が主人のコンピュータの画面に表示されてるかわかる？　サラは、誰かに頼まれてそこに侵入したのかもしれないのよ！」リンダは枕に寄りかかり、身体を起こした。「ジャイルズは、わたしでさえ書斎には入れてくれなかった。そういう極秘情報がたくさんあるからよ、わたしなんて、見ても意味もわからないのにね。それなのに、サラはいったい何のつもりでそんな場所にいたわけ？」

「つまり、おたくは自分の庭師が……なんて呼ぶんだ、金融スパイか？　そんなものだったと思ってるんですかね？」

「そうだったかもしれないでしょ。泥棒だったのはまちがいないんだから。もう、いろんなものがしょっちゅう消えちゃって。ジャイルズのロレックスの腕時計とかね。あれは、わたしがドバイであの人に買ってあげたものだったのに。わたしのバッグから五十ポンド盗まれたこともあった。美容院に忘れてきたんだろうって、ジャイルズには言われたけど、あれはサラのしわざだって、わたしにはわかってたのよ。サラにうちの庭をまかせたのは、ほかの家がみんなあの女に頼んでた、ただそれだけの理由だったの。でも、あの女はいつか問題を起こすって、わたしはいつも言ってたのに。うちだけは、別の庭師を探せばよかった」

リンダは黙りこみ、目もとを拭った。

「ほかに、この家で雇ってる人間は？」ダドリーが尋ねた。「たしか、フィリピン人の家政婦がいるんでしたね。まちがいない、よっぽど働きものなんだろうな！」

「それどころか怠けてばかりで、必要なときにはどこにも見あたらないの。それこそ、いまもうちにはいなくてね。夏にはまる一ヵ月、家族のところに帰してやらなきゃならないんだけど、きょうびなかなかお手伝いさんを探すのも難しくて。うちのジャスミンは英語なんてほとんど話せないし、何か仕事をさせるのも一苦労なの」言葉を切る。「あとはゲイリーね。ジャイルズの運転手なんだけど、パートタイムなの。ここに住みこんではいないのよ」

「おたくがご主人と知りあったきっかけは?」ダドリーが話題を変えた。もしかしたら、リンダの気分を少しでも明るくしてやりたかったのかもしれない。

だが、この質問に、リンダの目からは新たな涙がどっとあふれた。「わたしたち、英国航空のニューヨーク行きの便に乗ってたの。ジャイルズはファースト・クラスに。わたしは客室乗務員だった。マイタイってカクテルを作ってあげたのがきっかけで、わたしたち、すっかり意気投合しちゃって。あの人、わたしにとっても優しかったのよ。セントラル・パークの隣のホテルに、わたしを招待してくれてね。ほんと、笑いの絶えないひとときだった!」

「それで、一昨夜《おととい》はどこにいたんです?」ホーソーンが口をはさむ。

不意を突かれ、一瞬リンダは黙りこんだ。「友人と会ってたの」

「その男性の名を聞かせてもらえます?」ダドリーが小さなメモ帳を取り出し、身体の前にかまえる。会っていたのが男性だと、どうして決めつけたのかはわからないが、その期待は裏切られなかった。

「あなたに関係ないでしょ?」

「遅かれ早かれ話していただくことになるんですよ、奥さん」ホーソーンを相手にしたら、けっして犯してはならないまちがいがある。優しくものわかりのいい口調のときほど、この男は危険きわまりないのだ。「帰宅したのは十一時過ぎだったと。今回も、さぞかし笑いの絶えないひとときだったんでしょう」

「ひどいありさまだったのよ！　帰ってきたら、ドアが開いてて。その向こうに、ジャイルズが倒れてたの……！」

「それで、誰といっしょだったんです？」ホーソーンは問いつめた。

リンダは手を伸ばし、またしてもティッシュを引き抜いた。「ジャン＝フランソワっていう人。フランス語の先生なの」

「フランス語を習ってるんですかね？」

「アンティーブに家を買おうかと、ジャイルズが話してたから」

「残念ながら実現はなくなったな《メ・マルルーズマン・スラ・ナリヴラ・パ》」ダドリーがつぶやく。

リンダはまじまじとダドリーを見つめた。「え、何て言ったの？」

3

いま見せてもらったふたりの聞きこみに、カーン警視はあまり感心しなかった。ホーソーンは不必要なまでに刺々《とげとげ》しいように思えたし、警視の知らない新たな事実もとりたてて浮かびあがってはこなかったではないか。

「わたしもほかにすべきことがあるのでね、そっちはそっちでやってもらってかまわない」ケンワージーの家を出ると、警視はそう告げた。「ベレスフォード医師には出勤を許可したよ……国民保健サービスの医師を、そうそう休ませるわけにもいかないからね。それから、老婦人ふたり――メイ・ウィンズロウとフィリス・ムーア――も、リッチモンドで雑貨店のようなものを経営しているそうだ。そのふたりも、店に出てもらっていいだろうと判断した」

「つまり、おたくの容疑者リストには載っていないと?」ホーソーンが尋ねる。

警視はその問いを無視した。「この住宅地に住むほかの全員は、それぞれの自宅で待機してもらっているのでね、誰からでも話を聞いてくれ。だが、私立探偵とは名のらないほうがいいだろうな。捜査の応援に呼ばれたとか、そんな話にしておいてくれ。それから、もう少し親身になって話を聞けないものかな? ここの住人はみんな、ひどい衝撃を受けているんだから」

「そんなもの受けてない人間も、ひとりはいるはずですがね」と、ダドリー。

だが、すでにカーン警視はきびすを返し、ちょうど警察の車で到着したルース・グッドウィン巡査のところへ向かっていた。

その後ろ姿を見おくりながら、ダドリーが尋ねた。「どこから始める?」

「凶器はロデリック・ブラウンの持ちものだったって話だな」ホーソーンが答える。

「歯医者は苦手だよ」ダドリーはため息をついた。

中庭を横切り、すぐ目の前にある《森の家》の呼鈴を押す。三軒が並んだテラスハウスの、いちばん奥の家だ。まるで玄関で待ちかまえてでもいたかのように、すぐにロデリック・ブラウンがドアを開けた。気分が悪いのか、ひどい顔をしている。きょう仕事に行くつもりがないのは明らかなうえ、いつもの朝の日課もすっかり忘れて、ひげも剃っていなければ、服に合うネクタイも選んでいない。デンタルフロスさえ使ってはいないらしい。皺《しわ》だらけのシャツを着たはいいが、裾はだらしなく外に垂らしたままだ。ピンク色の頬に白くふわふわした髪を見て、ダドリーは遊園地でもらえる景品の人形を思い出していた。だが、こちらを見つめる表情は、幽霊列車から降りてきたお化け役にも似ている。

今度もカーン警視が来ると思っていたのか、ホーソーンを見て、ロデリックはうろたえた表情を浮かべた。「はい?」

「ミスター・ブラウン?」

「ええ。ええ……わたしですが」

「ホーソーンといいます。この事件の捜査で、警察の聞きこみを手伝っていましてね。こちらは助手のジョン・ダドリー。入ってもかまいませんかね?」

「もちろんですとも。警察には、昨日もいろいろとお話ししたんですが、ほかにもわたしでお役に立てることがあれば……」

ロデリックは一歩下がり、ふたりを玄関ホールに通した。そこは、カドガン・スクエアにあるロデリックの歯科診療所の受付を彷彿《ほうふつ》とさせる、いささか堅苦しいまでに上品な空間だった。何もかもが、きっちりと整っている。奥の壁ぎわには骨董を模した箪笥《たんす》が据えられ、その上にはアール・デコのランプに、何冊か重ねた雑誌。片側には銀縁の写真立てが、誰の目にもつくように置かれている。そこには診療所の有名顧客のひとりなのだろう、ユアン・マクレガーとロデリックが並んでいる写真が収められていた。木製の椅子が二脚、玄関ドアをはさんで左右対称に置かれている。その片方にはスーツケースが載せられ、女性ものの薄手のレインコートが掛けてあることに、ホーソーンは目をとめた。ロデリックに案内されてキッチンに足を踏み入れると、こちらはまた、玄関ホールとは対照的な雰囲気だ。何もかもが最新設備で、白と銀にまとめてある。いささかまぶしすぎるほどの照明が輝き、一度も使われたことがないかのように清潔だ。まさに、歯科医師の家のキッチンらしいというべきか。突きあたりの窓からは、ケンワージー家の庭が見えた。

「誰か、何か言っていましたか?」ふたりが腰をおちつけるより早く、ロデリックは尋ねた。コーヒーを勧めてこようともしない。もっとも、この動揺ぶりでは、コーヒーなど淹《い》れられまいが。

「近所の住人たちのことですかね?」窓の前のテーブルの上座《かみざ》に、ホーソーンは腰をおろした。

「ええ」

「それはまた、ずいぶんと奇妙な質問ですな、ミスター・ブラウン」

「そうですか? わたしはただ、あなたがもし近所の誰かと会ったなら、何か聞いているかと思って……」

「おたくのことを?」

「とんでもない! ジャイルズ・ケンワージーのことですよ。申しわけない、ミスター・ホーソーン。こんなことが起きてしまって、しかも、すぐ隣の家だったというだけではなく……わたしのクロスボウが使われるなんて！　わかってもらえると思いますが、何もかもがもう悪夢のようで、何を考えたらいいのか混乱してしまって。容疑者はいるんですか？」

「この住宅地に住む誰もが容疑者に数えられるでしょうね、ミスター・ブラウン」ホーソーンは言葉を切った。「おたくを含めて」

「うーん、それは馬鹿げてますよ。わたしは世間でも評価の高い歯科医なんです。これまでの人生、スピード違反のチケットを切られたことさえありません。こんなわたしが、あなたがたには本当に殺人犯に見えるんですか？」

「まあ、実際のところ……」ダドリーが口を開きかける。

「それじゃ、あんまりひどすぎますよ。ここの住人は、たしかにジャイルズ・ケンワージーとあれやこれやで揉めていました。そのことは、何も隠したりはしていない。だが、だからって、わたしの家に押しかけて、こんなふうに質問を浴びせかけたり……」

「まだ、ほとんど何も質問しちゃいませんがね」ホーソーンが冷静に指摘した。「それに、われわれはこのリヴァービュー・クロースの住人全員から話を聞くことになってるんですよ」

「ここにどんな人間が住んでいるかは、とうにご存じですよね。みな、ごく立派な人たちばかりですよ。医師。弁護士。かつて尼僧だったふたりのご婦人。考えてもみてくださいよ、ここはリッチモンドなんだから！　これじゃ、まるで目がさめたらメキシコ・シティにいたような気分だ」

ロデリックがようやく口をつぐむのを待って、ホーソーンが問いかける。「まあ、ここにいつ越してきたのか、そのあたりから聞かせてもらえますかね？　ここへは奥さんといっしょに？」

「そういや、奥さんの名を聞いてませんでしたね」と、ダドリー。

「妻はフェリシティといいます。二階で寝ていますよ。慢性疲労症候群でね」ロデリックは身を乗り出し、秘密をうちあけるような口ぶりで話を続けた。「だからこそ、例のプール建設計画は、うちにとっては大問題だったんです。いまの妻からあの眺めを奪うなんて、何もかも奪いつくすようなものですからね。それに、あの騒音！　あそこの息子たちだけでもひどいのに、さらに友だちを連れてきて、みなで叫んだり金切り声をあげたり……わたしたちはもう、どこかへ引っ越すしかないでしょう。でも、それはあんまりですよ。わたしたちは、ここでの暮らしを愛しているんです」

「それで、いつ越してきたんです？」ホーソーンは最初の問いをくりかえした。

「十四年前、この住宅地が完成してすぐですよ。メイ・ウィンズロウとフィリス・ムーアがここに越してきて一ヵ月後のことでした。ふたりはうちのお隣さんでね」

「ここの全員がお隣さんのようなもんでしょう」と、ダドリー。

「まあね。あのふたりはかなりのお年ですが、この街の中心部に書店をかまえているんですよ。推理小説ばかりをそろえて。さらに、その隣にはアンドリュー・ペニントン、《厩舎》にはアダム・シュトラウスと奥さん、向かいにはベレスフォード先生がご家族で住んでいます。みんな、いい友人どうしでね。しょっちゅう行き来しているんです。ときには集まって、いっしょに飲んだりね。おかしなところなど、何もありませんよ！　そうやって、お互いに目をくばっているんです」

「ケンワージー一家が引っ越してきたのは？」

「昨年の十一月です」ロデリック・ブラウンは、いくらか自信をとりもどした口調になっていた。「《厩舎》にはジョン・エミンとその奥さんが住んでいて……実に感じのいいご夫妻でしたよ。そのころ、アダムはすでにテリと再婚し、《リヴァービュー館》で暮らしていたんです。でも、もっとこぢんまりした家のほうが住みやすいと、テリがアダムを説得したんですよ。そこで、エミン一家から《厩舎》を買ってそこに引っ越し、《リヴァービュー館》はジャイルズ・ケンワージーが買いとったわけです。わたしたちはみな、ジャイルズと会うのを楽しみにしていたんですよ。本当に。よそよそしい態度をとるような人たちじゃないんだ。そんなことは、誰にも言わせませんよ」

「じゃ、いったい何がきっかけでこんなことに？」

「何もかもですよ！」途方にくれ、ロデリック・ブラウンは頭を振った。「ここリヴァービュー・クロースに、あの男を好きな人間はいません。誰ひとりね！　そう思っているのは、わたしだけじゃないんです。ケンワージー氏はひどいやつでした——でも、だからといって、殺されて当然だと思っているわけじゃない。あんな目に遭わされるいわれはないし、かっとしたときに何を口走ったにせよ、わたしだって本気であの男がどうにかなれと願ったわけじゃないんです。ほかのみなも同じですよ。ですが、実際のところ、あの男はわたしたちみんなを困らせ、それを見て楽しんでいるように思えてね。あの男だけじゃない、奥さんも、息子たちもなんだから。いろんな出来事が重なって、しかもだんだんたちが悪くなってきてね、みんながもう耐えきれないところまできていたんです」

「いろんな出来事というと？」

「そうですね……」こんなことまで口を滑らせてしまい、ロデリックはすでに後悔しているようだったが、ここまで話した以上、いまさらやめるわけにはいかない。「いや、本当にいろんなことがあったんです。いまここであなたがたに話したところで、どれもごく些細なことに聞こえるでしょうが、それが積み重なるとね。駐車位置のこと、カーステレオの音量のこと、クリケットやスケートボードのこと……あのふたりの男の子は、まったく手に負えませんでしたよ。ジャイルズが季節の終わったクリスマス・ツリーを私道に放り出し、邪魔ならそっちが片づけろといわんばかりの態度だったときには、状況は悪くなるいっぽうだと、わたしもフェリシティに話したものです。まったく、他人に対する配慮のかけらもない！　そして、パーティのこともある。ケンワージー家ではしょっちゅうパーティを開いていたんですが、ここの住人が招かれることはついにありませんでした。そこにプール建設の話が出て、もう誰もが我慢できなくなったんです。あんな建築許可申請が、まさか区議会を通るとは思っていなかったんですが、なんと通ってしまいましてね。あれは、ちょっと内情を調べてみるべきじゃないかと思いますよ。何か裏から手を回したということがわかっても、わたしは驚きませんね。とにかく……あれを見てください」窓の外を示す。「ジャイルズはこの芝生を撤去しようとしていたんです――この、すぐ目の前の！　あの美しいタイサンボクの木が見えますか？　あそこには、野鳥がたくさん飛んでくるんですよ。アダムが植えた木ですが、あれも切り倒す計画になっていました……引っ越してきてすぐ、やはりアダムの植えたイチイの木を切り倒したように」

ホーソーンはちらりとダドリーを見やった。「その話を全部まとめてみると、殺人の動機にゃ充分なくらいに聞こえますがね」

「まったくだ」ダドリーがうなずく。「おれだったら、プールが完成した暁《あかつき》には、その男をそこに沈めてやるね」

「いや、いや、冗談じゃない。わたしの話を曲解しないでくださいよ」ロデリックは立ちあがり、ペーパー・タオルを一巻き手にとった。「とにかく、わたしたちはひどく動揺してしまった。さっきも言いましたよね。わたしとフィーは引っ越すはめになっていたかもしれないんです。そんな騒音や化学物質の臭い、破壊行為にはとうてい我慢できないでしょうから。みんな、わたしの意見に賛成してくれましたよ。話しあいの場だって設けたんだ！」ロデリックの目に、狼狽《ろうばい》の色が走る。まるで、本来は言わずにおくはずだったことを、うっかりホーソーンに話してしまったとでもいうような。「ちょっと前の話ですがね。六週間前ですよ！　月曜の夜でした。こちらはみんな、それぞれ言いたいことを抱えていて――プールの件だけではなくてね。それで、ジャイルズ・ケンワージーを招いたんですよ、文明人らしくお互いの主張の折り合いをつけるために」

「それで、ケンワージー氏は話しあいの場に来た？」ホーソーンが尋ねる。

ロデリックはかぶりを振った。「来る予定だったたんです。行くと返事をよこしたんですよ。だが、土壇場になって、やっぱり行かれないとメッセージを送ってきた」言葉を切り、やがて続ける。「まったく、いかにもジャイルズらしいやりかたですよ――ついにのっぴきならない事態になったのは、その後のことでした」

「というと？」

「つまり……」ロデリックは汗をかきはじめていた。ペーパー・タオルで顔を拭う。「メイとフィリスに、ふたりの飼っていた犬のことを訊いてみてください。アダム・シュトラウスは美しいチェス・セットを、クリケットのボールで粉々にされてしまって。あのふたりの少年――ヒューゴとトリストラム・ケンワージーのしわざですよ。あの子たちは、中庭の花壇もめちゃめちゃにしたんです。アンドリューがひどく腹を立ててしまってね。だが、最悪な――飛び抜けて最悪な――目に遭わされたのは、トムでした」

「トムというのは？」

「ベレスフォード先生ですよ。ジャイルズ・ケンワージーは、またしてもトムの車の出口をふさいだんです」

「それが、どうして最悪なんです？」

「トムは診療所に出勤するのが遅れてしまい、その結果、患者さんがひとり亡くなったんです。トムはもう、ひどく動揺していました。そのことは、トムからじかに聞いてください」

「おたくが所有していたというクロスボウについて、何か話しておくことはありますかね？」

「それについては、もう警察に話しました。あんなもの、さっさと手放しておけばよかった。もう何年も、一度も撃っていないんですから」ロデリックはどさりと腰をおろした。ホーソーンが凶器のことを忘れてくれているのではないかと、ひそかに願っていたのかもしれない。

「どこで手に入れたんです？」

「大学生のときに買ってもらったんですよ。《バーネット》のワイルドキャット・リカーブ。もう、かなりの年代ものでね。まだ動いたと知って驚いたくらいです」

「ほんの二日前の夜、みごとに的を撃ち抜いてますからね」と、ダドリー。

「ええ、まあ、そうなりますが。でも、わたしは知らなかったんです」ロデリックはもう、なんとか自分の言葉を信じてほしいと懇願しているかに見えた。「リッチモンドに越してきてほんのしばらくの間、わたしは《ロンドン・スクール・オブ・アーチェリー》に入会していたんです。夫婦そろってね。でも、フェリシティが身体を壊したとき、クロスボウは最初にやめたもののひとつでした。わたしのほうも、しだいにそんな時間がなくなっていきましてね。フィーはいま、介護士に来てもらっています。ダミアンという青年が週に三日来てくれているんですが、きょうは来ないのでね。申しわけありませんが、わたしはそろそろ二階に行ってやらないと。フィーの着替えに手助けがいるかもしれないので」

「クロスボウはどこに保管してありました？」フェリシティの手助けになど、ホーソーンはいっこうに興味がないようだ。

「車庫です」

「鍵は？」ダドリーが尋ねた。

「車庫にはたいてい鍵をかけています。クロスボウのためじゃなくてね。フィーがどうしてもって言うんですよ。もしも泥棒が押し入ってきたら、車庫と家はつながっているんだから、わたしたちの身も危ないって」

「車庫の鍵は何本あります？」

ロデリックはしばし考えた。「三本ですね。いま、ドアに差しこんだままになっているのがわたしの鍵。フィーも、自分のキー・リングに予備の鍵をつけています。それから、お隣さんのメイ・ウィンズロウにも、いざというときのために預けてあるんです」

「その介護士には？」

「玄関の鍵だけ。車庫のは渡していません」

「車庫の中を見せてもらっていいですかね？」質問という形はとりつつも、ホーソーンのこの口調では、断ることなどできそうになかった。

「もちろんですとも」

ロデリックは立ちあがり、探偵と助手もその後に続く。キッチンを出て、アーチをくぐり、細い廊下を進んでいくと、突きあたりにがっしりとしたドアがあった。さっきの話のとおり、鍵穴には鍵が差しこんだままになっており、ロデリックがそれをひねってドアを開けると、家の裏手に突き出すこぢんまりとした車庫に出る。その空間のほとんどは、濃紺のシュコダ・オクタヴィア・マーク3が占領していた。これはロデリックが愛してやまない自慢の車で、着色ガラスの窓、レイン・センサー、カーナビその他、高級車にふさわしいさまざまな装備を搭載している。奥の出口は跳ね上げ式——電動ではなく、手で上下させる——の扉となっており、両端にある金属のかんぬき錠で鍵をかけてあった。真四角の天窓から陽光が射しこみ、見あげるとこの家の二階と洗面所の窓らしきものが見える。両脇の長い壁にはそれぞれ棚が一段あり、工具、ペンキ缶や刷毛《はけ》、庭仕事の道具、もう何年も置きっぱなしになっているらしい古い機械などが並んでいた。プラグを差しこんだままの電動芝刈り機もあり、向かいの壁の水栓からは、下に置かれたプラスティックのバケツにしずくが落ちている。壁のフックにはシャベル、くわ、熊手などが掛けられ、その下には堆肥の袋。その間をすり抜けて、やっと車に乗れるというわけだ。

棚の中央に空いた隙間を、ロデリックは指さした。「ここに置いてあったんですよ」

「クロスボウが？」

「矢といっしょにね。何もかも、まとめて警察が持っていきました」

「もう使ってないって話でしたが、だったらなぜ手もとに置いといたんです？」ダドリーが尋ねる。

ロデリックは肩をすくめた。「売るわけにもいかないし、捨てたくないのは当然でしょう？」

「おたく以外に、この車庫に出入りしてた人は？」今度は、この質問をずっと温めていたホーソーンが口を開く。

「そうですね、サラかな。この住宅地のすべての庭の世話を引き受けている庭師で、さらに用務員として雑用もこなしている人なんです。しっかりした若い女性でね、勤勉で、いつも本当に助けになってくれるんですよ。ダミアンも、入りたいと思えば車庫には入れたはずです。家の鍵も渡してあるし、もう百パーセント信頼していますからね。通院や何かで車に乗せていくときは、フェリシティは車庫ではなく、キッチンから外に出ていました。いいですか、わたしはもう何もかも、すべて警察に話しているんです。正直に言わせてもらえば、わたしが上の階にいるとき、どこの誰とも知らない人間がふらっと入ってきて、気づかれずにクロスボウを持ち去ることだってできるんですよ。家の中を通っていったかもしれないし、庭から入ったかもしれない。車で仕事に行くときには、車庫の扉を開けっぱなしにしておくこともありますからね」ロデリックはすっかり消耗した様子だ。「もう、これ以上お役に立てることはありませんよ」

「あとひとつだけ訊いときたいんですがね」と、ホーソーン。「これから、どこかへ出かける予定なんですか？」

「えっ？」

「玄関ホールにスーツケースがありましたが」

「あれはフェリシティの荷物です。夫婦で話しあったんですが、わたしはやはり、妻はしばらくこの家から離れたほうがいいと思ったんですよ。妻のことを、まず考えなくては。わたしはずっと、そうして生きてきたんですから」まるで涙をこらえているかのように、ロデリックは目をしばたたいた。「フィーの姉がウォキングにいましてね、そこへ送っていくつもりです……ほんの数日のことですが。カーン警視にも話しておきましたよ」車庫に来てからはいくらか緊張を解いたようにみえたロデリックだったが、スーツケースの話を出され、また動揺してしまったようだ。「今回のことで妻がどんな思いをしているか、あなたには想像もつかないでしょうね。こんな怖ろしいことはありませんよ。この凶悪な殺人事件に、妻は何ひとつかかわっていないわけですし、ここを離れてほしいとわたしが願うのも当然でしょう。わたしは妻を守らなくてはいけないんだから！」

言いおえたとき、電話が鳴る。ロデリックはポケットから携帯を取り出し、後ろに立っているダドリーから見えないよう、画面を斜めにしてちらりと目を走らせた。すばやく画面を消すと、またポケットに滑りこませる。

「何か重要な知らせでも？」ホーソーンが尋ねた。

「いや。何でもありませんよ」

「では、われわれはこれで。そこから出てもかまいませんかね？」

「もちろんですよ。扉を開けましょう」

車庫の扉のかんぬきに、鍵は必要なかった。ただ、横にずらすだけだ。ロデリックが扉を引きあげ、ホーソーンとダドリーは新鮮な空気の中へ足を踏み出した。ロデリックはふたりを見つめ、自分は無実だとどうにかわかってもらえるひとことを、必死に探しているようにも見えた。やがて扉が下ろされ、その姿も見えなくなる。

ホーソーンとダドリーは、大きな中庭に戻る私道に立っていた。だが、ホーソーンはまだ、ここですべきことを完全に終えてはいなかった。車庫の脇には門があり、そこから先はブラウン家の庭だ。ホーソーンは門の中に足を踏み入れると、タバコを箱から抜きとり、歩きながら火を点《つ》けた。片隅に立ち、周りをじっと観察する。

ブラウン家の庭は細長い長方形で、片側に柵があり、突きあたりには低木が一列に植えてあった。しばらく雨が降っていないせいか、芝生はところどころ茶色く変色している。花壇にはしおれた花ばかりが目についた。果樹の木立も手入れがされておらず、伸び放題となった枝が、さらに伸びる空間を求めてお互いにせめぎあっている。低木の向こうに目をやると、お隣の老婦人たちの庭も、どうやら同じような状態のようだ。

「誰からの着信か見えたか?」ホーソーンが尋ねる。

ダドリーはうなずいた。「画面に名前が出てたよ。サラ・ベインズだった」

「サラというと、庭師の?」

「まちがいないね。おれに見られたくはないようだったが」

ホーソーンは庭をしげしげと見た。「まったく、おかしな話じゃないか。ロデリックの話だと、庭師は勤勉で助けになってくれるそうだが……」

「ああ。おれも同じことを考えてたよ。勤勉で助けになってくれる庭師は、ここで何をしてたんだ?」

そのころ、車庫の跳ね上げ式扉の向こうでは、ロデリック・ブラウンがポケットから携帯を引っぱり出していた。耳をすまし、ホーソーンが近くにいないことを確かめる。

それから携帯を開くと、さっき確認できなかったメッセージを読んだ。

4

《ティー・コージー》は店を開けてはいたものの、メイ・ウィンズロウもフィリス・ムーアも、とうてい本を売るような気分ではなかった。

正面入口のすぐ近く、空いているテーブルにふたりは向かいあっていた。実のところ、いまはすべてのテーブルが空席だ。きょうはまだ、誰も来店していない。こんなとき、いつもならふたりは読書をしたり、編みものをしたり、トランプでジン・ラミーをしたりしてすごすのだが、きょうはただ、黙りこくって坐っているだけだった。すでにカーン警視の質問にはしっかり答えたし、火曜日は店を休むしかなかったものの、きょうからはまた仕事に出ることを許してもらえた——事件のことを客と話したりしない、との条件付きで。まあ、きょうにかぎっては、そんな心配はなさそうだ。

午前中ずっと、フィリスはそわそわしていた。「もう我慢できないわ！」ふいに大声を出す。

メイはまじまじと友人を見つめた。「タバコでも吸いたいの？」

「こんなところに坐りっぱなしで、ずっとあのことを考えているだなんて、もうたくさん。わたし、ちょっと外に出てくる」フィリスはハンドバッグに手を伸ばし、手巻きタバコ《ゴールデン・バージニア》の袋を引っぱり出した。

だが、フィリスが立ちあがるより早く、メイは手を伸ばし、友人の腕に手を置いた。「わたしたち、話しあうべきだと思うのよ」

「どうして？」

「何のことか、よくわかっているでしょう」

「あなたはそこに、朝からずっと坐ったままじゃないの」

このふたりの老婦人は、めったにぶつかりあうことはない。だが、このときばかりは、まるで宿敵をにらみつけるような目で、ふたりはしばし見つめあっていた。やがて、メイがフィリスの腕から手を離す。「わたしたち、細心の注意を払わないと。いまはリヴァービュー・クロースじゅう警察官だらけでしょう。わたしの見るところ、けっこう長いことこの状態が続きそうよ」

「何も怖がることなんてないじゃないの」

「わたしたちにとっては、怖いことだらけでしょ。あなただって、よくわかっているはずよ。いますでに、警察はわたしたちのことを調べるつもりになっているでしょうし。あなた、ずっとリッチモンドに住んでいたい？」

「わたしはここが好きよ」

「わたしもよ。でも、いずれは住んでいられなくなるかもしれない。こうして、警察があちこち嗅ぎまわりはじめたらね」

またしても沈黙。フィリスは袋を開いてタバコの葉と紙を出し、自分の手で巻きはじめた。

「何があったのか、警察に話すべきなのかも」

「何を話すつもり?」

「殺人事件の前夜のことよ! ロデリックがわたしたちに、これから何をするつもりか告げたでしょう。わたしたち全員の前でね」

「あの人、酔ってたのよ」

「だからって、本気じゃなかったかどうかは……」

メイはしばし考えこんだ。「そりゃ、警察に言うことはできるわよ。でも、それを話したとして、何かいいことがある?」

「あの人が逮捕されたら、わたしたちのことは放っておいてもらえるでしょ」

「そうだったらいいんだけれどね」メイは重い吐息をついた。「わたしたちは全員、あの場にいたのよ、フィリス。全員がかかわってしまったの。そして、このことについては誰にも言わないって、約束も交わしたわよね。どういうことかわかる? わたしたち、共謀したことになるのよ」言葉を切り、おちつこうと努める。「あんなことにならなければよかった。馬鹿げているわ。どうかしてる!」深く息を吸いこむ。「警察に行ったら、あなただって逮捕されるかもしれないのよ。そして、わたしもいっしょにね」

フィリスはタバコを巻きおえていた。あまりに少ししか葉を入れていないので、吸っても燃えた紙の味しかしないかもしれない。「警察に手紙を送ったらどうかしら。匿名で」

メイはかぶりを振った。「そんなことをしても意味ないでしょ。ロデリックがケンワージー氏を殺した証拠はないんだから。あなた、あの人が本気でそんなことするつもりだったと思ってる？　わたしたちより年をとっていたって、ロデリック以上に暴力的な女性もいくらだっているくらいなのに。そもそも、あの人がやったとしたら、動機は何？」

「プール建設計画でしょ」

「プールの建設には、わたしたち全員が反対だったじゃない。それにね、忘れないで、警察ってておそろしく想像力に欠ける人たちでしょ。ケンワージー家に眺望をだいなしにされそうになって、ロデリック・ブラウンが殺人を犯しただなんて、わたしたちがいくら頑張ったって、そんな結論には絶対にたどりつかないわよ！」

店のドアが開き、客がひとり入ってきた。《ホールフーズ・マーケット》の袋を提げた中年の男性だ。「あの、こちら、ジョー・ネスボの本は置いてます？」

「《ウォーターストーンズ》書店へ行ってくださいな！」ふりかえりもせず、メイがぴしゃりと答える。

「あー……そうですか」

客は出ていった。ドアが閉まる。

「それに、動機を考えたら……」まるで何の中断もなかったかのように、メイは続けた。「あなたとわたしのほうがロデリックよりもはるかに疑わしいと、カーン警視は考えるんじゃないかしら」

それがどういう意味か、フィリスにはよくわかっていた。店の片隅、奥のノンフィクション棚の前の、いつもエラリーが眠るかごが置いてあった場所に、ちらりと目をやる。いまはもう、そこには何もない。フィリスの目に涙があふれ、一瞬、声が出せなくなる。

まだちっちゃな子犬のころからふたりが可愛がってきたあの子は、もうこの世にいない。この二週間というもの、ふたりの老婦人は、出口の見えない苦しみの中でもがきつづけている。この邪悪なふたつの出来事を比べたら、ジャイルズ・ケンワージーの死など、ふたりにとってははるかに些細な事件だった。

誰のしわざなのか、ふたりにははっきりわかっていた。リンダ・ケンワージーの、あの脅しの言葉。これ以上ないほど、きっぱりと告げていたのに。〝おたくの犬が、あと一度でもうちの庭に侵入したら、主人にしかるべき措置をとってもらいますからね〟——あのとき、メイとフィリスは真剣にとりあわなかった。いまとなっては、後悔してもしきれない。

どうやら、エラリーはリンダの言ったとおりのことをしてしまったらしい。家を抜け出し、いつもと同じようにブラウン家の柵の下をくぐって。しかも悪いことに、侵入の証拠までしっかりと残してきたのだ。そんなことがあったとは、ふたりともまったく気づかずにいたが、翌日、リッチモンドの中心街へ向かうバスに乗ろうと家を出たとき、玄関ドアの郵便受けに、またしても犬の糞の入ったビニール袋がはさんであるのを見つけてしまう。伝言メモは添えられていなかった。さらなる警告もなし。もちろん、ふたりの老婦人はリンダの言葉をはっきりと憶えてはいたが、〝しかるべき措置〟が何を意味するのかぴんときておらず、今回もまた、こんなごたごたはさっさと忘れる道を選んでしまった。リンダやその夫が悪意のある報復をしてこようとは、ふたりとも夢にも思っていなかったのだ。

その夜、夕食の時間に店から戻ってきたメイとフィリスは、エラリーに餌をやり、寝る前に用を足せるよう庭に出してやった。それから腰をおちつけて、テレビでやっていた刑事ドラマ『ベルジュラック』をふたりで鑑賞にかかる（この番組のDVDは、全九シーズンすべてを買いそろえてあるのだが）。エラリーがまだ戻ってきていないことに気がついて、ふたりが探しに出たのは、もう外がすっかり暗くなってからのことだった。

庭に、エラリーの姿はなかった。名前を呼びながらブラウン家の脇を通りすぎたものの、どうやら今回は《リヴァービュー館》の庭にも入りこんではいないらしい。そのころには、ふたりもしだいに不安がつのるのを感じていた。これまで、エラリーはこんなに遅くまで戻ってこなかったことはないし、こんなにも長時間にわたって自分だけで遊びまわっていたこともない。メイはこの住宅地じゅう、名前を呼びながら探し歩いた。それから、《森の家》のドアをノックしてみる。もしもエラリーがふたたび《リヴァービュー館》の敷地に迷いこんだのだとしたら、隣家の庭を横切っているはずだから、その姿をロデリック・ブラウンが見かけているかもしれない。やがて窓越しに玄関ホールの明かりが点《つ》くのが見え、数秒後、赤い縞のエプロンを着けたロデリックが姿を現した。ちょうど食器を洗いおえ、フェリシティにカモミール・ティーを持っていくところだったのだ。

「こんな時間にごめんなさいね、ミスター・ブラウン。エラリーの姿が見えなくなってしまったんです。もしかして、あなたが見かけていないかと思って」

「いや。残念ながら見ていませんね。いつからいないんですか？」

「それが、わからないのよ。わたしたちといっしょに帰ってきて、わたしたちがテレビを観ている間、庭に出ていたんだけれど」

「なるほど、わたしは何も見ていませんが、気をつけておきますよ。だいじょうぶ、きっと見つかりますから……」

メイはもう、こみあげてくる不安に気分が悪くなりそうだった。こんなことは初めてだ。たしかに、エラリーはこのリヴァービュー・クロース全体が自分の縄張りのようにふるまってはいたが、それでもどこか気の小さいところがあって、こんなにも長い間うろつきまわっていたことは一度もなかったのに。

「《リヴァービュー館》にも訊いてみるべきかもしれませんよ」と、ロデリック。

「そうね。そうするつもり」

ケンワージーの家になど、メイは近づきたくもなかった。自分ひとりではもってのほかだし、フィリスといっしょでも気が進まない。あの一家に頭を下げ、協力を頼むなどぞっとする。そもそも、頼んだところで耳を貸してもらえるともかぎらない。〝主人にしかるべき措置をとってもらいますからね〟――あの言葉が、何度もくりかえし耳によみがえる。

友人が何を考えているのか、フィリスはすぐに読みとった。「もしかしたら、ペニントン氏がエラリーを見かけていないかしらね」別の提案をしてみる。

ふたりはきびすを返し、《井戸の家》に向かった。玄関に近づこうとしたとき、その音が耳に飛びこんできた――とりちがえようのない、動物が苦しんでいる声だ……助けを求めているかのような、かすかな鳴き声。あれはエラリーだろうか？　いつもの鳴き声とは似ても似つかない。どこか、さらに遠くから聞こえてくる気がする。ひょっとして、この家の向こう側かもしれない。

メイはもう、どうしようもなく狼狽《ろうばい》していた。呼鈴を鳴らすのも忘れ、玄関のドアを必死に叩く。それから何日も、指の関節が痛むほどの激しさで。さっきの哀れっぽい鳴き声は、もうやんでいた。空耳だろうか？　そうだったらいいのだけれど。リッチモンドには、キツネもたくさんうろついている。すっかり街の生活に慣れ、道ばたのごみ箱をあさって暮らしているのだ。いまのも、きっとそんな一匹の鳴き声にちがいない。

玄関のドアが開いた。アンドリュー・ペニントンが首を出し、ふたりと顔を合わせる。ベッドでアンソニー・トロロープの本を読んでいたとき、ノックの音を聞きつけて起き出してきたのだ。

「お願い、ミスター・ペニントン、どうか助けてくださらない？　わたしたち、エラリーを探しているんです。急にいなくなってしまったの。ちょうどいま、お宅のお庭から何か聞こえたような気がして」唇から、矢継ぎ早に言葉がこぼれ出す。メイの胸は激しく上下していた。テレビを観るときにかける眼鏡が、いまも首からぶらさがったまま、まるで捜索に参加しようとしているかのように、いっしょに上下している。

アンドリューは玄関を出ると、じっと耳をすました。「何も聞こえないな」

三人とも、息を殺して神経を研ぎすませる。ほんの一瞬、たしかにアンドリューの言うとおりに思えた。結局のところ、やっぱりあれは空耳だったのかもしれない。だが、次の瞬間、またしてもあの声が聞こえてくる。家の裏側からか、あるいはもっと近くだろうか。この世の苦痛のすべてを背負ったような声で、これはキツネのものではないと、いまやメイははっきりと悟っていた。

「お宅のお庭にいるのかしら」と、フィリス。

「いや、ちがうと思うよ」アンドリューは小首をかしげ、その声がどこから聞こえてくるかをつきとめようとした。「あっちじゃないかな」そう言ってから、自分の言葉の意味に気づいてぞっとする。「井戸の中だ」

アンドリューが指さしているのは、アーチと家との間にある、中世に作られた井戸だった。これは、リヴァービュー・クロースならではの特色のひとつだ。アンドリューの家の名も、ここからつけられている。アイリスといっしょにこの家に越してきたときには、幸運を祈って、ここに硬貨を投げ入れたものだったが。

「ちょっと待っていてくれ。明かりを持ってこよう」アンドリューは告げた。

もう、あたりは真っ暗だ。アンドリューは近年めっきり夜目が利かなくなったため、玄関を入ってすぐのところに懐中電灯を置いてあった。それを引っつかむと、ふたりの老婦人の先に立ち、家の脇へ回る。井戸に近づくにつれ、訴えかける声はさらに悲痛に、さらに絶望の響きを帯びはじめていた。

円形に口を開いた井戸の底へ、アンドリューは懐中電灯の明かりを向けた。エラリーは五メートルほど下の地面にうずくまり、必死に救いを求めるように首を伸ばしていた。立ちあがろうともがいているものの、もうその力が残っていないことははっきりと見てとれる。アンドリューの耳に、かたわらに立つメイのうめき声が聞こえた。フィリスが犬の名を呼びかける。

「だいじょうぶだ！」気がつくと、アンドリューはそう声をかけていた。「きっと、あの子をここから出してやれる。助けを呼ぼう」

だが、夜の十時に、いったいどんな助けが呼べる？　その助けが来るまでに、どれだけ待てばいいのだろう？　こんなことのために、警察は来てくれない。呼ぶとしたら、動物虐待防止協会？　しかし、協会の支部がはたしてリッチモンド周辺にあるのだろうか？

「何か、いい方法はあるかしら？　あの子をここから出してやれる？」そう問いかけるフィリスの頬には、とめどなく涙が流れるばかりだ。

「さあ、どうしたものか……」

手の打ちようがなかった。竪穴の幅は狭く、アンドリューがどうにか降りたとしても、はたして戻ってこられるかどうか。梯子と、この穴を通れるほっそりした体格の人間が必要だ。

「動物虐待防止協会に電話してみるよ」アンドリューが申し出た。

「ああ、エラリー！　可哀相なエラリー！」メイも泣いている。

いつしか、エラリーはもう声をあげなくなっていた。もはや、ぴくりとも動かない。少なくとも自分たちの声が聞こえ、すぐ頭上に飼い主が来ていることをエラリーがわかっていたのなら、誰にも知られず孤独に死んだわけではない、それだけがほんのわずかな救いだと、後になってメイは明かした。

「うっかり落ちてしまったんだろうな」そう言いながらも、それが真実ではないことを、アンドリューは悟っていた。井戸の枠を、エラリーが飛びこえられるはずはない。レンガが高く積み重ねられたこの枠は、小柄なフレンチ・ブルドッグの短い脚ではとうていよじ登れないだろう。そもそも、そんなことをしようと思う理由もないではないか。答えはひとつしかない。エラリーは誰かに抱えあげられ、わざと井戸に放りこまれたのだ。だが、わかってはいても、アンドリューはそれを口にせずにおいた。明確な証拠なしで誰かを非難してはならないと、弁護士としての経験から学んでいたからだ。それに、いまそんなことを言って何になる？　ふたりの老婦人がこれ以上は死んだ愛犬を見ずにすむよう、アンドリューは懐中電灯を消した。

だが、メイもまた、同じ結論に達していた。その顔は、石のようにこわばっている。「あの人たちよ！」メイはささやいた。「あの人たちのしわざだわ！」

「どういうことかな、ウィンズロウ夫人？」

「何のことか、あなたもおわかりのはずよ。ジャイルズ・ケンワージー。奥さんから頼まれて、あの男がしかるべき措置をとった——これが、その結果というわけ。あの男のしわざなのはわかっているの。絶対に許すもんですか。こんなことをしておいて、そのままですむと思ったら大まちがいよ……」

メイとフィリスは、いまだ《ティー・コージー》のテーブルに坐ったままでいた。フィリスはまるで年老いたピアニストが演奏前に指をほぐしているかのように、先ほど巻いたタバコを指の間でくるくると回している。ふたりとも、かつての場所にエラリーのかごがないことを、痛切に意識せずにはいられなかった。もう、二度と犬を飼うことがないのはわかっている。たとえ飼いたいと願っても、もはや自分たちにはそれだけの年月が残されてはいないのだ。

結局、井戸の底からエラリーの亡骸を引きあげたのは庭師のサラだった。翌日まで待つほかはなく、ふたたび太陽が空高く昇ってからのことだ。ノースリーブのTシャツを着たサラが井戸の中に梯子を下ろしたとき、ふたりはたしかに見た。

その両腕に、真新しい不気味な引っかき傷がいくつもあることを。

5

ロデリック・ブラウンの家の庭を出たホーソーンとダドリーは、またぐるりと回ってロータリーの中央に戻り、降りそそぐ陽光と花の香りを楽しんでいた。こんなにも警察車両がずらずらと並んでいなければ、よくある気持ちのいい七月の一日だっただろうに。

「ひどいもんだな！」ホーソーンがつぶやいた。「ロンドン郊外でも最高級地区の、囲われた住宅地。どれも意匠を凝らした住宅ばかりだ。いったい、どれくらいの値段だと思う？　何百万ポンドだぞ！　それなのに、住人たちはみな、気に入らない相手の喉首につかみかからんばかりで……」

「ジャイルズ・ケンワージーの場合、まさに喉首をぶち抜かれちまったからな」ダドリーがうなずいた。この助手は奇妙なユーモアのセンスの持ち主で、冗談を口にするときは、いつもいささか悲しげに聞こえる。「だが、もしかしたら外部の人間のしわざかもしれないと、おれは思ってるんだが」

「それはどうかな」ホーソーンは電動門扉を指さした。「そもそも、この門扉だ。夜間は閉まってて、電子キーを持ってないと入れないんだからな。凶器のクロスボウは、ロデリック・ブラウンの車庫にしまいこんであった。犯人は、それがあそこにあると知ってたはずだ。それから、犯行の機会の問題もある。ジャイルズはひとりで自宅にいて、女房はフランス語教師とよろしくやってた。息子たちは学校の寮に泊まりで、フィリピン人の家政婦は帰国中。そうなると、この住宅地の中の誰かとしか思えないね」

「悪夢のような隣人たち、ってわけだ」と、ダドリー。「ブリストルにいたころには、何かというと公営団地に呼び出されてたよ。音楽がうるさいだの、パーティがうるさいだの、ごみの始末がどうの、車を駐める場所がどうの、ってね。この仕事の何が情けないって、そういうとことん空しい業務のくりかえしってとこだよな。だが、そこに殺人が加わると、話はいささか面倒になる。おれが言いたいのは、ここの住人はみんな同じ動機を持ってたってことだ。全員が、ジャイルズ・ケンワージーを嫌ってた。結局は、そこに行きつくんだよ」

「車を駐める場所か……」ホーソーンがつぶやく。

《庭師の小屋》の玄関から、女性が姿を現した。私道で身体をかがめ、おっかなびっくりで何かを探しているようだ。遠目には、いかにも健康で魅力的な女性に見える。ゆったりとしたシャツにデザイナー・ジーンズ、サンダルという恰好で、アクセサリーは銀のネックレスとイヤリング。中央で分けた漆黒《しっこく》の髪が、生真面目そうな顔を縁どっていた。だが、近づいていくにつれ、まるでふいに空が雲に覆われ、影が落ちたかのように感じられる。女性はあまり眠れなかったようだ。目尻にも、口もとにも、不安げな皺《しわ》が刻まれている。そんな疲れを隠そうとしてか、厚すぎるほどの化粧。身につけているアクセサリーはどちらも、毒を持つ生きものをかたどっているのが目を惹いた。

その女性の前で、ホーソーンは足をとめた。「ベレスフォード夫人？」

「ええ、そうですが？」

「お話を聞かせてもらえませんか？」

「いまですか？」

「いけませんかね？」

「あなた、マスコミの人？」

「どうしてそう思ったんです？」

ここまでのところ、質問の応酬ばかりが続いている。「警察官には見えなかったから」

「実をいうと、わたしは警察の聞きこみを手伝ってるんですよ」

疑わしげな目で、ジェマ・ベレスフォードはホーソーンを吟味した。助手のほうは、さらにあやしげに見えたようだ。「それが本当だって保証はないでしょ。どうして信用しなきゃいけないの？」

「ああ、だったらカーン警視に訊いてみるといい。そのへんにいるはずですよ——電話してもらってもかまいませんし」ホーソーンは感じのいい態度をとろうと努めていた。「リンダ・ケンワージーと、お隣のロデリック・ブラウンからは、すでに話を聞かせてもらいました」

これだけ名前を並べたら、さすがに信用してもらえたようだ。「十分間だけなら。わたし、自主保育グループのところへ、二時に子どもたちを迎えにいかなきゃいけないんです」

「それ以上のお手間はとらせませんよ」ホーソーンはうけあった。

それは、《庭師の小屋》という名前にそぐわない家だった。たしかに十八世紀には、《リーヴォー屋敷》で雇われていた庭師がここに小屋を建てて住んでいたかもしれないが、いまここに建っているのはとうてい小屋などではなく、かなり大きな家族向けの邸宅だ。玄関を開けると天井の高い、広すぎるほどのホールがあり、片持ちの階段の先には回廊のある踊り場が見える。新しさと伝統を上品に融合させた設計で、階段の脇にはガラス板がはめこまれ、梁《はり》はむき出しだ。何もかもがきちんと整理されているように見えたが、ジェマに連れられてキッチンへ足を踏み入れてみると、そこにはベレスフォード家のいまの現実が広がっていた。洗っていない食器が積みあがり、おもちゃや人形、子どもの服がそこらじゅうに散らばっている。カウンターに並んだ《マークス&スペンサー》製の出来合いの料理は解凍中で、水をやっていないらしい鉢植えの植物がうなだれ、トースターの隣には未払いの請求書が重ねてあった。

がっしりとした農家ふうのテーブルへ、ジェマ・ベレスフォードはふたりを案内した。ダドリーはテーブルにひじを突いたが、表面がかすかにべとついていることに気づき、そっと腕をおろす。

「ひどい散らかりようだけど、ごめんなさいね」ジェマの声は低く、しゃがれていた。「今週は、ただでもとんでもなくたいへんだったの、殺人とは別にね。うちのお手伝いさんが、急に来なくなっちゃって。うつ病だっていうの。嫌になっちゃう！　きょうび、精神的な不調にはあれこれ質問もさせてもらえなくてね、でも、ほんと、笑いごとじゃないんだから。そのうえ、いまは子守もいなくて」

「子守にも、何かあったんですか？」ダドリーが尋ねる。

「何も。カイリーっていうすばらしい女の子でね、いつもこのベレスフォード号を操縦してくれてるの。うちの子たちがいつもそう呼んでるのよ、〝カイリー船長！〟ってね。この家の天《てっ》辺《ぺん》の部屋に住みこんでもらってて……船の見張り台みたいにね」周囲に散らばったあれこれを見まわす。「ほらね、カイリーがいなくなると、とたんにこの騒ぎ。週末に、急に呼び出されちゃって」

「どういう事情で？」

「カイリーがうちに来てくれたとき――二年前のことだけど――ほかにもボランティアでパートタイムの仕事をしていて、それは辞めたくないって言われたの。《エイジUK》よ」

「ああ、高齢者支援団体の」ホーソーンが補足する。

「そう。カイリーはそこのボランティアをしていて、ハンプトン・ウィックに住むかなり高齢のご婦人と親しくなったんですって。ここから、ほんの数キロの距離なの。とにかく――信じられないことに――日曜の夜、マーシャが襲われたのよ。マーシャって、そのおばあさんの名前。マーシャ・クラーク。本当に、すごくショックだった。誰かが八十五歳のおばあさんを家の外で待ち伏せしていて、棍棒か何かで殴りたおしただなんて。いまはキングストン病院に入院しているんですって。それでね、マーシャは家で三匹の猫を飼っているんだけど、誰も助けになってくれる人がいないらしいのよ。社会福祉の人たちも役に立たなくて。それで、マーシャが元気になって退院してくるまで、カイリーがその家で猫たちの面倒を見ることになったの。それがいつになるかは、神のみぞ知るというところ。でも、いかにもカイリーらしいのよね。あの娘はオーストラリア出身で、こっちには親戚がいないの。だから、たぶんマーシャのことをおばあさんみたいに感じているんだと思う」

ここまでの話を、ジェマは一気にまくしたてた。まるで、誰かが――もう、誰でもいい――自分がどんなに不運だったか聞いてくれるのを、じりじりしながら待っていたかのように。

「だから、子どもたちの迎えにも、わたしが行かなくちゃいけないの。遅れると嫌な顔をされるのよ」

「お子さんたちはおいくつです？」と、ダドリー。

「双子なの。クレアとルーシー。四歳よ」

「マーシャ・クラークは襲撃されたとき、現金を身につけてたんですかね？」ホーソーンが尋ねる。

「さあ、どうかしら」この質問に、ジェマはとまどっているようだ。

「その襲撃の動機は何だったのか、そこが気になるんですよ」

「お金を盗られたりはしていなかったはず。警察は、人種差別による犯行と考えているみたいよ。マーシャは有色人種だったから」

ダドリーはその情報をメモ帳に書きとめた。「それで、いまはおたくが孤軍奮闘中と」

「まあね、夫のトムが夕方には帰ってくるの。家庭医でね。リッチモンドの診療所にいるのよ」

「ご主人はどんな具合です？」いかにも心配げな口調で、ホーソーンが尋ねた。

「ひどく疲れてはいるのよ。働きすぎでね。でも、だいじょうぶ。夫は元気よ」

「おたくのご主人は、しょっちゅうジャイルズ・ケンワージーと口論してたと聞きましたがね。実をいうと、つい最近、ケンワージー氏を殺すと脅してたって話も耳にしましたが」

ジェマ・ベレスフォードの頬に、さっと血の気が上った。これだけ厚く化粧をしていても、隠しようがないほどに。「誰がそんなことを？」語気荒く言いかえす。

「本当なんですね？」ホーソーンは追い討ちをかけた。

「まあ、車を駐める場所のことでね。ジャイルズ・ケンワージーという人は、他人に対する配慮がおそろしいほど欠けていたの。目ざわりなうえに一度も動いたことのない、あのキャンピング・カーを除いても、ほかに四台も車を持っていてね——ポルシェでしょ、ベンツでしょ、よくわからないアメリカ車でしょ、それにミニ・クーパー。きょうび、一家で四台も抱える必要がどこにあるの？　あの家の車庫には二台しか入らないから、残りは外に駐めて、うちの車の出入りをふさいでいるってわけ。いま外に出たのもね、うちの私道が通れるかどうかを確認するためだったの。もうジャイルズはいないにしても、それがすっかり習慣になっちゃってて」

「ご主人はひどく怒ってました？」

「それでトムがジャイルズ・ケンワージーを殺したのかっていう意味なら、それは馬鹿げてる。言うまでもなく、そんなことはありえないもの。トムはそんな人じゃない。他人の生命を救う仕事をしているんだから。それがどんな重圧に耐える生きかたなのか、あなたには想像もつかないでしょうね、ミスター・ホーソーン——国民保健サービスで働いている人たちは、みんなそれに耐えているのよ。それでも、本当にそんなことを知りたいのなら、その口論は二週間ほど前のことだった。ひとり、亡くなってしまった人がいてね。ジャイルズ・ケンワージーのせいで」

「いったい、どうしてそんなことに？」

ジェマ・ベレスフォードはいまだ怒りをたぎらせていた。その一方で、時計からも目を離さない。子どもを迎えにいかなくてはならないのはわかっている。それでも、いったい何があったのかを、ホーソーンにきっちりと伝えるまではこの場を離れるつもりはなかった。

「トムは出勤しようとしていたの。その日もいつもと変わらない一日だったけど、診療所はいま人手が足りなくて、どうしても遅刻するわけにはいかなかったのよ。そのうえ、しばらく前から担当している患者さんの予約が九時に入っていてね。レイモンド・ショーという人。まだ、そんな年齢でもないのに——たしか四十代だったかな——ひどい肥満で、コレステロール値も血圧も高くて……いつ心臓発作が起きてもおかしくない状態だったの。そして、その日の朝、ついに発作が起きてしまったのよ。私道がふさがれていたせいで、トムはなかなか出られなくて、ショー氏は診療所で待っていたの。二十分待たされている間じゅう、ショー氏はずっと、先生はいつ来るのかと受付に訊いていたんですって。それでもトムが現れなくて、ショー氏の怒りはつのるばかりでね、ついにそんなことになってしまったわけ。ＳＣＡと呼ばれる現象が起きてしまったの。突発性心停止《サドン・カーディアック・アレスト》ね。トムが診療所に着いたときには、ショー氏はもう亡くなっていた。もちろん、診療所の職員はみな、ショー氏を蘇生させようと手を尽くしたのよ。誰もトムを責めたりはしなかった、さっきも言ったとおり、ショー氏はいつ心臓発作を起こしてもおかしくない状態だったから。誰だって、交通渋滞や何やらに引っかかって遅れてしまうことはあるし、たった二十分間の遅刻は怠慢と非難されるようなことではないしね。

でも、トムは自分を責めずにいられなかった。そういう人なのよ。そのことが理由で自制心を失い、ジャイルズ・ケンワージーにおかしなことを口走ったんでしょうね。おかしなことを口走っちゃうなんて、誰だって憶えがあるものでしょ。けっして本気じゃないような言葉をね。

でも、トムが夜中にこっそり家を出てクロスボウを盗み出し、ジャイルズめがけて撃っただなんて、そんな仮説は馬鹿馬鹿しすぎる。トムという人を、あなたは知らないのよ！　どっちにしろ、そんなことは不可能だしね。あの夜、夫はずっとベッドで、わたしの隣に寝ていたんだもの。もしもトムをあなたの容疑者リストに載せているのなら、わたしも追加しなくちゃね」

ジェマはまたしても腕時計に目をやった。

「今度こそ、もう行かなくちゃ」

「最後にひとつだけ」と、ホーソーン。「もしもジャイルズ・ケンワージーを殺害したのがご主人でなければ、誰がやったと思います？」

「そんな質問、答えられるわけがないでしょ？」

「このリヴァービュー・クロースの住人のひとりが犯人かもしれないと、警察は考えてるようですがね」ダドリーが口をはさむ。「ここの住人のことなら、おたくは誰よりもよく知ってるんじゃないですか」

「よく知っているからこそ、そんなことができる人間はいないとわかっているのよ」

「どれだけの人が殺人を犯せるものか、知ったらきっと驚きますよ、ベレスフォード夫人」ホーソーンがたたみかける。「誰かのことを守ろうとしてるんですかね？」

ジェマの目に怒りが燃えあがった。「どうして、わたしがそんなことを？」

「ここの住人と、おたくは暮らしをともにしてる。ひょっとして何かを見たかもしれない。わかりますよ！　おたくは善良な隣人を演じたい。だが、おたくらはみな、ジャイルズ・ケンワージーを憎んでるんだ」

「わたし、あの人を憎んだりしてません」

「何か、犬のことで揉めたとか……」

ジェマは蔑《さげす》むような目になった。「あれは本当にひどかった。可哀相なメイとフィリス！　飼っていた犬が井戸に落ちてね、ふたりはジャイルズ・ケンワージーのしわざだと言いはったの。でも、ふたりとも、もう八十歳なのよ。人に危害を加えるわけがないでしょ！　あのふたりが真夜中にクロスボウを抱えてうろついているところなんて、わたしには想像もつかないもの」

「ほかの誰かがジャイルズ・ケンワージーを殺すと口にしたのを、おたくは聞いてませんか？」ダドリーが尋ねる。

ほんの一瞬、ジェマは自信なさそうな顔つきになった。「いいえ。聞くわけがないでしょう。そんなこと、いったいいつ口走るっていうの？　わたしは何も聞いてません！」ふいに言葉を切る。「わたしにご近所さんを裏切らせようとしても無駄よ」やがて、こうジェマは続けた。

「ご近所さんたちに、わたしとトムを裏切らせようとするのもね」

「そういう申し合わせをしたってことですかね？」

「わたしたちは、ずっとこうよ」

ジェマは立ちあがった。ホーソーンとダドリーに、もう帰ってほしいと告げるかのように。

「そのアクセサリー、いいですね」ダドリーが声をかけた。「首に巻きついてるのは、蛇？」

「実をいうと、これ、わたしがデザインしたの。アクセサリーのお店をやっていてね。これは、わたしの《稀毒コレクション》の中の作品」

「変わった名だな」

「このネックレスは中央アフリカに生息するライノセラス・アダーをかたどっているのよ。鮮やかな青緑の模様に朱色の三角形が入っている、すごく美しい蛇。しかも、毒を持っていてね。ピアスのほうは、マダガスカルに生息するコガネグモの巣から思いついたデザイン。この巣はね、陽光を浴びると金色に輝くのよ。自然の中の美と死を対比させ、表現してみたシリーズなの」

「美しく見えるが、こっちを殺す力も持ってるわけだ」と、ホーソーン。

初めて、ジェマ・ベレスフォードはにっこりした。「そのとおり」

6

「うん、なかなか魅力的だな」ジェマ・ベレスフォードが子どもを迎えにいこうと、車で住宅地を出ていくのを見おくりながら、ダドリーがつぶやいた。

「おもしろい女だ」ホーソーンもうなずく。「何を隠してるんだろうな?」

ダドリーは眉を上げてみせた。「真実をだろ?　ここの誰かがケンワージー氏の死に触れたのを、あれはまちがいなく聞いてるね。それも、事件が起きる前に」

警察官の数はだいぶ減っており、捜査も二日めとあって、いろいろとまとめにかかっているらしいことが見てとれた――鑑識班はただひたすらに、白いビニール袋に収められた証拠の最後に残った数々をまとめて運び出す作業に追われている。たいていのものは、前日に運び出してしまった――衣類、コンピュータ、文書やファイル、そこから何らかの事情がわかりそうなものはすべて。ホーソーンとダドリーも、かつては『ブラックストンの警察捜査必携』一〜四巻に記された手順にしたがう世界に身を置いていた。いまはそれぞれ別の理由によりそこから離れ、こうして気づかれることもなく犯罪現場の片隅に佇《たたず》んでいる。

どこか無気力にも見えるこの動きを、ダドリーは無言のまま見まもっていた。こうして手作りレンガの煙突やオランダ切妻の意匠を凝らした家々に囲まれ、ジャスミンの花が咲きみだれる庭に午後の陽光が降りそそぐ、何もかも完璧に思える光景に、その警察官たちだけがどうにも非現実的な趣《おもむき》を添えている。

「あれを見ろよ」ダドリーがつぶやいた。「世界じゅうを探したって、こんなにも殺人が起きそうにない場所もほかにないだろうに。普通に考えてみりゃ、ここで起きる最悪の犯罪は、せいぜいご近所の芝刈り機を無断で借りるくらいのものだろう」

電動門扉の近くの横に細長い家から、カーン警視が出てくるのが見えた。いっしょに出てきた男は杖に寄りかかり、ひどく脚を引きずっている。夏のこの陽気にはいささか厚すぎるほどの服を着こみ、短くきっちりと刈りこんだあごひげに薄くなりかけた髪、眼鏡という風貌は、どことなく学者めいていた。近所で起きた凶悪な殺人事件のことではなく、今季のクリケットの情勢についてでも語りあっていたかのように、ごくつろいだ様子だ。カーンはふたりに向かって手招きした。

「こちらはダニエル・ホーソーンとジョン・ダドリー」ふたりが来るのを待って紹介する。「わたしの同僚で、聞きこみを手伝ってもらっているんですよ」きょうは警視にとって順調な一日だったのだろうと、ホーソーンは推測した。愛想がいいとさえ思える態度だ。「そっちはどうだった?」カーン警視が尋ねる。

「そりゃもう、とんとん拍子ですよ」と、ダドリー。

カーン警視は眉をひそめた。「きみたちにアダム・シュトラウス氏を紹介しよう。《厩舎》に住んでいてね、この住宅地のことなら、かなりのことをご存じだ」

「昨年のチェス世界選手権、対クラムニク戦は本当にすばらしかったですね」と、ホーソーン。「七十二手めだったかな。おたくがポーンをふたつとられてたんだが、そこへあのルークの動き。あんな手は、誰にも予測できないでしょう」

アダムの顔が、ぱっと輝く。「あれくらいの水準の対局では、十手先を見とおす必要がありますからね、ミスター・ホーソーン。六十手めで、クラムニクがビショップをとらせてくれたのも助かりましたよ。あなたもチェスをやるんですか?」

「いや。ただ、息子が夢中でしてね。まだ九歳なんだが、そういう雑誌をわたしといっしょに読みたがるんです」

「チェスの天才の卵かもしれませんな」

「さあ、どうだか。今週はチェスに夢中、来週は自転車のモトクロス、って具合ですからね」

この会話を、カーン警視は信じられない思いで聞いていた。ホーソーンに子どもがいたことさえ、まったく知らなかったのに。「ホーソーン氏はいくつか追加の質問をしたいそうでね」会話に割りこむ。「わたしにはたいへんご協力いただきましたが、こちらとも、ちょっと話をしてもらえますか？ 別の視点からの捜査も、いろいろと役に立ちますからね」

 アダムはためらわなかった。「もちろんですとも、ミスター・ホーソーン。入って、お茶でも召しあがってください。家内もきっと、お目にかかれて喜びますよ」

全身で杖にもたれかかりながら、この細長い家の端から端まで延びる居間へ、アダムはふたりを案内した。膝にiPadを載せ、淑《しと》やかに坐っていた女性が、来客の姿を見て立ちあがる。身体にぴったりとしたドレス、革紐を編んだサンダル、黒真珠のネックレスに金のイヤリングという装《よそお》いだ。この女性が香港系中国人だということは、カーン警視からホーソーンにすでに伝えられていた。その笑みの後ろにひそむ鋼鉄のような意志、すばやく訪問者を値踏みして、その結論は自分の胸にだけしまっておこうとするそぶりまでは、警視も伝えられなかっただろうが。

「これは家内のテリです」

「また警察のかた？」テリはあまり歓迎していないらしい。

「こちらはダニエル・ホーソーンとジョン・ダドリー」アダムのほうはいたって上機嫌だ。

「警察の捜査を手伝っているそうでね。いや、カーン警視とも話したんですが、わたしたちもできるだけ協力しなくてはと思っていますよ。こんな怖ろしいことが起きてしまって――何よりつらいのは、否応なくわれわれ全員に疑惑の影が落ちてしまっていることです。ここの住人の誰かのしわざだと、警察が考えているのは明らかですからね。馬鹿馬鹿しい話ですし、こんなことはとうてい耐えられませんよ。とにかく、普段どおりの生活に戻りたいだけなんです」アダムは脚を引きずりながらソファに歩みより、腰をおろした。「さあ、お茶でもいかがですか」

「ありがとう」

「ジャスミン茶にしますか、それともイングリッシュ・ブレックファスト・ティー？」夫の合図に応じて、テリはすでに立ちあがっていた――ふわりと浮きあがるような軽やかさで。そこにいるのはもう、にこやかな女主人だった。

「もう、ごく普通のお茶でけっこうですよ」ダドリーが答える。

流れるような動きで、テリはキッチンに向かった。沸騰したお湯の出る蛇口からポットを満たし、お茶を淹《い》れながらも、会話にも参加できる位置だ。

「以前にもカーン警視とお仕事を？」アダムは尋ねた。

「初めてです」と、ホーソーン。

「すると、あなたは……なんでしたっけ？　私立探偵？」

「そう呼んでもらってかまいません」

「すばらしい。かつて、わたしはトレヴァー・イヴとずいぶん親しかったんですよ。テレビに出ていた時代のことです。トレヴァーは『シューストリング』というドラマに出ていて――憶えていませんか？　私立探偵役だったんですが、現実にもそういうかたが存在するとは知りませんでした」

「英国へはいつ来られたんですかね？」ホーソーンは尋ねた。シュトラウスという姓の示すとおり、アダムの話しかたにはかすかなドイツ訛《なま》りが残っていたのだ。

「七歳のときでしたよ。父は外交官で、六〇年代後半にこちらの国に赴任していたんです。わたしはリッチモンドの学校に通いましてね。そこの道をちょっと下ったところに、ドイツ人向けの有名なインターナショナル・スクールがあって、わたしはそこで大学入学資格を得たんです。チェスにのめりこんだのも、そのころですよ。学校にチェス・クラブがあったので、そこに入ってね」アダムは悲しげな笑みを浮かべた。「だからこそ、今回の事件にわたしはひどく動揺しているんです。リッチモンドはいつも、わたしの本当の故郷でしたからね」

その宣言に重なるように、木琴のメロディが鳴りひびいた――iPhoneの着信音だ。アダムはポケットから携帯を引っぱり出し、画面に目を走らせた。「電話に出てもかまいませんか？　わたしのマネージャーからで……」答えを待たずに立ちあがると、不自由な足をできるだけ速く動かし、図書室として使われている一角から書斎へ姿を消す。

テリがお茶を運んできた。自家製のバター・クッキーも添えてある。「ミルクとお砂糖は？」

「どちらもお願いします。砂糖はふたつで」ダドリーはビスケットに手を伸ばした。「ご結婚されて何年くらいです？」

「四年です」テリはにっこりした。「アダムにとっては再婚なの。その前に離婚していて」

「出会いはどちらで？」

「わたし、最初の奥さんのウェンディを知っていたんです。実をいうと、わたしのいとこなの」かすかに弁解がましい響き。「いっしょに育った仲なんですよ。ウェンディの母親と、わたしの母が姉妹だったので」

「前の奥さんは、いまどちらに？」

「香港に戻りました。それでも、わたしとは連絡をとりあっているんです。英国に住んでいたころ、ウェンディはずっと、あまり幸せそうではなくて。リッチモンドも嫌いだったんですよ。あまりに静かすぎると言ってね。もっと、にぎやかな街なかに住みたかったみたい。チェスにも興味がなくて。チェスのグランドマスターと結婚するのに、その競技にぜんぜん興味がなかったら、そりゃつらいですよね。結婚がうまくいかなかったのも、そのせいだったんです。ウェンディの考えが足りなかったんですよ」

「このゲーム、おたくは好きなんですか？」ホーソーンが尋ねた。

「チェスはね、ただのゲームじゃないんですよ、ミスター・ホーソーン。生きかたそのものなんです」言葉を切る。「わたしには、すべての動きを追うことはできません。戦略を理解することも。でも、主人の対局を観戦していると、まるで人間の脳の中で神が考えているのを見ているようなの。うちの人は、史上もっとも偉大なチェス・プレイヤーのひとりなんですよ。あのスーパーコンピュータ《ディープ・ブルー》とも十二戦対局して、十二回連続で負かしたんですから。最後には、コンピュータのマザーボードがクラッシュしてしまったんです。徹底的にメルトダウンを起こしてしまって。コンピュータが負けを恥じ、自分でプラグを引っこ抜いたんじゃないか、とまで言われてね」

「対局のときは、いつもご主人に同行するんですか?」と、ダドリー。

「ええ、いつも。対局の前には必ず完全な休息、いっさいの刺激の遮断が必要になるんです。わたしがついていなければ、主人は食事もとらないでしょう。誰か、気をくばってやれる人間がそばについていないと」

アダムが一同のところへ戻ってきた。「いい知らせだ。結局、チェンナイには行けることになったよ。わたしがまだちゃんと歩けなくても、ヒースロー空港では車椅子を用意してもらえることになったし、向こうの空港でも手配してくれるそうだ。宿泊先の《シェラトン》でも、誰か世話をしてくれる人をつけてくれるし、わたしの部屋はエレベーターの近くにしてもらえるそうだよ」

「奥さんもごいっしょに?」ダドリーが尋ねた。

アダムはうなずいた。「わたしの海外対局には、テリはいつもついてきてくれるんです。家内がいなければ、わたしはとうていやっていけませんよ」ジャスミン茶のカップを受けとると、腰をおろす。「それで、何をお訊きになりたいんですか、ミスター・ホーソーン?」

「まずは、失礼ながらおたくの怪我のことからうかがいましょうか。いったい、どうしてそんなことに？」

「数日前に事故が起きましてね――先週の金曜日に。実をいうと、まさにチェンナイでのトーナメントについて、マネージャーとの打ち合わせに行く途中だったんです。しかし、マネージャーには会えませんでした。リッチモンド駅の階段で誰かに押され、ひどい勢いで転がり落ちてしまって」アダムは足首を伸ばし、ホーソーンに見せた。「骨は折れていなかったんですが、ひどい捻挫でね。もうチェンナイには行かれないかもしれないと、一時は覚悟もしましたよ」

「正確には、何時ごろのことでした？」ホーソーンが尋ねる。

「朝のラッシュアワーの最中でしたよ。午前九時ごろかな」

ホーソーンはダドリーにうなずき、その情報をメモさせた。「以前、おたくは《リヴァービュー館》に住んでいたとか」

「ええ。そうなんです。正直なところ、今回の事件には個人的にいささか責任を感じているんですよ。もしもわたしがあの家を売らなかったら、ここの住人は誰ひとり、ジャイルズ・ケンワージーの名前も知らずに終わったでしょうに」

「どうして家を移ったんです？」

「わたしたち夫婦にあそこは広すぎるというのが、テリの意見でね――実際、そのとおりだったんですよ。あんなに広い家はいらない」もうひとつの理由のほうは、アダムもあまり口に出したくはなさそうだった。「わたしの収入も、かつてほどではありませんしね。以前、わたしが自分のテレビ番組を持っていたのをご存じですか？」

「『あなたの手番です』ってやつですね」ダドリーが口をはさむ。

「そう、それです。チェスを題材にしたクイズ番組でね。当時はかなりの人気でしたよ……デビー・マギーといっしょに司会をしてね！　ほかに、大きなトーナメントの実況解説もしていたんですが、最近ではテレビでもめったに放映されなくなりました。それに、正直にお話しすると、わたしはもう大きな大会で活躍するには、いささか年をとりすぎましてね。いまの世界チャンピオンはマグヌス・カールセンですが、年齢は二十四歳です。レヴォン・アロニアンもその数歳上というところでしょう、十七歳でグランドマスターの称号を獲得した人物ですがね。どちらにせよ、テリにとって《リヴァービュー館》はあまり居心地のいい住処《すみか》ではなかったんですよ。わたしと一から巣作りをした家ではありませんでしたからね。そんなとき、この《厩舎》が売りに出ることになって、まさに渡りに船だったというわけです」

「わたし、あの家は好きになれなかったから」テリもうなずいた。「こっちのほうがいいわ」

「それにしても、なぜジャイルズ・ケンワージーの一家がもっとここに馴染めなかったのか、わたしにはよくわからないんですよ」アダムは続けた。「近所の住人と仲よくやっていくつもりがなかったら、こんなところの家は買わないでしょう。ジャイルズもけっして悪い人間ではないはずなんですが、なぜかわたしたちの神経を逆撫でするようなことばかりやらかしてね。駐車の問題にしても、騒音にしても、キャンピング・カーにしても、子どもたちのことにしても。六週間前、われわれは話しあいの席を設けて、あの夫妻を招いたんですよ。折り合える点を見つけるいい機会だと思ってね――それなのに、ぎりぎりになって、結局ケンワージー夫妻は来ないと伝えてきたんです。いつだって、そんなふうなんですよ。何も考えていないだけかもしれないが、失礼だという印象は残りますからね」

「あれから、すべてが悪いほうへ転がりはじめたのよ」と、テリ。

「ああ、そのとおりだね。まったくだ」アダムはお茶を飲んだ。「まず、《切妻の家》の愛すべきご婦人たちが飼っていた犬の件がありました」

「あのご婦人たちのことを、おたくはどれくらい知ってるんですか？」

「ああ――あのふたりとは、ごく近しいおつきあいをしていますよ。《切妻の家《ゲイブルズ》》と《厩　舎《ステイブルズ》》で、名前も近いですしね！　ふたりはケンワージー家のフレンチ・ブルドッグを飼っていたんですが、その犬が井戸の底で見つかりました。ケンワージー家のしわざだと、ふたりは確信していたようですよ。それから、アンドリュー・ペニントン――引退した弁護士で、斜向《はすむ》かいの《井戸の家》に住んでいます――が丹精して育てた花壇が、ケンワージー家の息子たちに荒らされましてね。スケートボードで突っ切ったそうでね、まったく、信じられますか？　そりゃもちろん、殺人の動機にはなりませんがね、それでもアンドリューはひどく腹を立てていましたよ」

「それに、あなたのチェス・セットのこともあったでしょう」テリが指摘する。

「ああ、そうだったな」一瞬、アダムの鷹揚《おうよう》なにこやかさに亀裂が入る。「あれは、実にけしからん出来事だった」

「いったい、何があったんですかね？」ホーソーンが尋ねた。

アダムはお茶のカップを置いた。「わたしは街に出て、ジャーナリストの友人と昼食をとっていたんです。わたしが階段から転落する前の週のことですよ。テリも外出していました。帰宅してみると、窓の一枚が割れていましてね。まず最初に、泥棒が入ったのではという恐怖が頭をかすめました。だが、蓋を開けてみると、実際に起きたのはもっと単純な出来事でね。ケンワージー家の息子たち――ヒューゴとトリストラム――が、球技禁止の規則にもかかわらず、中庭でクリケットをやっていたんです。この件に関しては、前々から苦情が出ていたんですよ。ベレスフォード夫妻はとりわけ心配していましたね――あそこには、まだ幼いお子さんたちがいますから」

「あれは危なすぎるって、ご夫妻は気を揉んでいたんですよ」テリが言葉を添える。

「何があったかは、ひと目でわかりましたよ。あの子たちの打ったボールが、窓を割って飛びこんだんです。ボールは床に転がっていました。それだけでも腹立たしいのに、そのボールはさらに、わたしがいちばん大切にしていたチェス・セットのひとつを粉々にしてしまっていて。ドバイの首長、シーク・ムハンマド・ビン・ラーシド・アール・マクトゥームからの贈りものだったというのに」

「親に抗議はしたんですか?」ダドリーが尋ねた。

「当然ですとも。ジャイルズ・ケンワージーに電話して、長いこと話しあったんですがね」アダムはため息をついた。「あの男は責任を認めようとはしませんでした。息子たちに話を聞いたら、自分たちはやっていないと答えたとかで。たぶん、遊びにきていた友人のひとりだろうと言っていたそうですよ。ジャイルズも調べておくと約束してはくれましたが、実のところ、さして悪かったとも思っていないようでした」

「その壊れたチェス・セット、まだ持ってます？」と、ダドリー。「知りあいに模型製作の名人がいてね。たいていのものなら、綺麗に直してくれますよ」

「さすがに、あれは無理でしょう」アダムが答えた。

「そうともかぎりませんよ」ホーソーンが口をはさむ。「《レヴェル》の液体接着剤《コンタクタ・プロフェッショナル》と、しっかりしたヤットコがあれば……」

テリはすでに立ちあがっていた。「ほら、ここに！」背の低い戸棚を開け、中からチェス・ボードを取り出すと、駒が落ちないよう注意ぶかく抱え、ホーソーンの目の前に持ってくる。それは、『ロード・オブ・ザ・リング』の登場人物をかたどって作られたセットだったが、白のキング、クイーン、ビショップが見る影もなく粉々になっていた。ポーンも五、六個は割れてしまっている。

「これはどうしようもないな」ホーソーンは認めた。「まさか、クリケットのボールひとつで、こんなひどいことになるとはね」

「まあ、この駒はとりわけ華奢《きゃしゃ》にできていましたからね」アダムはむっつりとつぶやいた。

「世界に六つしかないセットだったのに。すまない、これはもうしまってくれないか。見ているだけでもつらくてね」

テリはまた、そのチェス・セットを戸棚に戻した。

「じゃ、ジャイルズ・ケンワージーは責任を認めなかったわけですね」ダドリーが話を戻した。

「おたくに嘘までついたと。そして、その数日後、変わりはてた姿となって……」自分でも、この話の流れが意味するところに驚いたような顔をする。「月曜の夜は、どこにいました?」

「真夜中をかなり過ぎるまで、チェスを指していましたよ。それから、ベッドに入りました。お尋ねの前に説明しておくと、対戦相手はワルシャワにいたんです。オンライン対戦だったので。名前はグジェゴシュ・ガイエフスキ、わたしと同じくグランドマスターですよ」テリが戻ってきてソファに腰をおろすのを待ち、アダムは続けた。「まさか、わたしがこの仕返しのため、ジャイルズ・ケンワージーを殺したとほのめかしているわけではないですよね。子どものいたずらすべてに親が責任をとっていたら、国じゅうが死屍累々のありさまですよ! どちらにせよ、さっきお話ししたとおりです。この住宅地に暮らす人々は、誰もがみなケンワージー一家を嫌う理由があった。あの一家のせいで、ひとりの人間が死んでいるんですよ! トム・ベレスフォードの患者がね。チェスの駒を粉々にされたなどという話より、こちらのほうがずっと重大でしょう」

「とはいえ、この駒だってとてつもなく貴重な品だったわけで」

「ええ」

しばしの沈黙があった。

「おたくは、言ってみれば容疑者レースのポール・ポジションにいるわけですよ」と、ホーソーン。「かつては、あの大きな邸宅に住んでた。それが、いまは入口のすぐ脇の家だ。ケンワージー夫妻が来なかったという話しあいですが、それもおたくの発案ですかね?」

「実のところ、最初に提案したのはたしかアンドリュー・ペニントンでしたよ。いま、アンドリューはひとり暮らしでしてね。数年前にがんで奥さんを亡くしたんですが、いまはここの住人みんなの相談役のような存在なんです。ささやかなドリンク・パーティのような形がいいんじゃないかというのが、アンドリューの考えでね。テリとわたしは、喜んで場所を提供したんですよ」

「じゃ、ひとつ聞かせてもらいたいんですがね――もしもリヴァービュー・クロースの住人の誰かがジャイルズ・ケンワージーを殺したんだとしたら、いったい誰がいちばんあやしいと思います？」

アダム・シュトラウスは身を乗り出し、手のひらを合わせると、両手の指をあごの下で組みあわせた。まるで、見えないチェス盤をにらみ、次の一手を考えているかのように。「われわれの中に犯人がいるというあなたの仮説を受け入れていいものかどうか、わたしにはわかりませんね。ジャイルズ・ケンワージーは裕福なヘッジファンド・マネージャーでした。むしろ、財産を失った人間でも探してみるべきじゃないかと、わたしは思いますがね。大損させられた顧客を。そのほうが、はるかに理屈が通っているでしょうに」

「しかし、この住宅地の門扉を通りぬけられる人間、そしてロデリック・ブラウンが鍵のかかった車庫にクロスボウを保管してるのを知ってる人間が、はたしてケンワージー氏の顧客にどれだけいるんですかね？」ホーソーンが反撃する。

「たしかに、そのとおりではありますが――ただ、あそこの車庫はしょっちゅう開けっぱなしになってますよ。ここの庭師のサラなんか、いつも自由に出入りしています」

「つまり、その庭師があやしいと？」

「誰があやしいなどと、わたしは言っていませんよ。わたしが指摘したいのは、まさにそこなんです。わたしがずっと友だと思ってきた人々を、あなたは裏切れという。そんなことは、わたしにはできません」

「ロデリック・ブラウン自身はどうなんです？」

アダムは苛立《いらだ》たしげに鼻を鳴らした。「わたしにとって、ロデリックはここでいちばん親しい人間といってもいいでしょうね。そもそもの最初は、歯科医と患者として出会ったんです」

「ブラウン氏は、そんなことは言ってませんでしたがね」

「それを聞いて嬉しいですよ。正直に言わせてもらえば、あなたとは何の関係もないことですから。とはいえ、質問された以上は答えますが、わたしはロデリックがリヴァービュー・クロースに引っ越してくる前から、あの男の歯科診療所に通っていたんですよ。待合室で、ユアン・マクレガーに会ったこともあります。実に魅力的な人物でしたね。ともあれ、ロデリックはフェリシティの病気やら何やら、途方もない苦労を背負いこんでいるのでね、テリとわたしもできるかぎり手を貸そうとしているわけです」

「プール建設の件では、ずいぶん動揺してたそうですね」

「おまけにジャグジーもですからね！　それはそうでしょう。建設予定地はフェリシティの窓のすぐ下なんだから、それからの生活にもとてつもない影響があるでしょうしね。あんな建築申請に許可が下りたこと自体、わたしは仰天しましたよ」アダムはどこか悲しげな笑みを浮かべた。「ジャイルズが死んだいまとなっては、残された家族もどこかへ引っ越すかもしれませんね」その可能性に、いま初めて気づいたというような口ぶりだ。「そうなるとプールもジャグジーも、結局は建設されずに終わるでしょう」

「ひょっとしたら、ブラウン氏はまさにそれを望んでたのかもしれない」

「殺人の動機には、たしかになりえますね。だが、これだけは言っておきます。ロデリックというやつは、ハエにさえ痛い思いをさせたくない人間なんですよ」

「ハエには歯がありませんからね」ダドリーが指摘する。

「それから、このこともお話ししておきましょう」アダムはダドリーの茶々を無視した。「この事件が起きて、誰よりも動顚《どうてん》していたのはロデリックなんです。昨日、カーン警視がロデリックから話を聞いた後に、あの男と顔を合わせたんですがね、もう、本当にひどい憔悴《しょうすい》ぶりでしたよ。ロデリックをよく知っているからこそ、そっとしておいてやってほしいとお願いしたいんです」アダムは立ちあがった。「さてと、これで質問が終わりでしたら、わたしのほうも、もう何も話すことはありません」

もはや、ホーソーンにチェス愛好家の息子がいることなど、アダムは憶えていないようだった。ロデリック・ブラウンへの穿鑿《せんさく》が逆鱗《げきりん》に触れてしまい、探偵とその助手はあっという間に玄関から送り出されるはめになる。

「うまくいったな！」と、ダドリー。

「これはおもしろい」ホーソーンも、気を悪くした様子はまったくない。「ほんの数日のうちに、まったく別の二度の襲撃か」

ダドリーはうなずいた。「おれも気づいたよ。ベレスフォード家の子守が面倒を見てた老婦人が、ハンプトン・ウィックで棍棒で殴られ……」

「そして、アダム・シュトラウスは階段から突き落とされた」

「だが、別個の出来事には見える。つながりがわからないな」

「とはいえ、どうも気になる」ホーソーンは心を決めた。「リッチモンド駅の防犯カメラに残っている、先週金曜の朝の映像を見せてもらえないか、カーン警視に頼んでみてくれ──あるいは、自分で調べてくるか。実際に何が起きたのか、見てみるのもおもしろそうだ……」

7

ピーターシャム・ロードを渡ったところに《フォックス&ダック》というパブがある。《厩舎》を出たホーソーンとダドリーは店まで歩き、店外の席で遅めの昼食をとることにした。今朝はかなり早い時間に待ちあわせをして、いっしょにリッチモンドに来たため、どちらも何も食べていない。パイとポテトフライ、レモネードを注文したダドリーは、ホーソーンがブラック・コーヒーのカップごしにタバコをくゆらせながらこちらを見ていることなど、さして気にもとめていないようだ。無言のまま、それぞれがもの思いに沈むうち、注文した料理が運ばれてくる。やがて、ホーソーンは身を乗り出した。

「どう思う?」

「悪くないパイだ」と、ダドリー。

「めしの話じゃない」

「まあな、もちろん、連中はみんな嘘をついてる……全員が、ひとり残らずな。おそらく、リンダ・ケンワージーはフランス語教師とよろしくやってたんだろう。ロデリック・ブラウンが動顚《どうてん》してるのは、自分が犯人なのか、それとも犯人を知ってるからなのか。銀のアクセサリーで身を飾ったあの魔女は、自分の旦那が犯人じゃないかと疑ってるし、ジャイルズ・ケンワージーを殺す話もまちがいなくしたんだろう、たとえ本気じゃなかったんだとしても。あと、おれの見るところ、アダム・シュトラウスとその女房は、リヴァービュー・クロースで起きた出来事すべてを把握してるな。ところで、あのいまいましいチェス・セットだが、おれは大嫌いだね。どっちにしろ、『ロード・オブ・ザ・リング』だって、あまり好みじゃなかったしな。ホビットだの、もの言う木だの。おれから見れば、勘弁してくれってところだ」

ホーソーンは好奇心と懸念の入り混じった目で、じっと助手を見つめていた。「で、おまえ自身はどんな調子だ?」

「おれは問題ないよ」

「アパートメントの具合は?」

「最高だね。おまえには本当に感謝してる」ダドリーは言葉を切った。「あそこには、いつまで住んでていいのかな?」

ホーソーンは肩をすくめた。「いつまでだってかまわないさ」

「家賃なしで?　いったい、どういう仕組みなんだ?」

「物件を持ってる連中が、金には不自由してないんだよ」

「だったら、こっちはありがたいかぎりだね。砂糖を切らしたら、どこに行きゃいいかもわかってる」

「うちには砂糖なんかないけどな」

「角を曲がったところに、高級スーパーがあるだろ」

ダドリーは機械的に食べつづけていた。皿の上に何があろうと興味がないかのように。ホーソーンはタバコを吸いおえると、いつになく気まずそうな顔になり、しばしためらってから口を開いた。「スズマンのところには、いまも通ってるんだろう?」

フォークを握ったダドリーの手が、口に向かう途中でぴたりと止まる。「まあ、ときどきな」

「その話、する気はあるか?」

「いや、あんまり」

「こっちから訊いてもかまわないかな?」

「遠慮してくれたらありがたい」手にしていたフォークとナイフを、ダドリーは皿の上に平行に置いた。「あれから、もう一年になる。ブリストル裁判所でのことと、その後の一連の騒ぎからな。だが、いまはどうにかおちついてるよ、主にスズマン先生のおかげで。それに、ダニー、おまえにも感謝してる。この仕事は好きだし、声をかけてもらってありがたいと思ってるよ。自分なりに少しずつ立てなおしてるつもりだ、一日一日の積み重ねでな。あれはもう、済んだことだと思ってる。だから、もうそっとしておいてくれ」

「まあ、ちょっと訊いてみただけだ」ホーソーンはタバコを揉み消した。

「ありがとう」

「それで、次はどうする?」

「そうだな、例の弁護士をつかまえてみるか――ペニントンだったな。その男が、みなの言ってる話しあいとやらを企画したんだろう。それに、花壇を荒らされたとかいう話もあったしな」

「それから、サラ・ベインズもいる」

「そうだった。あの庭師だな」ダドリーはメモ帳を引っぱり出し、ページを繰った。「盗みやら、金融スパイやらの疑いもかけられてた。ロデリック・ブラウンの家にも、自由に出入りしてるとか。ブラウン氏の携帯にメッセージも送ってたし、ひょっとしたら例の可哀相な犬を井戸に投げこんだのも、あの女のしわざかもしれない」メモ帳をぱたりと閉じる。「そうだな。あの女の話は絶対に聞かないと」

8

リヴァービュー・クロースの入口には、見物人が入りこまないよう警察官がひとり立っていたものの、ホーソーンとダドリーが戻ってきた午後三時ころには、それ以外の場所は不気味なほどがらんとしていた。カーン警視も含め、捜査員たちの姿はどこにもない。あれほど無惨かつ奇妙な殺人事件が起きてから、まだ二日しか経っていないのに、自分たちがここですべきことはもう何も残っていないと判断したかのように。

「誰か、もう逮捕されたのか?」その若い巡査に、ホーソーンは尋ねた——少なくともこの巡査は、ホーソーンが誰かを知っていたようだ。

「いいえ。わたしは聞いていません」

ふたりは住宅地の中へ入った。

「連中はロデリック・ブラウンを署に連行したと思うか?」ダドリーが尋ねる。

ホーソーンはうなずいた。まさに、ダドリーに心を読まれたかのようだ。「ロデリックがジャイルズ・ケンワージーを殺したのかどうか、おれにはまだ判断がつかない——もっともロデリック本人は、疑われるよう必死に頑張ってるとしか思えなかったけどな。カーン警視も、あれじゃ誘惑に勝てないだろう。連行したくなるさ。留置場にひと晩ぶちこんでおこうと思うかもな。たっぷり怯えさせりゃ犯行を自白するだろう、とね」

ふたりはまず《井戸の家》へ向かい、ダドリーが呼鈴を鳴らした。玄関のドアを開けたアンドリュー・ペニントンは、ふたりが何ものなのかを知っていて、そろそろ来るころだと予測していたらしい。「あなたがたが話を聞きにきたと、アダムから電話がありましてね。うちにも寄るかもしれないと教えてくれたんですよ」アンドリューは身を乗り出し、周囲を見まわした。「どうやら、ほかの警察のかたがたは引きあげたようですな」

「おたくらは、よく連絡をとりあってるんですか？」ダドリーが尋ねた。

「何ですって？」

「おたくとアダム・シュトラウス氏ですよ。どうやら、ここの住人はみな、ずいぶん団結が固いらしい。何が起きてるのか、逐一連絡しあってますよね」

「みな友人どうしですからね、そういうことをお尋ねなら。少なくとも、ケンワージー一家が引っ越してくるまでは。さあ、どうぞ中へ……」

アンドリュー・ペニントンの家はきちんと片づいており、古風で居心地がよさそうだった。居間の片隅には書きもの机があり、中央にはソファとそろいの椅子が二脚。本棚には、主として十九世紀の英国、フランス、ロシアの古典文学がずらりと並んでいる。部屋全体が暗めの色調にまとめられていた――濃淡をつけた緑と藤紫に塗られた壁、オーク材とマホガニーの家具、分厚い絨毯《じゅうたん》やカーテン。奥の壁には庭を見わたせる三連のフランス窓があったが、いまは午後の陽光がわずかに射しこんでいるだけだ。

この家でアンドリューがひとり暮らしをしていることは、ひと目で見てとれた。家じゅうに広がる、どこかがらんとした気配。何ひとつ変わらないまま、時間が止まっているようにも感じられるが、失われたものが何なのかははっきりとわかる。空いている場所すべてがさまざまな写真立てに占領されていたが、すべての写真は同じ被写体をとらえていた——いつも笑みを浮かべている美しい女性で、その顔は生気に満ち満ちている。仕事中のアイリス・ペニントン、砂浜にいるアイリス、お互いに腕を絡めあって揺り椅子にかけているアイリスとアンドリュー、いっしょに踊っているアイリスとアンドリュー、両手でハートの形を作っているアイリス、病みやつれながらもカメラに向かって笑みを浮かべ、ベッドに横たわっているアイリス。《井戸の家》はアイリスの死と、後に残った夫の日々を、どちらも雄弁に語っていた。

アンドリューは六十代前半、整った顔立ちと柔らかい口調の黒人男性で、耳の周りにいくらか白髪が目立ちはじめている。法廷に立つ姿がまざまざと目に浮かぶようだ。あくまで礼儀正しく、几帳面に議論を進め……だが、けっして何も見のがすことはない。その灰色の目が相手の表情の微妙な変化をとらえ、どこに弱みがあるかを見てとった瞬間、おそるべき的確さでそこを突く。言うまでもなく、それもすべては過去のことだ。アンドリューは自ら喜んで引退したというより、その運命に呑みこまれるのを受け入れたのだろう。つっかけたスリッパ、でっぷりとした腹部を包むカーディガン、眼鏡、顔に浮かぶ疲労の色……いまや、アンドリューは老いの坂を転げおちつつあった。

「お茶かコーヒーでもいかがですか」腰をおろすようふたりに勧めてから、アンドリューは尋ねた。

「いや、けっこうです。ちょうど昼食をとったところなんでね」ホーソーンはダドリーが尋ねていたことを引き継いだ。「そのご友人たちと話しあう集まりがあったって話を聞きましたがね。迷惑なふるまいばかりする、新しい隣人一家と対決するために」

「あなたがおっしゃっているのは六週間前、アダム・シュトラウスの家で話しあったときのことですね。しかし〝対決〟という言葉はいささか適切さを欠くかと思いますが」

「おたくなら、どんな言葉を選びます？」

老弁護士は肩をすくめた。「ケンワージー家の何がみなをそう苛立《いらだ》たせるのか、わたしには具体的に指摘できずにいるんですよ。それが、表に出た問題——騒音だの何だの——のせいだとは、どうも思えなくて。原因は、関係者みなの心の中にあったんじゃないかと思います。あの一家には、どこか根源的にこちらの癇《かん》にさわるところがありました。こういうことは、法廷でも何度となく見てきましたよ。とくに明確な理由もないのに、裁判官が被告人に反感を抱いてしまう。そうなると、こちらがいくら事実をきちんと提示しても、公正な判断を下してはもらえないんです。

いちおう説明しておきますと、あの話しあいは対決の場というより、むしろ調停の場のつもりでした。問題がこじれてしまう前に話しあっておくのは、いい考えだと思ったんです」

「だが、こじれてしまった——手のつけようがないほどに」ダドリーがつぶやく。

「ケンワージー夫妻が欠席を決めたのは、実に嘆かわしいことでした。わたしたちが顔をそろえたところに、やっぱり行かれないとメッセージを送ってよこしたんですよ。あれで、みなの心証はひどく悪化してしまった」

「その話しあいってのは、おたくの発案だったんですか?」ホーソーンが尋ねた。

「アダムと話しているときに、ふと思いついたんです。わたしの長い経験からいっても、話したことのない相手には、まちがった印象を抱きがちですからね。最悪を想像し、それが真実だと思いこんでしまうんです。ウィリアム・ブレイクの詩にもありますよね」アンドリューは目を閉じ、詩句を暗唱した。「〝わたしは友に憤怒《ふんぬ》を抱いた/それを友にうちあけると憤怒はそのまま消えていった/わたしは敵に憤怒を抱いた/それを胸に抱えるうちに憤怒はみるみる育っていった〟」そして、にっこりする。「『毒の木』という詩です。そんなものを胸のうちに育てるよりは、会って話したほうがいいんですよ」

「その話しあいの夜には、さぞかし室内に怒りが充満してたでしょうね」と、ホーソーン。

「憤怒だよ」ダドリーが指摘する。

「さっきも言ったとおり、そういうことではなかったんですよ。おそらく、われわれの中でもっとも腹立たしい気持ちだったのはトムでしょう。例の駐車の問題がありましたからね――いまになってみると、その怒りも当然でした。トムが間に合わなかったために、診療所で患者さんがひとり亡くなってしまったんですからね。ロデリックとフェリシティは、プール建設を阻止しようと心を決めていました。話しあいの直前に、ちょうど建築許可申請をするという知らせを受けとったばかりだったんです。わたしたち全員がね。そのまま建設されれば、ブラウン家からの眺望はだいなしになるのがわかっていました――寝たきりの病人にとって、こんなに嬉しくない知らせもありますまい。しかし、だからといって誰ひとり、目にあまるほど攻撃的なこと、法律に触れそうなことを口にするものはひとりもいなかったんですよ。わたしの憶えているかぎり、アダムはひとことも愚痴をこぼしませんでした。もちろん、その時点ではまだ、あの高価なチェス・セットは破損していなかったわけですが。われわれの多くが内心で思っていたことを、あのとき、わたしはあえて口にしたんです――つまり、すべては規則どおりに進めていくべきだ、とね。重要なのは、この状況を悪化させないことでした。結局のところは、なかなか楽しい夜だったんですよ、早々にお開きにはなりましたが。ケンワージー夫妻が出席しないなら、いつまで集まっていても仕方がありませんからね」

「だが、その後はさらに状況が悪化したわけですよね」と、ダドリー。

「そうなんです。それから六週間は、本当につらい時期でした」

「ウィンズロウ夫人は、飼っていた犬を亡くしたとか」

「あれは、あの老婦人たちがふたりで飼っていた犬でした。見つかったときには、わたしもいっしょにいたんですよ。うちの庭の片隅にある古い井戸の底で、ひどく苦しんでいてね、本当に可哀相でしたよ。あの老婦人たちは、ケンワージー夫妻と以前から口論になっていたんです――実をいうと、その犬がケンワージー家の庭に入りこむ習性がありましてね――とはいえ、ジャイルズやリンダが犬の件で何か手を下したなどという証拠は、何ひとつ見つかってはいないんです」

「じゃ、いったいなぜそんなことに？　犬が自殺でも図ったんですかね？」その説明に、ダドリーはまったく納得していないようだ。

「メイとフィリスは、ジャイルズ・ケンワージーがサラ・ベインズに命じ、犬を始末させたと思っているんですよ。たしかにその翌日、サラの腕にはいくつも引っかき傷がありました。しかし、わたしもサラと話をしたんですが、そんなことは絶対にしていないと言われ、わたしはそれを信じました。ついでに言うなら、ケンワージー夫妻がはたしてそんな命令を出すものかどうか、そこもあやしいと思っていますよ」

「さっき、アダム・シュトラウスのチェス・セットの話が出ましたね」と、ホーソーン。

「あれは、クリケットをしていたケンワージー家の息子たちのしわざです。それは、まちがいありませんよ」

「その子たちは、あなたが植えた花壇もスケートボードで踏み荒らしたとか」

　このとき初めて、アンドリュー・ペニントンは不意を突かれ、それまでの冷静さを幾分か失った。やがてふたたび口を開き、低い声で話しはじめる。「ええ。またしても、ヒューゴとトリストラムのケンワージー兄弟でした。まだほんの子どもですし、悪気がなかったことはわかるんです。ただ、あの子たちにちゃんと躾《しつけ》をしてほしいと、こちらも両親には何度となく注意してきたものですからね」

　もう、この話はここで終わらせたいと、アンドリューは思っていたようだ。だが、ホーソーンとダドリーは無言のまま、話の続きを待った。

「この住宅地の中央にロータリーがあるのは、あなたがたもお気づきでしょう。住人みなの許可をもらって――というより、みなに励まされて――わたしは亡くなった妻のアイリスを偲ぶため、同じ名の花を植えました。妻が亡くなったのは、ちょうどわたしが引退したころでね、実のところ、わたしはいまだ妻の死がひどくこたえているんです。いろいろな予定を入れることで、どうにかしのいでいますがね。ブリッジ・クラブにも入って、週に二度――月曜と水曜――はその集まりに出かけています。ちょうど、今夜も行く予定ですよ。ウォーキングのグループにも参加しています。夏は泳いだりもしますしね。ただ、そうしていても、やはり妻の不在はつらいんです。だからこそ、こんなに妻の写真を飾ることが、自分の慰めになっているんですよ。

　そんなわけで、ある夜わたしがそんな気晴らしから帰ってくると、花壇のど真ん中を二台のスケートボードで通りぬけた跡が残っていました。多くの花がずたずたになってしまっていて。実のところ、花壇全体がだめになってしまったんですよ。わたしにしてみれば、いっそ〝神聖冒瀆《ぼうとく》〟という言葉を使いたいくらいですが、さすがにそれは言いすぎかもしれませんね」アンドリューは冗談めかして話そうと努めているようだ。「それ自体はたいしたことじゃありません。植え替えくらい、いつだってできるんですから。ただ、わたしが動揺したのは、それが妻の五回めの命日だったからでしょう」ホーソーンと視線を合わせる。「こんな話を聞くと、わたしにもあの子たちの父親を殺す動機があったと、あなたは考えるかもしれませんね。ジャイルズは謝罪さえしなかった。あの子たちは、いまだにスケートボードでそのへんを走りまわっているんです」

「動機としてはありえますね」

「だったら、あなたの捜査の役に立つよう、はるかに有力な動機を提示してみましょうか、ミスター・ホーソーン。ジャイルズ・ケンワージーは英国独立党の正式な党員なんですよ」

「というと？」

「それを聞けば、ジャイルズがわたしにどう接していたかわかるでしょう」

「どう接してたんですか、ミスター・ペニントン？」ホーソーンは尋ねた。

「見くだしていましたよ」

「つまり、ケンワージー氏は人種差別主義者だったってことですかね？」

「正面の窓に国粋主義的なスローガンを掲げ、庭に英国旗をはためかせるのは、はたしてどんな人間のやることだと思いますか？」

「愛国者かな？」

「残念ながら、英国旗が愛国心と単純に結びつく時代は、もうはるか以前のことですよ、ミスター・ダドリー」

「英国独立党のほうじゃ、自分たちを人種差別主義者とは思ってないでしょう」

「ルーマニア人の隣には住みたくないと、あそこの党首は発言しました。地方議員のひとりが〝黒人《ニグロ》〟は嫌いだと認めた記録も残っています。首相もあの党のことを〝隠れ人種差別主義者〟と呼んでいますしね。あなたは柵の内側にいるから、わたしとは世界の見えかたがちがうのかもしれません、ミスター・ダドリー。しかし、わたしの知るかぎり、マーシャ・クラーク襲撃事件では、警察でさえも政治的な動機がなかったか調べているそうですよ。あなたがたはこの事件自体ご存じないかもしれないが、地元の新聞にはいくつも記事が出ているんです」

「ベレスフォード家の子守が面倒を見てた老婦人だったとか」

「そのとおり。被害者の郵便受けには、英国独立党のチラシが入っていたそうなんです。名刺代わりのつもりだったのかもしれません」

この指摘は、ホーソーンとダドリーも聞き流すわけにはいかなかった。ハンプトン・ウィックに住んでいたマーシャ・クラークは、ひょっとしたら人種差別主義者によるものかもしれない襲撃を受けたのだ。襲った犯人は、右翼政党に属していた可能性がある。ジャイルズ・ケンワージーもまた、同じ政党を支持していた。そして、マーシャの面倒を見ていた若い女性は、まさにジャイルズ・ケンワージーの隣の家に住みこんでいたのだから。

そう、これは何か関係があるのかもしれない。だとしても、かなり間接的なつながりではあるが。

「ジャイルズ・ケンワージーがわたしに話しかけてくることは、ついにありませんでした」アンドリューは続けた。「自宅にわたしを招くことも。わたしを見る目にはいつも優越感が、いや、軽蔑にさえ近いものがこもっていました。うちのすぐ外でエンジンを吹かすのも、わざとわたしの睡眠を妨害しようとしているのではないかと思っていましたよ」

「どうしてそんなことをわれわれに話すんですかね、ミスター・ペニントン？」ホーソーンは尋ねた。

「なぜなら、あなたがたはまちがった角度からこの事件を眺めているのではないかと思うからですよ。郊外の狭い住宅地で起きるあれこれの出来事など、たいした意味はありません。音楽を大音量で流したなどという理由で、殺される人間はいませんよ。だが、もしも被害者が人種差別主義者で、殺されても仕方がないほど不愉快な人間だったとしたら、また話は別でしょう」

「おたくが殺したんですか？」

「いいえ。わたしはやっていません」

どちらかが次に口を開くより先に、窓の外で何かが動いた。ノースリーブのトップスにジーンズという恰好の若い女性が、手押し車を押して通りすぎるところだった。

「あれがサラ・ベインズ？」ホーソーンが尋ねる。

「ええ」

「ここで働いてるんですかね？」

「この住宅地のすべての庭を世話していますよ」

「ケンワージー家の庭は別ですがね」ダドリーが指摘した。「あそこの家からは解雇されたんだから」

「あの女性の話を聞きにいってもかまいませんかね？」と、ホーソーン。

「わたしに訊きたいことは、もうないんですね？」

「おかげさまで、いまのところは」

アンドリュー・ペニントンは立ちあがり、フランス窓を開けた。「では、こちらへ……」

9

サラ・ベインズは草刈りをしていた。ホーソーンとダドリーが近づいていったときには、ちょうど手押し車の中身を堆肥の山に空けているところだった。

まるで彫像のような女性だ。長身で筋肉質、赤褐色の髪は目にかかり、うなじに絡みつき、豊かな胸あたりまで届いている。服装、とりわけ分厚い園芸用の黒い手袋は、さほど美しさを引き立ててくれてはいない——だが、こちらをふりむいてにっこりした姿は、はっとするほど魅力的だった。手ごわい相手なのはまちがいないが、まるでヒーロー映画に登場する大スターのような存在感だ。ノースリーブのトップスのおかげで、上腕二頭筋に彫られたタトゥーがよく見える——左腕には二個のサイコロ、右腕には蜘蛛《くも》の巣。手押し車は古びて重そうだったが、サラはそれを軽々と操って、刈った雑草や芝を——そして、本来は刈るべきではなかったはずの大量の花を——堆肥の上にぶちまけている。

アンドリュー・ペニントンの家の庭は驚くほど広かった。近隣の家の庭と比べると、倍近くはあるだろうか。L字形をした庭は、まずはヨーク産の石材で造られ、木製のテーブルと六脚の椅子が置かれたテラスから始まっている。そこからは、家の角を曲がった先までずっと芝生が広がり、庭の境界には端から端まで細長い花壇が延びていた。ピーターシャム・ロードとの境を隔てるレンガの塀には、つるバラやジャスミンが這う。その色鮮やかな壁を背景として、砂利を敷きつめた一角の真ん中に、先ごろ痛ましい悲嘆の場となった中世の井戸があった。メイ・ウィンズロウの家の庭から、エラリーはやすやすと茂みを抜けてどこへでも行けただろう。そして、同じくやすやすと、抱えあげられてどこへでも運ばれることができたにちがいない。

サラ・ベインズの腕に、もはや引っかき傷は残っていなかった。

「ミズ・ベインズ？」ダドリーが最初に声をかける。「ちょっと話を聞かせてもらえませんかね？」

「話なら、もう警察にしました。あたしは忙しいの」

「それでも、以前よりは暇になったって聞いてますがね」

サラは手を止め、手押し車を地面に置いた。むっつりと敵意をこめてこちらを見かえす姿は、まるでいまにも喧嘩を始める口実を探しているかのようだ。「それ、どういう意味よ？」

「ほら、おたくはジャイルズ・ケンワージーから解雇されたんだろう？　実のところ、そのすぐあとにケンワージー氏は殺されちまったわけだが！」ダドリーの口調ときたら、このふたつの出来事が続いたのはなんとも不思議な偶然だといわんばかりだ。

サラはせせら笑った。「あんた、それが何か関係あるとでも思ってんの？」硬く好戦的な声。

「おたくはあのクロスボウが、ロデリック・ブラウン宅の車庫にあると知ってた。あそこには、いつも出入りしてたそうじゃないか」

「だからって、あたしが殺したわけじゃない」頭の周りを飛びまわっていたスズメバチを、サラは手で払った。「たしかに、あそこにクロスボウがあったのは知ってたよ。あそこに出入りしてたのも本当のこと。ねえ、あたしのこと、馬鹿だとでも思ってる？　クビになったからって、頭にきて相手を殺すくらいに？　あたしが抱えてる仕事はまだまだたくさんあるし、おかげさまでなかなかうまくいってるんだから」照りつける日射しに手袋を脱ぐと、土とニコチンに汚れたぎざぎざの爪が現れる。「どっちにしろ、奥さんがうるさく言わなかったら、ケンワージー氏はあたしをクビになんかしなかっただろうし。旦那のほうとは、あたしはそこそこうまくやってたんだ。奥さんには嫌われてたけどね」

「勝手に書斎に入ってたのを見つかったそうだね」

「奥さんから聞いたの？」

「いったい、そんなところで何をしてた？」

「あの家の中にも、もともとしょっちゅう出入りしてたんだ。あたしの仕事は庭仕事だけじゃない。電気工事もやるし、ペンキ塗りもやるし、お手伝いのミス・ピンポンがサボってるときには掃除だってやるんだから」

「その呼びかたは、ちょっと差別的じゃないかな」ダドリーが指摘する。

「そもそも、ケンワージーの旦那がそう呼んでたんだもの。本名を憶える気なんて、さらさらなかったみたい」

「ケンワージー夫妻のために、おたくは犬も殺したんだな」初めてホーソーンが口を開いた。

これを自分に向けた侮辱と受けとり、サラは怖ろしい目つきでにらみかえした。「それはちがうね。ウィンズロウ夫人の犬に、あたしは指一本触れてない。どうして、あたしがそんなことをしなきゃならないわけ？　これまで、あたしは動物をいじめたことなんか、一度だってないんだ。たとえ、ジャイルズ・ケンワージーに命じられたとしてもね。そもそも命じられてないけど。だいたい、あんたたちは何ものなの？　何の権利があって、あたしにあれこれ訊いてくるのよ？」

「ジャイルズ・ケンワージーは、ロレックスの腕時計をなくしたらしいじゃないか」と、ダドリー。

「あの人、うっかりものだから。でも、金持ちなんだからいいじゃない。また新しいのを買うだけよ」

「おたく、刑務所には何年入ってた？」ホーソーンが尋ねた。

唐突に聞こえたその質問は、的確な一撃となった。誰かに聞かれはしなかったかとあわてているかのように、サラが周囲を見まわす。「誰から聞いたのよ？」

「おたくからだよ、サラ。その腕のタトゥーを見ればわかる。それは真皮にちゃんとしたインクを入れちゃいない、そうだろう？　ほんもののタトゥー用インクじゃないんだ。たぶん、髪につけるグリースを燃やしたか、プラスティックを燃やしたかして、その煤《すす》を水とアルコールに混ぜただけだ。それに、その絵柄の選びかただ！　サイコロを彫りたがる受刑者は多い。危険を冒す度胸がある、ってことを見せつけてるんだ。それに、蜘蛛の巣……それは、蜘蛛を閉じこめてる刑務所って意味なんだ。興味本位で訊かせてもらうが、いったいどれくらい入ってたんだ？」

　サラはジーンズのポケットに手を伸ばし、タバコの箱を取り出すと、一本抜いて火を点《つ》けた。

「あたし、はめられたんだよね」やがて、ようやく口を開く。「フェルサム刑務所に六ヵ月。不法目的侵入罪」

「それから？」

「ウェイクフィールドのニュー・ホール刑務所に二年。パブで人に怪我させちゃって」

「怪我？」

「その男の顔に、グラスを叩きつけてやったの。当然の報いよ」

　ホーソーンはため息をついた。「みんな、そう言うんだよな」

「もう三年も前の話だけど」サラは顔をしかめた。「こんなこと、あんたたちに何の関係があるわけ？」

「そりゃ、誰かがクロスボウで撃たれたばかりだからな」と、ダドリー。「まったく関係ないとはいえないさ」

「あたし、カーンにもう話したんだから」

「おいおい、警視を呼び捨てとはな」

「あたしが誰なのかも、何をしたかも、向こうはもう知ってる。あたしは誰も殺してない。もしも犯人だと思われてたら、こうして自由の身でいられるわけないでしょ？」

「メイ・ウィンズロウがおたくをこの仕事に推薦したと聞いたが、その理由は?」ホーソーンが尋ねる。

「理由はね、あの人が親切だからよ——あんたたちみたいなクソ野郎とちがって」サラは大きく息を吸いこんだ。「あたしは仕事を探してた。リッチモンドじゅうの家のドアを叩いてまわったけど、きょうび、見知らぬ相手を信用してくれる人間なんていないのよね。あの人だけが、あたしの話を聞いてくれた。あの家の仕事をするようになったら、周りの家も一軒ずつそれにならったってわけ」

「なぜリッチモンドに?」

「リッチモンドには、金持ちばっかり住んでるからよ——まさか、知らないんじゃないよね? ニュー・ホール刑務所にいたとき、あたしは通信教育《オープン・カレッジ・ネットワーク》で農業と園芸のコースを修了したの。もともと、手先は器用だったしさ。ここの仕事はうまくいってる。ロレックスの腕時計なんて盗む必要もないんだ。あんたたちが疑ってるんだとしたら、ジャイルズ・ケンワージーと同じくらい間抜けだってことだよ」

「今朝、おたくはロデリック・ブラウンの携帯にメッセージを送ってた」と、ダドリー。「あれは何の用事だった?」

「あそこの家のペチュニアに、水やりが必要だったから」

「ペチュニアの世話のことなんか、本当にわかってるのか?」ダドリーは堆肥の山に積み重なった花の残骸を指さした。「半分はうっかり刈りとってるくせに」

サラは肩をすくめた。「ここの芝刈り機、二十年も使ってるやつだから。勝手に動くんだ」

これで話は終わりだと、サラ・ベインズは決めたようだ。手袋をはめなおすと、手押し車を起こし、庭の向こう側へ押していく。口にタバコをくわえたままで。

「ひと箱八ポンドの《ベンソン&ヘッジズ》か」ダドリーがつぶやく。「たしかに、稼ぎはいいらしい」

ふたりは井戸の横を通りすぎた。中世のレンガ造りの竪穴をちらりとのぞきこみながらも、ホーソーンは無言のままだ。そのままペニントン家の庭を出て、電動門扉の前に出る。

「さてと、ふたりの老淑女のご帰還を待とうか?」ダドリーが尋ねた。「あと、ベレスフォード先生も」

ホーソーンはかぶりを振った。「きょうは、これで充分だ。どこからタクシーに乗れる?」

「歩いたってすぐに地下鉄の駅だが」

「おれは地下鉄は嫌いでね」

ふたりはリッチモンドの街なかめざして坂を上りはじめた。もう夕方も近く、ひとけのないリヴァービュー・クロースは静まりかえり、影が長く落ちている。いまこのときだけは一台の駐車車両もなく、警察官の姿も見えずに、すべてが金色の陽光を浴びて、まるで《ティー・コージー》の書棚に並ぶ本の装画そのままの光景だ。すでにひとりが殺されているいま、あたりには静かな期待、邪悪な気配が満ち満ちていた。次の殺人の舞台がいまにも幕を開けようとしている予感が、ひしひしと伝わってくる。

第四部 《フェンチャーチ・インターナショナル》

1

わたしの送った第二回の原稿は、第一回と同じくホーソーンのお気には召さなかったようだ……実をいうと、書いたすべてを送ったわけではないのだが。ホーソーンが気を悪くしそうな部分を一ヵ所か二ヵ所、気を回して伏せておいたし、まだ書くのを控えている部分もある。後から書き足すつもりだ。

今回の打ち合わせは、とりわけぎこちなかった。天候のせいもある。ロンドンは時おりおそろしく暑いことがあるが、そんな日にたまたま当たってしまったのだ。この街はこんな暑さをしのぐ造りにはなっていないので、クラーケンウェルのわたしのアパートメントにホーソーンを呼び、バルコニーで打ち合わせを行うことにした。ここなら道路を行き交う車をオリーヴの木が隔ててくれるし、かすかなそよ風も通りすぎる。バルコニーには、小さな噴水盤も据えつけてあった。カタログで見たときにはいい風情《ふぜい》だと思ったのだが、実際に置いてみると、巨大なトイレの片側から水がこぼれ落ちているようにしか見えない。とはいえ、気のせいではあっても、いささかの涼しさは演出してくれている。

そもそも、この物語の書きかたが、ホーソーンは気に入らないらしい。どうやら、わたしたちのどちらもが、三人称の持つ力をきちんと理解していなかったようだ。登場人物が何を話し、何を考え、どこから来て、ほかの人々をどう見ているか、わたしは自分の言葉で書く——だが、ホーソーンとは異なり、その中の誰ひとりとして、わたしは顔を合わせたことはない。もちろん、ホーソーンから預かったメモや写真、録音が元になってはいる。だが、それを言葉に直すのはわたしであり、その記述が実際とは異なっていると、ホーソーンは言いはって譲らないのだ。そうなると、いったい主導権を握っているのはどちらなのだろうか——どちらもそんなものを握れてはいないと、わたしとホーソーンは気づきはじめていた。三人称のおかげで、あたかも登場人物たちがそれぞれ勝手に動き出しているように感じられるのだ。

いったい誰が犯人なのか、わたしはいまだまったく見当がつかずにいた。

これまで渡された資料には、逮捕をめぐる報告はなかった。事件の結末を知るまでには、あと三、四回はホーソーンに会うことになりそうだ。いまの段階では、はたしてこの物語を本にする価値があるかどうか、わたしには確信が持てなかった。例を挙げると、わたしはサラ・ベインズが真犯人ではないことを、心の底から願っている。刑務所帰りで腕にタトゥーがあり、エラリーを殺した可能性もあるということで、サラはいかにもあやしすぎる容疑者として浮上してきた。このままサラが犯人だったら、そう、たとえばアンドリュー・ペニントンが犯人だった場合と比べて、あまりにも結末に驚きがなさすぎる。残念ながら、流れはそちらに傾いているように思えてならない。あの庭師はブラウン家の車庫に出入りでき、クロスボウの存在も知っていた。そのうえ、ジャイルズ・ケンワージーに解雇されたばかりではないか。かつて修道女だったという老婦人にどうやって取り入り、あそこの庭師という職を手に入れたのか、そこも不思議でならなかった。

わが家のバルコニーに腰をおちつけ、ホーソーンは自分のカップにコーヒーを注ぐと、一本めのタバコに火を点《つ》けた。奇妙なことに、ホーソーンがいちばん不機嫌になったのは、わたしがジョン・ダドリーを描写したくだりだった。わたしが取って代わった形となったこの助手について、ホーソーンはいまだわたしの質問にもいっこうに答えてくれないし、自分のことを語りたがらないのと同じくらい、この助手についてもまったく語ろうとしない。ダドリーに関しては、頭に浮かんだ質問を書きつらねたメモを用意してある。その男と知りあってどれくらい経つのか？　どこで出会った？　いまはどこにいる？　ブリストル時代のダドリーに、いったい何があった？　その質問をぶつける機会を、わたしはずっとうかがっていた。

「あんたの書いたあいつのところはまちがいだらけじゃないか、相棒」と、ホーソーン。

「どこがだ？」

「ほら……見た目の描写だよ。だらしないだの、撫で肩だの、こしのない髪だの。だいたい〝こしのない〟ってのはどういう意味なんだ？」

「へなっとしているってことだよ。元気がなくて」

「そもそも、そこがまちがってる。あいつの髪は、どこもおかしくなんかない。それに、〝底のすり減った靴〞ってのは何なんだ？　ジョンはいつもスニーカーを履いてた」

「まあ、たしかに靴はわたしの想像にすぎないかもしれない。だが、全体像はおよそ正確だと思うが」預かった資料をテーブルに広げ、その中から一枚の写真を引っぱり出す。これは、渡された写真の中で唯一ダドリーをとらえているものだった。警察の写真係が撮ったらしく、《リヴァービュー館》の前に立つホーソーンとダドリーの姿が写っている。カーン警視もその後ろにいたが、いささかピントがぼけていた。

「この髪はどう見てもこしがないだろう」わたしは指摘した。「ズボンも形が崩れている。それに、声も録音で聞いたしね。わたしの描写はそれなりに合っていると思うんだ」

「あんたはあいつを間抜けに見せようとしてる。ああ、たしかに、おかしなユーモアのセンスの持ち主ではあるけどな。だが、いいか、あいつはナイフのように鋭いんだ。あいつがいなかったら、おれはあの事件を解決できなかっただろう」

「じゃ、結局はきみが解決したんだな！」

「あたりまえだろう。おれが解決できなかった事件のことを、こんなところに坐りこんで話しあってどうする？　だが、ダドリーはいつだって、目の付けどころが鋭いんだ。たとえば、例の歯科医の家で、荷造りされたスーツケースに気づいたのはダドリーだった、おれじゃない。あれは重要な発見だった。それから、サラ・ベインズが刑務所帰りだってのを見やぶったのもあいつだ」言葉を切る。「あんたも何度かおれの捜査に同行したが、重要な点はことごとく見逃してた。むしろ、いつだっておれより犯人の助けになってたよな。だが、ダドリーはちがった」

「じゃ、いったい何があったんだ？」ホーソーンの挑発には乗らず、わたしは追求した。「そんなに優秀な助手だったんなら、どうしてもう助手を辞めてしまった？　きみがわたしに声をかけなきゃならなかったのはなぜなんだ？」

「おれがあんたに声をかけたのは、ピーター・ジェイムズに断られたからだよ」

「ピーター・ジェイムズだけか？　きみは、ロンドン在住ミステリ作家の半分には声をかけて回ったと思っていたよ！」

「まあ、何人かには当たってみたよ」

「だが、そんなことはどうだっていい。わたしが訊きたいのは――いま、ダドリーはどこにいる？」

「そのことは、もう話しただろう。あいつにはしばらく会ってない」ホーソーンは怒ったようにわたしを見た。「この事件を本にするなんて、まちがった決断だったかもな」手にしたタバコをじっと見つめる。「だが、いまならまだやめられる」

「何を言い出すんだ？」わたしは叫んだ。「もう四万語も書いたんだぞ！　いまさらやめられるわけがないだろう」どうにか怒りを抑える。「どうして、わたしをダドリーに会わせてくれない？」

「あんたは、どうして会いたいんだ？」

「ダドリーから見た話も聞いてみたいんだよ」

ホーソーンは頭を振った。「そんな必要はないね。おれの話を聞けば、それでいい」乾いた、冷たい声だ。この議論はここで終わりだと、警告しているのだろう。

「じゃ、せめてこれだけは聞かせてくれ。ダドリーとは、どうやって知りあった？」

「この事件には関係ない」

「本を書いているのはわたしだ、ホーソーン。何が関係あるか、決めるべきはわたしだと思うんだが」

「あいつは警察官だったが、病気休暇をとった。その後、ロンドンに出てきてね。おれと会った」

「それだけじゃ何もわからないな」

「これ以上のことを話すつもりはないね」

「だったら、いっそもう一度ピーター・ジェイムズに声をかけてみたらどうだ」

こんなふうに言いあらそったことは、これまでなかった。どちらもしばし黙りこみ、お互いをじっとにらみつける。わたしは話を変えることにした。

「わかったよ。ジョン・ダドリーについて話す気がないのなら、このときみが何を考えていたかを聞かせてくれ」ノートの別のページを開く。「カーン警視がきみに電話をした。そして、きみたちはリヴァービュー・クロースに来た。そこでリンダ・ケンワージー、ロデリック・ブラウン、ジェマ・ベレスフォード、アンドリュー・ペニントン、アダム・シュトラウスとその妻の話を聞いたわけだ。メイ・ウィンズロウとフィリス・ムーアは書店に出ていて、話を聞けなかった……あのふたりが容疑者だったかどうか、わたしにはわからないが。ここで質問だ。この段階、初日の捜査が終わったときに、きみは誰が犯人だと推測していた?」

「おれは推測なんかしない!」

「何を言いたいのかはわかるだろう……」

ここは、探偵小説でけっして語られない部分だ。いったいどの段階で、探偵は事件の謎を解いていたのだろうか? 実に不思議なことに、探偵はいつも最後の二章ほどで結論にたどりつくのだが、実は謎を解く重要な鍵はずっと以前に明らかになっていたと後にわかる。自宅アパートメントのバルコニーに腰をおちつけ、噴水盤の壁を水が伝うのを眺めるうち、ふと、ホーソーンの場合はどうなのだろうという疑問が、実に興味ぶかく思えてきたのだ。この段階で、はたしてどれくらい事件の真相をつかんでいたのだろうか?

「誰がジャイルズ・ケンワージーを殺したか、そこはまだわかってなかった」ホーソーンは認めた。「そういうものじゃないんだ。誰かに会ったとたん〝わかった——こいつが犯人だ!〟とはならない。全員から話を聞いて、お互いの話のつじつまが合うかどうかを考えないと。この時点では、そもそもまだ全員の話を聞いてないからな。まずはメイ・ウィンズロウとフィリス・ムーア——このふたりは、容疑者レースじゃほかの連中と横一線で競いあってる。そして、トム・ベレスフォード。子守のカイリー。介護士のダミアン。フランス語教師のジャン＝フランソワ。つまり、全体の絵がまだ完成してないってことだ。だが、これだけは言っとくよ、トニー。一日めの終わりには、めざすべき方向がはっきりと見えてた」

「それは誰だった？」

ホーソーンはかぶりを振った。「特定の誰かじゃない。事件がどうやって起きたか、その形が見えた気がしたんだよ」

「それを聞かせてくれ！」答えはない。「ホーソーン！　読者にとっては、犯人の見当がまったくつかないのはすばらしいことだ。だが、作家のほうも犯人の見当がついていないんじゃ、これは話にならないんだよ」

さすがに、ホーソーンもわたしが気の毒になったらしい。

「いいか、相棒。おれはすべてをあんたに伝えたし、あんたもちゃんとそれを書いてる。自分の書いたものをじっくり読みかえしてみさえすれば、あんたにもはっきり見えてくるはずだ。どうにもしっくりこない部分が」

「というと？」

「いいだろう、教えるよ。週末に起きた、襲撃とされる二件の出来事だ。ハンプトン・ウィックの老婦人と、リッチモンド駅でのアダム・シュトラウスの件だよ」

「きみは〝襲撃とされる〟と言ったね。となると、きみはアダム・シュトラウスが階段から落ちたのは、単に事故だったかもしれないと思っているのか？」

「あの駅で何が起きたにせよ、それは事件の一部にはまちがいない……」

「それで、防犯カメラの映像を見たいと言ったんだね」

「そのとおり——もっとも、実際には映像を見ても何もわからなかったがな。とにかく、重要なのはそこじゃない。あんたが本当に注目すべきは、二度の話しあいだ」

「二度の話しあい？」

ホーソーンはしばし間をおき、やがて辛抱づよく先を続けた。「リヴァービュー・クロースでは、話しあいが二度あったんだ。最初の集まりは、事件の六週間前のことだった」

「ああ。それについては、すでに書いたよ。《厩舎》にみなが集まったのに、ケンワージー夫妻は現れなかった」

「そう、それだ。だが、その話しあいの前と後の出来事を比べてみると、おもしろいことがわかってくる」いったい何のことなのか、わたしはいまだ呑みこめずにいた。「事態が一気に悪化したってことだよ」ホーソーンは説明した。「アンドリュー・ペニントンの花壇が荒らされた。犬は井戸に放りこまれた」

「アダム・シュトラウスのチェス・セットも壊された。そして、患者が死んだね」

ホーソーンはうなずいた。「三つの死が重なったわけだ。ジャイルズ・ケンワージー。フレンチ・ブルドッグのエラリー。そして、ベレスフォード医師の患者、レイモンド・ショー」

この三つを並べるとは、冗談なのか本気なのか、わたしにはわからなかった。「そのレイモンド・ショーって男は誰かに殺されたというのか？　その人のことは、わたしは何も知らない。どこの誰なのかさえわからないんだ」

「ベレスフォード医師の診療所で心臓発作を起こした患者だよ。あれは自然死だった」

わたしにはもうお手上げだった。「じゃ、二度めの話しあいはいつだったんだ？」たたみかける。「そんな集まりがあったと、どうしてわかった？」ホーソーンはいささか悲しげな目をこちらに向けた。「あんた、自分で書いてたじゃないか。わからないのか？」

「わからないね！」

手のかかる子どもを前にした教師のような目で、ホーソーンはわたしを見つめた。「ロデリック・ブラウンから話を聞いたとき、あの男は話しあいのことに触れたよな。そして、その瞬間、怯えたような表情を見せただろう。あんたの描写は完璧だったよ。〝ロデリックの目に、狼狽《ろうばい》の色が走る……〟ってとこだ。よけいなことを言っちまったと気づいて、それよりずっと前、六週間も昔の話しあいのことを、あわててつけくわえたんだ」わたしがどう反応するか、ホーソーンはじっと見まもっていた。「あの男はおれたちに、その集まりがずっと前のことだったと思わせたかったんだよ。つい最近の話しあいじゃなく、その前のことだったと印象づけようとしてるのは明らかだった。

あの医師の女房、ジェマ・ベレスフォードも同じ反応を見せた。近所の誰かがジャイルズ・ケンワージーを殺すと話したのを聞かなかったかとダドリーが尋ねたら、いきなりひどく身がまえちまってね。「〝いいえ。聞くわけがないでしょう。そんなこと、いったいいつ口走るっていうの？　わたしは何も聞いてません！〟必死に否定するにもほどがある！　さらに、〝ご近所さんを裏切らせようとしても無駄〟とも言ってたな。つまり、あの女は近所の住人を守ろうとしてたってことだ。実際にはみなで集まり、殺人の話が出てたんだよ。

さらに決定的なひとこともあった。ケンワージー夫妻が来なかった話しあいについて、おれがアンドリュー・ペニントンに尋ねたときのことだ。あの男はこう言った――〝あなたがおっしゃっているのは六週間前、アダム・シュトラウスの家で話しあったときのことですね〟まるで、別の話しあいと区別をつけてるようにな。つまり、ほかにもう一度、話しあいがあったってことになる」

「それは単に言葉尻をとらえているだけなんじゃないか」

「そこがあんたのだめなところなんだよ、トニー。ご立派な長々しい言葉はいろいろ知ってるくせに、中身をきっちり考えてみないんだから。言葉尻とはね！　大事なのは、そういう細いところなんだ。犯人ってやつは、そういうところで尻尾を出すんだよ」

「それで、二回めの話しあいでは何があったんだ？」

「それは自分で見つけてくれ……」

さらなる聞きこみの記録や手書きのメモを取り出すと、ホーソーンはそれをこちらに手渡した。「これに最後まで目を通し、すべてをつなぎあわせるんだ――インコとつるバラの話は抜いてもらってかまわない――また二週間ほどしたらこうして会って、どんなふうに書けてるか見てみよう」

「それで、これだけか？」

「ほかに何が必要なんだ？」

「言っただろう。ジョン・ダドリーに会わせてほしい」

「それは諦めろ」

2

だからといって、このままにしておくつもりはなかった。

ホーソーンの言葉に腹が立っていたのも確かだ。あの男の捜査に同行して、わたしが何ひとつ重要なことに気づかなかったというのはあんまりではないか。わたしはちゃんといろいろなことに目をとめ、それを書きとめていた――ただ、それがどれだけ重要なのか、そのときはわからずにいたこともあった、というだけだ。そう、たしかにいろいろな過ちも犯した。ある警部に誤認逮捕をさせてしまったのは、まちがいなくそのひとつに数えられるだろう。わたしの質問が、ときとして思わぬ結果を生むこともあった――たとえば、ある老人の住まいが火事で焼けおちてしまったり。二度にわたり、わたし自身が刺されたことすらある。それでもなお、わたしはひとかたならず役に立ってきたのではないかと思っている。ダドリーとちがって警察官としての経験がないことを思えば、なおのこと。

だが、手もとにはほとんど材料がなかった。捜査初日にずっと録音されていたダドリーの声は聞いたものの、はっきりした訛《なま》りは聞きとれない。ホーソーンといっしょにロンドンを行ったり来たりしていたとはいえ、住まいがロンドンにあるのかどうかさえわからなかった。ブリストルで働いていたと話していたのを思い出し、ネットで検索してみようかという考えも頭をよぎったが、これもさほど得るところはなさそうだ——そもそも、ジョン・ダドリーという名が本名かどうかもわからないのだから。

だが、そこから別の考えが浮かぶ。

先ごろ書いたばかりの『ヴォードヴィル劇場の殺人』のことは、すでに触れた。この本の中で、わたしは劇評家ハリエット・スロスビー殺害容疑で逮捕されそうになり、ホーソーンの自宅アパートメントにかくまってもらった顚末《てんまつ》を綴《つづ》っている。わたしはそこで、自分の鍵を使って入ってきた見知らぬ男と出くわした。その男の名はローランド・ホーソーンといい、ホーソーンがかつて養子としてひきとられたとき、義理の兄となった人物だったことがわかったのだ。自分が主人公として書くはずの相手について、ほとんど何も知らないことに、かねてから憤懣《ふんまん》やるかたない思いでいたわたしは、この機会を逃すまいと情報を集めにかかった。とはいえ、けっして簡単なことではなかったが。ローランドはわたしが誰なのかを知っていて、できるだけ何も知らせまいと注意を払っているようだった。

とはいえ、ローランドは自分の父親が——やはり警察官だった——ホーソーンを養子にしたこと、義理の弟の実の両親はリースで亡くなったことを認めた。この兄弟はいま、ローランドによると〝創造的な事業開発を手助けするサービス〟を提供する組織の仕事をしているそうだが、実のところは私立探偵や調査員を抱え、高級顧客向けの機密保護・調査を専門とする企業らしい。ホーソーンの住んでいるアパートメントの建物も、いくつかの部屋はその企業が所有しているようだ。

ローランドはほかにたいした情報を明かそうとはしなかったが、ホーソーンの次の仕事にかかわるという封筒を小脇に抱えていた。〝バラクローの資料〟だと伝えているのを、わたしは小耳にはさんでいる。また、その仕事というのが、グランドケイマン島で女と密会していた不実な夫の調査だということも、わたしはローランドから聞き出していた。たったそれだけの情報でも、いまは充分だ。

バラクローの妻を見つけ出すことができれば、夫の調査をどこに頼んだのか、その組織を探り出すことができるかもしれない。ホーソーンの背景を探る絶好の機会となるばかりか、ジョン・ダドリーもまたその組織の仕事を請け負っている可能性も高いのだ。このことに、どうしてもっと早く気づかなかったのだろう。机に向かって原稿ばかり書いている場合ではない。

わたしはコンピュータの前に戻った。

いま握っている情報をもとに、バラクロー夫人を探し出すのはさほど難しいことではなかった。まず第一に、その夫は金融界の人間とみてまちがいない。グランドケイマン島というのは、全長ほんの三十キロほどの陸地に、六百以上もの銀行や信託会社がひしめく場所なのだ。珊瑚礁や夕暮れに楽しむカクテルと同じくらい、詐欺ほか、いわゆる知能犯と呼ばれる犯罪が横行する土地でもある。妻をも欺く悪徳金融業者であるバラクロー氏の姿が、まざまざと目に浮かぶようだ。夫人のほうは、メイフェアかベルグレイヴィアあたりに住んでいるにちがいない。そのアドレス帳には、富裕層向けの探偵事務所がいくつか控えてあるのだろう。そこから、ホーソーンを雇っている組織を探し出すことだってできるかもしれない。検索エンジンを開いたわたしは、ほんの二ページめでお目当ての名前を探しあてることができた。《デイリー・メール》紙の記事で、見出しにはこうある――〝バラクロー夫妻、フィッシュ&チップス離婚〟。記事の内容は、ほんの二、三ヵ月前に行われたという審理に関するもので、わたしがホーソーンの自宅を訪れた時期から計算して、何の矛盾もない。記事の内容は次のとおりだ。

裁判官が〝わたしの知るうちでもっとも辛辣《しんらつ》な応酬の続いた事例〟だと評した離婚裁判が高等法院で開かれ、著名な国際投資家の米国人妻が二億三千万ポンドというとてつもない慰謝料を手にした。

サー・ジャック・バラクローとその妻グレタ(五十九)との間では、ニューヨーク、ロンドン、グランドケイマン島の不動産を含む五億ポンドを超える資産をめぐり係争が続いていた。十九年間にわたる結婚生活は、レディ・バラクローが夫の浮気に気づいたことで今年幕引きとなったが、サー・ジャックが妻の受けとる慰謝料について〝せいぜいフィッシュ&チップスの夕食代がいいところだ〟と公《おおやけ》に発言したことが話題を呼んだ。

グレタ・バラクローは引きつづきロンドンのナイツブリッジにある自宅に住むこととなる。夫妻には四人の子がいた。

ホーソーンはまちがっている。あの男が思うほど、わたしは無能な探偵ではない。探していた名前を見つけたと確信したわたしは、さらに検索を続け、富裕層や有名人の生活や御用達の品々を紹介する《ハロー!》誌の、二〇〇九年八月に掲載された記事にたどりついた。そこで、バラクロー夫妻（〝社交界の名士、慈善家、起業家〟と紹介されている）は、購入したばかりの邸宅を改装し、読者に見せびらかしている。堅実ながらいささか喧嘩っぱやいサー・ジャックと、華やかで芸術家気質の妻。このとき、ふたりはすでに不仲だったのだろうか？　記事からでは判断がつかない。夫妻は寄り添い、あるいは離れて、いくつかの部屋で写真に収まっている。背景には、惜しみなく使われている大理石、金縁の鏡、シャンデリア、一度も演奏されたことのなさそうなグランドピアノ。夫妻自身をも含め、何もかも美しく修整されている。埃《ほこり》や汚れた洗濯ものなど、どこにも見あたらない。四人の息子たち——いちばん下は生後六ヵ月、いちばん上は八歳——は、まるでぬいぐるみのようにヴェルヴェットのソファの上に配置され、夫妻の所蔵品のように紹介されていた。末の赤んぼうさえも、大富豪の父親を持つ子ならではの自信に満ちあふれているように見える。

レディ・バラクローはこの邸宅を愛していた。記事では〝《ハロッズ》まで歩いて一分なんて、本当に素敵〟と語っている。この言葉が、さらに次の手がかりとなった。不動産サイト《ズープラ》を開くと、ナイツブリッジの《ハロッズ・デパート》まで歩いて一分の距離にある邸宅を、通りごとに探していく。こちらはいくらか時間がかかったが、やがてブロンプトン・ロードの向こう側、トレヴァー・スクエアに建つ邸宅が目にとまる。ここは二〇〇八年に千八百万ポンドで売却されており、写真を見ても、《ハロー!》誌に掲載されているバラクロー夫妻の住まいにまちがいなかった。

さっそく、その邸宅に向かうことにする。

3

「これ、あなたが書いたの?」グレタ・バラクローが尋ねた。

手にしているのは『メインテーマは殺人』、わたしがホーソーンについて最初に書いた本だ。

「ええ。ひょっとしてご興味があるのではと思って」

「それはそれは、ご親切に」バラクロー夫人が本をかたわらに置いた手つきを見れば、けっして開くことはなさそうだ。雑誌の写真にあった、あのピアノのように。だが、それはかまわない。この本は、どうにか会ってもらおうと名刺代わりに持ってきたにすぎないのだから。

このなりゆきは、すばらしい幸運だった。

レディ・バラクローは、ひょっとしたらバルバドスの別宅にいたかもしれない。しょっちゅうそうしているように、世界各国の五つ星ホテルに宿泊していてもおかしくはないし、地中海で友人たちとヨットで旅をしていた可能性も、自然豊かな地方で乗馬を楽しんでいた可能性もある。だが、この午後、バラクロー夫妻がかつて千八百万ポンドで購入し、後に夫人が別れた夫からむしり取った《ハロッズ》のすぐ近くにある寝室を五つ備えた大邸宅で、わたしはみごとに探していた相手をつかまえることができたのだ。

それだけではない。にこりともしない執事とさらに無愛想な個人秘書を、わたしはどうにか言葉巧みに突破して、五、六室ある居間のひとつでヴェルヴェットのソファに腰をおろし、巨大なインドネシア製コーヒーテーブルをはさみ、まったく食欲をそそらないビスケットの盛りあわせと小さなお茶のカップを前に、こうしてレディ・バラクローと向かいあっているのだから。幸い、夫人はわたしの本を知っていた。四人の子どもたちはみな男で、現在は九歳から十七歳だが、少なくともそのうちひとりはアレックス・ライダーのシリーズを読んでくれていたのだ。児童文学作家という肩書は、ときに思わぬ扉を開いてくれると、わたしは仕事を通じて学んでいた。

結婚生活に終止符を打つのと引き換えに二億三千万ポンドを手に入れた女性としては、レディ・バラクローは意外なほどの痛手を負っているように見えた。サー・ジャックの裏切りは、そんなにも手ひどいものだったのだろうか。身体のそれぞれの部分が、まるでちゃんと嚙《か》みあっていないかのようにぎくしゃくしている。部屋を横切るのもやっとというほどに膝ががくがくし、腰をおろすときにはよろけまいと両手をぐるぐる回していたほどだ。かつてはかなり美しく、部屋に足を踏み入れるとそこにいた人々がみな思わず目をやるような存在だったのだろう、そんな自意識の名残《なごり》も感じられる――だが、それはもうずっと昔のこと、そんな場もいまはない。いまのレディ・バラクローに残されているのは、悲しげで虚《うつ》ろな瞳、色が抜けて張りもないまま肩まで伸びた髪、喉もとの落ち窪んだ長い首。まるで、もう長いこと何も食べていないかのようだ。身体のそこかしこに、着けられるだけのアクセサリーを飾ってはいる——耳にも、手首にも、指にも、首にも——だが、わたしにはアステカのミイラを連想させただけだった。夫人の中で、何かが死んでしまったのだろう。

玄関で、わたしが自分の名を告げた——そして、持ってきた本を手渡した——のは、スペイン人かポルトガル人だろうか、厳しい顔つきの若い女性だった。それがレディ・バラクローの個人秘書、マリアだ。わたしは自分がどういう人間かを説明し、個人的に重要な用件でレディ・バラクローとお話ししたい、十分間ほどいただければ、それ以上のお手間はとらせませんと約束した。そして、この本は時間を割《さ》いてくださることへのお礼だと述べたのだ。マリアはわたしを玄関で待たせ、奥へ姿を消した。十五分後、二階へどうぞと告げられたときには、実のところかなり驚いたものだ。骨董品めいたフランス製のエレベーターらしきものはあったが、わたしたちは階段を使った。

「どうして訪ねていらしたの？」こうして向かいあったいま、夫人は尋ねた。しわがれた声で、話すと喉のあたりが小さな鍵盤のように波打つ。「知りたいのは何かしら？」

「ダニエル・ホーソーンという男に会ったことはありますか？」

夫人はうなずいた。「もちろん、ありますとも。わたしが雇ったんですからね」

あまりに当然のことのようなもの言いに、わたしは驚いた。ホーソーンがわたしの人生に踏みこんできたその日から、あの男はいつも謎をまとっていたというのに、レディ・バラクローにとってはただの使用人のひとりにすぎなかったなんて。このふたりの間には、はたしてどんなやりとりがあったのだろうと、わたしは思いをめぐらせた。「ホーソーンはご主人の調査をしていたんですよね」

「そんなこと、わたしがここで話したいとでも思っているの？」

「すみません。けっして立ち入ったことをうかがうつもりは──」

「ええ、立ち入っていますとも。わたしにとっては、これはいまでも生々しい傷なんです。世間の誰もが知っていることですけれどね。わたしの人生は、タブロイド新聞に切り刻まれてしまったようなものよ。あなたも、そんな記事を読んだんでしょう？」

「ええ、いくらかは」

「あの連中はけだものよ。人間の心なんか、ひとかけらも持ってはいないの」

レディ・バラクローはまぶたを閉じ、深く息をつくと、ゆっくりと目を開いた。

「わたしの夫はね、息子のロシア語の教師と浮気をしていたんです。あなた、想像できる？その女は、わたしたちの家に出入りしていたのよ。わたしたちといっしょに食卓を囲み、同じ食べものを口にして。そして、わたしたちの息子を教えていたの！　女とはいっても、まだほんの小娘でね、夫より二十歳も若かったのよ。夫はその娘を、グランドケイマン島に連れていった。わたしは知らなかったのよ、疑ってはいたけれど。男って、みんな男子生徒みたいなものよね。一生、ずっと男子生徒のままなのよ。夫はわたしに嘘をついた。でも、わたしは夫が嘘をついているのを知っていて、真実をつきとめようと決心したの」

ここで、いったん言葉を切る。夫人の顔に、ふといぶかしげな表情が浮かんだ。わたしが誰なのかをしばし忘れ、ただただ自分の思いを語っていたのだろう。

「あなたはどうしてホーソーンのことを調べているの?」詰問口調だ。「あなたはこの件に、どんな関係があるのかしら?」

「わたしはご主人のことを探っているわけではないんです。ただ、あなたが調査に使った組織に連絡をとりたくて……ホーソーン氏を雇っていた組織に。説明するのは難しいんですが、その連絡先を教えてもらえれば本当に助かるんです」

「何のために、そこに連絡したいの?」

「ある人間を探しているんですよ。もしかしたら、何か情報がつかめるのではないかと思って」

「お相手は、あなたの知っているかた?」

「知りたいと思っている相手です」

レディ・バラクローはしばし考えこんだ。「マーカスはね、ずっとあなたの本が好きだったのよ。いちばん下の息子、ハリーもね。ふたりとは、あまり会えないの。マーカスは父親とモンテネグロに行ってしまったし、ハリーは……」ハリーがどこへ行ったのか、しばらく記憶をたどる。だが、思い出せないようだ。夫人は手を伸ばし、テーブルの上にあった呼び出しボタンを押した。

「あなたはまちがっていると思うのよ。わたしの使った組織はね、たしかにすばらしく有能だった。夫の行先を探り出してくれてね。あの人の携帯をハッキングしたのよ、まさかそんなことは不可能だろうと思っていたのに」組織のために誰がそんなことをやってのけたのか、わたしには思いあたるふしがあったが、何も言わずにおいた。ケヴィン・チャクラボルティにちがいない。「夫が愛人に送ったメッセージも、ひとつ残らずプリントアウトしてよこしたの。まずはロンドンのホテルで、さらにグランドケイマン島でも、ふたりがいっしょのベッドにいる動画を撮って、わたしに送りつけてきてね。いよいよ離婚するときには、夫の資産を何から何まで洗い出してくれたのよ、わたしが存在も知らなかったようなものまで。あの組織にかかったら、夫はもう、何も隠してはおけなかった。あの人たちは夫を荷造りし、署名と封印までしたうえで、赤いリボンを結んでわたしに送りとどけてきたようなものね。

でもね、これだけは知っておいてほしいの。あの組織は、自分たちがしていることを楽しんでいた。たしかにわたしは真実を探り出してほしいと依頼したけれど、その真実をわたしの顔になすりつけるようなことをする必要なんて、どこにもなかったはずよね。あの人たちは、夫の背信行為のすべてを、これでもかとわたしに突きつけて――」

「ホーソーンのことですか?」わたしは尋ねた。

「いいえ、ホーソーンではないの。それはちがう。ホーソーンのことは、わたしは好きだった。いい人で、親切で――組織の上の人たちとは、まったく似ていなかったから。わたしはね、ときどき思ったものよ。わたしはあの組織の顧客ではなくて、あの人たちの獲物なのかもしれない、って。あの人たちは、わたしやあなたとは別の世界に属しているの。あなたも自分であの組織に依頼してみたら、わたしの言っていることがわかるでしょう。あんな人たちには近づかないほうがいい、それがわたしの助言よ。あなたは大きな代償を払うことになる。あなた、これまでこういう本を書いて、何冊くらい売れたの？　あの組織に依頼できるのは、かなり裕福な人間だけだけれど、あの人たちがあなたから奪うのは、けっしてお金だけじゃないの。吸血鬼のような人たちだから。あなたはきっと、からからになるまで吸いつくされてしまうでしょう」

部屋の奥のドアが開き、個人秘書が姿を現した。

「お客さまのお帰りよ」レディ・バラクローが告げる。そして、もう尋ねた情報を教えてもらえることはあるまいと、わたしが思いかけたときのことだ……「その組織の名前はね、《フェンチャーチ・インターナショナル》というの。連絡先と住所は、マリアから聞いてちょうだい」

わたしは腰をあげた。「ありがとうございます、レディ・バラクロー」

夫人は身ぶるいした。「そんなふうに呼ばないで！　わたしはもう、ほかのありとあらゆるものといっしょに、その称号も失ってしまったのだから」そして、最後にわたしを一瞥《いちべつ》する。「ご本をありがとう。もう、二度とここには戻ってこないでね。あなたとは、これっきり何もかかわりたくはありません。それでは、いい一日をすごしてくださいな」

玄関の外までは、マリアが送ってくれた。通りの先まで歩いたところで、ふと後ろをふりむいてみる。マリアはいまだそこに立ち、わたしがけっして戻ってこないよう、じっとこちらを見つめていた。

4

《フェンチャーチ・インターナショナル》がどんなところだと思っていたのか、自分でもよくわからない。だが、わたしはそのぱっとしない三階建ての社屋の前を二度にわたって素通りしてからようやく気づき、その後も本当にここなのか確信が持てずにいた。外壁には何の看板もなく、番地の数字もひとつ抜け落ちてしまっている。場所こそたしかに一等地だ――なんといっても、ここはロンドンの金融街たるシティなのだから――とはいえ、この建物は、どことなく七〇年代の安っぽい公的施設を思わせた。コンクリートとガラスだけの飾り気のない外観はどこかブルータリズム建築めいていて、同じ形をした四列の窓が並んでおり、入口はちゃちな回転ドアだ。その奥には狭苦しい受付があり、人造大理石の机には古びた端末が置かれている。女性がひとり、その端末につないだヘッドフォンを着けたまま、しきりに爪を磨いていた。

「いらっしゃいませ。どんなご用件でしょうか?」わたしを見て、その顔がぱっと明るくなる。どうやら、せっかく受付という仕事をしているのに、めったに客が来ることはないようだ。

「モートン氏にお目にかかりにきました」

「失礼ですが、お名前は?」

「アンソニー・グリーン」妻の姓を使ってしまったのは、われながら間抜けだったかもしれない。どうせ、結局はわかってしまうことなのに。ただ、最初から本名を名のったら、おそらくはホーソーンとの関係も知られているのだろうから、面会を拒否されるかもしれないと思ってしまったのだ。

「五階です。五号室へどうぞ。エレベーターをお使いください」

エレベーターもまた、この建物のほかの部分と同じく時代遅れで、頑丈なアルミ板のドアが開くと、押すとはねかえってくる分厚いボタンが並んでいる。上昇する動きもゆっくりだ。五階の廊下も、ここまでと変わらずがっかりするような眺めだった。とりたててみすぼらしいわけでも、安っぽいわけでもない——そもそも、こう見えてもこの建物の賃料はとてつもない額のはずだ——が、まるでわざとそうしているかのように特徴がないのだ。寄木張りの床を歩くなど、もう何年ぶりのことだろう。眼鏡をかけ、髪をシニヨンにまとめた女性が書類の束を抱え、こわばった顔でにこりともせず足早にすれちがう。わたしは一号室から四号室までのドアの前を通りすぎ、通路の突きあたりのドアをノックした。

「こっちへ！」

時おりこういう言葉づかいをする人物に出会うが、いったいどうしてなのだろう？　普通に「お入りください」と言ってくれればいいのに。声はドアの向こうから聞こえたので、わたしはそのドアを開いた。そこはこぢんまりした真四角の部屋で、窓の向こうには、ここから歩いて五分ほどのフェンチャーチ・ストリート駅から分岐した線路が見える。子どもの絵かマンガに描かれていそうな、単純な造りの机の後ろに、ひとりの男が坐っていた。ちょうどノートパソコンのキーボードを叩いているところだったが、わたしが入っていくとパソコンの画面を閉じ、愛想よくこちらを見あげた。

「ミスター・グリーン？」

「あなたがミスター・モートン？」

「アラステア・モートンです。さあ、おかけください……」モートンが手で示したほうを見ると、悪趣味なガラスのコーヒーテーブルをはさみ、同じひじ掛け椅子が向かいあっている。テーブルの上には、ファイルが二冊重ねてあった。

腰をおろしながら、相手をしげしげと観察する。あまり見映えのする男ではない。年齢は四十代だろうか、体型は崩れ、あごひげと呼ぶにはあまりに貧弱な、それでもわざと生やしているらしいしろものを蓄えている。疲れた目をして、肌は荒れていた。身につけているのは、黒っぽいジャケットにジーンズ、オープンネックのシャツ——数十億ドルの資産を持ち、新たなアルゴリズムを考案したり、民間人を宇宙に送りこんだりしながら、けっしてそんな重要人物には見えないよう気をくばる、典型的なカリフォルニアのハイテク起業家の恰好だ。苦しそうな呼吸が耳につく。仕事机からこちらのひじ掛け椅子へ、たったそれだけの距離を移動するだけで息が切れてしまうらしい。何か病を抱えているのだろうか。

実のところ、この男がホーソーンやその義兄ローランド、おそらくはジョン・ダドリーまでも配下に置いているとはとうてい信じがたい。レディ・バラクローから聞かされた話と、何ひとつ一致するところがないのだ——あの女性があれだけ痛めつけられ、屈辱を味わわされたと訴えていた相手が、目の前のこんな男だなんて。たぶん、夫人が会ったのは別の人間にちがいない。

「誰か、人を探しておられるとか」モートンは切り出した。低くしわがれた声だ。言葉を切ると、唇を舐める。

「ええ」

「レディ・バラクローがうちを薦めてくださったとか」

「そうなんです。たいへんすばらしい仕事ぶりだったと」

「それはそれは、ありがたいことですな。どうです、あのかたはお元気ですか？」

「残念ながら、あまり」

「たしかに、実に不愉快な案件でしたからね」モートンは弁解がましく鼻を鳴らすと、ティッシュを手にとり、鼻を拭った。「それで、あなたがお探しの人物は？」

「名前はジョン・ダドリー。かつては警察官でした。その男のことを、わたしはほとんど知らないんです。以前はブリストルで働いていたかもしれません。わたしが会ったときには私立探偵をしていたので、ひょっとしたらこちらに所属しているのではと思いついたんですよ」

「わたしの知るかぎり、ジョン・ダドリーなどという人間は、うちでは働いていませんね。その人物を探す理由は？」

「これは、ちょっと説明が難しくて。その人物に、訊きたいことがあるんです」

モートンはじっとわたしを見つめた。「ほかに、その人物についてわかっていることは？」

「写真があります」ホーソーンから預かった写真を取り出す。ダドリーとホーソーン、ふたりが並んでいる写真だ。「五年前のものですが。左側が、ジョン・ダドリー。隣にいるのはダニエル・ホーソーンです」

「では、このホーソーン氏に力になってもらっては？」

「なってはもらえませんよ。ダドリーとわたしを会わせたくないようでね」

モートンは写真をちらりと見ただけだった。ホーソーンに気づいたそぶりも見せなかったし、名前を出しても何の反応もなかった。

「撮影場所は？」

「リヴァービュー・クロース。リッチモンドにある囲われた住宅地です」

モートンは写真をテーブルに置いた。「この人物を見つけるのは、ごく簡単なことに思えますがね」

「あなたにとっては、そうかもしれません。ただね、ホーソーンがあなたの下で働いていると、わたしは確信を持っているんですよ。レディ・バラクローも、ここを通じてホーソーンと会ったと話していましたしね。ホーソーンについて、どんなことでも話してもらえませんか」

「具体的には、どんなことを？」

「あの男の両親がどうして亡くなったのか、リースで何があったのかを知りたいと思っています」

モートンが仮面を外したのは、その瞬間のことだった。目の奥にひらめいた知性、さらには残忍な本性とさえ思えるものを、わたしはたしかに見てとった。わたしがこの部屋に入ってくる前から、誰が来るのかアリステア・モートンは知っていたのだ。そして、わたしをもてあそびながら、この会話がいったいどこへ転がっていくのか、じっと観察していたというわけだ。ようやく稽古が終わり、台詞《せりふ》以外のことが話せるようになったふたりの役者のように、わたしたちはじっとお互いを見つめていた。

「あなたがここに来たと知ったら、ホーソーンはけっして喜びませんよ」モートンが口を開く。

「わたしが誰なのか、知っているんですね」

「誰が来ようとおかまいなしにここへ通してもらえるとでも、あなたは思っているんですか?」いつしか、モートンの呼吸はさほど苦しげではなくなっていた。「われわれを誰だと思っているんです? 奥さんのコンピュータからあなたがメールを送ってよこした、まさにその瞬間に、われわれは奥さんのすべてをつかんでいましたよ——奥さんの結婚相手が誰なのかということも、したがって、あなたが何ものなのかということも。念のためにつけくわえておくと、あなたのおかげで、奥さんのテレビドラマ制作会社のこの七年間の財務諸表にも、奥さんの個人的な銀行口座の収支にも、電子メールのやりとりにも、七千二百三十枚におよぶ家族写真にもアクセスできました。わたしがあなたなら、二度とこんなことはしませんね」

「ケヴィン・チャクラボルティも、あなたの下で働いているんですか?」

モートンはわたしの問いを無視した。「あなたについても同じだ。一九五五年、スタンモアに生まれる。学校時代はつらい思いをしていたそうで——こちらが心配になるくらい、そのことをあちこちでえんえんと語っているようですね。両親とも、がんで死去。あなたも定期的に検査を受けないと」

「検査を受けていないと、どうしてわかるんです?」

「奥さんのことも、息子さんたちのことも、飼っているラブラドールのことも……何もかもわかっているんです。顧客のふりをして、こんなところにふらりと入ってくるなんて、それがいい思いつきだと本気で思っていたんですか?」

「まあ、それなりに意味はあったように思えますがね」と、わたし。「どうにか、あなたにも会えたわけですし」

「そんなことをする必要はなかったんですよ。ちょうどこちらからお電話しようと思っていたところでね。あなたと一杯やるのも悪くない」

「ホーソーンについて、わたしが書いた本を読んだんですか?」

「ええ、四冊ともすべて。楽しんだとはいえませんが」

「それは残念ですね」そう答えてから、ふと気がつく。「いや、最後の一冊は、まだ世に出ていないのに!」

「あなたのこのシリーズ――ホーソーンとの本について、わたしが大いに不満を抱いているということは、わかっておいてもらいましょう。そもそも、ホーソーンがあなたにこんな企画を持ちかけたこと自体、わたしは非常に腹を立てているんです。あなたの書く物語になど、わたしは顔を出したくはない。この業界の人間は、ひたすら目立たないよう心がけているんですよ。

目立たないどころか、存在しないくらいが望ましいんです」

「結局のところ、そちらはどういう業種なんですか?」

「保安関係ですよ」当然のことのような口調だ。「あなたがいま書いている本も、途中まで読ませてもらいました。題名は決まったんですか?」

「『死がクローズを訪れる《デス・カムズ・トゥ・クロース》』というのにしようかと」

モートンは眉をひそめた。「『死が終わる《デス・カムズ・トゥ・クローズ》』? 意味がわからないな」

「同じcloseでも、クロースと読むかクローズと読むかで意味が変わる。言葉遊びなんですよ」

「それはわかりますがね。だが、そのままじゃ意味をなさない。普通に考えて、終わるのは死じゃない、生のほうですからね。いっそ、『死はすぐそばに《クロース・トゥ・デス》』というのはどうです? こっちのほうが、いくらか明確だ」肩をすくめる。「まあ、どうでもいいことですが。わたしとしては、本が出てくれないほうがありがたいのでね。あなただって、もっと大切な仕事があるんじゃないですか?」

「何のことです?」

「それでなくても、あなたは忙しい身じゃありませんか。イアン・フレミング財団も、あなたにボンドの新しい小説を書いてもらいたがっている。テレビドラマの企画だって、いろいろと抱えているでしょう。こんな本を書くより、もっと建設的で——より安全な——仕事はいくらでもあるはずですよ」

「わたしを脅迫するんですか？」

モートンは無表情にわたしを見かえした。「脅しととられるような言葉は、ひとことだって使ってはいませんよ――あと、これもお知らせしておきますが、この会話は双方の利益を守るために録音しています。そもそも、あなたは誤解しておられる。わたしは、あくまでもあなたのためを思っているんですよ。五年前、リヴァービュー・クロースで何が起きたのか、わたしはすでに知っていましてね。言っておきますが、あれは本に書けるような結末ではありませんでしたよ。ホーソーンにとって、あまり芳《かんば》しい話じゃない。あなたにとってもね。あなたの読者も、まったくお気に召さないでしょう」

「それはわたしが決めるべきことではないかと思いますよ、ミスター・モートン」

「誰がジャイルズ・ケンワージーを殺したのか、あなたはご存じですか？」

わたしも、これには意表を突かれた。「疑っている人物はいますが」

それを聞いて、モートンがにっこりする。「こう言っては何ですが、あなたは一度として犯人を当てたことがない。かすったことさえありませんよね」

「あなたは犯人を知っているんですか？」

「当然ですとも。職業上、わたしが自分に課している最優先の規則のひとつです――答えを知らない問いを、相手に尋ねるな」言葉を切る。「犯人が誰なのか、聞きたいですか？」

わたしはじっと坐ったまま、相手を見つめるしかなかった。

こんなにも当惑させられる、答えの難しい質問をぶつけられたのは初めてだ。どう答えればいいのか、見当もつかない。ジャイルズ・ケンワージーを殺した犯人を知りたいか？　もちろん、知りたいに決まっている。そこがこの本の肝心要《かなめ》の部分だし、たとえ今回だけであっても鼻を明かしてやれたら、どんなに気分がいいだろう――言うまでもなく、ホーソーンの鼻を。あの男から渡された資料を、わたしは何時間もひたすら見比べてきた。どれが重要な情報で、どれが無関係なのか、どうにか自分で見きわめようとして。もしもここで答えを知ることができたら、これから先の時間をたっぷり節約できる――これ以上は資料を読みなおしたり、調査したり、頭の中でその光景を再現してみたりする必要がなくなるのだから。

とはいえ、その答えをモートンから聞きたいだろうか？　それは、さほど確信が持てない。いまはまだ聞くべきではない気がする。殺人をめぐる謎の答えは物語の最後に与えられるものであって、道なかばで知るべきではない。それでは、ずるをしたことになってしまう。本を最後まで読む理由がなくなるし、まるで食事が終わる前に勘定書を渡される感さえある。そこから先は、もう何の盛りあがりもない。こんな男に借りを作ってまで、わたしは答えを知りたいのか？　いまとなっては、レディ・バラクローの言葉の意味がはっきりとわかる。この男は、わざとわたしにこんな誘いをかけたのだ。そうやって、わたしをいたぶるために。もしもこの誘いに乗ったら、この本はモートンのものになってしまう。

それでも、わたしはどうしても知りたかった。自分を抑えきれなかったのだ。

「わかりました。教えてください」

モートンはにやりとした。吸血鬼の笑みだ。

「歯科医のロデリック・ブラウンですよ。どんなことをしてでも、あの男は妻を守りたかった。それで、プール建設を阻止するために、ジャイルズ・ケンワージーを殺したと。それだけのことだったんですよ。みごとに事件を解決したと、カーン警視は称えられましてね。ホーソーンは、ひっそりと捜査から外されました」

わたしは背もたれに身体を預け、目眩がするのをこらえていた。本当に、そんな単純な話だったのだろうか？ とうてい信じられない。あれだけの疑問、あれだけの手がかり、あれだけの隠蔽、あれだけのさまざまな偽装工作を重ねた結果がこれだなんて。いちばん目につきやすい容疑者のひとり、動機を隠そうともしていなかった人物が犯人だった？ それくらいなら、いっそ庭師のサラだったほうがましだ。同時に、モートンがこの暴露を楽しんでいることを、わたしはひしひしと感じていた。この男はいま、推理小説に対する根源的な罪を犯したのだ。どれだけ辛辣な書評家も、けっして犯したことのない罪を。読者が結末にたどりつく前に、犯人を暴露するなんて。

「そんな話を信じる理由など、何も……」口ごもりながら、わたしは言いかけた。

だが、そんな反応も、モートンの思うつぼだったようだ。「わたしが嘘をつく理由がありますか？」机の上に置いてあったファイルのひとつを開き、中からタブロイド新聞の切り抜きを取り出すと、わたしのほうへ向けて差し出す。記事の日付は二〇一四年七月二十一日だった。

有名歯科医、遺体で発見

先週の月曜深夜に自宅で殺害されていたヘッジファンド・マネージャー、ジャイルズ・ケンワージーの死に関与しているとみられる男性の身元を、本日になって警察が明かした。事件の後、自ら死を選んだロデリック・ブラウン（四十九）は、ロンドンのカドガン・スクエアにかまえる歯科診療所に数多くの有名人が通っていたことから、かつては〝スター御用達の歯科医〟ともてはやされていた。

ブラウン氏は詳細な遺書の中で、長びく論争の末に隣人を殺害したと告白している。氏の妻は、親族のもとに身を寄せているという。

殺人事件の現場で開かれた会見で、タリク・カーン警視はこう語った。「本件は、近隣住民どうしの争いがこじれたあげくに起きたものでした。自宅の庭にプールとジャグジーを建設するという計画にブラウン氏は異議を唱え、そこからこの二重の悲劇に発展してしまったのです。捜査の結果、ほかに容疑者とみられる人物はおらず、これで事件は解決したものとみています」

ジャイルズ・ケンワージー氏の遺体は、この後キングストン火葬場へ向かう予定。遺族は妻とふたりの息子。

「自殺したのか！」わたしはもう、それを言うのがせいいっぱいだった。ある意味で、このふたりめの死——歯科医の自殺——は、ジャイルズ・ケンワージー殺害犯人を知ったのと同じくらい衝撃だったのだ。

「そのとおり」モートンは笑みを浮かべた。「この前後はたしかにニュースが多かったんですが、それでも、もう少し詳しく書いてくれてもよかったでしょうにね。スター御用達の歯科医。そんな人物がガス自殺するなんて、めったにあることじゃないんですから」

「そうだったんですか？　ガスで？」

「亜酸化窒素。笑気ガスというやつです。もっとも、ブラウン氏は笑う気分じゃなかったでしょうが」

その場に坐ったまま、動揺をこらえる。頭の片隅に、ひょっとしたらモートンがわたしをだまそうとしているのではないか、新聞記事のまがいものを作り、わたしをこの事件から遠ざけようとしているのではないかという疑いもよぎった。だが、そんなことをしても意味がない。この切り抜きはいかにもほんものだったし、わたしが後からいくらでもネットで別の記事を探して検証できることは、モートンにもわかっているはずだ。そういうことか。これが、この事件の真相だったのだ。わたしが真実を受け入れるしかないことを、モートンが冷ややかな目で見まもっているのがわかる。

「水でも持ってきましょうか？」モートンが申し出た。「どうやら、かなりの衝撃を受けてしまったようですね」

「そりゃ衝撃でしたよ。こんなふうに、あなたが犯人をぶちまけるとは思っていなかったから」

「それは申しわけない。しかし、わかっていただけるはずですよ。あなたがもっと有益なことに目を向けるためにも、わたしは真実を説明する必要があった。こんな本を書くことに意味はないんです」

言うまでもなく、そのためにモートンがこんなことをしたのはわかっている。わたしに、この本を書くのをやめさせたいのだ。

「そうは思いませんね」衝撃から落胆へ、怒りへ、そして反発へと、わたしの感情はめまぐるしく変化しつづけていた。「結末を知ったからといって、必ずしもそれを読者に伝える必要はないんだ。いったん本を書きおえてから、結末を変える方法だってある」すでに書きおえた部分をどう直すか、頭の中であれこれと思いをめぐらせる。

「自分が何をしているのか、あなたはわかっていないようだ」

「自分のしていることくらい、ちゃんとわかっていますよ。ミスター・モートン、どうしてわたしに、この本を書くのをやめさせたいんですか？　いったい、誰を守ろうとしているんです？」

「先ほどもお話ししたでしょう……」

「ホーソーンを守るため？　あなたはさっき、この結末はホーソーンにとって芳しい話ではない、と言いましたね。いったい何があったんです？　ホーソーンが何かしたんですか？」

「必要なことは、すでにお伝えしました」モートンの目が、すっと細くなる。その瞬間、見た目とは裏腹の本性が見えた気がして、この男だけは敵に回したくないと、わたしは思わずにいられなかった。「よくよく考えてみることをお勧めしますよ。この物語は、あなたが思っているようには終わらない。ホーソーンについて、知りたくなかったと思うことも発見してしまうでしょう。だが、知ってしまったら、もう戻れない。ホーソーンとの友情も終わりますよ。あの男は頭がいい。われわれにとっても、ごく役に立つ男です。しかし、あの男が心に闇を抱えていることは、あなたもまたご存じのはずでしょう。ホーソーンがなぜ、どんな経緯で警察を追われたのかを忘れてはいませんよね。悪いことは言わない、わたしの言葉に耳を貸すべきですよ、アンソニー。あなたが綴《つづ》るべき物語は、ほかにもたくさんある。これには手を出さないほうがいい」

これで、話しあいは終わりだった。アラステア・モートンが立ちあがる。

「お目にかかれてよかった」と、モートン。

わたしも立ちあがった。お互いに、握手はしない。エレベーターに戻り、さっきよりもさらにのろのろとしか動かないように感じながら一階に下りる。わたしはすっかり混乱していた。ロデリック・ブラウンが犯人だったとは。しかも、自ら死を選んでしまった。こんな結末を書かずにすませるには、いったいどうしたらいいのだろうか？　そして、モートンが別れぎわに口にしたあの言葉は、どういう意味だったのだろう――〝この物語は、あなたが思っているようには終わらない〟とは？　ほかに、どんなことが起きうるというのだろうか？　ふいに、わたしはすぐにでも自宅の仕事部屋に戻り、新たに渡された資料の束を見てみなくてはと思いたった。郊外の静かな住宅地で起きた単純な揉めごとが、いまやこんなにも怖ろしい事件に発展してしまうとは――そして、わたしはどうしても危惧せずにいられなかった……

これから先、さらに怖ろしいことが待っているのだろうか？

第五部　さらなる死

1

翌朝、リヴァービュー・クロースに戻ってきたホーソーンとダドリーは、何か様子がおかしいことに気づいた。またしても救急車の姿があり、警察車両も列をなして駐まっている。警察官も多い。ジャイルズ・ケンワージーが殺害されたとき、騒がしく群がっていた記者たちは、さらに大勢で舞いもどってきたようだ。入口の電動門扉の前には、やはり巡査がひとり立っている。昨日は愛想がよかったのに、きょうはふたりの前に立ちはだかった。

「カーン警視からお話があるそうです」と、巡査。

「わかった、探してみるよ……」ダドリーが答える。

「ここで待っていてほしいとのことでした」

巡査は手短に無線で連絡をとったが、カーン警視がふらりと姿を現すまで、そこからさらに十分ほどかかった。警視は濃紺のスーツに茶色の靴という恰好で、銀髪はきっちりと梳《と》かしつけている。翌日の紙面を飾る写真をたくさん撮っておこうと、一斉にカメラのシャッターを切る音が響いたが、警視がまったく気づいていないらしいところを見ると、記者たちに絶好の角度で横顔を向け、いかにも真摯《しんし》で有能そうな表情を浮かべているのは、単なる偶然にすぎないのだろう。だが、ホーソーンとダドリーに近づくにつれ、その顔が変化する。どうやら、ふたりの到着に苛立《いらだ》っているらしい。

「よく来てくれた」カーン警視はちらりと腕時計に目をやった。「もう十時過ぎだが」

「七時間勤務ってことで」ダドリーが明るく答える。

「うーん、残念だが、きみたちは時間を無駄にしてしまったようだ」

「もう、誰か逮捕したんですか？」

「いや、そういうわけではない。だが、わたしの見るかぎり、事件は解決したよ」記者たちに背を向け、声を落とす。「ロデリック・ブラウンだ。犯行を自供する遺書を書き、どうやら自ら生命を絶ってしまったようでね」

「どうやって？」ホーソーンが尋ねる。

カーン警視は頭を振った。「わたしだったら、最初はまず別の質問をするだろうな。だが、いまとなってはどうでもいい。ここにはもう、きみたちにできることは何もないんだ。きょうは来なくていいと電話すべきだったんだが、ご覧のとおり、わたしは忙しくてね。きみはもう、この事件の捜査から外れた。時間を無駄にさせてすまなかったが、もはやきみたちは必要ないのでね」

「二日ぶんの料金はいただきますよ」と、ダドリー。

「一日ぶんだ。まあ、わたしは話のわかる人間なのでね。きょうの地下鉄代は出そう」

「ここにはタクシーで来たんですが」

「それは、きみたちが勝手にしたことだろう」

カーン警視の手のひらの返しかたといったら、いっそみごとなほどにすばやかった。ホーソーンたちを雇うことに、最初から気が進まなかったのは確かだ。だが、いまや、事態がこんなふうに展開したことへの鬱憤《うっぷん》を、ふたりにぶつけているように見える。たしかに、事件がこんな形で勝手に解決してしまい、おまけに犯人は法の裁きの手を逃れたとなると――これでは、カーン警視が望んでいた華々しい評判や高い評価にはつながるまい。さらにまずいのは、ホーソーンに依頼したことにより、上層部にある種の判断材料を与えてしまったという点だ。あと二日ほど待っていれば何もかも解決したというのに、自分の能力に自信がないところをみすみす見せてしまうとは。

「ロデリック・ブラウンが誰かを殺すとは思えませんがね」ホーソーンが口を開いた。「自分も含めて」

「きみはそう思うのか？　本気で？　だとしたら、その理由は？」

「あの男に会ったからですよ。そんなことをする人間じゃない」

「なるほどな、ホーソーン。きみはあの男を知っているから、というわけか――だが、どれくらい知っている？――ほんの三十分かそこら会っただけだろう？　きみの優れた直感とやらには敬意を表するよ。だが、それはまちがっている。ロデリック・ブラウンは自宅の車庫で、笑気ガスのボンベを使って自殺した。歯科医が麻酔に使用するガスだ。あの男はいまもそこに、頭にレジ袋をかぶったまま坐っているよ」

「レジ袋というと？」

「《テスコ》の袋だ。リッチモンドのど真ん中にある」

「ブラウン氏は《テスコ》なんかで買いものをしてたんですかね？」驚いたような口調で、ドリーが尋ねる。「《ウェイトローズ》みたいな高級店に行きたがる人種かと、おれは思ってましたよ」

カーンがぴしゃりと言いかえす。「これから死ぬというときに、あの男がどのスーパーマーケットの宣伝をしてやろうかなどと考えたとは思えんな！　遺体は今朝、庭師のサラ・ベインズによって発見された。ついでにこれも知っておきたいだろうが、車庫は内側から鍵がかけられていてね。鍵は、屋内へ続くドアに刺さったままだった」

「じゃ、サラはどうやって中に入ったんです？」

「隣家のメイ・ウィンズロウが、いざというときのために予備の鍵を預かっていてね。サラは仕事道具をあそこの車庫に置いていて、中に入ろうとした。だが、いくら呼鈴を押しても返事がないので、隣の家に声をかけたんだ。ウィンズロウ夫人は予備の鍵を取り出して、サラといっしょにブラウン家の玄関を開け、キッチンを通りぬけて車庫へ向かった。だが、車庫の屋内ドアの鍵が開かなくてね。鍵は鍵穴に刺さったままだったんだ——車庫の内側の。針金と新聞紙を使う、昔ながらの鍵開けの技をサラがやってのけた。針金で鍵穴から鍵を押し出し、ドアの下に差し入れていた新聞紙の上に落とすというやつだよ。その鍵を使って車庫に入ったふたりは、ブラウン氏の遺体を発見したというわけだ」

「そのふたりは、おたくの容疑者リストに載ってるんですかね？」

「本件に容疑者はいないのでね、ホーソーン、したがってそんなリストも存在しない。ブラウンは車内にいて、車のドアも窓もすべてロックされていた。車の鍵は——一本のみで、予備の存在は確認できていない——ブラウンが着用していたズボンの左の尻ポケットから見つかっている。鍵のかかった車庫の中の、鍵のかかった車内の遺体というわけだ。そして本人の目の前、膝の上に、一通の手紙が置いてあってね。ブラウン自身の筆跡で、署名もある。中には平易な言葉で故人の意図が綴《つづ》られていた」カーンは陰気な笑みを浮かべた。「以上を考えあわせると、これは明々白々な事件だったということになる」

「とんでもない」と、ホーソーン。「われわれにも現場を見せてもらわないと。おたくはわれわれに、それだけの借りがあるでしょう、カーン。おたくに呼び出されたおかげで、こっちはロンドンの半分をはるばる横断してきたんだ。見られちゃ困ることでもあるんですかね？」

「いや、しかし……」

「それから、ブラウン夫人からも話を聞きたいところですが」

「夫人は、いまここにはいない。昨日の朝、夫人の姉の家へブラウンが送っていったよ。そのことも、手紙に書いてあった。これから先の自分の姿を、夫人に見られたくなかったと」

「その手紙も見せてもらいましょうか」ホーソーンは一歩近づき、カーン警視のすぐ横に立って、誰にも立ち聞きされないよう声をひそめた。「もしも、おたくの仮説がまちがってたとする」静かな口調で続ける。「もしも、何かを見落としてたとする。まだ犯人がそのへんに野放しになってるとしたら、おたくは捜査中の事件で三人めの死者を出すことになるんですよ。次に死ぬのはアダム・シュトラウス、あるいはアンドリュー・ペニントンかもしれない。そうなると、おたくのせっかくの経歴にも傷がついちまうんじゃありませんかね?」

カーン警視はためらった。いくらホーソーンが虫が好かないとしても、いまの話はたしかに一理あるかもしれない。二年以内には警視正となり、次は警視長、いずれは警視総監へ……自分の未来図は、妻とすでにきっちり計画を立てている。警察に入ったその日から、ここまでは運にも恵まれてきた。だが、たったひとつの誤算が、周囲に与える印象、ひいては自分の将来にはかりしれない痛手を与えかねないことはよくわかっている。高みをめざす人間は、こういうことに苦労させせられるのだ。こちらの失敗を待ちかまえている連中は山ほどいる。そして、このリッチモンドの事件——人気の高い高級住宅地で起きた、ふたりの死——は、一歩まちがえるととんでもない結果を招きかねない。

カーン警視は心を決めた。

「そうだな、もうここに来てしまったんだから、もう少しいてもらってもかまわない。きょうだけだぞ。だが、捜査から外れた以上は、非公式の立会人という立場をわきまえておいてくれ。きょうの賃金はなしだ」

これは、ちょっとした意趣返しだった。相手の言うことを受け入れつつも、主導権を握っているのは自分だということを見せつける、巧妙なやりくちだ。

カーン警視はふたりを連れ、リヴァービュー・クロースの中へ戻った。新たに亡くなった男の家へ向かう途中、ふいに《厩舎》からテリ・シュトラウスが、着ているキモノの襟をかき合わせながら飛び出してきた。「何があったんですか?」問いつめるような口調だ。

「どうかお宅へ戻ってください、シュトラウス夫人」カーン警視が答える。

「ロデリックが亡くなったというのは、本当ですか?」

「後ほど、すぐにお話しします」

警視が先に立ち、三人はめざす家の脇へ回りこんだ。ここの車庫はあまりにこぢんまりしていて、鑑識の警察官たちが中に納まりきらず、いまは跳ね上げ扉を開けて外の私道から出入りできるようにしている。ルース・グッドウィン巡査は中にいて、数を絞った班を指揮していた。

車庫の中の空間は、ほぼシュコダ・オクタヴィア・マーク3の車体が占領している。遺体はまだ車の中で、前列の運転席に坐ったままになっていた。どうにか最適な角度から写真を撮ろうと、鑑識の撮影係は狭い空間で悪戦苦闘している。付着した微物が落ちないよう手足に袋をかぶせる作業をするにも、こちらが無理な体勢をとらないといけないうえ、ロデリックがすでに自分で頭に袋をかぶっているせいで、いっそう不気味さが際立って見えた。鑑識班は持参した用具のほとんどを、車庫の外に置きっぱなしにしている。ホーソーンは私道に立ち、車庫の中をのぞきこんだものの、ここからではほぼ何も見えない——リアガラスごしに、ぼんやりとした影が確認できるだけだ。運転席側の窓は叩き割られている。コンクリートの床に、淡い色つきガラスの破片が散らばっていた。

　許可が出るのも待たずに、ホーソーンはさっさと車庫に足を踏み入れ、床の水たまりを避けて車の脇で立ちどまった。白い防護服に全身を包んだ警察官がふたり、いぶかしげな目を向けてきたものの、とがめようとはしない。いまやホーソーンにも、運転席に坐った遺体、頭部を覆うスーパーマーケットのレジ袋、助手席に置かれたガスのボンベ、そこから伸びるゴム管が見えた。

「それが純度百パーセントの医療用亜酸化窒素ボンベで、容量は九リットルだ」後から追いついたカーン警視が説明する。「ブラウン氏がカドガン・スクエアの診療所で使用していたのと同じメーカーの製品で、同じ業者から仕入れたものと確認できた。どうやら、ここの地下室に予備を保管していたらしい。故人のために、ひとつだけ言っておこう。自ら死を選ぶにあたり、ブラウンはけっして中途半端なことはしなかった。ガスだけではなく、よく知られた睡眠薬であるゾルピデムも大量に服用していたほか、血液中からスコッチのボトル四分の一にあたるアルコールも検出されている。ただ、睡眠薬と酒だけで死に至ることはなかっただろう。おそらく、ガス・ボンベのコックをひねったときには、ブラウンはなかば眠りに落ちかけていたはずだ。目をさますことのないまま死ねるよう、支度《したく》を調えていたんだよ」

「車の窓を割ったのは？」ホーソーンが尋ねた。

「サラ・ベインズだ。あれは正しい措置だったよ。サラとウィンズロウ夫人が車庫に踏みこんだとき、車は窓もドアもすべてロックされていた。ブラウンはすでに動いてはいなかったが、まだ生きている可能性もあったわけだからね。窓を割った瞬間、車の防犯ブザーが鳴りひびいたそうでね。近所の住人はみな飛びおきただろうな、まだ寝ていた人間がいたとしたら。だが、サラは顔を近づけてみて、手遅れだったことに気づいた。ブラウンはすでに息絶えていたんだ」

「あの庭師が刑務所上がりなのは知ってますかね？」

「不法目的侵入罪と、パブでの乱闘だろう、相手にグラスを叩きつけたとかいう。もちろん、知っているよ。だが、これとはまったく別種の犯罪だからな。ロデリック・ブラウンはサラのことを気に入っていたようだ。話を聞いたときにも、褒め言葉しか口にしていなかった」

「死亡時刻は？」車庫の入口から、ダドリーが尋ねる。

「日付が変わる少し前だそうだ」

「ジャイルズ・ケンワージーと同じだな。リヴァービュー・クロースじゃ、真夜中前に人を殺すのが流行《はや》ってるってわけだ」

「ブラウンは殺されたわけではない」カーン警視はダドリーをにらみつけた。「さっきも言ったとおり、ここにはウィンズロウ夫人とサラ・ベインズがいっしょに入ってきた。跳ね上げ扉は中からかんぬきが掛けられていて、ふたりは家の中から車庫に来たんだ。遺体を最初に発見したのはウィンズロウ夫人で、ひどい衝撃を受けていたよ。もしもあの老婦人から話を聞くつもりなら、どうかそのユーモアのセンスを発揮するのは控えておいてくれ」

いまや、鑑識班は遺体を車から運び出す準備にかかっていた。ロデリック・ブラウンの頭部は、いまだレジ袋で覆われている。

「その袋、まだ誰も外してないんですか？」ダドリーが尋ねた。
「ああ、まだだ。なぜ、そんなことを？」
「いや、袋を外してみたら、そこにいたのは別の人物だった、なんてことになったら驚きだと思ったんでね」

カーン警視はふと不安になったが、この遺体が身につけている衣服は、たしかに前日ロデリックが着ていたものと同じだったと思い出す。白いシャツ、麻のズボン、モカシン――そこに薄い青のジャケットをはおるのは、いかにもロデリック・ブラウンらしい組みあわせだ。そう、これはブラウンにまちがいない。そうに決まっている。

いっぽう、ホーソーンは車庫内の別の場所に目を向けていた。庭仕事の道具、ペンキ缶に刷《は》毛《け》、ゴルフのクラブ、水道の栓とプラスティックのバケツ……記憶と照合すると、これらはみな、昨日ここを訪れたときにも並んでいたものばかりだ。だが、いくつか新たに増えているものもあり、ホーソーンはそれらをしげしげと眺めていった。電気関係の部品――プラグ、ケーブル、コネクタなど――の詰まった箱が、ドアの片側に置いてある。その隣に立てかけてあるのは、プラスティックの集塵器部分にひびの入ったダイソンの掃除機。そして、古いDVDを詰めこんであるごみ袋。「ここにあるものは、どこから運んできたんですかね？」カーン警視に尋ねる。

警視は車をはさんで反対側に立っていた。ホーソーンとのやりとりを車庫内の全員が聞いていることを意識しつつ、口を開く。「不要品を整理したのかもしれないな」

「死ぬ前に大掃除を？」

「自分の去った後を、きちんと綺麗にしておきたかったのかもしれない。ブラウンが何を考えていたかなんて、こっちにはわからないさ。おいおい、今度はいったい何を……？」

ホーソーンはどこにも手を触れないよう気をつけながら、首を伸ばして車の上の天窓をじっと観察していた。平屋根の上に出っぱるように設置された窓だが、開く造りではないようだ。

「誰かが屋根から出入りしたのかもしれないと、きみは考えているんだね」と、カーン警視。

「実は、きみが到着する直前、グッドウィン巡査が屋根に上がってみたんだ。あの窓はねじで留められていて、しかも錆《さ》びて固まっているそうだ。ねじ回しで外そうとしてみたんだが、びくともしなかったと言っていたよ」

「遺書はどうなったんです？」

「家の中で見せるよ。さて、そろそろ現場から退去してもらおうか。遺体を搬出しなくてはならないのでね」

「仰せのままに、警視」

三人は家の中へ入り、キッチンのテーブルを囲んで腰をおろした。

「あれは自殺じゃありませんね」ホーソーンが口を開く。

「自殺としか考えられないだろう」カーン警視が苦々しい口調で答えた。

「鍵のかかった車庫の中、鍵のかかった車内の死体。これは〝謎に包まれた謎の中に、鍵をかけて閉じこめた謎〟の新たな定義だな」チャーチルの有名な言葉をもじって、ダドリーがつぶやく。

「それで、遺書はどこにあるんですかね?」と、ホーソーン。

「実物はすでに鑑識に回したが、画像はここにある」カーン警視はテーブルの上に置いてあった自分のノートパソコンを開き、画面に表示した画像が見えるよう、ふたりのほうへ向けた。

それは、一枚の紙の裏表に、ふわっとした書体で殴り書きされたものだった。ロデリック・ブラウンは明るい青のインクを使っている。ホーソーンとダドリーは、いっしょにそれを読んだ。

最愛のフィー
本当に、本当にすまない。わたしはひどく愚かなことをしてしまった。その愚かさが招いた結果を見せるのが忍びなくて、きみを家から送り出したんだ。何をすべきかはわかっている。自分のしたことの対価は、自分で払わなくてはならない。お姉さんの家のほうが、きみが気分よくすごせるからと言ったのは、わたしがきみについた初めての嘘だ。真実は、こんなところをきみに見せたくなかったんだよ、愛しい人。きみは離れていたほうがいい。どうか、強くあってくれ。ただでさえ、病気のことでさんざんつらい思いをしてきたのは知っている。きみのために、もっと何かできることがあったらよかったんだが。ただ、少なくともきみは経済的に困ることはないし、きみの愛した家でずっと暮らせる。ケンワージー一家は、きっとここを出ていくだろう。プールが建設されることはない。きみはここで、平和な日々を送れるんだ。

さようなら、最愛の人よ。また、きっとあちらで会えるさ。

心からの愛をこめて
ロデリック

「これはもう、ほぼ疑問の余地はないだろう」カーン警視はつぶやいた。「あと足りないのは、ガスのボンベとレジ袋を手に車に乗りこもうとしている場面の自撮り画像くらいだな。そう思わないか?」

ホーソーンは答えなかった。キーボードを叩くと、別の画像が現れる。もうひとつの証拠物件袋だ。

「何をしている?」警視はむっとした。

「これは?」ホーソーンが尋ねる。

画面に映っているのは、紙でできた細い管の写真だった。長さは二センチ半ほどで、白地に赤い渦巻きのような模様が入っている。

「事件と直接の関係があるかどうかはわからないがね」カーン警視は答えた。「遺体の上着の胸ポケットに入っていたものだ。ストローだよ」

「ストローを短く切ったものですね」

「ああ」警視は鼻を鳴らした。「言いきるのは早いが、ブラウン氏が違法薬物を摂取していた形跡はなかった」

「そこは重要な点ですね、警視」と、ホーソーン。

たしかに、コカイン常用者はたいてい短く切ったストローを使い、薬物を吸引する。金持ちの常用者は金や銀で自分専用の吸引管を作らせていることも多い。

「ただ、確証はないがね」カーン警視は続けた。「ブラウンは有名人の患者をたくさん抱えていたからな」

そのとき、玄関ホールから大きな声が聞こえてきた。誰かが警察官と口論しているようだ。

「今度は何ごとだ?」カーン警視はつぶやくと、キッチンを出ていった。ホーソーンとダドリーも、その後に続く。

ちょうど《ホールフーズ・マーケット》のトートバッグを肩に掛けた普段着の青年が、この家を訪ねてきたところだった。ほっそりと華奢《きゃしゃ》な体格からも、力ずくで無理を通そうとするたぐいの人間には見えない。だが、ひどく狼狽《ろうばい》した表情だ。制服警官が、入ってこようとする青年をどうにか押しとどめていた。

「わたしにまかせてくれ」カーン警視がその場を引き継ぐ。制服警官が後ろに下がると、警視は青年に歩みよった。

「ぼくはブラウン夫人の介護士です」リヴァービュー・クロースにぞろぞろと警察官が詰めかけているのを見て、ダミアン・ショーはすっかり面食らってしまっているようだった。ほんの二、三日前に起きた殺人事件のことを、もう忘れてしまったのだろうか? それとも、事件のことを、まだ誰からも聞かされていない?

「ブラウン夫人は、ここにはいないが」

「それは知ってます。ただ、夫人がお姉さんのところから帰ってきたときのために、家を綺麗にしておこうと思ったんですよ。シーツを換えたり、ちょっと掃除もしたりして」ダミアンは周囲を見まわした。「どうして、こんなに大勢の警察官がいるんですか？　ジャイルズ・ケンワージーの事件と何か関係が？　ブラウン氏から電話で聞きましたよ。ひどく動揺してました」

「そこまでだ！」ホーソーンが主導権を握る。「続きはキッチンで話そう。あっちのほうがおちつける」

まるで自分が提案したかのような顔で、カーン警視がうなずいた。

「この住宅地の中へは、どうやって入ってきたのかね？」キッチンのテーブルを囲み、ノートパソコンを閉じて脇へ押しやると、警視は尋ねた。

「入口に立っていた巡査に止められそうになりましたよ。ぼくはここで働いてるって説明したのに、ずいぶん失礼なやつだったな」

「この家の鍵は持っている？」

「ええ。そりゃ、当然ですよ」ダミアンはキーホルダーを引っぱり出し、一本だけの鍵を掲げてみせた。「正面玄関の鍵です」

代わってホーソーンが口を開く。「ブラウン氏と電話したって話だったな。それはいつ？」

「昨日の朝でした」

「正確には、何時ごろ？」

「十時でしたよ」つまり、まさにこのキッチンで、ホーソーンが話を聞く前だったということか。あのとき、ロデリックはひどくそわそわして、いまだ隣人が殺害された衝撃から立ちなおれていないように見えていた。「自宅から電話をくれたんです。いつも水曜には来ない予定なんですけど、何があったのか、ぼくにも話しておきたいって。ケンワージー氏が殺されたそうですね……それも、クロスボウで！　使われたのは自分のクロスボウだったってことも、ぼくに話してくれました。車庫に置いてあったやつだって」

「あそこにそんなものがあるのを、おたくも知ってた？」

「ええ、知ってましたよ。別に、秘密でも何でもありませんでしたし。知らない人はいなかったくらいです」ダミアンは言葉を切った。「いま思うと、だからロデリックはあんなに動揺してたんでしょうね。正直に言って、本当にどうしたのかと思うくらいでしたよ。心配になって、そちらに行きましょうかと申し出たんですけど、だいじょうぶだからと言われちゃって」

「事件について、ブラウン氏は何か考えがあるようだったかね？　誰が犯人かもしれないとか、そういうことは？」カーン警視が尋ねる。

「いいえ。そんな話はしてませんでした」

「それで、きみはブラウン氏をそのまま放っておいたと」責めるような口調だ。

「そんな言い方はあんまりですよ。そういうことじゃなかったんだから！」ダミアンは憤然《ふんぜん》と言いかえした。「じゃ、どうすべきだったんですか？　ぼくは、ご主人のほうの介護士じゃなかったんですよ！　ぼくの仕事はあくまでフェリシティの介護だったし、そもそも、ロデリックはロデリックで、頼れる友人はたくさんいたんです。実のところ、アダム・シュトラウスに相談するとも言ってましたしね——〝アダムなら、きっと力になってくれる。あの男なら、どうすべきか教えてくれるはずだ〟って。そんなふうに言ってたんです。まさに、このとおりの言葉でしたよ」

「どうして、アダム・シュトラウスに?」ダドリーが尋ねた。

「あのふたりは、すごく親しくしてたんです。フェリシティが病気になったばかりのころは、アダムは本当にいろいろと支えになってました。ぼくの所属してる派遣会社をロデリックに紹介したのも、実はアダムでね、そこはぼくも感謝してるんですよ。とはいえ、親切なのはアダムだけじゃありませんでした。ほかのご近所さんも、みんなそんな感じでしたよ。トム・ベレスフォードはいつもフェリシティの具合を気づかってくれてたし、お隣のおばあさんたちも本当に優しかったし。もっとも、アダムとロデリックは、リヴァービュー・クロースに住む前から知りあいだったんです。アダムはロデリックの診療所に通ってて——これ、知ってました?ほかの人たちもたしかに親切な言葉はいっぱいかけてくれたんですけど、本当にしょっちゅう顔を出しては、いろんな助言をしたり、つらい気持ちを受けとめてくれてたりしたのはアダムだったんです。ロデリックは、とってもありがたく思ってたはずですよ」

しばしの沈黙。

「じゃ、ジャイルズ・ケンワージーが殺されたってことを、おたくはロデリック・ブラウンから聞いたわけだ」ホーソーンが口を開いた。「それで、ダミアン、おたくはどう反応した?」

「どうって、そんなの訊くまでもないでしょう？　そりゃ、すくみあがりましたよ！　まあ、ケンワージー氏があまり好かれてないのは知ってましたけど、ぼくはそもそも会ったこともなくて……ちゃんとはね。何度か、ちらりと見かけたことはありました。ずいぶん偉そうな態度の人だな、とは思いましたよ。ここの住人たちと、いろんなことで揉めてたのも知ってます。あの家の庭にプールを建設する計画があって、ここからの眺めがだいなしになると知ったときには、フェリシティはずいぶん落ちこんでました。もう引っ越さなきゃいけないかも、と言ってたくらいで」

「ほかに、ロデリックから何か聞いたことは？」

ダミアンは記憶をたどり、やがて肩をすくめた。「たいして、何も。フェリシティをウォキングにあるお姉さんの家へ送っていく、って話は聞きました。ここで警察官たちがあれこれしてるところを、フェリシティに見せたくなかったんですよ」

それはもう、ホーソーンも知っていた。「じゃ、お姉さんが奥さんの面倒を見ることになってたわけだ」

「ええ。誰にとっても、そのほうがいいんです。さっきも話したとおり、ぼくは水曜日はここに来ませんからね。週に三日の契約なんですよ。そんなわけで、じゃ、また明日と言って、ぼくたちは電話を切った――」

「おたくがきょう来ることを、ブラウン氏は知ってたのか？」ダミアンの話をさえぎって、ホーソーンが尋ねた。

「ええ。だから、ぼくはこうしてここに来たわけで」ふいに、ダミアンは言葉を切った。嫌な予感が頭をよぎる。「ロデリックはどこです?」

「残念ながら、ブラウン氏は亡くなった」カーン警視が答えた。

「何ですって?」その瞬間、ダミアンの顔からすべての色味が引いた。いまにも気を失いそうな様子だ。「どうして?」そっとささやく。「何があったんです?」

「水を持ってきてやれ」ホーソーンがつぶやいた。ダドリーが流しへ向かう。「どうやら自分で生命を絶ったと、警察は考えているらしい」と、ホーソーン。

「でも、そんなわけありませんよ! ロデリックが、そんなことをするはずないんだ」

「ブラウン氏は、心にいろいろと重荷を抱えていたんだ」どうにかこの場を収めようと、カーン警視は必死だった。「きみが夫人の介護をするようになって、もうどれくらいになる?」

「二年です……」その目に、涙がふくれあがる。「ぼくはここに、月、木、金と通ってました……フェダミアンは震える手でグラスを置いた。

リシティは本当に素敵な女性なんですよ。ぼくたち、すばらしく気が合って。ほんのちょっと前、一週間お休みをとらなきゃいけないことがあったんですが、フェリシティはすごく嫌がってました。ぼくがいないとやっていけない、って言ってくれて」手の甲で涙を拭う。「もう、フェリシティには知らせたんですか?」

「ああ、知らせてある」カーン警視が答える。

「あの人のところへ行ってあげないと! どんなつらい思いをしているか。考えただけでもいたたまれませんよ。ロデリックがいなくなってしまったら、フェリシティはいったいどうしたらいいのか、ぼくには想像もつきません」

「当分の間、きみは会わずにおくように」カーン警視が釘を刺す。

「でも、あの人にとって、ロデリックはすべてだったんですよ。ロデリックのほうも、心から奥さんを大事にしていたんです。フェリシティをひとりで置き去りにするなんて、そんなわけがあるもんか」

こんなダミアンの考察を聞かされて、カーン警視が心穏やかなはずもなく、さっさと話題を変えにかかった。「ミスター・ショー、あとひとつだけ聞かせてほしい。ブラウン氏が携帯をいつもどこに置いていたか、ひょっとしてきみは知らないかね?」

ダミアンはうなずいた。「玄関ホールの簞笥《たんす》の上ですよ。ロデリックはしょっちゅう何かしら失くしてたので、それだけは絶対に守ってました。携帯はいつもあそこに置いておく、って」

「それが見つからないんだ」カーン警視はホーソーンを見やった。「死ぬ前に、ブラウン氏が誰かに何かメッセージを送っていないか、そこは確認しておきたいんだが」そして、言いわけがましくつけくわえる。「当然の捜査手順としてね」やがて、警視はダミアンに向きなおった。

「よかったら、誰かに家まで送らせよう」

「だいじょうぶです。家はリッチモンドなので。歩きますよ」

「ご両親と同居かな?」ホーソーンが尋ねる。

「母と住んでます」

ダミアンが出ていくのを待ってから、カーン警視に向かい、ホーソーンは口を開いた。「おもしろいと思いませんかね。ロデリック・ブラウンは自殺しようとしていた。だが、その前にまず家の大掃除をしてる。そのうえ、妻の介護士に来なくていいと伝えもしなかった」

「あの青年の話をきみも聞いていただろう、ホーソーン」警視が言いかえす。「ダミアンがブラウンと話したのは、ジャイルズ・ケンワージーが殺された後だ。ブラウンは怯えていた。だから、行動も支離滅裂だった。それは、自分が何をしてしまったのか理解していたからであり、だからこそ、そこから逃げる安易な道を選んだんだ」

「いったいいつ、警視はロデリック・ブラウンから話を聞いたんですかね?」ホーソーンは尋ねた。「ブラウンが最重要容疑者だと、警視はずっとほのめかしてましたよね」ふと、あることが頭にひらめく。「ひょっとして、ブラウンを署に同行させたんですか?」

「ブラウンから話を聞いたのは、ジャイルズ・ケンワージーの遺体が発見されてすぐのことだ」カーン警視は後ろめたそうな顔になった。「ここで――ブラウンの自宅でね。そこでのやりとりから、翌日、正式に事情聴取を行うべきだとわたしが判断し、シェパーズ・ブッシュ署に同行してもらった」

「それは、あの男がかみさんをウォキングに送ってく前、それとも後でした?」

「午後、ブラウンが戻ってきてからだ」

「署で拘束していた時間はどれくらい?」

「二時間だった」

「被疑者の権利を告知して?」

自分がしたことの結果がはっきりと見えてくるにつれ、カーン警視はしだいにいたたまれない様子になっていった。「ああ」

「可哀相にな」ダドリーがつぶやいた。「きっと、すっかり震えあがっちまったんだろう。もしもこれが自殺なんだとしたら、少なくとも理由はわかるな」とがめるように頭を振る。「あの男をすくみあがらせちまったのはおたくですよ、警視。おたくのせいで、ロデリック・ブラウンはほかに選択肢がなくなっちまったのかもしれない」

2

「わたしがどんなにつらい思いをしているか、とうてい言葉にできませんよ」メイ・ウィンズロウは語った。

「あんなに感じのいいかただったのにねえ」フィリスはうなずくと、袖からティッシュを取り出して頬を押さえた。

「いつも気さくで、どんなときにも手を貸してくれて。わたしたち、ちょうど同じころにこの住宅地に引っ越してきたんですけれど、もう最初から馬が合ったというのかしらねえ。さっそくうちの家具を動かすのを手伝ってくれてね、それからも買いものに出るたび、何か入り用なものはないかと声をかけてくれたんですよ。何か困ったことが起きて、わたしたちが訪ねていっても、嫌な顔ひとつしたことはありませんでしたね」

「ほら、あのオーヴンのとき」フィリスが指摘する。「あなた、憶えてる？」

「あれは本当に恥ずかしかったわ」メイはため息をついた。「単にタイマーのせいだったのにね。たまたま、フィリスがタイマーを回してしまっていたんですよ。だいじょうぶよ、あなたのこと、責めているわけじゃないんだから！　きょうびの機械は、どうして何でもやたら複雑にできているのかしらねえ？　とはいえ、そのせいでオーヴンが点《つ》かなくなってしまって、ブラウン氏がうちに来て原因をつきとめてくれるまで、わたしたちは一週間くらいずっとサラダと冷たいお料理ばかり食べていたんですよ。別に、どこも壊れたりしていなかったのに」

《切妻の家》の居間は、五人もの人間がゆったりと坐れるようにできてはいない。ただでさえ狭い空間に、あまりに多くのものが飾られ、あまりに多くの絵が壁に掲げられているうえ、家具もここに置くにはいささか大きすぎるようだ。片隅に据えられた旧式のテレビがたっぷりと場所を占領するいっぽう、唯一ぽっかりと空いた一角だけが、悲しい事情を物語っている——そこには、かつて犬の眠るかごが置かれていたのだ。炉棚には木の十字架が立てかけられ、ほかに何の使いみちもなさそうなサイドテーブルの中央には、どっしりと聖書が陣どっている。ふたりの老婦人がかつて修道女だった過去を示すものは、ほかには何も見あたらない。

　メイとフィリスが身体を預けているひじ掛け椅子は、どちらに誰が坐るかはっきり決まっているらしく、ここで暮らした十四年間のうちに、それぞれの体型に合わせたへこみが形作られている。ホーソーンとダドリーは花模様のソファに身を寄せあって坐り、カーン警視はキッチンから持ってきたスツールにちょこんと腰かけていた。正面の窓からは、本来ならこの住宅地全体を見晴らせるはずだが、きょうはずらりと並んだ警察車両や、隣の家で行われている捜査の様子が見えないよう、メイがきっちりとカーテンを引いてしまっている。そのためか、室内は蒸し暑く澱《よど》んでいた。あたりには、まだエラリーの匂いが染みついている。

「おふたりの前で、ブラウン氏はジャイルズ・ケンワージーに対する敵意を口にしたことがありましたか?」居心地悪そうにスツールの上でもぞもぞと身じろぎしながら、カーン警視が尋ねた。実のところ、警視はこんなところに来たくはなかったのだ――すでに老婦人たちへの聞きこみは終わっているし、何にせよ新たな情報が出てくるとも思えない――だが、ホーソーンが勝手に捜査を進めるのを放っておくわけにもいかなかった。ロデリック・ブラウンの死について、もしも新しい話が聞けるなら、何があろうと自分もその場にいなくては。

「〝敵意〟という言葉はどうなんでしょうねえ、警視」メイは答えた。「あの人がケンワージー氏に対して、とくに個人的な感情を抱いていたとは思えないんですよ。もちろん、プール建設計画についてては、かなり腹を立てていましたけれどね。ブラウン夫人はもう、ほとんどベッドに寝たきりになってしまっているでしょう、そうなると、窓からどんな景色が見えるかは、とても重要になってくるんですよ」

「眺めは大切よね」フィリスがうなずく。

「そのことはね、みなさん、もうよくご承知だと思うのよ」メイは友人に引きつった笑みを向けた。「わたしが言いたいのは、ブラウン氏が本当に思いやりのある優しい人で、およそ敵意を溜めこむような人柄じゃなかったってことなんです。あの人が誰かを殺すなんて、とうてい信じられませんよ」

「じゃ、どうして自殺を犯したんだと思います?」カーン警視が尋ねる。

「こんな文脈で〝犯す〟などという言葉を使うべきではないんじゃないかしら、警視。自殺は神さまに対する罪かもしれませんが、犯罪じゃないんですからね! それはそうと、あなたの質問ですけれど、ごめんなさい、どう答えていいのか。ブラウン氏が袋をかぶり、車の中に坐っているところを、わたしはこの目で見てしまったんですよ。見ずにすんだら、どんなによかったか。あの光景を、わたしはお墓に入る日まで忘れられないでしょうね。ただ、わたしに言えるとしたら、ブラウン氏は昨日、シェパーズ・ブッシュ署で二時間にわたって事情聴取を受けたことで、ひどく動揺していたんです」

カーン警視はホーソーンの視線を避けながら、居心地悪そうに身をよじった。「ブラウン氏から聞いたんですか?」

「わたしじゃないんです。フィリスなの。庭の生垣ごしに、ブラウン氏と話したんですって」

「いつものブラウン氏じゃないみたいでした」と、フィリス。メイにびくびくして、このひとことを口にするのがせいいっぱいのようだ。

「具体的に、どんな話をしたんです?」ダドリーが尋ねた。手にはメモ帳とペンをかまえている。「それと、おたくの名前を教えてもらえますか?」

「ムーアです。フィリス・ムーア」

「ムーアはoがふたつ？　それとも、聖トマスのようにひとつ？」

「ふたつよ」

ダドリーはそれをメモ帳に書きとめた。

フィリスは許可を求めるようにメイを見やると、続きを語りはじめた。「もう、夕方も近いころでした。あの人、ちょうど警察の車から降りてきたところでね！　そんなにたくさん話したわけじゃないんですよ。ただね、警察ですごくたくさんあれこれと訊かれたって言ってました。こうなってみると、奥さんをお姉さんのところへ預けておいて本当によかった、って」

「自分はもうじき逮捕されると思ってたんですかね？」ホーソーンが尋ねる。

「それについては、何も。でも、あの人は何もしてないのに、警察に逮捕されるわけがないでしょう」

「たしかに、そりゃそうですよ」と、ダドリー。

「それでね、これからアダム・シュトラウスに電話して、今回のことを相談するつもりだ、って話してくれたんですよ」

ホーソーンは眉をひそめた。「どうしてアンドリュー・ペニントンに相談しないんだろう？　弁護士だった人物だ。こういうことには、はるかに詳しいはずだろうに」

「ほんと、そのとおりなんですよ。わたしも、相談するならペニントン氏だろうと思っていたのに。どうしてそうじゃなかったのか、本当に不思議ねえ」

ダドリーは何かをメモ帳に書きとめた。最後に疑問符を足し、ぐるぐると丸で囲む。

「おふたりは、どうしてリッチモンドに住むようになったんです？」カーン警視は尋ねた。

「修道女だったとか」現実ばなれした話だといわんばかりの、冗談の前振りのような口調でホーソーンがつけくわえる。

「リーズの近く、オズモンドソープにあるフランシスコ会の聖クレア修道院で出会ったんです」メイが答えた。

「わたしたち、同房仲間で」フィリスがつけくわえる。

「同部屋のシスターのことを、うちの修道院ではそう呼んでいたのよ。本当に狭い部屋でね。フィリスが来る二年前から、わたしはそこにいました——出たのはいっしょだけれど」

「そこにはどれくらいいたんですか？」

「三十年近く。四十代で修道院に入ったんですよ」

「どういう理由で？」突っかかるように、ホーソーンが尋ねる。

「それは、ちょっと立ち入りすぎた質問じゃないかしらね、ミスター・ホーソーン。この事件とも何も関係がないように思えるけれど、それでもこれは殺人事件の捜査ですからね、尋ねられたことには答えますよ。

わたしの結婚生活は、ひどく不幸でした。そのころはチェスターに住んでいたんだけれど、主人から虐待を受けていて。主人はアルコール依存症で、何かというとわたしに暴力をふるったんですよ。一度、病院送りにされたこともあったくらい。それでも、どうしてか主人から離れられなくてねえ。わたしのような例は、けっしてめずらしくはないんだそうよ。どこか、ストックホルム症候群にも似ているのかも。これって、たしかそういう意味の言葉よね？　息子がひとりいて、わたしはあの子を守ろうと全力を尽くしたのよ、やがて十八歳になり、家を出ていくまでは――父親がどんな人間だったか、あの子が知らずにすんだのは神さまに感謝するしかないわね。夫のデイヴィッドは、わたしをすっかり支配していたんです――どうしてそうなってしまったのか、いまでもうまく説明できなくて。自信も、気持ちの芯のようなものも、すべて主人に打ち砕かれてしまっていたのよ。起きている時間はすべて主人に思うままにされる日々は、あの人が心臓発作で亡くなるまで続きました……恥ずかしいけれど、主人の死を嘆いたことは一瞬だってなかったわね。それよりも大きな問題だったのは――これから、わたしはどうしたらいいのか、ってことでね。そのとき、わたしは四十歳。家はあったけれど、手持ちのお金はほんの少し、収入はなかったから。

考えてみると、実際おかしな話なのよ。わたしはね、教会にはずっと通っていたけれど、自分を信心ぶかい人間だなんて思ったことはなかったんです。教会に行くのも、デイヴィッドからしばし逃れられるという意味合いが大きかったの。主人は土曜の夜にさんざん飲んで、日曜はずっと寝ていたから、わたしにとっては教会がちょうどいい息抜きだったというわけ。そこの女性牧師さんはわたしの友人で、デイヴィッドが亡くなったとき、聖クレア修道院のことを教えてくれたんです。最初はそこに一、二ヵ月くらい置いてもらって、これからどうするか、その間に考えるつもりだったのよ。でもね、修道院に着いた瞬間、わたしは幸せな気分になって、もうそこを離れたくなかったんです。だって、安全な場所ですもの。無駄をそぎ落とした暮らしも好きだった……お祈りや瞑想はそれほどでもなかったけれど、修道女どうしの友情も嬉しかったし、自分が役に立っていると感じることができたし。ブラッドフォードやリーズで炊き出しをしたり、食糧の無料配給所を切りまわしたり。いろんな家庭を訪問もして。自分が必要とされていると感じたのは、あのときが生まれて初めてだったわね」

ダドリーはフィリスに目を向けた。「おたくは、ご結婚は？」

フィリスは答えたくなさそうだった。うつむいて口を開く。「主人は亡くなりました」それ以上のことは、語るつもりはなさそうだ。

「それで、どうして修道院を出たんですかね？」ホーソーンが尋ねる。

メイが答えた。「潮時だと思ったの。だって、三十年近くもいたんですよ。フィリスとはよく、修道院を出たらどうするか、夜中に話したものでした。さっきフィリスが言ったとおり、わたしたち、同じ部屋で暮らしていたから」

「晩課の後は、本当はおしゃべりしちゃいけなかったんです」フィリスはつけくわえた。「でも、わたしたち、よく暗闇の中でささやいてたの」

「そうね。晩課の後は、無言でいなくてはいけなかったのよね。この、ほんのちっちゃな反抗が、わたしに何かを教えてくれたんでしょうね」メイは言葉を切った。「そんなときに叔母が亡くなって、わたしに財産を遺してくれたんです。なんだか、お伽噺《とぎばなし》みたいよね！　修道生活に入ったとき、わたしは全財産を修道院に寄付しました。だから、修道院長は当然、今回もそうするだろうと思っていたみたいね。でも、申しわけないけれど、わたしはそのつもりはなかった。あのときは、この相続財産が、次の行動を起こすべきお告げのような気がして——こういうのを、神さまのお導きとでもいうのかしらね。それで、わたしはフィリスに話をして、同じ日に修道院を出たんです」

「どうしてリッチモンドに？」

「わたし、このあたりで育ったものだから。インターネットでこの家を見つけてね、ここここそが完璧な住まいに思えたんですよ」

「ええ、完璧ですとも」フィリスがうなずいた。「わたしたち、ここでとっても幸せに暮らしてきたの」

「まあ、今回のことがあるまではね」

「ふたりで推理小説専門書店をやってるそうですね」と、ダドリー。「それだけの年月を修道院ですごした後にしちゃ、ずいぶん風変わりな仕事に思えますが」

「そうね、わたしたち、とにかく何かしていたかったんですよ」メイが答えた。「子どものころ、わたしはグラディス・ミッチェルが好きでね。ご存じかしら、六十冊以上もの小説を書いた作家なのよ。それでいて、けっして暴力的な場面は出てこないの。きょうびの小説とちがって、惨《むご》たらしい描写はないのよ。あと、ドロシー・セイヤーズも大好き。アガサ・クリスティもね。最近の小説って、死体をどうこうしたり、女性が殺されたりするものばかりで——子どもまで殺されるんですものね！　どうして、そんな本を読みたがる人たちがいるのかしら？

そう考えたとき、《ティー・コージー》の思いつきが浮かんだの。うちの店には、けっして汚い言葉を使った本は置かないことにしているんです。そうなると、残念ながら、わたしたちがけっして手を出さない作家も多いけれどね。正直なところ、たいして儲かりはしないけれど、それが目的のお店ではないのよ」

「わたしたち、あそこまでエラリーと歩くのが大好きだったのよね」フィリスが悲しげにつぶやいた。

カーン警視がホーソーンをふりむく。「ほかに、何か訊いておきたいことは？」

「ひとつだけ」ホーソーンはメイを見やった。「おたくはブラウン家の予備の鍵を預かってたそうですね」

「ええ」

「おたくの家にその鍵があることを、誰か知ってた人間は？」

「誰も知らないはずよ……サラ以外は。うちに予備の鍵があるって、ブラウン氏はサラに話していたの。水道管が破裂するとか、そんなことがあったときのためにね。でも、うちのどこに鍵があるかまでは教えていないから。わたし、浴室の棚の薬箱に入れておいたの。それは誰にも教えていません」

「サラが庭師としてここで雇ってもらえたのは、おたくらのおかげだったそうですね」と、ホーソーン。

「ええ、そうなんです」うっかり酸っぱい牛乳でも嗅いでしまったように、メイが顔をしかめる。「あの娘は仕事を探して、一軒一軒のドアを叩いて回っていたから、うちで頼むことにしてね。こんな時代だし、若い子たちには機会を与えてあげないといけないでしょう。うちの庭を見てもらうようになってから、近所のかたがたにも紹介したのよ」

「あんなことをする人だって知ってたら、絶対かかわりあいになんかならなかったのに」フィリスの目に、新しい涙がどっとあふれ出す。

「おたくの犬があんなことになったのは、あの庭師のせいだと思ってるんですね」

「あんなひどいことをできる人がいるなんて――それも、何も悪いことをしていない動物に！わたしだって信じられないけれど――でも、サラの腕に引っかき傷があるのを見たんです。その傷はどうしたのか、わたし、訊いてみたのよ。シュトラウス氏の庭で、枯れたバラの茂みを刈ったときにできたとは言っていたけれど、わたしたちにはそんなふうに見えなくて」

「それでも、おたくの庭は変わらずサラにまかせてるんですか？」

メイはしばらく口を開かなかった。「ほかに仕方がないんです。代わりの人を見つけるのも、そんなに簡単じゃないから」

ホーソーンはカーン警視に笑みを向けた。「こちらの質問は以上です」

3

今回、《厩舎》ではお茶もバター・クッキーもふるまわれることはなかった。アダム・シュトラウスはひじ掛け椅子に力なく沈みこみ、両手を膝の間に組んで、打ちひしがれた表情を浮かべている。職業柄、けっして内心を顔に出さないすべを身につけてきたというのに、この姿からは手ひどい敗北を食らったのが明らかだ。妻に案内されて、カーン警視、ホーソーン、そしてダドリーが部屋に入ってきたときも、ほとんど顔をあげようとはしなかった。

「ミスター・シュトラウス……」注意を惹こうと、カーン警視が呼びかける。

アダムはのろのろと目をあげた。ゆったりした暗緑色のジャケットに大きな襟のシャツという、深夜のパーティ帰りのような恰好だ——ただし、九〇年代の。「きっと、またいらっしゃると思っていましたよ」ややあって、ようやく口を開く。

「こんなことになってしまって残念です。ロデリック・ブラウンとは、かなり親しかったんですよね」

「かかりつけの歯科医ですからね」

「それだけではなかったはずですよ」

「ええ、たしかにね。あの男は友人でした。そもそも、最初にこのリヴァービュー・クロースのことを教えてくれたのも、ほかならぬロデリックでね。《森の家》を買おうかと考えていると言って、わたしにもパンフレットを見せてくれたんです。それがきっかけとなり、わたしも《リヴァービュー館》を購入することになったわけで。ご存じでしょうが、わたしは昨夜、ロデリックと会っているんです。たぶん、生きている姿を最後に見たのはわたしでしょうね——

ひょっとして、今朝サラ・ベインズが会っているのかな?」

「サラが出勤したときには、すでに遅かったようですね」

「なるほど、それではやはり、わたしがどうにかすべきだったんでしょう」アダムは黙りこんだ。

「シュトラウス氏はあなたに電話して、うちに来てくれないかと頼んだわけですね」と、カーン警視。

「そうなんです。警察署から帰ってきてすぐのことでした」ふいに、アダムは怒りに駆られたようだ。責めるような目で、じっと警視を見つめる。「あなたはさんざんロデリックを締めあげたそうですね! あんなにも長時間にわたって、事情聴取する必要があったんですか?」

「ブラウン氏は殺人事件の容疑者でしたからね。とはいえ、われわれは最大限の礼儀を尽くして……」

「それを言うなら、警視、わたしたち全員が容疑者でしょう。実のところ、わたしにだってほかのみなと同じくらい、ジャイルズ・ケンワージーを殺す動機があったんだから」

「あの家の子どもたちは、何千ポンドもの価値のある品を壊したんですよ」テリはそう口をはさむと、アダムの隣に腰をおろし、片手を伸ばして夫の手を握りしめた。「主人が大切にしていた美しいチェス・セットを粉々にして。それなのに、父親はたいして悪いとも思っていなかった」

「とはいえ、凶器となったのはロデリック・ブラウンのクロスボウでしたからね」

シュトラウスは頭を振った。「あんなもの、誰だって持ち出せたんだ……わたしを含めてね！　わたしはロデリックの家に、しょっちゅう出入りしていたんですから。キッチンの隣に、家の裏側を走る廊下があるでしょう。あそこをまっすぐ進めば車庫に出るんですよ。フェリシティの世話を焼いたり雑用をこなしたりで、ロデリックはかなりの時間を二階ですごしていましたからね。忍びこんでクロスボウを持ち出すくらい、簡単なことですよ」カーン警視を見すえる。「それなのに、あなたはロデリックに目をつけ、さんざん脅しつけた。こんなことを言うのは心苦しいんですが、あの男が自殺したのは、あなたに責任があるのかもしれませんよ、警視。重い病気に苦しむ妻を抱え、ただでさえ心労の多い中年男をつかまえて、やっていないことをやったと決めつけて。恥を知るべきでしょう」

「そんな、何も決めつけてなどいませんよ」

「だったら、二時間も何を話していたんです？　お天気のことですか？」

カーン警視がこんな目に遭っているのを見て、たとえおもしろがっていたとしても、ホーソーンはそれを顔に出さないよう気をつけていた。「昨夜、ブラウン氏に会ったって話でしたね。何があったか、詳しく話してもらえませんかね？」

アダムはうなずいた。「テリ、わたしにミネラルウォーターを一杯くれないか？」

テリは立ちあがり、無言のまま冷蔵庫へ向かった。

「ロデリックから電話がかかってきたのは、昨日の夕方六時ごろのことでした」アダムが続ける。「ちょっと来てくれないかと言われたんです。相談したいことがあるからと」

「よかったら、携帯を見せてもらえませんか」と、カーン警視。「いつ何があったのか、時刻を確認しておかなくてはいけないのでね」

「かまいませんとも。ただ、ロデリックの携帯を見ればわかるかと思いますが」

警視は気まずそうな顔になった。「ブラウン氏は携帯をどこかに置き忘れてしまったようなんですよ。探してはいるんですが」

「誰かが盗んだということですか？」

「いえ、そういうわけでは。ただ、まだ見つかっていないだけです」

「つまり、いままでのところは、まだ何ひとつ明らかにできていないと」

「ジャイルズ・ケンワージーを殺害したと、ブラウン氏は自白していません」カーン警視はどうにか面目を保とうとした。「自殺は法の裁きを逃れるためだったとわれわれが考えているのには、充分な根拠があるんですよ」

「そんな、まさか。とうてい信じられませんね」

「遺書が見つかったんです。そこに、はっきりと書かれていましてね。ブラウン氏が自殺をおか……決意したことを、状況のすべてが裏づけているんです。だからこそ、昨夜ブラウン氏と会ったときに何があったのかを話してもらえると、われわれの捜査も大きく進展するんですが。いったい、どんなことを話したんですか？　ブラウン氏の精神状態はどうでした？」

これは協力するしかないと悟ったのか、アダム・シュトラウスはいくらか態度を和らげた。レモンのスライスと氷を浮かべた炭酸水のグラスを、テリが運んでくる。アダムは礼も言わずにそれを受けとると、ぐいと一気に飲みほし、グラスを置いた。テリはまた、夫の隣に腰をおろす。

「《森の家》を訪ねたのは夕食の後、八時半ごろでした」アダムは話しはじめた。「言うまでもなく、ロデリックはひとりきりでした。フェリシティをお姉さんのところへ預けた後だったので、少なくとも奥さんの心配をする必要はなくて、それがせめてもの慰めのようでしたよ。ただ、ひとりでいることが不安そうには見えましたね。すでに、けっこう飲んでいるようでした。わたしが着いたときには、栓を開けたスコッチのボトルがテーブルに置いてありましたよ」

これは、病理医による血液検査の結果を裏づける情報だ。

「おたくも酒を勧められました？」ダドリーが尋ねる。

「ええ。そうだったかもしれません。実のところ、よく憶えていないんですよ。わたしは飲みませんでした」

「続けて」カーン警視が促す。

「わたしたちは腰をおちつけ、いろいろ話しました。シェパーズ・ブッシュ署ではずいぶんつらい思いをさせられたと、ロデリックは話していましたよ。まるで常習犯のようなあつかいを受け、脅されさえしたと」

「誰も脅してなどいませんよ」と、カーン警視。

「わたしはただ、聞いたとおりをお伝えしているだけです。自分がジャイルズ・ケンワージーを殺したと、もう警察は決めこんでいるようだ、そうロデリックは確信していました。凶器は自分の持ちものだったし、動機もある。自分が逮捕される日は近いし、そうなったら診療所も、結婚生活も、人生そのものも終わりだと思いつめていたんですよ。なにしろ、刑務所送りになるかもしれないわけですからね！　ロデリックという人間を知っていたら、あんなところで一週間も持たないだろうことは想像がつきますよ。考えただけで、ロデリックは怖ろしくてたまらないようでした。

わたしは元気づけようとしたんです。ここの住人は全員がきみの味方だし、きみが誰も撃ったりしていないことはわかっている、とね。われわれはみな、警察から事情聴取を受けているわけです——最初はあなたから、そしてミスター・ホーソーンからも。われわれのうちの誰かがやった可能性もあるし、それに——これがいちばん見こみが高いと、いまだにわたしは考えているんですが——外から侵入してきた人間のしわざだったかもしれない。前回お話ししたときに、わたしは言いましたよね。ジャイルズ・ケンワージーはヘッジファンド・マネージャーだったんですよ。もともと、敵の多い商売なんです」

「ブラウン氏と話してた時間はどれくらい？」ホーソーンが尋ねる。

「およそ一時間半というところでしょうか。十時ごろ、わたしは《森の家》を出ました」

「ブラウン氏の様子を見て、どこか心配になるところは？」

「そりゃもう、どこを見たって心配でしたよ。ただ、ロデリックが自殺するかもしれないと思ったかどうかという話なら、まったくそんなことは考えませんでした。きょうはもう寝たほうがいい、朝になればずっとましな気分になっているからと、わたしは言ってきかせましてね。

あの男の力になってやれたつもりでした。帰るころには、ロデリックもずっとおちついて、くつろいでいるように見えたんです」アダムはちらりと空のグラスに目をやった。「だが、あなたがたの話を聞いて、自分の判断はまちがっていたのかもしれないと不安になりましたよ。あの男をひとりで残すべきじゃなかった。もっと遅くまでつきあうか、いっそうちに泊まってもらってもよかったんだ」

「あなたは全力を尽くしたのよ」テリが励ます。

「それはどうかな。そんなふうには思えないよ」

「おたくがあの家を出るところを、ひょっとして誰か見てませんかね？」ダドリーが尋ねる。

「どうして、主人にそんなことを訊くんですか？」テリが割って入った。「主人が嘘をついているとでも言いたいの？　主人が友人を殺したとでも？」

「そんなことは思ってもみませんでしたよ、シュトラウス夫人」ダドリーが答える。

なだめるように、アダムが手を挙げた。「おまえが心配することはないよ。この人たちは、こういうことを訊くのが仕事なんだ。そういうゲームなんだよ」ちらりとダドリーに目をやる。

「実はたまたま、わたしが帰るのを見ていた人がいましてね。ちょうど別れの挨拶をしていたとき、電動門扉が開く音がして、アンドリュー・ペニントンが帰ってきたんです。声はかけませんでしたが、わたしにははっきり見えましたし、向こうもわたしに気づいたはずですよ」

「ペニントン氏は車で？　それとも徒歩？」

「歩きでした」

「帰ってきたアダムは、ひどく動揺していました」テリが自分から口を開く。「足の痛みがひどくて。もう、疲れきっていたんです。ロデリック・ブラウンの死に主人がかかわっていると言いたいなら、そんなひどいことってない。うちに押しかけてきてまでそんなことを言う権利なんて、あなたたちにはありません！」

出ていって、といわんばかりの口調だ。三人は立ちあがり、挨拶の言葉をつぶやくと、テリに送られて玄関へ向かった。アダムはもう動く気力もないらしく、その場に坐ったまま動かない。テリは戸口で立ちどまり、すべてはあなたの責任だといわんばかりにホーソーンをにらみつけた。「主人はチェンナイへ行く準備をしなければいけないの。こんな騒ぎ——殺人だの、自殺だの、警察官だの、事情聴取だの、もうたくさんよ。あなたがなんとかして、これを終わらせてくださいね」

そう告げ、ドアを閉める。

4

アダム・シュトラウスの話は、アンドリュー・ペニントンから裏づけがとれた。

「昨夜は、ブリッジをしに出かけていたんですよ。水曜の夜は、いつもそうしているんです。正直なことを言わせてもらえば、ここで起きていることをしばし忘れられますしね。いつもブリッジをしている相手は二組いるんですが、昨日の夜はリッチモンドにいました」

「住所を教えてもらえますか?」カーン警視が尋ねる。

「もちろんですとも。フライアーズ・レーンに住むレガット夫妻です。気持ちのいい人柄のご夫婦でね。いつも七時にお邪魔して、手早く夕食をとり、それから何戦か手合わせするんですよ……たいてい三回か四回というところですね。十時までには帰宅するようにしていて、それから一時間ほど読書した後、ベッドに入ります。こんな話を聞いたら、わたしのことをさぞかし退屈な年寄りだとお思いでしょうが、ひとり暮らしの生活というのはこうなりがちでしてね。何もかもが型にはまっていくんですよ。朝はラジオ4を聴く。昼食の前に散歩。午後には短い昼寝。こんなふうにね。


ここに帰りつき、電動門扉をくぐったときに、ふたりのやりとりが聞こえました。アダム・シュトラウスは玄関先に立っていましてね。ロデリックは見えませんでしたが、声が聞こえてきましたよ。ちょうど、アダムにこう感謝しているところでした。〝いつもあれこれと気づかってくれてありがとう。本当に感謝している〟――とか、そんなようなことをね。いくらか距離があったので、正確ではありませんが。ドアが閉まり、玄関の明かりが消えて、アダムは立ち去りました。たぶん、ロデリックはそのまま家の中に戻ったのでしょう。アダムのほうは、ロータリーの逆側を回り、《庭師の小屋》の前を通って自宅へ戻ったので、わたしとは話していません。わたしはしばらくその場に立ち、新鮮な空気を楽しみながら、星を見あげていました。やがてアダムが《厩舎》へ入るのが見えましてね、それで終わりです」

「ほかに、誰か見かけた人は？」ダドリーが尋ねる。

アンドリューの顔がこわばった。「どうしてそんなことを訊くんです？　ロデリックが亡くなったのは、自ら選んだことだと思っていましたが」

「まあ、それでほぼまちがいはないでしょう」と、カーン警視。「それでも、やはりこれは殺人事件の捜査でしてね」

「つまり、ロデリックの死も殺人として捜査しているということですか？」

「いや、そういうことではないんです。これは、ジャイルズ・ケンワージー殺害事件との関連で——残念ながら、ご友人のブラウン氏は犯行を自白したんですよ」

アンドリューは頭を振った。「怖ろしいことだ。実に怖ろしい。まさか、ロデリックがそこまでやってしまうとは」

経験を積んだ法廷弁護士でありながら、アンドリュー・ペニントンはここでごく初歩的な過ちを犯してしまった。言うつもりではなかったひとことに、すぐさまホーソーンが飛びつく。

「つまり、おたくはロデリック・ブラウンが何をするつもりなのか知ってたってことですかね？」

「いや、いや。とんでもない。そんなこと、わたしが知るはずがないでしょう」いま口を滑らせてしまった言葉の含みをどう打ち消すか、アンドリューは必死に逃げ道を探した。「もしロデリックの意図をいくらかでも知っていたのなら、当然、すぐにしかるべき筋へ通報していますよ」

「おたくは何か知ってたはずだ。通報してさえいたら、友人を止めることだってできたかもしれないのに」ホーソーンの口調はどこまでも冷静ではあったが、容赦ないのも確かだった。

「〝そこまでやってしまう〟ってのは、いったい何を指してるんですかね?」

「その、ロデリックはあるとき、ごく強い――暴力的でさえある言葉で、隣人への反感を表現したことがあったんです。その、いっそ……」

「いっそ、何です?」

「……殺してやりたい、と」

「その発言は、いったいどういう場で?」カーン警視が問いつめる。「そもそも、昨日もわたしと話しているのに、どうして隠していたんですか?」

「すっかり忘れていたからですよ! あれは、しばらく前の夜、いっしょに……飲んでいたときでした。あなたにだって想像がつくでしょう。グラス何杯かのワインを流しこめば、ついおかしなことも口にしてしまうものです。ええ、誰だってね!」

「誰かの喉をクロスボウで撃ち抜いてやりたいなんて、おれは口走ったことはないけどな」と、ダドリー。

「申しわけないが、いまの発言は聞かなかったことにしておきますよ、ミスター・ダドリー。ロデリックはけっして本気でそんなことを口走ったわけではないし、わたし自身、それを聞いたときにも何も思わなかったんですから。もちろん、これだけのことが起きたいまとなってみれば、その判断はまちがっていたと認めるしかありませんが」

「あなたのような経歴のかたが、まさかこんな情報を隠していたとは、正直なところ驚かざるをえませんね、ミスター・ペニントン」カーン警視は告げた。「ひょっとしたら署に来てもらって、あらためて事情聴取を行うことになるかもしれません」

「当然ですとも。わたしにできることは、喜んで協力しますよ。ただ、さっきも説明したように、これは単にロデリックがワインを飲みすぎ、つい品位を欠く発言をしただけにすぎません。それ以外に、何の含みもないんですよ」

カーン警視は立ちあがった。四人はペニントン家の居間に腰をおちつけていたが、これだけ聞けばもう充分だ。だが、ダドリーはそう思っていなかったらしい。「おれの質問には、まだ答えてもらってませんよね」

「どんな質問でした？」アンドリューも、すでに腰をあげていた。

「ブリッジで遊んだ後、この住宅地に帰ってきたときに、誰か見かけなかったかってことですよ」

「近所の人たちを、こんなことに巻きこみたくはありませんね」

「もしもブラウン氏が本当に自殺したんなら、誰も巻きこむことにはならないでしょう」

「ここの人たちは、単に近所の住人というだけじゃないんです。わたしの友人なんですよ」

「それで、どの友人を見かけたんです？」

もう逃れるすべはないと、アンドリューは観念した。「トム・ベレスフォードを見かけました」ためらいながら言葉を押し出す。「とはいえ、ロデリックの家のほうへ近づくことはありませんでしたよ。玄関を出て、そのまま自宅の角を曲がっていきました。車庫にでも向かったのかもしれません」

「夜の十時に？　その後、車が発進する音は聞こえましたかね？」

「いいえ。そんな音は聞いていません」

「それで、ブラウン氏の家へ向かうところは見なかった？」

「絶対に、それはありません。そのまま、物陰に消えていったんです」

「誰にも見られたくない様子だったってことですか？」

「ちがいますよ。もう夜の十時で、あたりは真っ暗だったんですから。そこにいたと思ったら、次の瞬間にはもう見えなくなっていたんです」ペニントンは玄関へ向かい、ドアを開いた。「ひょっとしたら、トムは車に何か置き忘れたのかな。それだけの、ごく単純なことかもしれませんよ」そう言うと、カーン警視に向きなおる。「あなたにも、すべき仕事があることはわかっていますよ、警視。しかし、ここの住人はみな、もう長年のつきあいだということも理解していただかなくては。ここは、われわれの住む場所なんです。あなたはロデリックが殺人を犯し、自責の念から死を選んだという。わたしとしても、どうやらその見解に賛成するしかありません。ほかには、どうにも説明のつけようがありませんからね。しかし、だとしたら、何のために捜査を続けるんです？　どうか、さっさとこの件に区切りをつけて、わたしたちに平和な生活を返してほしいんですが」

《井戸の家》を出た三人は、そのすぐ外、門の近くに佇《たたず》んでいた。ようやく午後になり、警察官の人数もまた、しだいに減りはじめている。カーン警視はやっと心を決めたらしい。「もういいだろう。きみも満足したかね、ホーソーン？　この先は行き止まりと見ていいと思うんだが」

「行き止まりというと？」ホーソーンが訊きかえす。

「いまや、ロデリック・ブラウンがジャイルズ・ケンワージーを殺害したことはわかっている。凶器はブラウンのクロスボウだったし、明らかな動機もあった。病身の妻を抱えてひどい重圧もあり、こんな行動に出たのはその妻のためだったとみてもいいだろう。ケンワージーが死ねば、プール建設も立ち消えになる。妻の病床からの眺めも守られ、引っ越す必要もなくなるのだからね。

では、自殺そのものについて考えてみよう。たしかに、署に同行させて事情聴取を行ったことは、わたしが思っていたよりブラウンを動揺させてしまっていたのかもしれない。だが、取調室にいた警察官は、わたしひとりではないんだ。やりとりは、すべて録画されている。正しい手順に則《のっと》って事情聴取が行われたことは確認しているし、家に送りとどけたときには、ブラウン氏はまったく問題ない状態にあった。ただ、その後あれこれと気に病んでしまい、夕方になってアダム・シュトラウスに電話で助けを求めたことが、いまとなってはわかっている。ブラウンはウイスキーを飲み、睡眠薬も過剰に摂取した。自殺に使用した亜酸化窒素やその他の器具も、歯科医として仕事に使用していたものと同じだったことが確認されている。自筆の遺書もあった。車庫のふたつの入口はどちらも鍵がかけられ、天窓はしっかりと固定されていて、誰かが出入りできる余地はなかった。

つまり、この先は行き止まりだと言ったのは、わたしはここでこの事件の捜査を終了するか、少なくとも関係者の事情聴取はここで終わりにすべきだと考えている、ということだ。ロデリック・ブラウンがケンワージー氏を殺害し、良心の呵責《かしゃく》から死を選んだ。ごく単純な話だよ」

「ひとつだけ言わせてもらってもいいですかね？」

「何だ？」

「ロデリック・ブラウンの自殺がそこまで明々白々な事実なら、どうしてブラウンは介護士が来るのを断らなかったか、ってことです。自殺するつもりなら、明日は来なくていいと、ダミアン・ショーに伝えていたはずだと思いますがね。ダミアンといえば、あの介護士も自殺説は信じてませんでしたよ。ロデリックが妻をひとり残して死ぬはずはない、ってね。あれだけ妻を大切にしていたんだから！

だが、おたくの意見によると、ブラウンの死は自殺でまちがいない、と。これだけの疑問が残ったままでも、それは無視していいという。ブラウンの携帯電話はどうなっちまったんでしょうね？　車の予備の鍵は？　これから自殺しようってときに、ブラウン氏はずいぶんいろんなものを失くしちまってるようだ。それからもうひとつ、おたくが見落としてるかもしれないことをつけくわえておきますよ。あのシュコダの鍵は、ブラウンのズボンのポケットに入ってたって話だった。だが、どうも奇妙だとは思わなかったんですかね？　そもそも、車の鍵なんか必要ないんですよ。これからどこかへ出かけるわけじゃないんだから。もしもドアの開け閉めだけに必要だったんなら、尻ポケットなんかに入れたりせず、そのまま手に握ってるか、隣の座席に置くでしょう？　ズボンの尻ポケットに入れる人間なんていない——ついでに言うなら、二センチ半に切ったストローを持ち歩く人間だっていませんよ、たとえコカインをひと嗅ぎするのが好きでもね。そもそも、わたしの見るかぎり、ブラウンはコカイン中毒じゃなかった。疑問は山ほどあるのに、それでもなぜか、おたくは自分の仕事をするのが面倒らしい」

カーン警視は反論しようとしたが、さすがにもうたくさんだと思いなおす。「きみの助言は必要ない。きみの請け負った仕事が終わった以上、さっさと帰ることだ。きみの噂はさんざん耳にしてきたよ、ホーソーン。正直に言わせてもらえば、どれもあまり芳《かんば》しいものではなかった。そもそもきみを呼ぶこと自体、わたしは不安を抱いていたんだが、その理由がはっきりとわかったよ。きみは着々と実績を重ねつつある警察官を見ると、そこに揺さぶりをかけたくなるようだ。だが、その手はわたしには効かない。それでは、よい一日を」

カーン警視はきびすを返すと、その場を立ち去った。

第六部　密室の謎

1

密室ミステリという分野に、わたしはさほど夢中になれずにきた。

これは殺人事件をあつかうミステリの中でもごく特殊な区分に属し、独自の決まりごとを守りつつ、不可能とも思える謎を読者に提示するという形式をとった小説だ。登場人物たちが孤立している（「三匹のめくらのネズミ」、『オリエント急行の殺人』など）という条件だけではまだ足りない。探偵にはとうていこの謎が解けないだろうと思えるほど、何もかもがおそろしく巧妙に配置されていなくてはならないのだ……結局、探偵はみごとに謎を解いてしまうのだが。

史上初の、そしていまだにもっとも有名な密室ミステリは、シャーロック・ホームズの造型にも影響を与えたエドガー・アラン・ポオが一八四一年に書いた「モルグ街の殺人」だ。この物語では、母親と娘がアパートメントの室内で無惨に殺害され、娘の遺体は煙突に詰められた状態で発見される。だが、ドアや窓は外から開けられない状態だったうえ、その部屋は四階で、外からよじ登るすべはなかった。結末にはすばらしい驚きが待っているが、フェアな真相とはいいがたい。現代の作家がこれをやったら、批判を浴びずにはすまないだろう。

密室ミステリのいちばん厄介なところは、たいてい密室の仕掛けがあまりに複雑で、ときには無理やりすぎる場合さえあり、さすがの犯人もここまで面倒なことをするとは思えない点だろう。歯車やら、車輪やら、鏡やら、引き戸やら、瓜ふたつの別人やら、まるでウィリアム・ヒース・ロビンソンの挿画に登場するようなややこしいからくり仕掛けの中に、物語から生まれるはずだった感情が埋もれてしまう。鮮やかな謎解きに感嘆するためには、そんな冷めた疑念から目を逸《そ》らすしかない。犯人たちはあまりに手ぎわがよく、ときとして人間離れしているほどだ——ポオの作品の場合は、文字どおりの意味で。どうしても、技巧に走りすぎている感は否めない。

たとえば〝ミステリの帝王〟とも呼ばれるジョン・ディクスン・カーが一九三五年に書いた『三つの棺』を読んでみよう。これは文句なしにみごとな作品で、史上最高の密室ミステリとして挙げられることも多い。ひとりの男が教授の書斎に入っていくのが目撃される。しばらくして銃声が聞こえ、教授は死体となって発見された。書斎には窓があったものの、外には雪が積もっており、足跡は見あたらない。犯人はそのまま姿をくらましてしまったのだ。謎の説明ははてしなく続き、ついには殺人の真の動機も埋もれてしまうほどだ。真相は運と偶然に頼りすぎている。これでは心も躍らない。

近年になってわたしは、最高の密室ミステリは日本から生まれていると考えるようになった。

島田荘司《しまだそうじ》の『斜め屋敷の犯罪』、あるいはこの分野の名手であり、八十編近くもの作品を書いている横溝正史《よこみぞせいし》の『本陣殺人事件』をぜひ読んでみてほしい。どちらもすばらしく精緻で鮮やかな作品だ。前者では、物語の設定が犯罪の共犯となる。後者は、水車の回るガッタンゴットンという響き、そしてコト（ツィターに似た楽器）の奏《かな》でる調べという、どちらも物語に深く組みこまれた音が胸に残る。とてつもない才能だ。現実の生活からかけ離れているのは確かだが。

こんなことを長々と説明したのは、前回ホーソーンから受けとった資料を読み、わたしがまず戦慄したのはどうしてか、その理由をわかってほしかったからだ。ロデリック・ブラウンは自殺ではなかったと、ホーソーンは主張している。つまり、わたしの目の前に並べられたのは、漏れなくとりそろえられた密室ミステリの構成材料というわけだ。車庫に入ることのできた人間はいない。車のリモコンキーはひとつしか存在せず、それはロデリックが車に乗りこんでから、車のドアの鍵をかけるのに使われたとみてまちがいないだろう。そうなると、何ものかに運ばれてきた可能性はない。それに加えて、自筆の遺書まであるのだ！　これだけの材料がそろっていては、ホーソーンのほうがまちがっている可能性も充分に考えられる。ホーソーン自身、この事件の結果にはあまり満足していないと語っていたではないか。《フェンチャーチ・インターナショナル》最高経営責任者のアラステア・モートンからも、この事件は書かずにおいたほうがいい、結末はホーソーンにとって、けっして芳《かんば》しい話ではないからと警告されている。

当然ながら、それは密室ミステリよりもさらに嬉しくない展開だ。モートンの言うとおり、この事件には書く価値がないことになってしまう。ホーソーンは何ひとつ解決できず、真犯人は勝手に自白した。それで終わり、ということか。

《フェンチャーチ・インターナショナル》を後にしたとき、わたしはひどく落ちこんでいたものだ。モートンはわたしに事件の結末を暴露し、すべてをだいなしにした……まちがいなく、あの男はわざとそうしたのだ。いまのところ、何もかもモートンが言ったとおりに進んでいる。カーン警視は捜査を終了すると宣言した。ロデリック・ブラウンが犯人だったという結論が出て、本人はすでに自ら生命を絶っている。こうなると、わたしはこれからいったいどうなる？まずは、この本がひどく薄くなることはまちがいない。長編ではなく、せいぜい中編小説というところだろう。こんな原稿を送っても、担当編集者はけっして大喜びはしてくれまい。

そう考えてみると、やはりこれは密室ミステリであることを、わたしは心から願うべきなのだろう。実はロデリック・ブラウンの車庫全体が回転すると隠し階段が現れ、中世の井戸からつながる地下道を伝って侵入することができたとわかれば、わたしはもう、歯を食いしばってでもそのとおり書くだけだ。少なくとも、それならロデリックの死は自殺ではなく、誰かに殺されたことになる。その場合は、同じ犯人がジャイルズ・ケンワージーを撃ったのだろう。

だとしたら、いったい誰が？

わたしはすでに次の部分の原稿（〝さらなる死〟）をホーソーンに送り、あの男が打ち合わせに現れるのを待っているところだった。十一時に、このアパートメントに来る約束になっている。だとしたら、あと三十分、ホーソーンになったつもりで考えてみよう。わたしは仕事机に向かい、すべての可能性を整理してみることにした。そんなに複雑なことにはなるまい。結局のところ、容疑者はさほど多くはないのだから。

ジャイルズ・ケンワージーを殺害した犯人は？

わたしの見るところ、もっともあやしい容疑者の座には、いまはサラ・ベインズに代わってメイ・ウィンズロウとフィリス・ムーアが就いている……たとえ、とうてい信じられないような気がするにしても。だがいつだって、真相はそんなものではないだろうか？　犯人の正体は、誰もがまったく疑っていなかった人物なのだ。あのふたりの老婦人はかつて修道女だった経歴を持ち、いまも暴力を忌《い》み嫌い、経営するコージー・ミステリ専門店にはジョー・ネスボの本さえ置こうとしない。八十一歳と七十九歳の老女に、クロスボウを保持してねらいをつけられるとは思えないのは確かだ。だが、ひょっとして、ひとりが武器を持ち、もうひとりが引き金を引いたのだとしたら？

あのふたりに動機があったのはまちがいない。愛犬の死により、胸を引き裂かれるような思いをしたばかりなのだから。直接に手を下したのはサラ・ベインズかもしれないが、命令したのはジャイルズ・ケンワージーだろう。そして、ふたりはロデリックの家の合鍵を持っていた。車庫に忍びこむことも、いつだって可能だったはずだ。リヴァービュー・クロースに家を買い、リッチモンドに店をかまえる資金を、あの老婦人たちはいったいどうやって工面したのだろうか。思いもかけなかった遺産相続などという話は、とうてい現実とは思えない。そんなことが起きるのは、子ども向けのお話の中だけだ。しかも、よりによって叔母さんの遺産とは！

わたしは紙を手もとに引き寄せ、いちばん上にふたりの名を書いた。

さて、次に挙げるべき名は？

第二位に滑りおちたのは、サラ・ベインズだ。メイ・ウィンズロウの人のよさにつけ入り、リヴァービュー・クロースに働き口を見つけた刑務所帰りの女性。サラにも、ジャイルズ・ケンワージーを殺す動機があったのはまちがいない。ジャイルズの仕事部屋を物色していたところを見つかり、ケンワージー家の庭仕事を解雇されたばかりか、警察に通報すると脅されてもいる。サラにしてみれば、それだけは避けたかったにちがいない。そして、ロデリック・ブラウンと何やら意味深なつながりがあったこともわかっている。ホーソーンとダドリーを車庫に案内していたロデリックに、メッセージを送信していたのだ。ジャイルズ・ケンワージーのコンピュータから見つけた何らかの情報を、ひょっとしてロデリックに流していたのだろうか？

ロデリックはまちがいなく、進んでサラの後ろ盾となっていた。〝しっかりした若い女性でね、勤勉で、いつも本当に助けになってくれるんですよ……〟──だが、ブラウン家の荒れた庭を見れば、それが真実ではないのは明らかだ。ひょっとして、サラに何か弱みでも握られていたのだろうか？　ロデリックの携帯が、持ち主が死んだとたん消えてしまったのはなぜだろう？何かを知っていたために、ロデリックは殺されてしまったのか？

そして、トム・ベレスフォード医師とその妻も忘れてはならない。ホーソーンによると、ベレスフォード医師は酒浸りで、睡眠薬を常習し、あれこれと気に病み落ちこみがちで、本来そこに駐車する権利のあった隣人と、狭い私道の通行をめぐって口論ばかりくりかえしていた人物だという。自分の患者だったレイモンド・ショーの死をきっかけに精神の平衡を崩し、殺人に手を染めかねない状態に陥っていたとしても、まったく不思議ではない。レイモンド・ショーとベレスフォード医師との間に、わたしの知らないつながりがあった可能性は？　ひょっとして、ベレスフォード医師がクロスボウを盗み出すところを、ロデリックが目撃していたとしたら？　これは、第二の殺人の動機になりかねない……ただ、どんな手口でやってのけたのかは、いまだにまったく見当もつかないが。

　だが、妻も共犯だったとしたら、また話は別だ！

　ジェマ・ベレスフォードは、夫を守るためならどんなことでもするにちがいない。わたしは机の引き出しを開け、ホーソーンが送ってくれた写真の一枚を取り出した。これは、ジェマの宝飾店のサイトに掲載されている、本人がデザインしたというアクセサリー《稀毒コレクション》の写真だ――蛇、サソリ、蜘蛛《くも》、人形の目《ドールズ・アイズ》（毒を持つ北米原産の植物）。この女性にどこか禍々《まがまが》しいところがあるのは確かで、自分たちの家族を守るためならどこまで手段を選ばないのだろうと、つい思いを馳《は》せずにはいられない。ひょっとして、人を殺すことさえもいとわないのだろうか。

　ジェマを見ていると、アダム・シュトラウスの再婚した妻、テリのことを連想してしまう。このふたりの女性を比べたら、真夜中にクロスボウを抱え、リヴァービュー・クロースを忍び歩く姿はテリのほうが似合っているかもしれない。この女性にもまた、どこか禍々しいところがある。アダムの最初の妻、ウェンディと血のつながった親戚だという点も、さらにその印象を強めていた。ただ、テリにもジャイルズ・ケンワージーを殺害する動機はあったものの、そんな行動に出る理由としてはいささか弱いのも否めない。ケンワージー家の息子たちが、夫の貴重なチェス・セット、それもシーク・ムハンマド・ビン・ラーシド・アール・マクトゥームから贈られた品を破壊してしまったという事実はある。たしかに、テリが怖ろしいほど一途《いちず》に夫を愛しているのはまちがいない。夫を天才だと信じ、トーナメントにもすべて同行する。だが、だからといって、チェス・セットを壊されたという理由で誰かを殺すだろうか？　それはさすがに現実味がない。

チェスのグランドマスターなら、緻密な殺人計画を組み立てるだけの知性を備えているかもしれない——チェスというゲームには冷酷無比なところがあると、わたしはかねがね思っていた——それに、アダム・シュトラウスには、どこかリヴァービュー・クロースという巣の中央で待ちかまえる蜘蛛のような趣《おもむき》がある。ここの住人の全員とさまざまな形でつながりを持っており、ジャイルズ・ケンワージーが欠席してしまった話しあいの席も、アダムが自宅で設けたものだった。そもそも、ケンワージー家がリヴァービュー・クロースに越してきてしまったことも、アダムに責任の一端はある。とはいえ、こうしてふたりもの人間を殺害する切迫した理由が、アダムにあったとは思えない。ロデリック・ブラウンは大切な友人だ。絶望の淵からロデリックが助けを求めたのは、ほかならぬアダムだった。そして、アダムが《森の家》を辞したとき、ロデリックがまだ生きていたことも確認されている。

それとも、あれはアンドリュー・ペニントンの勘ちがいだったのだろうか？　その場面を目撃していたのは、アンドリューひとりだけだ（そして、トム・ベレスフォードが夜の十時に自宅の玄関をそっと抜け出したところも見ている）。ジャイルズ・ケンワージーには人種的偏見があった、ハンプトン・ウィックで起きた老婦人襲撃事件とも遠い関係があるかもしれないと、アンドリューは糾弾していた。被害者宅の郵便受けから、英国独立党のチラシが見つかったのだという。襲われた老婦人、マーシャ・クラークも、ベレスフォード家とかかわりがあった。ベレスフォード家の子守が、この老婦人の世話もしていたからだ。

何もかもが交錯し、どうにも収拾がつかない。考えれば考えるほど、こんな事件を本にしようなどと思いついたことを後悔するばかりだ。書きはじめたときの見とおしとは裏腹に、これならホーソーンの後ろをついて歩き、見たままを記録していくほうがどんなに楽か。けっしてすべてが真実とはかぎらない情報の山から、あれこれとつなぎあわせて真相を導き出そうとするのは、まるで完成図がわからないままジグソー・パズルを組み立てようとするのに似ている。

呼鈴が鳴った。約束どおり次の段階の資料を抱え、ホーソーンが訪ねてきたにちがいない。だが、玄関まで下りてみると、戸口に立っていたのはホーソーンではなかった。ぶかぶかのスーツに乱れた髪、ピンク色のふっくらした頬にすまなそうな笑みを浮かべた男が誰なのか、思い出すのに数秒かかる。

「ローランド！」わたしは大声をあげた。

ホーソーンの義理の兄は、最初に会ったときと同じように大きなマニラ封筒を小脇に抱えていた。今回は、これはわたしのために持ってきたらしく、こちらに差し出しながら口を開く。

「これを渡すように頼まれましてね」

「ホーソーンに？」

「ええ」

「ホーソーンが来るかと思っていたんですが」

「あなたに詫びを伝えてほしいと言われましたよ。あいつは来られなくなってしまって」

これは嘘に決まっている。ホーソーンはこれまで、一度だってわたしに謝ったことなどないのだから。「よかったら、上がっていきませんか？」

「ありがとう、でも、遠慮しておきます」ローランドはわたしに封筒を押しつけた。「ほんの通りがかりなんです。先を急いでいまして」

「これは、リッチモンドの事件の資料ですか？」

「ええ」

すでにきびすを返し、ファリンドン駅に戻ろうとしていたローランドを、わたしは呼びとめた。「わたしがモートンに会ったことを、ホーソーンも知っているんですよね」

ローランドとホーソーンは、正反対といっていいほど似ていない。ホーソーンなら、誰であろうと——なんであろうと——自分の前に立ちふさがることは許さないだろう。義兄のほうはもっと遠慮がちで、角が立つことはできるだけ避けようとする。こういうときなら、ホーソーンは平気で嘘をつくだろう。だが、ローランドはつい本当のことを口走ってしまう。「ええ」

わたしの言葉を認める。「言わせてもらえば、あいつは腹を立てていましたよ」

「じゃ、すまなかったと伝えておいてください」

ローランドの頬が紅潮する。どうやら、この男なりに激怒しているようだ。「おわかりでしょうが、わたしだって腹が立っているんです。この件で責めを負うのはわたしなんですからね。あいつのアパートメントで会ったとき、あなたを信頼したのが間抜けだったというわけだ。あなたにバラクロー夫妻のことを話してしまったばかりに、この先ずっと非難されることになる。モートンのような男にふらっと会いにいくなんて、どうかしてますよ！　どういう人間を相手にしているか、あなたにはわかっているんですか？　そんなごたごたの真っただ中に、よくもまあ、わたしを巻きこんでくれましたね」

「だったら、話してもらいましょうか！」ぴしゃりと言いかえす。書く前に本の結末を暴露されてしまい、著者でありながら主導権を奪われてしまうという事態に、わたしはどうしようもない苛立《いらだ》ちをおぼえていた。「モートンというのは何ものなんです？　《フェンチャーチ・インターナショナル》というのは？　いったいなぜ、そんなに怖れているんですか？」

ローランドはためらった。まるで立ち聞きされていないかと怯えるように、周囲を見まわす。

「あそこは英国最大の警備会社です。ひょっとしたら、世界でも最大かもしれませんが。サイバー・セキュリティ、警護、リスク評価、身辺調査、財務調査。政府や産業界からも、専門的な業務を委託されています。軍の仕事も請け負っていますしね。相手がどれだけの力を握り、どれだけのことを知っているか、あなたはわかっていないんですよ」

「あなたはそこで働いているんですね」

「わたしなんか、ほんの下っ端です」わたしが受けとった包みをちらりと見やる。「ただの使い走りだ」

「モートンには、この本を書くなと言われましたよ」

「そこまで言われて、あなたに少しでも分別があるんなら、書くのをやめておくでしょうね」

最後に一度、ローランドはちらりとわたしを見た。「でも、わたしの言葉になど耳も貸さないだろうことはわかっています。もの書きなんて人種は、みんな同じだ。自分のことばかり考えて、他人がどうなろうと知ったことじゃないんだから」

わたしを避けるように大回りして、ローランドは去っていった。罪悪感をおぼえながら、その後ろ姿を見おくる。ローランドが善良な人間なのはわかっているのに、わたしはあの男の人のよさを利用してしまった。だが、あそこまで徹底して何も明かしてくれないホーソーンを相手に、わたしはいったいどうすればよかったのだろう？　気がつくと、わたしはその場に二、三分は立ちつくしていたにちがいない。舗道に佇《たたず》むわたしの両側を、仕事へ急ぐ人々が通りすぎていく。わたしはもっと警戒すべきなのだろうか？　いま、この瞬間も、ひょっとして誰かに見はられている？　わたしはアパートメントに戻り、玄関のドアをきっちりと閉めた。

仕事部屋に戻ると、腰をおろして封筒を破り、中のメモや資料を机に広げる。だが、探していたものは、そこにはなかった。ホーソーンからの走り書きも、直前になってきょうの打ち合わせをすっぽかした理由の説明も、《フェンチャーチ・インターナショナル》のことや、わたしがそこへ押しかけていってやらかしたことへの言及さえもない。せめて、いまは資料に集中しようと自分に言いきかせる。目に飛びこんでくるのは、ひたすら連なる何千もの文字。わたしがこれまでに書いた何万もの文字の上に、その新たな文字群が浴びせかけられる。

見ていても、いっこうに意味が頭に入ってこない。リヴァービュー・クロース、ホーソーンとジョン・ダドリー、カーン警視、医師、歯科医師、犬、そして愛らしい老婦人たち……何もかもが、境目なく融けあってしまったかのようだ。窓から射しこむ陽光が容赦なく照りつけてくる。どうしようもなく息苦しい。

何をすべきかはわかっている。

席を立ち、密室問題をいったん離れて、わたしはリッチモンド行きの電車に乗った。

2

うちからリッチモンド駅へはほんの一時間ほどしかかからないのだが、この本をここまで書いている間、わたしにはどこか地球の裏側にある場所のように思えていた。プラットフォームから上る階段を目にしたとき、ふいに、ここがアダム・シュトラウスの転がり落ちた場所にちがいないという考えが頭をよぎる。それとも、実は突き落とされたのだろうか？　階段の幅は広く、この時間はもう上り下りする人もまばらだったが、ラッシュアワーにはいまとまったく異なる状況だっただろうことは想像がつく。結局、ダドリーは防犯カメラの映像を確認することができたのだろうか。その疑問の答えは、自宅の仕事机に広げた資料の中に記されているのかもしれないが。

地下鉄の駅から陽光の下に足を踏み出し、あたりを見まわす。街はずれにあるこの駅の外観はなかなか魅力的で、そのうえめずらしいことに、壁面の時計がちゃんと動いていた。わたしはリヴァービュー・クロースに歩いて向かうつもりだったが、さまざまな店の立ちならぶ本通りを歩いていくのなら、まずは《ティー・コージー》に寄るべきだろう——店がまだ営業していればの話だが。ここまで書きつづってきた事件から、すでに五年が経っている。実のところ、わたしがこれまで現地に足を運ぼうとしなかった最大の理由は、まさにここにあった。メイ・ウィンズロウとフィリス・ムーアは、いまはもうふたりとも亡くなっているかもしれない。あの住宅地のほかの住人たちも、すでにどこかへ引っ越してしまった可能性もある。わたしはいま、事件現場に戻ろうとしているのではなく、その遠い記憶をたどろうとしているだけなのだ。

曲がり角に建つ《ウォーターストーンズ》書店が目に入り、いよいよ目的地に近づいてきたことを悟る。あのふたりの老婦人は、自分たちが暴力的、あるいは下品だと判断した本を探している客を、片っ端からこの店に送りこんでいたのだ。さらに進むと、驚くほどみすぼらしい《オデオン・シネマ》（〝映画に夢中《ファナティカル・アバウト・フィルム》〟という文字が掲げられていたが、最初のFの字が落ちてしまっていた）の前を通り、そこから坂を上りはじめる。その後は不動産屋、コーヒー店が二軒、暖炉用品店、そして保健所の前を通りすぎたが——黄金時代のミステリや冗談めかしたティー・タオルを並べている店らしきものは見つからない。わたしは来た道を戻り、ここで長く商売をやっていそうな花屋に足を踏み入れた。カウンターの後ろには、さまざまなめずらしい植物に囲まれ、縮れ毛の女性が立っている。わたしはその女性に、《ティー・コージー》のことを訊いてみた。

「それなら、以前は二軒先にあったんですけどね。メイ・ウィンズロウがやっていたお店でしょう。わたし、メイにはときどき会いましたよ――それと、姉妹のかただったのかしら？　もうひとりの女性ともね。本当にいいかたたちでね、商才はからっきしだったけど！　ベストセラーの新刊とか、一冊も置こうとしないんだから」

「ふたりがどこへ移ったのか、知りませんか？」

「北へ戻ったという噂を聞きましたよ。もともと、そっちの修道院で何年も暮らしてきたかたたちだから、そこへ戻ったのかも」女性はため息をついた。「最近じゃ固定資産税もずいぶん高くなってしまって。これって、あんまりよね。このままじゃ、ここの本通りだって、携帯屋やがらくた雑貨店ばかりになってしまいそう」

これは、なんとも気の滅入る出だしだった。メイやフィリスに会い、《ティー・コージー》の書棚にわたしの本が置かれているかどうか探してみたいと、わたしはずっと願っていたのに。そんな思いを振り切って、今度は坂を下り、ピーターシャムの方向へ向かう。このあたりからはテムズ川とその向こうの草地が見晴らせて、ひょっとしたらコンスタブルやターナーにも影響を与えたかもしれない、すばらしい景色が楽しめるのだ――どこまでも広がる青空と、地平線までうねりながら延びる、きらめく水の帯。気がつくと、目の前にはイタリア・ゴシック建築の《ピーターシャム・ホテル》——十九世紀からこの地に建つ——がそびえ立っていた。そのとき初めて、わたしはリヴァービュー・クロースに住むことの意味を悟った気がする。リッチモンドはまさに、文字どおり排他的な土地なのだ。現代の暮らしの醜いところを、ばっさりと切り捨てて存在する場所。

住宅地の名を記した標識を見るより早く、わたしはあの電動門扉に気づいた。どうにも非現実的な気分を味わいながら、その門をくぐる——もっとも、これはわたしがとった、初めての〝現実的〟な行動なのだが。ついに、ここにやってきた。いま、わたしは自分の書いている物語の舞台に立っているのだ！　右に建つのは《井戸の家》。目の前には《リヴァービュー館》があり、結局プールは建設されなかったことが、ひと目で見てとれる。鮮やかな花々が咲きほこり、きっちりと手入れされているロータリーを見ながら、わたしはさらに奥へ歩を進めた。左側には、ベレスフォード家の住まいだった《庭師の小屋》が見える。あの一家は、いまだここに住んでいるのだろうか？　そもそも、当時の住人たちのうち、まだ誰かひとりでもここに残っている？　ここまで書いてきた登場人物たちと顔を合わせるのがどれだけ奇妙な気分のものか、わたしはこのとき初めて気づいた。

何もかもが想像していたとおりではあったものの、思っていたよりもいくらか小さく、家どうしの間隔も狭い。こうして現場を見てみれば、駐車車両が多すぎるとどうして揉めるのか、すぐに納得がいく。左右へ延びる私道は、片方はベレスフォード家の車庫へ、もう片方はロデリック・ブラウンの車庫へつながっているが、ここはとりわけひどい設計で、建築家がわざと揉めさせようとしたのかとさえ思えてしまう。

その場に立ちつくすうち、わたしはしだいにいたたまれない気分になってきた。ふと気がつくと、いまわたしがしていることは、まさに私有地への不法な立ち入りではないか。毎月、いったい何人くらいの観光客や悪趣味な野次馬がここを訪れるのだろう。結局のところ、ここではふたりの人間が、自然とはいえない死を迎えたのだから。ロンドンのあちらこちらで、殺人事件の起きた場所を訪ね歩くという趣向の人気が高まっていることを、つい想起してしまう。切り裂きジャックやクレイ兄弟、シャーロック・ホームズの足跡をたどりたい人間は多いのだ。そんな人種のひとりと思われたくはなく、わたしは何か用があるふりをして、《厩舎》へ向かって歩きはじめた——いかにも、自分はここにいる権利のある人間なのだという足どりで。アダム・シュトラウスはわたしの容疑者リストの中で下位ではあるが、おそらくは誰よりも事情をよく知っているだろう。玄関の呼鈴を押す。だが、応えはなかった。レースのカーテン（これについては、ホーソーンの資料には言及がなかった）ごしにのぞいてみると、室内の様子はすっかり変わっている。チェス盤も、食堂の大テーブルもない。シュトラウス夫妻は、もうどこかへ転居してしまったのだろう。

《庭師の小屋》に目をやっても、誰かがいる気配はない。ベレスフォード医師はおそらく診療所にいる時間だし、ジェマもすでに出勤しているはずだ。双子の娘——いまはもう九歳だろうか——は登校しているだろう。そうなると、残された選択肢はひとつしかない。わたしは《井戸の家》の玄関へ向かい、呼鈴を押した。今回は、幸運に恵まれたようだ。ドアが開く。目の前に、アンドリュー・ペニントンが立っていた。

「はい?」

生身のアンドリューと顔を合わせるのはあまりに不思議な感覚で、わたしはどう名のるべきか、しばらく言葉が出てこなかった。この瞬間まで、アンドリューはいわばわたしの作りあげた登場人物でしかなかったのだ。書いている間はずっと、自分の所有物のようにさえ感じていた。渡された写真や資料をもとに、できるだけ正確に描写しようとはしていたものの、わたしの想像から生まれた部分もそこかしこにある。たとえば、エラリーが井戸に落ちているのが見つかった場面は、ホーソーンもダドリーもその場に立ち会ってはいなかったので、つまりは何もかもがわたしの創作というわけだ。本当にジン&トニックが好きかどうかも知らない。言ってみれば、ペンフレンドと初めて対面するような感覚だろうか。わたしが思いえがいていた人物像は、現実とは似ても似つかない可能性だってある。

まあ、実のところ、現実のアンドリューはわたしの想像とさほどちがってはいなかった。当然ながら、さらに年齢を五つ重ねてはいたが。生えぎわの白髪は、わたしが描写したよりかなり増えている。ひょっとして病みあがりなのか、ずいぶん痩せたようにも見えた。頰はこけ、目も落ち窪んで、顔もどこかやつれている。トレーニングウェアの上下を身につけ、首には老眼鏡をチェーンでぶらさげている。老眼鏡について描写した憶えはないので、おそらくこの五年間でだいぶ視力が落ちてしまったのだろう。

「あなたがアンドリュー・ペニントンですね」わたしは口を開いた。

「ええ」

「ちょっとお話をうかがいたくて」自分の名を告げる。「作家です」

「ジャーナリストですか？」

「いえ。そんなたぐいのもの書きじゃないんです。子どもの本を書いているんですよ」どうしてこんな自己紹介をしたのか、自分でもよくわからない。たぶん、殺人事件のあった現場に現れて、人が殺されるミステリを書いているなどと名のったら、けっして印象がよくはないだろうととっさに考えたからかもしれない。「しばらく前のことですが、わたしの友人がお目にかかったことがあるんじゃないかと思うんですよ。ダニエル・ホーソーンという男です。ジャイルズ・ケンワージーが殺害されたとき、ここに来ていたんですが」

「ああ、なるほど」アンドリューの顔からは、何も読みとれなかった。「何度かお話しした憶えがありますよ」

「わたしはいま、あの男の本を書いているんです。子ども向けではなくね。伝記のようなものですが。それで、あなたがホーソーンと話したときのこと……あの男と会ってどうだったか、そんなことを聞かせてもらえればと思ったんです」

アンドリューは考えこんだ。「わたしの名をご存じでしたね。わたしのことを、ご友人が話したんですか？」

「少しだけ」

「何があったかは知っているんですね?」

「ある程度は」

返ってきた答えに、わたしは驚いた。「どうぞ、お入りなさい。コーヒーでも淹《い》れましょう」

アンドリューに案内され、キッチンに足を踏み入れる。いちおう記しておくと、《井戸の家》の内部は、ほぼわたしが描写したとおりだった。アンドリューが豆を挽き、コーヒーを淹れ、ミルクを温める間、わたしたちはリッチモンドの見どころについておしゃべりした。わたしが訪ねてきたことを、アンドリューは喜んでいるように見える。おそらく、客を迎えることはめったにないのだろう。やがて、アンドリューはわたしの向かいの席に腰をおろした。

「ここもすっかり変わってしまいましたよ。あのころの住人はもう、ほとんど残っていませんからね。最初に越していったのは、メイとフィリスでした」

ふたりが経営していた書店がなくなっていたことは、すでに話していた。「郵便を転送するために、引っ越し先の住所を置いていかなかったんですか?」

「そんなことをする必要はなかったんです。メイもフィリスも郵便など受けとったことはなかったし、わたしの知るかぎり、誰かが訪ねてきたこともありませんでしたからね。あのふたりには、お互いしかいなかったんです。こんなことを言うのは悲しいんですが、それほど親しい友人どうしだったかどうかも、あやしいものだと思っていますよ。いっしょにいる仲間が必要で、仕方なく相手に我慢していた、わたしにはそんなふうに見えていました」

「話を聞いた花屋の女性によると、ふたりは修道院に帰ったんじゃないかということでしたが」

「そうかもしれませんね。どこからともなくやってきて、どこへともなく消えていったんですよ。別れの挨拶さえしていないんです。うちの玄関に書き置きがはさんであって、それで終わりでした。翌日にはもう、ふたりの姿はどこにもなくてね。十四年間を隣人としてすごし、仲よくつきあってきたつもりだったんですが、もしかしたら、ふたりの犬がうちの井戸に落ちた、あの怖ろしい夜にすべてが変わってしまったのかもしれません。あれ以来、ふたりは以前のようではなくなってしまったんですよ」

「犬が落ちたのは、あなたのせいだと？」

「いやいや。わたしが何もしていないことは明らかでしたからね。ただ、たぶんこの家そのものが、《井戸の家》という名前も含めて、つらいことを思い出させる存在になってしまったんでしょう。あのとき以来、ふたりはうちに来たがらなくなって、だんだん疎遠になっていったんです」

「いま、犬が〝落ちた〟と言いましたね。では、あなたはただの事故だったと思っているんですか？」

「メイとフィリスは、ケンワージー家の人々がかかわっていると信じていましたがね。ただ、何も証拠があるわけではないし、わたしとしては〝疑わしきは罰せず〟の立場をとりたいですね」

「いま、《切妻の家》に住んでいるのは？」

「隠居生活を送っているご夫婦がね。画家とその奥さんです。ごく気持ちのいいご夫妻ですが、あまり顔を合わせることはありませんね。そういえば、フェリシティ・ブラウンも、結局はここに戻ってこなかったんです。たぶん、ウォキングのお姉さんの家に、いまも身を寄せているんでしょう。皮肉なことに、プールはついに建設されなかったんですがね。フェリシティにとっては、もうここに戻ってくる理由は何もなかったんですよ」

「ほかに、出ていった人は？」

「次に転居していったのは、ベレスフォード夫妻でした。あれから間もなくのことでしたよ。とはいっても、殺人事件とは何の関係もなくてね。わたしの見るところ、トムはここでの生活に馴染めなかったんです。ロンドン中心部から、あまりに離れているように感じたんでしょう。いま夫妻は双子の娘を連れて、前に住んでいたノッティング・ヒル・ゲートに戻りましてね。いまは、はるかに幸せそうに暮らしています。毎年クリスマス・カードを送ってくれてね、嬉しいものですよ。ジェマ・ベレスフォードは、仕事も順調のようでしてね。《ヴォーグ》誌に、ジェマの記事が載っているのを見たんです。なんでも、新しいアクセサリーのコレクションは、バクテリアとウイルスをデザインしたものだとか。こういったものは非常に美しい形をしているのだと、記事の中でジェマが語っていましたよ。わたし自身はとうてい見る気になれないし、妻が生きていたら何と言ったかは想像がつきますが。《庭師の小屋》を買ったのは、ホサインというバングラデシュ人の家族でした。三人の子どもたち……そして、猫たちもいましてね！エラリーのいた時代とは様変わりです。コーヒーの味はいかがですか？」

「おいしいですよ、ありがとう」これは嘘だった。あまりに濃すぎるうえ、かすが舌にざらりと残る。

「ダニエル・ホーソーンについて聞きたいというお話でしたね」アンドリューは話題を戻した。

「言わせてもらえば、本の題材として、なかなかおもしろそうな人物だ。ご友人でしたっけ?」

「ええ」だが、まだホーソーンの話はしたくない。「アダム・シュトラウスと奥さんはどうなったんです?」わたしは尋ねた。「あの夫妻も、もうここにはいないんですか?」

「ええ」アンドリューは言葉を切った。「正直なところ、いなくなってさほど寂しいとは思いませんが」

「それは、どうして?」

「まあ、わたしとしては、ここで起きたことはあの男にかなりの責任があると、ときとして思っていたんですよ。《リヴァービュー館》を売りに出し、ケンワージー家がここに入りこむきっかけを作ったわけですからね。もちろん、その件でアダムを責めるのはおかどちがいでしょう——ただ、どうもあの男は、言ってみればつねに自分が舞台の中央にいるよう、巧妙にものごとを進めているように思えてね。それに、可哀相なロデリックのために、あの男には何かまだできることがあったんじゃないか、そう感じられてならないんですよ。最後の夜、アダムはロデリックの家を訪ねていたんです。いっしょにいるところを、わたしもこの目で見ました。だが、あの男はそのまま立ち去り、それからほんの二、三時間の後、ロデリックは車庫へ……」アンドリューは頭を振った。「まあね、アダムもわれわれと同様、ひどい衝撃を受けてはいましたよ。ロデリックがそんなことをするなんて、知りようがなかったわけですからね。

それに、亡くなった人を悪く言うべきではないでしょう」

一瞬、わたしは意味がわからずに、アンドリューの言葉を反芻《はんすう》した。「アダムは亡くなったんですか?」

「ええ。怖ろしいことです、それも、あんな事件の後でね。ロンドンのホテルのバルコニーから転落したんですよ。わたしは新聞の記事で、初めてその事故を知ったんですが」

「いつ、そんなことが?」わたしは呆然とするばかりだった。

「正確には憶えていませんがね。あの事件から、六ヵ月ほど経ったころだったか……アダムが自分の家を売りに出して、ほんの二、三週間後のことでしたよ。アダムとテリも、ここを出ていこうとしていたんです。びっくりするかもしれませんが、タイに移住するつもりだったようですよ。テムズ川のほとりのリッチモンドとは、似ても似つかない場所ですがね! 購入を考えている客もいたようですが、話がまとまる前に、そんなことになってしまって。モートレイク墓地で行われた葬儀には、わたしも参列しました。トムとジェマ・ベレスフォード夫妻に会ったのも、そのときが最後でしたね。あのふたりも来ていたんですよ。こんなことになるとは、みんな信じられない思いでした」

それは、わたしも同じだった。

ジャイルズ・ケンワージー殺害のほんの三日前、アダム・シュトラウスがリッチモンド駅の階段から突き落とされたことが頭に浮かぶ。そして、またしても突き落とされ——今回は、ついにとりかえしのつかない結果となった。アンドリュー・ペニントンは事故と呼んでいるものの、このふたつの出来事は、どう考えても無関係ではあるまい。駅でアダムを襲撃した人物が、目的を遂げるべくふたたび戻ってきたのだろうか――だとしたら、どんな理由で？　ジャイルズ・ケンワージーは殺害された。犯人とされたのは、ロデリック・ブラウンだった。だが、チェスのグランドマスターを殺して、いったいどんな利益があるというのだろう？

「警察は捜査したんですか？」わたしは尋ねた。

「ええ、しましたよ。いかにもあやしく見えましたからね。ただ、残念ながら何もわからなかったようですよ。事故当時、アダムはホテルの部屋にひとりだったのでね。テリは散歩に出ていました。誰も、何も見ていなくて。バルコニーの手すりがかなり低かったので、おそらく足を滑らせて落ちたのだろうということになったんです」

このことを、ホーソーンははたして知っているのだろうか。アダム・シュトラウスが死んだなど、わたしはまったく聞いていないし、これまで送られてきた資料にも、何も記されてはいなかった。次に顔を合わせたときは、これについて訊かなくてはと心を決める。

「それで、テリはどうしたんです？」

「あの家の売却を済ませ、ここを出ていきましたよ。残念ですが、連絡先は聞いていません」

誰も彼もが、次々と去っていってしまった。ジャイルズ・ケンワージー、そしてロデリック・ブラウン。フェリシティ・ブラウン、メイ・ウィンズロウとフィリス・ムーア。ベレスフォード夫妻。アダム・シュトラウスも死んだ。そして、残された妻もここを去った。モートンが提案してくれた題名を、ふと思い出す。『死はすぐそばに』。ここは、まさにそんな場所となってしまったのだ。

「ミスター・ペニントン、ジャイルズ・ケンワージーの死について、ちょっと聞かせてもらってもかまいませんか？」

「どうか、アンドリューと呼んでください。もちろん、かまいませんよ。すべてはもう、わたしにとってはずっと以前のことですがね。リッチモンド橋の下を流れゆく水のように、とでもいうところでしょうか」

「あれは、本当にロデリック・ブラウンの犯行だったんでしょうか？　ホーソーンは疑問を持っていて——少なくとも、わたしにはそう話していました。それに、ロデリックの死も本当に自殺だったかどうか、そこも確信を持ってはいないようでしたが」

アンドリュー・ペニントンは眼鏡を外し、レンズをティッシュで磨いた。ややあって、眼鏡をかけなおす。そうして時間を稼ぎながら、どう答えるべきか考えていたのだろう。「ずっと以前、ホーソーン氏にお話ししたときから、わたしの意見は変わっていませんよ。わたしはロデリックが車庫に置いてあった自分のクロスボウを使い、ジャイルズ・ケンワージーを撃ったのはまちがいないと考えています。フェリシティのためなら、ロデリックはどんなことでもしたでしょう。フェリシティのほうは、見かけよりはるかに強い女性なのかもしれませんね。ひょっとして、妻のほうが犯行を唆《そそのか》したのだとしても、わたしは驚かないでしょう。

また、ロデリックがジャイルズを殺してやると口にしたのも事実です。その言葉を、わたしはまさに聞いていたんですよ。だとしたら、罪悪感や自責の念、逮捕される恐怖から死を選んだと考えるのは、ごく自然な判断でしょう。ロデリックが残した遺書にも、まさにそう書いてありましたしね。どうか、古傷を開くようなことはしないでください、アンソニー。そんなことをして、いったい何になります？　わたしは、いまもこのリヴァービュー・クロースに住んでいるんですよ。かつてのような場所ではなくなってしまいましたが、変化もまた、人生の一部として受け入れていくしかありませんしね。少なくとも、平和と呼べるものが戻ってきたのはたしかです」

「あなたは、ここを出ていくことは考えなかったんですか？」

アンドリューは悲しげな笑みを浮かべた。「いったい、どこへ行くというんです？　この家は、妻のアイリスといっしょに買いましてね。わたしと妻は、ここでごく幸せな日々を送りました。この家にいると、いまも妻がそばにいるように感じるんです。リッチモンドには友人もおりますしね。次々とみなが転居していったときには、ほんのしばらく、この家を売りに出すことも考えましたが、結局のところ、そんなことをしても意味がないと思ったんですよ」

アンドリュー・ペニントンは、自分のコーヒーをスプーンでかき混ぜた。まだ、ほとんどひと口も飲んではいないようだ。

「こうしてみると、奇妙な話じゃありませんか」感慨をこめてつぶやく。「こんな場所で、来る日も来る日も同じ人々に囲まれて暮らすというのは。こういう関係を、いったいどう呼んだらいいんでしょうね？　この、近隣の住人というやつを。けっして友人とまではいえないが、この世界で誰よりも身近に暮らす人々。四六時中顔を合わせ、何かあるごとに頼りあううち、お互いの何もかもを知るようになる。アダムが最初の妻と頻繁にどなりあうような喧嘩をしていたことも、ジェマ・ベレスフォードがトムの飲みすぎを死ぬほど心配していたことも、ここの住人はみな知っていましたよ。リンダ・ケンワージーが夫を裏切り、浮気をしていたこともね。夫の留守中、見知らぬ男たちがしょっちゅうあの家を出入りしていましたから。メイはフィリスに威張りちらし、フィリスはずいぶんつらい思いもしていたようです。それに、そもそもこの住宅地に、あのふたりの犬を好きな人間などいませんでした。まったく、おそろしく躾《しつけ》のできていない厄介ものでしたよ。

しかし、それが人間の生活というものでしょう。腹の立つこと、同意できないことがお互いいろいろあったとしても、友人として、隣人としてやっていくうちに、そんなものは気にならなくなっていくんですよ。いい言葉だと思いませんか……クロースというのは。囲われた地という意味もあれば、親密という意味もある。まさに、われわれはそれだったんです。あのかつての親密さは、もうどこにもありません。あのころの住人たちが、わたしは恋しくてね。寂しくないふりはしませんよ」アンドリューは立ちあがった。「失礼しました。年をとると、どんどん湿っぽくなりましてね。ひとり暮らしだと、どうしてもそうなってしまうんです。あなたはどちらにお住まいです?」

「わたしはアパートメント暮らしですよ。クラーケンウェルで」

「わたしには耐えられないな。あなたも、ぜひリッチモンドに越していらっしゃい!」

出されたコーヒーは、すでにできるかぎり飲みほしていた。立ちあがり、アンドリューと握手を交わす。「時間をとっていただいてありがとう」

「どういたしまして。あなたの本が出るのを楽しみにしていますよ」

玄関まで送ってもらったところで、わたしはふと立ちどまった。「そういえば、これを訊くのを忘れていました——《リヴァービュー館》は、どういう人が買いとったんですか？」

アンドリューは驚いたような顔をした。「おやおや。お話ししませんでしたか？　あそこの家には、いまだにリンダ・ケンワージーと息子たちが住んでいますよ！　家を売ろうとはしているんですが、いまにいたるも買い手がつかなくてね。とはいえ、売りに出したのもこの春ですが。笑ってしまうんですが、リンダはわたしに、どれだけリヴァービュー・クロースが好きか語ってくれましたよ。以前のことを思えば、とうてい信じられませんよね。ひょっとしたら、ご主人を亡くしてからの暮らしのほうが、リンダには合っていたのかな」アンドリューはちらりと腕時計に目をやった。「運がよければ、リンダはいま在宅かもしれませんよ」

「リンダと話すことがあるんですか？」

「ええ、ときどき。顔を合わせたときにはね……」

ふたたび握手を交わすと、アンドリューはドアを閉めた。

あのリンダ・ケンワージーが、いまも《リヴァービュー館》に住んでいるとは。わたしは私道を歩き、《切妻の家》と《森の家》の前を通りすぎた。そして、目当ての家の呼鈴を押す。

3

ここまで、リンダ・ケンワージーについてさほど紙幅《しふく》を費やしてこなかったのは、わたしにとっては幸運だったのかもしれない。実際に会ってみると、わたしの描写とはまったく印象がちがったからだ。

リンダはびっくりするほど魅力的な女性だった……好感を抱かずにはいられないような、くつろいだ気のおけない態度で、思っていたよりはるかに温かく、わたしを歓迎してくれた。いちおう弁解しておくと、わたしのここまでの描写は、事情聴取を行ったホーソーンや、リンダのことを嫌っていた近隣の住人たちの印象に基づくものだったのだ。捜査記録としての写真も、たしかに見てはいた。だが、写りのいい写真を撮るなどということは、けっして警察官の職務に含まれてはいない。

夫の死からさまざまなことが起き、周囲の環境が変わったことも、この女性の雰囲気を和らげたのかもしれない。玄関に出てきたリンダは、まるで古いつきあいの友人のように、いそいそとわたしを中へ通してくれた。ひとつには、息子たちがわたしの本を読んでいたこともあったのだろう。「トリストラムはアレックス・ライダーに夢中なの。映画だって三回も観ているし。あなたに会える機会を逃したと知ったら、あの子、すごく悔しがるでしょうね——でもね、まだふたりとも学校なのよ。後で、ぜひあなたと自撮りしておかなくっちゃ」

こんなふうに言われて、どうしてこの女性を嫌いになれるだろう?

家自体も、あの殺人事件からいろいろと変化していた。壁に掲げられた抽象画、毛足の長い絨毯《じゅうたん》、息苦しいほどきっちりと整頓された室内の様子について描写したのを憶えているだろうか。あの抽象画はみな、額に入った映画の宣伝ポスターにとって代わられていた——主としてフランソワ・トリュフォーやジャック・タチが監督したフランス映画が多い。絨毯はどれも現代ふうの色鮮やかなものばかりで（とりわけ玄関ホールの絨毯は、当然の理由から交換せざるをえなかったのだろうが）、あたりを見まわすと、そこここに子どものいる家庭らしい飾らない生活の一端が目についた——階段の脇に脱ぎ捨てられたスニーカー、手すりに引っかけてあるジャージ、椅子の上の洗濯かご、玄関の壁に立てかけてある、近隣住人を恐怖に陥れたかのスケートボードたち。

「ヒューゴとトリストラムはイートン校に?」わたしは尋ねた。

リンダは声をあげて笑った。「いいえ。ヒューゴは行きたがらなかったし、どちらにせよ、わたしにとっても息子たちが地元の総合制中等学校に進んでくれるほうがありがたかったの。ジャイルズって人は、ずっとお金をあつかう仕事をしていたくせに、亡くなってからわかったんだけど、実際には財政状況はひどいことになってたのよね。息子たちを私立に入れても、卒業するまで学費が払えるかどうかあやしかったから。でも、あの子たちも、普通の子どもたちと育つほうがずっと幸せでしょうしね。父親のようにはなってほしくないのよ」

わたしは驚いた。リンダは夫を崇拝しているとばかり思っていたのだ。

わたしたちが腰をおちつけていたのはキッチンの奥で、そこは庭を見わたせるサンルームになっている。家の角のすぐ先に、アダムが植え、ジャイルズが切り倒そうと計画していた、かの有名なタイサンボクの木が見えた。秋も近くなり、花はほとんど落ちてしまっていたが、それでもまだ、かつての栄光の名残《なごり》のように、ちらほらと白と暗紅がのぞく。プール建設計画について、わたしはリンダに尋ねてみた。

「ほしくても、うちにはもうその余裕はないから。でも、正直に言うとね、わたしはそれほどプールがほしかったわけじゃないの。あれもジャイルズの思いつきでね。わたしはいまのままの庭が好きだし、あのタイサンボクを眺めるのも好き。あれがなくなるなんて、考えるだけで悲しいでしょ？　ここを出ていったら、きっとあの木が懐かしくなるでしょうね」

「英国旗も、いまは掲げていないんですね」

「あれはね、もう葬儀の前に下ろしちゃったの」リンダは鼻で笑った。「わたし、あれが大嫌いだった。ジャイルズはいつも、政治だのブレグジットだので大騒ぎしていてね……だから、あの旗にもご執心だったわけ」

ジャイルズが人種差別主義者だったのかどうか、わたしは訊いてみたかったが、さすがにそれはどう言葉を選んでも失礼な問いになりそうだ。それで、代わりにこんな質問をする――

「この家の買い手は、もう見つかったんですか？」

「あなた、興味ある？」

わたしはかぶりを振った。「いや、わたしはありませんが」

リンダは悲しげにうなずいた。「あんなことがあっても、わたし、本当はここに住んでいたいの。息子たちもここが好きだし、近くにいっぱいお友だちもいるしね。でも、三人で暮らすには、この家はあまりに大きすぎて。住みこみの家政婦も、もう置いておけなくてね。いまはもう、家の中のことはできるだけ自分たちでしているの。それでも、ジャスミンには週に二回、通いで来てもらっているけど、次に来るのは明日だから、いまは散らかっていてごめんなさいね。結局のところ、ジャイルズは自分が思っていたほど、財政管理が得意じゃなかったのよ。あの人が亡くなってから銀行から手紙が来てね、もう次から次へと、どんどん負債が見つかったの。なんと、自分の生命保険まで売りとばしちゃっていて……本当に馬鹿な人。そんな話、ひとことも聞いていなかったから、本当にショックだった。それでも、どうにかやっていけそうだけどね。この家は四百万ポンドで売りに出しているし、負債はもう残っていないし。美術品やわたしのアクセサリーは、みんな売ったの。もう、そんなもの必要ないから」

「ここで起きた事件について、あなたはどう感じているんですか?」

「そうね、けっして大喜びしているわけじゃないのよ、そういうことを訊きたいなら。タバコを吸ってもかまわない?」リンダはタバコの箱から一本抜き出し、火を点《つ》けた。「わたし、本当にジャイルズを愛していたの……初めて出会ったときにはね。夢みたいだったのよ、まるで、物語の中にしか出てこないような。もっとも、あなたが書くような物語じゃないけど。あなたはロマンスは書かないのよね?」

「ええ、いまのところは」

「わたし、客室乗務員だったの。あの人はファーストクラスに乗っていてね。外で会おうと誘ってくれて、そもそもの最初から、なんて気の合う人だろうって思ったのよ。まるで、お互いのために生まれてきたような気がした。でも、ここに越してきたとたん、何もかもがうまくいかなくなってきて」

「つまり、近所の住人たちが……」

「ううん、そうじゃないの。実際、そんなに嫌な人たちじゃなかったし。そうね、たしかにアダム・シュトラウスは、わたしたちが自分の大切なお屋敷に越してきたことを、けっして許してはくれなかったけど。自分のものだった領主さまの地位を、わたしたちが乗っとったのが気に入らなかったのよ。それから、ベレスフォード先生とは、本当にくだらない言いあらそいが絶えなくて……」

「どうして、いつもいつもあの私道を車でふさいでいたんですか？」

「だって、うちの車もどこかに駐めなきゃならないでしょ！　ベレスフォード先生は、あの道の通行権を持っていただけなのよ。道自体はうちのものなんだから」リンダはため息をついた。「こんなこと、どうしていまだ真剣に議論しているのか、自分でもわからない。ほんと、どうだっていいことなのにね！　ホサイン家の人たちからは、一度だって苦情なんか来ていないのよ。あの家の猫たちだって、何の問題も起こさないし」

「いまのお隣さんのことは好きなんですね？」

「いい人たちよ。リヴァービュー・クロースなんて、別にそんな特別な場所じゃないのよね、わかるでしょ。ご近所どうしの揉めごとがない通りなんて、英国じゅう探したってどこにもあるもんですか。わたしはフリントンで育ったけど、あそこだってまったく同じよ」

「しかし、それが殺しあいにまで発展することはめったにないでしょう」

「わたし、ロデリックは病気だったんだと思うの。奥さんのことを心配するあまり気持ちが不安定になって、そのうえ、ちょっと気持ちの悪いところもあったし……あの人、わたしの寝室の窓を、ときどきじっと見ていることがあってね。あの家の三階から、ちょうどわたしの寝室が見えるの。だから、いつも寝る前には、あの家から見えない場所で着替えるようにしていたくらい」

「ご主人を殺したのはロデリックだったと、あなたは確信している？」

「まちがいなくあの人が犯人だって、カーン警視が言っていたしね。あれから二、三回、警視と話したの。本当に、すごくいい人よ。わたしに名刺をくれて、必要なときはいつでも電話をくださいって言ってくれて」

これは、思ってもみない展開だった。「その番号、わたしにも教えてもらえますか？」

「ええ、もちろん。帰る前に渡すわ」

「メイとフィリスを疑ったことは？　あのふたりとは、ずいぶん険悪な関係になってしまったんでしょう」

リンダは口もとを悲しげにゆがめ、頭を振った。「胸に手を当てて誓ってもいい、ジャイルズとわたしはあの家の犬に指一本触れてはいないし、サラにどうこうしろとも指示してはいないの。このわたしが、そんなことをする人間に見える？　これでも、ふたりの子どもの母親なんだから！　そこまで冷酷非道な人間じゃないのよ」空中に、灰色の煙をたっぷりと吐き出す。「あのふたりとは、ヒラリーのことで口論になって。犬の名前、これで合ってた？　自分たちの犬なんだから、もっとちゃんと管理すべきでしょ。あの犬ときたら、いつだってうちの庭に入りこんで、タイサンボクの周りを嗅ぎまわっては、芝生のあちこちに落としものをしていってね。わたし、いつもそれを拾いあつめては、袋に入れて、あの家の玄関にぶらさげてやったの。別に、意地悪をするつもりじゃなかったのよ。あのふたりがお年寄りなのは、よくわかっていたから。でもね、わたしの話には耳も貸さないんだもの。いったい、ほかにどうすればよかったの？」

「こうした前後の出来事も含めて、あなたにとってはさぞつらい体験だったでしょうね……」

「そりゃあもう、あなたには想像もつかないくらいよ！　わたしがくぐり抜けてきたようなことは、ほかの誰にも味わわせちゃいけないと思うくらい。警察に尋問されて——まるで、わたしが何かしたみたいにね。それに、あなたのお友だちのホーソーン氏だけど、あの人は最悪だった。わたしの個人的なことにまで探りを入れて、あの人ならではの皮肉なやりかたで、わたしを笑いものにして。英国航空で働いていたときは、かかわりあってはいけない要注意のお客がいたものよ。高度三万五千フィートを飛んでいる最中に、面倒を起こしがちなお客。あの人は、まさにそんな人種だった。

でもね、つらかったのは捜査だけじゃないの。幸い、捜査自体はそれほど長びかなかったから。問題なのはその後よ！　買いものに行っても、必ずいろんな人たちにじろじろ見られてね。こそこそわたしの噂をしているのが、こっちにまで聞こえてくるのよ。息子たちは何週間も学校を休んだ。トリストラムはいまだに事件の悪夢にうなされるのよ、あの夜はうちにいなかったのにね。あなたは殺人事件の本を書いているんでしょう？　だとしたら、こんな目に遭いながらも生きていかなくちゃいけない人たちのことも、もう少し考えるべきじゃないかと思うの。あなたの本のせいで、そういう人たちがどういう思いをするかについてもね。世の中には、わたしが何か事件にかかわっていたと信じこんでいる人たちがいまだにいるのよ。疑いが晴れる日なんて、けっして来ないんだから」

「あなたとご主人は、リッチモンドに越してきてからうまくいかなくなったと、さっき話していましたね」

「ええ。ここに来たのは、つくづくまちがいだった！　こんな囲われた土地の中に納まって、芝刈り機やら、日曜の昼食会やら、カクテル・パーティやら、学校劇の鑑賞やら、そんな生活を送るつもりなんてさらさらなかったのに。いっしょに年をとっていきましょう、なんてね！　そんなの、わたしがいちばん望んでいなかったことよ。この家はたしかに大きいけど、わたしたちふたりとも、ここに閉じこめられてしまったように感じていたの。そんな状態では、心が離れていくのも当然のことよね。ジャイルズには仕事があって、いつもコンピュータと向かいあいっぱなし。車や社交クラブにも夢中だった。賭けごともして……いつも負けてばっかり。

それなのに、わたしのことはまったく気にかけてくれなかった。結婚してからはね」

「ご主人が亡くなって、あなたは悲しみましたか？」

こんなにも直截《ちょくせつ》なもの言いをするつもりはなかったのだが。

リンダは気を悪くした様子もなかった。「玄関ホールであの人を見つけたときには、本当に怖ろしかった。生きているかぎり、あの光景を忘れられることはないでしょうね。でも、何というか……わたしたち、最後には心が離れてしまっていたから。あの人がわたしを裏切っていたのは知っているけど、わたしも同じことをしていたしね。お互いを縛らない結婚生活だったし、あんなことがなくても結局は終わりを迎えていたと思うの。どうせ終わるなら離婚のほうがよかったけど、文句を言える立場じゃないし。こうして、わたしはすべてを手に入れたんだから」

ずっとこの家にいたらしい男性がふらりとキッチンに入ってきて、わたしたちの会話は途切れた。Tシャツとスキニーのジーンズという恰好も、完璧な歯並びに口ひげ、ちらりと見える胸毛やペンダント、彫りの深く整った顔立ちに焦茶色の目という容姿も、まさに男性モデルのようだ。三十代なかばらしいその男性は、わたしがいることに驚いたらしい。

「きみにお客さまが来ていたとは知らなかったよ」リンダに声をかける。その言葉には、フランス訛《なま》りがあった。

「こちらはジャン＝フランソワ」リンダが紹介する。「アンソニーはね、例の殺人事件のことを訊きにいらしたの」

「どうして?」

「あの事件を本に書くんですって」

「そんなこと、きみは話さないほうがいいと思うけどな」

ジャン＝フランソワ。その名をどこで聞いたのか、わたしは思い出した。「こちらのご主人が殺された夜、あなたはリンダといっしょにいたそうですね」

ジャン＝フランソワは肩をすくめた……いかにもフランス人らしいしぐさで。「そうだったかな」

「フランス語を教えているとか」

「以前はね。いまはちがいますが」

「ジャン＝フランソワはフランスのいろんな雑誌に、スポーツの記事を書いているの」リンダが説明した。「この人ね、オリンピックのメダリストなのよ。二〇一二年に銅メダルを獲ったのよね――ロンドン・オリンピックで」

わたしは感心した。「種目は?」

ジャン＝フランソワは、すでにわたしへの興味をなくしていた。「ティラ・ラルクです」

フランス語は得意なつもりだったが、この言葉は知らない。わたしはぽかんとした。

「アーチェリーよ」リンダはにっこりし、ジャン＝フランソワの手をとった。

4

リンダ・ケンワージーからカーン警視の電話番号をもらったわたしは、リッチモンド駅へ戻る途中、さっそくかけてみた。

リヴァービュー・クロースを訪ねたことで、わたしは心がずしりと重くなったのを感じていた。考えてみると、リンダ・ケンワージーもアンドリュー・ペニントンも、ともにあの事件に巻きこまれた被害者なのだ。これまで考えてみたこともなかったが、殺人事件というのは、いろいろな意味で車の死亡事故に似ている。関係者はみな、それぞれの人生の途中でたまたまその場所を通りかかり、事件によってさまざまな痛手を負う。そして、少なくともひとりは死ぬ。ひとり以上が、その責めを負わされる。だが、誰ひとりとして、そんなものに巻きこまれて嬉しいはずはないのだ。

そんな場所で、わたしはいったい何をしているのだろう？　リヴァービュー・クロースまでわざわざ出かけてくるなんて、悪趣味な野次馬以外の何ものでもない……そのうえ、間が抜けてさえいる。これだけの年月が経ち、事件の残滓《ざんし》など何も残ってはいないのに。わたしは手ぶらで帰ることとなるのだ。

だが、わたしが気づいていなかっただけで、アンドリューもリンダも、ともに手がかりを明かしてくれていた。もう少しわたしが注意ぶかかったら、本当はリヴァービュー・クロースで何が起きたのか、その真相に深く踏みこむことができていただろう。ただ、わたしは何も考えていなかった――というより、ホーソーンとジョン・ダドリーのことに気をとられていた、というほうが正しいかもしれない。

以前、この事件について打ち合わせをしたとき、ホーソーンはわたしの前の助手のことを、おそろしく褒めそやしていたものだ――〝あいつがいなかったら、おれはあの事件を解決できなかっただろう〟と。だが、それなのに、ホーソーンはいっこうにジョン・ダドリーのことを詳しく話してくれようとしない。かつて警察官だったことは聞いた。病気になってしまったことも。その後、おそらく何かが起きて、ふたりの関係は終わってしまったらしい。そこで、わたしが新たな助手として登場したわけだ。こんな経緯を考えたら、わたしがそのあたりの事情を詳しく知りたいと思うのも無理はあるまい。

カーン警視に電話をかけたのも、それが主な理由だった。またしても、モートンの言葉が頭にこだまする――〝この物語は、あなたが思っているようには終わらない〟。あれがどういう意味なのか、どうしてもつきとめずにはいられなかった。きっと、カーン警視こそは、わたしの疑問に答えられる人物にちがいない。

三回めの呼び出し音で、警視が出た。

「カーンだ」

「カーン警視ですか？　個人の番号に電話してしまってすみません。この番号は、リンダ・ケンワージーから教えてもらったんですが」

「そちらは？」

わたしは名のった。電話の向こうでほんの一瞬、言葉が途切れる。

「あなたのことは知っていますよ」警視は答えた。

「いまは、ホーソーンと仕事をしているんですが」

「そのようですね。本を一冊読みました」

おもしろかったと言ってくれるのかと、しばしわたしはその続きを待った。言ってはもらえなかったが。

「よかったら、ちょっとお会いして話を聞きたいんですが」

「どうして？」

「いま、ちょうどリヴァービュー・クロースの事件について書いているところで」

長い沈黙。「あれはもう、とっくに終わった事件です。あれから長い年月が経ったいま、誰もが次へ進んでいるものと思いたいですな。いい考えとは思えませんよ」

「あなたと会うことが？　それとも、この事件の本を書くことですか？」

「どっちもです」

「あなたなら、きっと力になってくれると思っていたんです。この事件のあらましは知っているんですが、あなたの視点からの話を聞かせてもらえれば、きっとすばらしく得るところがあると思うんですよ。ホーソーンとともに捜査をして、何がよかったかとか……」

「よかったことなんて何もありませんね。あの男が事件にかかわっていたのも、たった二日間なので」

「それから、ジョン・ダドリーについても聞きたいんですよ。ダドリーの電話番号か、せめてメールアドレスでも持っていませんか?」

「どちらも知りません」

カーン警視は電話を切ろうとしていた。声の様子で、それとわかる。

「警視、ほんの十分か十五分でいい、どうかわたしと会ってもらえませんか? ロンドンのどこへでも行きますよ。どちらにせよ、この本はいずれ刊行されるでしょうし、あなたは主要登場人物のひとりです。もちろん、あなたが困るようなことは、いっさい書くつもりはありません」

「そう願いますね」その言葉には、警告の響きがあった。

「ジャイルズ・ケンワージー殺害事件と、その後に続いたすべての出来事については、いまはもうすべて自由に調べられる状態ですよね。わたしがお願いしているのは、あなたの視点から見た話が聞きたいということだけなんです」

今度は、さらに長い沈黙が続く。

やがて、警視が電話を切った。

第七部　二度めの話しあい

1

アリスン・マンズと夫のガレスはウォキングのはずれの、似通った意匠の家ばかりが建ちならぶ通りに住んでいた。どの家も舗道沿いに生垣が延び、張出窓があり、二階の天井から上は壁面に梁《はり》が露出するハーフティンバー様式で、玄関には屋根付きの柱廊。そして、車庫や駐車場付きの小さな前庭が、道路と玄関とを隔てている。家の裏にはそれぞれまったく同じ大きさの庭が広がり、鉄条網や、一部は線路を隠す役割もはたしている木立で区切られていた。

十六番地の呼鈴を押すと、音楽が鳴った——ベートーヴェン『エリーゼのために』の冒頭部分だ。ガレスはクラシック音楽を好む。アリスンはいつも、そんなものを聴くと頭がおかしくなりそうだと言ってはいたが、ふたりとも相手のおかしな趣味は認め、許容することにしていた。それが、円満な結婚生活を長持ちさせる秘訣なのだ。その聞き慣れた曲の一節が、家の中に響きわたった。

「来たぞ」ガレスが叫ぶ。

「あなたが出て!」アリスンがキッチンから叫びかえした。

ガレスは玄関のドアを開けた。

「ミスター・マンズ?」ホーソーンの来訪だ。後ろには、ダドリーが控えている。ここまで乗ってきた車が、ちょうど帰っていくのが見えた。「わたしはホーソーン。こちらは同僚のジョン・ダドリーです。義理の妹さんのお加減は?」

「いや、それが、あまり……」ホーソーンは前日に連絡をよこしていたので、ふたりが来ることがガレスにはわかっていたが、それでもやはり、家に上げるのは気が進まない。「警察は、先週も来たんですよ」

「カーン警視でしょう……」

「ええ」

「きょうは、前回の聞きこみの補足にうかがいました。なにしろ、すべてをきっちりと確認しておく必要がありましてね。どうか、ご理解いただきたい」

ガレスはご理解などしていなかった——とはいえ、いまさら断るわけにもいかず、通りに面した窓のある、こぢんまりした四角い居間へふたりを通す。部屋には飾りの薪を入れたガス暖炉があり、炉棚にはガラス、磁器、彩色した木、プラスティックなどの白鳥がぎっしりと並んでいた。白鳥を集めるのが、アリスンの趣味なのだ。片隅には熱帯魚の水槽があり、色鮮やかな魚たちが、ガラスに囲まれた自分たちの小さな世界を飽きることなく行きつ戻りつしている。

フェリシティ・ブラウンは上階の寝室から居間に下り、いまは姉と並んでソファにかけている。ガウンにスリッパという恰好で、髪は乱れたままだったが、それ以外は夫が生きていたころに比べ、さほどひどい様子には見えない。これが、フェリシティの病気の残酷なところだった。すでにぎりぎりまで状態が悪くなってしまっているために、さらに落ちる余地があまり残っていないのだ。ホーソーンとダドリーはもうひとつのソファに腰をおろし、フェリシティと向かいあう。ガレスは、すでにひとつしかないひじ掛け椅子に腰をおちつけていた。

「おたくにとって、どれだけたいへんなことをお願いしてるか、それはわかってるんですがね」ホーソーンが切り出す。「ただ、おたくのご主人とジャイルズ・ケンワージーの死については、まだ答えの出ない疑問が残ってるんですよ」

フェリシティは何も答えなかった。

「無理をして、この人たちと話さなくてもいいのよ」静かな口調で、アリスンが声をかける。

「いや、そこは話してもらわないと」ホーソーンが言いかえす。「ブラウン氏の死は自殺ではなかった可能性がかなりあると、われわれは見てるんですよ……」

「そんなこと、カーン警視は言っていませんでしたよ」

「この週末に新たな情報が入りましてね、それによって、こちらの見立てもがらりと変わってきそうなんです」いかにも警察関係者らしい口調で、ホーソーンは語ってみせた。実のところ、もしもこんなところで勝手に聞きこみをしていることがカーン警視に知られたら、ふたりは逮捕されても文句は言えないのだが。

その戦略は功を奏したようだ。「何を知りたいんですか?」フェリシティが尋ねる。

ダドリーはメモ帳を取り出した。iPhoneの録音ボタンはすでに押し、会話のすべてを記録している。

「おたくは、ご主人がジャイルズ・ケンワージーを殺したと思ってますか?」ホーソーンは尋ねた。

「いったい、どういうつもりでそんな質問を?」呆然とした様子で、姉のアリスンが割って入る。

「当然の質問だと思いますがね」ホーソーンは答えた。

「やっぱり、カーン警視にお電話したほうがいいのかも……」アリスンは妹の手をとった。

だが、フェリシティはその手を引っこめた。ホーソーンの言葉により胸の奥で何かが目ざめ、これまで表に出すまいと封じこめていた怒りが解き放たれたかのようだ。あなたのご主人は亡くなりましたと、カーン警視はフェリシティに告げた。亡くなる前に、ジャイルズ・ケンワージー殺害を遺書で告白している、と。あの警視のひとことで、フェリシティの世界は粉々に砕けちってしまった。だが、こちらの言いぶんは何ひとつ聞いてはくれなかったのだ。「言うまでもなく、あの人は誰も殺してはいません」フェリシティは答えた。「ロデリックは、けっしてそんなことができる人じゃないんです。あんなにも優しく、思いやりのある男性はいないんだから。自分たちが何を言っているのか、警察の人たちはわかっていないのよ」

「じゃ、おたくはご主人が自殺したとも信じてないんですね」と、ダドリー。

「ロデリックがわたしをひとり残していくはずがないでしょう。わたしたち、結婚して二十六年になるんです。病気でわたしがこんなふうになってしまうまでは本当に幸せだったし、こんな病人と夫婦でいたい人なんていないでしょうに、ロデリックはけっしてわたしから離れようとしなかった。そういう人なのよ。診療所に来ていた患者さんたちに訊いてみて。誰に訊いたって、きっと同じことを言うでしょうね。すべての患者さんひとりひとりのことを、ロデリックは真剣に考えていたの。少しでも大がかりな治療をするときには――歯根端切除とか、抜歯とか――何度も何度も、くりかえしX線写真を確認したりね。すべてを完璧にやりとげたくて」

アリスンとガレスは目を見交わした。フェリシティがこんなにも長く、ひと息でまくしたてるのを聞くのはいつ以来だろう。

「じゃ、おたく宛てのあの手紙は、どう説明しますかね？」ホーソーンが尋ねる。

「わかりません」

「あなたを自宅から遠ざけておきたかったのは、どうしてだと思います？」

「わたしのことを心配していたからよ」

「ロデリックはうちに電話をくれたんです」アリスンが口をはさんだ。「近所の人が亡くなっているのが見つかって、警察官がいっぱい来ている、って。騒がしいしおちつかないし、まる一日くらい、フィーはここを離れていたほうがいいだろうと言っていました。そして、帰りはうちまで送ってほしい、ってね」

「当然、うちは引き受けましたよ」と、ガレス。あごひげを生やした大柄な男性で、両脚を大きく開き、膝の上に手を載せている。「フェリシティが病気になってからは、ときどきうちで預かってるんでね。子どもたちはふたりとも大学に行ってて、部屋も余裕がないわけじゃないんですよ」

ホーソーンはフェリシティに向きなおった。「ここへ来る車の中でご主人が話したことのうち、何か奇妙に思えることは？　ご主人が何を考えてたのか、内心をうかがわせるようなことを漏らしませんでしたかね？」

「あの人、馬鹿なことをしてしまったと言っていました」

「というと……隣人をクロスボウで撃ってしまった、とか？」ダドリーが水を向ける。

「ちがいます。そんなことじゃないの。ロデリックは自分に腹を立てていました。でも、わたしには心配するなと言ってくれて。ここに送りとどけると、まさにこの部屋でさよならのキスをしたんです。それで、これだけははっきりと言えるけれど――あの人がわたしを見る目つきを思い出しても――ロデリックは、またわたしと会うつもりでいました」フェリシティは目を閉じ、その瞬間をふりかえった。「あれは、最後のさよならのつもりなんかじゃなかった。そうだとしたら、わたしにはきっとわかったはず」

一匹のベタ・スプレンデンスがさまざまな色の交じった尾を揺らしながら、水槽をゆったりと横切っていく。プラスティックでできた海賊のガレオン船に隠れ、ポンプがぶくぶくと泡を吐き出す。低いモーター音が途切れることなくじわじわと、室内の沈黙に混じりあう。

「じゃ、何があったんだと思います？」ホーソーンが尋ねる。「あれが自殺じゃなかったとしたら、ご主人はどうして殺されたと？」

「わたし、ロデリックは何かを見てしまって、誰かに消されたんだと思うんです」

「誰に?」と、ダドリー。

「ジャイルズ・ケンワージーを殺した人物に」フェリシティの口調は、まるであたりまえのことを説明しているかのようだ。「それが誰なのかはわかりません――でも、その人がうちの車庫からクロスボウを持ち出したんだとしたら、それをロデリックが目撃していたのかも。車庫の屋根には天窓があって、洗面所の窓からも見えるんですよ。ひょっとしたら、歯を磨いているときにでも、その場面を見てしまったんじゃないかと思います」

「だが、ご主人はおたくに何も言わなかった」

「わたしを心配させたくないと思ったんでしょうね」

「まだ何か質問があるんですか、ミスター・ホーソーン?」ガレスがさえぎる。「そろそろフェリシティはベッドに戻らないと。こんなつらい話を続けさせるわけにはいかない」

「ええ、まだあります」気を揉むガレスにかまわず、ホーソーンはフェリシティに注意を戻した。「ご主人と最後に会っていたのは、アダム・シュトラウスだったとか」

「ええ。警察から聞きました」

「ふたりは友人どうしだった?」

「とっても親しい友人どうしでした。アダムはいつもわたしたちに手を貸してくれ、何かと気をくばってくれていたんです。近所の人たちは、みないい人たちばかりで。隣のメイとフィリスも。アンドリュー・ペニントンはプール建設の許可申請について、いろいろ助言をくれました。トム・ベレスフォードはわたしに睡眠薬のテマゼパムを処方してくれて……」
「ロデリックは処方できなかったんですかね？」
「英国歯科評議会の指針により禁じられているんです」フェリシティは苦しげに息を継いだ。
「どうしたらお力になれますか、ミスター・ホーソーン？　わたし、どんなことでもします
……いったい何があったのか、真実を見つけ出すためなら」
「もう一度、ご自宅を見せてもらいたいんですがね」ホーソーンは答えた。「鍵を貸してもら
えたら」
「うーん、それはどうかしら――」アリスンが口を開く。
「この人に鍵を渡してあげて」と、フェリシティ。「警察はもう、わたしたちを見捨てたのよ。
ロデリックのことなんか、気にしてもいない」床を指さす。「鍵は、そこのハンドバッグに入
っているから」
ガレスはホーソーンを信頼しきれないようだったが、それでも義妹に言われたとおり、バッ
グから鍵を探し出した――銀色のリングにイェール錠の鍵が二本、棒鍵が一本ぶらさがってい
る。ホーソーンは棒鍵を手にとった。「これは車庫の鍵ですかね？」
フェリシティがうなずく。「ええ」
「これは、ずっとおたくが身につけてました？　誰かが使った可能性は？」
「ありません。ずっと手もとに置いてあったから」フェリシティはここまで、たっぷり質問に
答えてきた。もう、体力はほとんど残っていない。「訊きたいことがこれで終わりなら、わた

し、そろそろ身体を休めないと」

「すみません、あと二つ三つだけ。警察が見つけた車の鍵は、たったひとつだけだったんですよ。それは、ご主人のズボンのポケットから見つかったんですが」

フェリシティはうなずいた。「ええ、あれはひとつしかないんです。もうひとつは、休暇でトーキーに遊びにいったときにあの人が失くして、予備をまた作ろうと思いつつ、そのままになっていたの。どうして？　それ、重要なことなんですか？」

「いや、おそらく関係ないでしょう。あと、ご主人の携帯も見つかっていなくてね」

「それは、ずいぶんおかしな話ね」

「ここにフィーを送ってきたとき、ロデリックはちゃんと携帯を持ってましたよ」アリスンが口をはさむ。「届いたメッセージを確認していました。ちょうど正午ごろよ。わたし、見ていたんだから」

「そこから、まっすぐ自宅へ戻ったんですかね？」

「あの人はね、いつも玄関ホールの箪笥《たんす》の上に携帯を置いていたの」と、フェリシティ。「それだけは、いつもきっちり守っていたんです。あそこに置いておけば、家のどこにいても鳴ったのが聞こえるし、どこにあるのかあわてる必要もないから」

「われわれも探してみますよ」ホーソーンはうけあった。「ひょっとして、携帯の暗証番号を知りませんか？」フェリシティが不安げな顔をしたので、こうつけくわえる。「もしも携帯が見つかったら、そこから有益な情報が見つかるかもしれない。中を見る必要があるんですよ」

フェリシティはうなずいた。「1・9・6・5です。あの人、六五年の九月一日生まれだったから」

ガレスに手を伸ばし、立ちあがるのを助けてもらう。フェリシティはもう、ここまでのやりとりで体力のすべてを使いはたしてしまっていた。ガレスはそのまま義妹を居間の外に連れ出そうとしたが、戸口にたどりつく前に、ホーソーンが呼びとめる。

「二度めの話しあいがあったはずですよね」

「何ですって?」フェリシティがふりかえった。

「あの住宅地のみなが集まってたはずです――おそらくは《厩舎》に。一度めの話しあいが開かれた場所ですからね。週末のどこかだったとみてますが。ジャイルズ・ケンワージーが殺されたのは月曜日なんで、その直前でしょう」

フェリシティはガレスにしがみつくようにして、その場にしばらく佇《たたず》んでいた。返事をする力を振りしぼるのに、しばらくかかる。「あれは日曜の夜でした。どうして、そのことを知っているの? 誰が話したんですか?」

「誰も話してはくれませんでしたよ」ホーソーンが答えた。「ちゃんとした言葉ではね。おたくも出席してたんですかね?」

「いいえ」フェリシティはかぶりを振った。「わたしはひどく疲れていたし、話しあいを重ねても意味があるとは思えなかったので」

「それで……?」

「だから、何もお話しできることはないんです、ミスター・ホーソーン。その夜、話しあいが終わった後にロデリックとは顔を合わせていないけれど、翌朝にはまだお酒の臭いがして、昨夜はずいぶん飲んだんだなとわかりました。その月曜は、普段と同じように出勤していったのは確かです。ただ、家を出る前に、わたしに朝食を運んできてくれたんだけれど、様子がいつもとはちがってね。昨夜は《厩舎》に行ったと言っていて、何かロデリックを動揺させるようなことがあったのだとわかりました。でも、何があったのか尋ねても、あの人は話してくれなかった。そして、このことは誰にも言うなと釘を刺されたんです。

それっきり、そのことはもう尋ねませんでした。ロデリックはすっかりもの思いに沈んでいて、あまりうるさく問いつめたくはなかったから。でも、やっぱり訊くべきだったのかもしれない——あの人が死んでしまったのは、それから二日後のことだったんです。たった二日後に、わたしはあの人を奪われてしまったの」

フェリシティはもう、一刻も早く寝室に戻りたいようだった。それでも、これだけは言っておかなくてはというように、必死に言葉を継ぐ。

「二度めの話しあいがあったのは確かです。何があったのかは知らないけれど、どうか、あなたがそれを探り出して。何にせよ、そのためにわたしのロデリックは死ぬはめになったんだから」

2

ホーソーンとダドリーは、ウォキングからリッチモンドへ戻るタクシーに乗りこんだ。料金の高いブラック・キャブではなく、ミニキャブだ。三十キロ以上の距離があるので、そう贅沢はできない。地元のタクシー会社の車の狭苦しい後部座席に、ふたりはどうにか身体を押しこんでいた――べたべたするプラスティックのシート、空気がなかば抜けたタイヤ、あまりに陽気すぎてうるさい運転手。ホーソーンはめったに公共交通機関に乗らない。知らない人間と身体を寄せあうのが苦手だからだ。だが、M三号線をのろのろと走るこのタクシーでの移動は、さまざまな意味でそれよりひどかった。

「訊きたいことがあるんだが……」めずらしくこちらより遅い車を追い越したところで、ダドリーが口を開く。こちらの会話が運転手に聞かれる心配はなかった。この車のエンジンはすでに息も絶え絶えで、抗議の叫びをあげているところだったからだ。お互いの声さえ、聞きとるのがやっとだった。

「言ってくれ」

「おれたちはいったい何をしてるんだろうって、ふと思っちまったんだよ。カーンからはお払い箱にされたわけだよな。あの警視は捜査を終了させ、自分の昇進の材料にすべく報告書をまとめちまった。つまり、いまおれたちがやってることに、報酬は出ないんだ」

「おまえはちゃんと受けとれるようにしとくよ、相棒」

「それ、おまえが出すってことか?」ダドリーが納得のいかない顔をする。「おまえらしくないよ、ダニー……そんな、慈善活動みたいなことはさ」

「慈善活動じゃない。真相にたどりつくには、おまえの協力が必要なんだ」

「誰もいなくったって、おまえはたどりつくだろう」

「おれたちが結果を出せば、カーンも金を出す。カーンが出さないんなら、モートンがしぶしぶ出すさ」

「どうして、モートンがそんなことをしなくちゃならない?」

「おれの機嫌をとるために。それに、警察と良好な関係を保つのも商売の役に立つ。会社の方針ってやつだ」

それから、しばらくは静寂のうちに……少なくとも話はせずに、揺れる車に身をまかせる。車内にはあいかわらず苦しげなエンジン音が響きわたっていたが、運転手はさらにラジオのスイッチを入れ、ちょうど英国で大ヒット中の『ハッピー』をうたうファレル・ウィリアムスの声がそこに重なった。いかにも高速道路らしい、何の面白みもない風景が車窓を流れていく。

「おまえは知りたくないのか?」ホーソーンが尋ねる。

「犯人は誰か、ってことか? もちろん知りたいさ。おまえはもう、最後まで解き明かしたのか?」

「だいたいのところまではな。ロデリック・ブラウンをどうやって殺したか、その方法はまだはっきり見えてこない。それは、実際にあの車庫でいろいろ調べてみないと。だが、理由はわかった気がする」

「あのストローだよな」

「ああ。あのストローだよな」

「……あの男の胸ポケットに入ってた……」

「……そして、鍵はズボンのポケットに」

「ああ。あれもおかしかった。おまえもきっと気づいただろうと思ってたよ」

運転手がギアを切りかえ、機械のきしむおそろしく耳ざわりな音が響きわたる。

「カーンは馬鹿だよな」と、ダドリー。

ホーソーンはうなずいた。「この事件でそこだけは、捜査の最初からわかってたことだったな」窓から外を見やる。ラジオでは、ファレル・ウィリアムスがちょうどサビの部分をうたっているところだった。

「幸福こそが真実、か。なかなかいい歌じゃないか」と、ホーソーン。

ダドリーはかぶりを振った。「幸福はけっして真実なんかじゃない、ダニー。真実ってのは、クソ野郎どもにツケを払わせることをいうんだ」ホーソーンがこれまで見たことのなかった苦みが、いまやダドリーの目に浮かんでいる。「ケンワージーは馬鹿なやつだったよ。いかにもイートン校出らしい拝金主義者で、近所の連中に嫌な思いばかりさせて。だが、だからって、喉にクロスボウの矢を食らっていいわけじゃない。それに、ロデリック・ブラウンは立派な男だったよな、病気のかみさんの面倒を見て。あの男ははめられたんだろう？　はめられて、それから消されちまった。おまえの言うとおりだ――このままにして放り出すわけにはいかない。どうしても、最後までたどりつかないと」

タクシーの運転手はトレーラーを追い越し、配達トラックの前に無理やり割りこんで、抗議のクラクションを鳴らされた。ほんの一瞬、タクシーはふらふらと中央車線に侵入し、やがてまた路肩寄りに戻る。

「それまで、おれたちが生きのびられるといいが」ホーソーンがぼやく。

リッチモンドへの出口を示す標識が現れはじめた。あと十キロだ。ふたりは身ぶるいし、先に備えた。

3

その日の《ティー・コージー》はいつになく混んでいた。書棚で本を眺めている客がふたり、そして三人めはテーブルにつき、アール・グレイのお茶を飲みながら、赤い生地に白いクリームを塗ったレッド・ヴェルヴェット・ケーキをぱくついている。この客のことは、メイ・ウィンズロウはよく知っていた。週に一度はこの店に足を運ぶシンプソン夫人だが、めったに本を買うことはない。

メイはその向かいに坐り、本を手にとっていた。表紙には、村の風景の輪郭が浮かびあがった絵の上に、赤い文字で題名が記されている――〝『逆さまジェニー』――《アメリア・ストレンジ》シリーズ〟。「これはねえ、とってもすばらしいお話なのよ」メイが説明する。「もちろん、『アクロイド殺害事件』は読んだわよね――この本も、近い時期に書かれた作品でね。ウィルトシャーにブロッサムベリーという村があって、そこの夏祭りから物語が始まるの。ココナッツ落としゲームを開催していた牧師が毒殺されて、実は牧師の伯父さんが、地元の名士で有名な切手蒐集家のサー・ヘンリー・フェローズだったことがわかるわけ。ココナッツのひとつの中から、すばらしく高価な切手が見つかって、そこから謎が展開するのよ」

「よくわからないわね」と、シンプソン夫人。「ジェニーって誰?」

「それはね、切手の名前なの。この本は《アメリア・ストレンジ》シリーズの三冊めでね。全部で四十二冊もあるシリーズなの。アメリアは、わたしのお気に入りの探偵のひとりなのよ。教会の聖歌隊の一員で、とっても賢いシャム猫を飼っていてね。アメリアとその猫が、いっしょに謎を解いていくの――」

店のドアが開き、ふたりの男が入ってくる。メイはずっしりと心が沈むのを感じた。一度、《切妻の家》に話を聞きにきたふたりだ。あれで、もう二度と顔を見ることはないと思っていたのに。

「ウィンズロウ夫人」ホーソーンが会釈する。「ちょっと、われわれだけで話がしたいんですがね」

「よくわからないわね」メイはどうにか笑みを浮かべてみせた。「この事件の捜査は、もう終わったものとばかり思っていたのだけれど」

「残念ながら、まだまだでしてね。いくつか質問したいことがあるんですよ」

「ブラウン氏について？　それなら、わたしはもう――」

「いや。リーズにあるフランシスコ会の聖クレア修道院についてね」

まるでメイに喧嘩を吹っかけようとするかのような態度で、ホーソーンはその場に突っ立っていた。ジョン・ダドリーのほうはいかにも気まずそうに、足をもぞもぞと動かしている。メイは悟った。心のどこかで、こうなるかもしれないとは思っていたのだ。テーブルから立ちあがり、口を開く。「ごめんなさい、きょうはこれでお店を閉めることになりました」店内のみなに聞こえる声だ。

「わたし、その本を買おうと思っていたのに！」シンプソン夫人がつぶやく。

メイはいまだにさっきの本を持っていたことに気づき、それを夫人の手に押しつけた。「これ、さしあげるわね。おもしろかったかどうかだけ、後で教えてちょうだい」

フィリスはずっと厨房に立ったまま、三人の客が店を出ていくのをまごまごしながら見おくっていた。メイが戸口に歩みより、ドアの鍵をかける。ホーソーンとダドリーは、テーブルを囲む席についた。「お茶、召しあがります？」フィリスが尋ねる。

「あなたもここに来たほうがいいわよ、フィリス」メイが友人に指示する。「お茶はいらないでしょう」

フィリスは言われたとおりにした。

「われわれはフェリシティ・ブラウンに会ってきたところでしてね」ホーソーンが切り出す。

「あら。フェリシティの様子はどうでした?」

「つまり、治らない病とご主人の自殺を別にして、ってことですかね?」ダドリーが口をはさむ。「そういう状況にしちゃ、なかなか悪くなかったですよ」

メイが頰を紅潮させた。「どういうご用なんですか、ミスター・ホーソーン?」

「リヴァービュー・クロースに戻る途中、ちょうどここを通りかかったんでね。せっかくだから、おたくらとちょっと話でもしていこうかと思ったんですよ」

「ついでに言うなら、どうか——今回は——本当のことを話してもらえるとありがたいですね」ダドリーがつけくわえた。

「失礼にもほどがあるわね、お若いかた」

「いや、そんなに若くもないんですが」

「われわれは、おたくらの本名を知ってましてね」と、ホーソーン。

フィリスの顔が衝撃にゆがむ。メイは感情を表すまいとしていた。

ホーソーンは続けた。「ふたりの老婦人が、リッチモンドに建つ家に越してきた。どこからともなく現れて、誰もふたりを知らない。誰も訪ねてこない。手紙も荷物も、どこからも届かない。わたしはちょっと調べてみようとしたんですがね、いっこうに何も出てこない。それで、ふたりの名前は本名なのだろうかと、ふと思ったんですよ。ひょっとしたら、名前を変えちゃいないかとね。

　誰にも気づかれずに名前を変えるのは、さほど難しいことじゃない。たとえば、おたくの名前が聖トマスのようにｏがひとつのモアだとしたら、もうひとつｏをつけくわえるだけでもいいんですよ。あるいは、旧姓に戻ったっていい。たとえば、メイ・ブレナーという名から、メイ・ウィンズロウにね。この国じゃ、平型捺印証書を作成するだけで、おそろしく簡単に名前を変えられる。犯罪者の常套《じょうとう》手段だ。パスポートや運転免許証を申請するんでもなきゃ、誰も気づきゃしないんです」

　メイの顔からは、すっかり血の気が失せていた。肩を上下させ、小さなあえぎ声を漏らしながら荒く息をつく。

「おたくらは、何度かうっかり正体を現してましたね」ホーソーンは続けた。「どこで気づいたか、聞きたいですかね？」

　メイはうなずいた。

「そう、まず最初に、おたくらは三十年間にわたって修道院にいたって話だった。ところが、おたくの友人のフィリスは、晩課が寝る前の最後の祈りだと思ってたようですね。実際にはその後に終課があって、それから〝大いなる沈黙〟、つまり話すことを禁じられる時間帯に入る。それに、フィリスはおたくらが〝同房仲間〟だったと語りましたね。修道院の同部屋だったと、おたくはあわてて説明した。だが、そもそも修道女が同じ部屋を分けあう必要があるかは別としても、自分たちを〝同房仲間〟と呼ぶのは刑務所上がり、とりわけ女子刑務所の受刑者に多いんでね。

　さて、ここで考えてみるとしましょう。聖クレア修道院は、どうやらリーズ近郊、オズモンドソープにあるらしい。だが、驚くべき偶然と呼ぶしかないが、そこからほんの三十分くらいの距離に、ウェイクフィールドのニュー・ホール刑務所もありましてね。そこは、サラ・ベインズが服役してた場所なんですよ。サラをここの庭師に推薦したのはおたくでしたね。〝若い子たちには機会を与えてあげないといけない〟――おたくはそう言った。これは心温まる考えかたではあるが、もしもサラがおたくらの過去を暴くと脅していたんなら、別の意味もこめられていたことになる。サラが庭師として無能で、おたくらの犬を殺したかもしれない、そう思ったって解雇することさえできない。おたくらの弱み《ショート・アンド・カーリーズ》を押さえてるからだ」

「修道女にも、陰毛《ショート・アンド・カーリーズ》ってあるのかな?」と、ダドリー。

　メイはフィリスをにらみつけた。「だから、いつも言っていたじゃないの。あなたって人は、本当に口を閉じていられないんだから」

「わたし、そんなつもりじゃ……」フィリスがしょんぼりと弁解を始める。

　食べかけのケーキと冷えたお茶の載ったテーブルをはさんで、メイはホーソーンをまっすぐに見すえた。「わたしは、ちゃんと自分の刑期を務めあげました。何もまちがったことはしていないのよ。ただ、余生を静かに暮らしたかっただけ。サラもそれは知っていた。そう、あなたの言うとおり、あの小娘はわたしたちを脅迫したの。わたしたちの正体は知っている、それをみんなにばらしてやる、と言ってね」

「何をばらそうとしてたんですかね？」ホーソーンは尋ねた。

「わたしたちが刑務所にいたことを」

「それだけじゃないと思いますがね」

「おたくはご亭主を殺したんだ」ダドリーが口を添える。「デイヴィッド・ブレナーって名だった」

「当然の報いよ」

「まあ、たしかにおたくの言いぶんにも一理ある。おたくは肉叩きでご亭主を三十回は殴りつけた。家じゅうが血の海で、警察犬さえ吐くくらいの惨状だったとか。ご亭主の遺体は浴室で解体し、木曜朝に収集してもらえるよう、頭部をごみ箱に入れておいたんだ」

「主人について、あなたに話したのは本当のことよ。デイヴィッドは怖ろしい人だった。出会ったとき、わたしは十七歳だったの。この世界のことを、何ひとつ知らなかったのよ。まだ、ただの子どもにすぎなかった。でも、いったんあの男の手に落ちてしまったら……あなたには、とうてい想像もつかないでしょうね。あの男が、いったいわたしに何をしたか！　わたしを殴り、残忍な仕打ちを重ね、わたしの自信すべてを打ち砕きつづけたのよ、あの日、ついにわたしが切れるまで」言葉を切る。「フィリス、よかったら、あなたのモクを一本ちょうだい」

「モクか」ダドリーがつぶやく。「これも刑務所の隠語だな」

「あんな思いをさせられたら、何をしたって、すっきり忘れることなんてできないものよ」いったん正体を暴かれてしまうと、恐怖も怒りもどこかに消えてしまったのを、メイは感じていた。いまや、すっかりいつものおちつきをとりもどし、フィリスからタバコの入ったポーチを受けとると、慣れた手つきで紙を巻いて火を点《つ》ける。「裁判官は、わたしの言うとおりだと認めてくれた。従順な性格の妻を、デイヴィッドはさんざん苦しめていたと。これは、まさに裁判官が使ったとおりの言葉よ。わたしたちの結婚生活を通して、デイヴィッドがあまりに横暴なふるまいを続けたために、わたしは極限まで追いつめられてしまった。その結果、わたしがしてしまったことも、すべてわたしの責任とはいえない、って」

「それでも、その裁判官はおたくを刑務所送りにした」

「これは激情に駆られてとっさに起こした事件じゃない、計画した殺人だったからよ」思わず知らず、メイはうっすらと笑みを浮かべていた。「わたしは十年間、ずっと計画を練りつづけていたの。そうなると、裁判官もどうしようもないでしょう。でも、わたしを可哀相に思ったからこそ、裁判官はわたしがお金を持っておくことを許してくれたのよ」

「つまり、おたくのご亭主の金だ」

「ええ」

「一九八二年没収法だな」と、ダドリー。

「あなた、さすがに法律をよく知っているわね！　原則として、配偶者を殺した人間は、その配偶者の財産を自分のものにはできない。すべてを没収されてしまうの。でも、裁判官は例外を設けることもできる――その規定を、わたしに適用してくれたわけ」

「金持ちの叔母さんから遺産を相続したなんて話は、最初から信じてませんでしたがね」ホーソーンは告げた。「そんな話は、この店の書棚に並んでる本の中でしか起きない。現実にはありえないんだ」

「それから、oがひとつのフィリス・モアの話も忘れちゃいけない……」ダドリーが指摘する。

フィリスは身をよじった。「その話、しなくちゃだめなの？」弱々しい声で尋ねる。

「手持ちの札は、いさぎよく全部さらしたほうがいい」ダドリーがため息をついた。「どうやら、おたくもご亭主のことをあまり好きじゃなかったらしい！　ウイスキーのボトルで頭をぶん殴り、ガソリンをたっぷりかけて火を点けた。ご亭主の悲鳴は、半径一キロ以上に響きわたったとか」頭を振ってみせる。「おたくらがそれぞれ自伝を書いたって、どっちもこの店の書棚には並ばないだろうな」

「わたし、ついかっとしちゃって」視線を落とし、フィリスはつぶやいた。「でも、うちの人と結婚したら、誰だって同じことをするはめになったでしょうよ。本当にひどい人だったんだから」

「サラ・ベインズは、どうやっておたくらを見つけ出したんですかね？」ホーソーンは尋ねた。

「あれは運が悪かったのよ。たまたまリッチモンドの街でわたしたちを見かけ、家まで後を尾けてきたようね」メイはホーソーンをにらみつけた。「自分のしたことを誇りに思っているわけじゃないけれど、でも、恥じているわけじゃないの」きっぱりと言いはなつ。「殺人がどんなことなのか、誰も本当にわかってはいないのよ……実際の殺人はね」店内の書棚をひとまとめに片づけるように、メイは手を振ってみせた。「あんなものはね、みんなただの娯楽よね。何の意味もない。でも、フィリスとわたしはね、本当に怖ろしい場所にいたのよ」

「ニュー・ホール刑務所のことね」と、フィリス。

「いいえ、ちがう。刑務所じゃない。その前よ」メイはタバコを深々と吸った。「人を殺すというのがどんなことか、あなたには想像もつかないでしょうね。胸のうちの闇がすべてを破壊し、自分自身を蝕《むしば》んでいくあの感覚。それが、他人の生命を奪うということなの。戦場に立っているわけでもなく、キッチンや居間、ほっとできるはずの自宅でそんなことになる。その一瞬で、たったひとりじゃない、ふたりの人生がそこで絶たれてしまうんだから。

直後には、腰をおちつけて幸福感に浸ることもできる。これで、やっと終わった！　溜めこんできた怒りや憤《いきどお》りが、ついに爆発したのよ。でも、やがて、自分が何をしたのかが、はっきりとわかってくるの。もう後戻りはできないと悟り、誰かに見つかるのが怖くてたまらなくなり、そして言うまでもなく、後悔が押しよせてくる。心の底から……そう、あんなことにならずにすんでいたらと、心の底から願うのよ。『テレーズ・ラカン』は読んだことがあるかしら？　ここの書棚のどこかにあるはずよ。ぜひ持っていってちょうだい」言葉を切る。「殺人を犯したものはみな、自分のしたことを後悔する……完全に正気を失っていないかぎりはね。ニュー・ホール刑務所にいたときも、その前にホロウェイ刑務所にいたときも、自分のしたことを心から誇っている女性になんて、わたしはひとりも出会っていない。平気なふりをしている女性もいたけれど、それでもやはり、日一日と心が蝕まれていくのが見てとれた。わたしはねえ、自分のしたことの償いとして、二十四年にわたって刑務所にいたの。いまのわたしを見てごらんなさい！　もう、ただの抜け殻よ。何もかも失ってしまった。たったひとりの息子は、二度とわたしと口をきこうとしない。いまはカリフォルニアに住んでいるけれど、おそらくはわたしのお腹から生まれてきたこと自体、深く後悔しているんでしょうね。自分の孫たちにも、わたしはけっして会えないのよ」

まだ吸いおえていないタバコを、メイは揉み消した。

「さあ、これであなたは真実を知ったわね、ミスター・ホーソーン。ほかには、何がお望み？」

「サラ・ベインズとロデリック・ブラウンがどういう関係だったのか、それを知りたいんですがね」無表情のメイを見て、ホーソーンは続けた。「あのふたりには、何らかのつながりがあった。ロデリックはサラをかばってた……おたくと同じにね。われわれがロデリックから話を聞いてたとき、サラからメッセージが届いてるのも見た」

「さあ、それはわからないわね。あの女は悪党よ。わたしたちからも、しょっちゅうお金をくすねていてね。およそ手が届くところにあるものは、何だって盗むんだから」鼻から短い笑いを漏らす。「ジャイルズ・ケンワージーご自慢のロレックスもね。eBayのこのページで売りに出てますよって、教えてあげればよかった」

「ロデリックの遺体を発見したとき、サラに同行したのもその理由から？」

「あの女にロデリックの家の鍵を持たせて、ひとりで中に入らせるわけにはいかないでしょう！　ロデリックが気づいたら、家の中が空っぽになっていないともかぎらないんだから。それで、わたしはサラといっしょに家に入り、車庫までついていったの。どうにか鍵を鍵穴から落として、ドアを開けてみたら、車の中にロデリックがいたのよ。レジ袋を頭にかぶった、怖ろしい姿でね」

「そして、サラが車の窓を割った」

「そうするように、わたしが言ったの。ロデリックはもう動いていなかったけれど、ひょっとして、まだ生きている可能性だってあったわけでしょう」

「それから?」

「わたしが車のドアを開けて、手首の脈を探ってみたの。でも、もう脈はなかった。それで、また家の中に戻り、警察に通報したのよ」

「おたくが?　それとも、サラが?」

「サラよ」

「サラは自分の携帯を使ってたんですかね?」

「ええ」

「サラが見てたのは、ロデリックの携帯だったなんてことはない?」

「ロデリックの携帯は、玄関ホールの簞笥《たんす》の上にあった気がする。サラが使っていたのは、まちがいなく自分の携帯だったわ」

「わたしたち、もう家に帰ってもいいかしら?」フィリスが尋ねた。

「わたしたちには、もう家はないのかもしれないけれどね。でも、たしかにあなたの言うとおり。ここに残っていても仕方がないわね。さあ、片づけにかかってちょうだい」フィリスが席を離れるのを待ち、メイは静かに先を続けた。「こんなことになったら、わたしたちはもう家を売るしかないんでしょうね——そして、この《ティー・コージー》も。わたしたちの過去を、あなたがたは知ってしまった。カーン警視もね。リッチモンドじゅうの人に知られるまで、もう長くはかからないでしょう」

「おたくが思ってるより、世間の人は寛大なんじゃないかな」と、ダドリー。

「わたしは寛大でいてほしいわけじゃないの。ただ、放っておいてほしいだけ」

ホーソーンのほうは、まだ話を終えてはいなかった。「最後にもうひとつ、訊いておきたいことがあるんですがね。日曜の夜——七月十三日の日曜——に、おたくらは《厩舎》で話しあいを開いた。ジャイルズ・ケンワージーが殺される前夜です。その場にいた顔ぶれは？」

「わたし、そんな話しあいには行っていません」

「いや、行ってるはずだ。まだ嘘をつくつもりなら、ブレナー夫人、おたくの顔写真が《リッチモンド&トウィッケナム・タイムズ》紙に——そのほか、全国各地の新聞にでかでかと載るのを覚悟したほうがいい。正直に言わせてもらえば、こっちはもう、このリヴァービュー・クロースの住人たちに迷路みたいな小路を引きずりまわされるのにはうんざりなんでね。その場には、誰がいた？」

メイの顔からは、何の感情も読みとれなかった。「ほとんど全員が。ベレスフォード夫妻もいたわ。子守の娘がよそに行っていて、ベビーシッターを頼んだそうよ。ブラウン夫人は病気のせいで来られなかったけれど、ほかは全員そろっていたわね」

「それで、何があったんです?」

「それはお話しできないわ、ミスター・ホーソーン。わたしだけではね。わたしたち、きっと少しずつ記憶が食いちがっているでしょうし。このことについては、全員が顔をそろえるまで、いっさいお話しするつもりはありません」

4

《井戸の家》の庭に置かれたテーブルの周りには、九人全員が坐れるだけの席が設けられていた。井戸はぎりぎり見えない位置だったが、メイとフィリスはそちらに背中を向ける席を選んだ。ふたりは《ティー・コージー》から全員に電話をかけ、みなを呼び出したのだ。ジェマ・ベレスフォードはメイフェアで経営する宝飾店から車を飛ばして駆けつけ、診療所を早引けしてきた夫と並んで坐っている。この三度めの、そして最後の話しあいをうちで開くとアンドリュー・ペニントンが申し出たので、アダムとテリ・シュトラウスはともに《厩舎》を出て、ここまで歩いてきた。テーブルの上座《かみざ》には、ホーソーン。かたわらにはダドリーが、すでにメモ帳をかまえていた。

夏の昼食会が、そのまま午後のお茶まで続こうとするかのような光景だった。アンドリューの心づかいで、テーブルには冷やしたレモネードを満たした水差しまで置かれている。だが、そんな陽気な雰囲気はかけらもない。ここに集まった人々は、これまでずっと胸のうちに秘めてきた、重苦しい記憶をようやく解き放とうとしていたのだ。

メイ・ウィンズロウ

何が悲しいって、それはね、わたしたちがずっとここで本当に幸せに暮らしてきたってことよ。フィリスとわたしはねえ、《切妻の家》の画像をネットで見た瞬間に一目惚れしてしまったの。街から引っこんだところにあって、でも、その中での住人どうしのつながりもあって。それに、どこを見ても本当に絵に描いたみたいな風景でしょう。わたしはリッチモンドの生まれでもあるしね。それで、その瞬間に心を決めて、二〇〇〇年の二月に《切妻の家》に越してきたの。それから十二年以上、何もかもが完璧だった。フィリスとわたしは、けっして社交的な人間じゃないのよね。どちらかというと、自分たちだけでひっそりとこもっていたい性格だから。それでも、リヴァービュー・クロースに住んでいる全員が友だちだと感じられるのは嬉しかったの。お互い、けっして文句をつけたりすることはなかったでしょう。ケンワージー一家が越してくるまでは。

わたしたち、冷静な目でこの問題を見なくてはならないと思うのよ。別に、あの家族だって、世界でいちばん不愉快な人たちというわけじゃないしね。わたし自身、あの人たちを最初は公平な目で見ていたつもり。でも、あまりに腹の立つことや衝突が多かったから、その六週間か七週間前だったかしら、シュトラウス氏が最初の話しあいの場を設けてくれたとき、わたしたちはためらわずにその提案に乗ったのよね。こうした諍《いさか》いを解決するのは、わたしたちにとって本当に大事なことで――だからこそ、フェリシティ・ブラウンだって、病を押して話しあいの場に出てきたわけでしょう。シュトラウスご夫妻はすばらしいもてなしをしてくださったわよねえ、いくらかでも負担させてほしいというわたしたちの申し出を固辞して。わたしたちは全員が顔をそろえた――それなのに、いざそのときになってみると、ケンワージー夫妻はやっぱり行かないと連絡をよこしたのよ。あんな失礼な仕打ちってないでしょう、そこまでやる必要もないのに！

アダム・シュトラウス

わたしもそう思うよ。あれには、つくづく落胆させられた。おまえたちなんかどうだっていいと、われわれに言ってよこしたようなものだ。近所どうしの揉めごとは、お互いに歩みよることで解決しようと、アンドリューなら真っ先に提案するだろうね――だが、もし相手が耳を貸そうとしないなら、話しあいに何の意味がある？　そう、ちなみに、メイの意見はそのとおりだ。ジャイルズ・ケンワージーは、けっして怪物などではない。傲慢《ごうまん》で無神経な人間だというだけだ。そうはいっても、わたしは実際に何か害をこうむったわけではないしね。まあ、あのチェス・セットは別として――あれだけは、本当に残念に思うよ。

わたしが興味ぶかいと思うのは、最初の話しあいの後、事態が急激に悪化したことだ。まるで、もういっさい気をつかうのはやめると、ケンワージー一家がわれわれに宣言したかのように。あちらは車を好きなように駐め、好きなだけ騒音を流しているというのに、われわれにできることは何ひとつなかった。そうした気づかいのなさが、トムの患者の死さえ招いてしまったんだ。いま思いかえすと、あれこそはチェスでいう、岐路《クリティカル・ポジション》となる局面だった気がするよ。あれ以後は、もう悪化の連鎖を止めるすべはなかった。

テリ・シュトラウス

駐車のことだけじゃない。プールとジャグジー建設の件もあったでしょ？　ロデリックにとっては、あれが最大の問題だったはず。わたしたち……アダムとわたしにとっては、どうでもいいことではあったの。わが家はこの住宅地の反対側にあるから、音もさほど気にならないでしょうし、塩素の臭いも流れてこないでしょうし。でも、フェリシティにとってはたいへんなことよ！　いまはもう、静かなおちついた環境で景色を眺めるしかない生活なのに、それがすべて奪われてしまうんだもの。よくもまあ、リッチモンドの区議会は、そんなひどい仕打ちをフェリシティにできたものよね。とうてい正気とは思えない。リッチモンド・ヒルに友人が住んでいるけれど——そこのおうちでは、新しい窓を取り付けるのさえ、なかなか許可が下りないんですって。それなのに、なぜかケンワージー夫妻だけは、どんなことでもやりたい放題なのよ。

トム・ベレスフォード

ぼくから見たら、ジャイルズ・ケンワージーはわれわれを苦しめることにささやかな喜びを感じていて、ありとあらゆる方法で嫌がらせを仕掛けていたとしか思えませんよ。あの巨大なキャンピング・カー。アンドリューと顔を合わせたとたん、庭に麗々しく掲げた国旗。バーベキューの煙——おかしなことに、風がこっち向きに吹いているときにかぎって、あの家じゃバーベキューが始まるんだ。そう、あの男といまいましい車の駐めかたについて口論などせず、さっさと診療所に向かっていたらレイモンド・ショーはいまだ生きていた、ぼくはその事実を胸に抱えながら、これから生きていかなきゃいけないんです。

ただ、アダムの意見にすべて賛成できるかどうか、それはわからないな。本当の岐路は、ジャイルズ・ケンワージーが最初の話しあいを欠席したときだったと思う——それも、われわれ全員が顔をそろえたころになって、やっと連絡してきたんだから。あのとき、ケンワージーはついに本性を見せたんだ。それ以降は、何をやらかそうがかまうもんか、という態度に見えたな。

ジェマ・ベレスフォード

可哀相なエラリーを手にかけたりね。よくもまあ、あんなことができたものよ。胸がむかむかするったら!

二度めの話しあいはアンドリューの思いつきだったけど、あれはすばらしい名案だった。トムはもう、我慢にも限界がきていたから。わたしたちみんな、そうだったでしょ！　ここはみんなで団結して、何か解決策を考えるべきときだと思ったの。このまま何の対応もせず、ジャイルズ・ケンワージーのやりたいままにさせておいたら、わたしたち全員がおかしくなってしまいそうだったのよ。まさか、あんなことが起きるだなんて、誰ひとり思ってもみなかった。どうしてこんな方向に転がってしまったのか、いま思いかえしてもわからないけど、全員がよかれと思って動いていたのよ。それだけは、忘れてはいけないと思う。あの日の話しあいに集まったのは、お互い助けあうためだった。それだけよ。みんな、よき隣人であろうとしていただけなの。

アンドリュー・ペニントン

あれはわたしの思いつきだった？　そうだったかな。アダムとテリの会話から生まれた提案だったと思ったが。だが、そんなことはどちらでもいい。責任逃れをするつもりはないのでね。ああ、とんでもない！

こういうことには、何かぴったりの用語があった気がするね。これまではずっとまともで分別のあった人間たちの集団が、みな一斉に精神の平衡を崩してしまう——わたしには、こんな状況だったように思える。ジャイルズ・ケンワージーが当然の報いを受けただけだなどと言うつもりはまったくないが、あの男がわれわれを極限まで追いつめたのは否定しがたい事実だ。中には、家を売ってリヴァービュー・クロースを離れるべきかもしれない、などと考えはじめているものもいた――ただ、これはわたしが何回か指摘したことだが、その場合は売主がわれわれとケンワージー家との関係を物件情報告知書に明記しなくてはならないのでね、それを見てなかなか買い手がつかない危険も出てくる。

二度めの話しあいは日曜の夜――いまから八日前――に《厩舎》で開かれた。目的は、この状況をどうにか打開できる方法を見つけ出すこと。全員が顔をそろえたところで、最初に口を開いたのはわたしだったが、正直に言わせてもらえば、たいして提案できる材料はなかった。不動産法は専門ではないし、わたしの見るところ、こちらがとれる手段はかぎられていたのでね。

このリヴァービュー・クロースは、《リヴァービュー・クロース・リミテッド》という会社によって管理されていて、現在のところ、わたしが会長を務めている。われわれ全員が株主となり、管理、整備、保険、修繕、反社会的行為――何が反社会的かを定義するのはけっして簡単なことではないが――に対してともに責任を負う、という理念に基づいているわけだ。さて、ケンワージー家がパーティを開いた。息子たちが住人に高額の損害を負わせた。車を駐める場所について揉めている。こうした問題に対して、われわれに何ができるか？　結局のところ、法的措置をとるとジャイルズ・ケンワージーを脅すのは、問題をさらに劇化させる危険も、とてつもない出費を招く危険もあった。そうなると、われわれとケンワージー、どちらの財布が分厚いかという話になる。まず、向こうの勝ちと見てまちがいない。

そして、われわれの頭上にのしかかるプール建設計画の件もあった――だが、実のところ、これはケンワージー家と区議会との間で決まることだ。われわれが第三者にすぎない以上、残念ながら、できることにはかぎりがあった。こういう問題に、管理会社が介入する余地はほとんどないといっていい。まあ、フェリシティ・ブラウンが病に伏せっているという事情を考えれば、このプール建設計画が近隣に与える影響を軽視しすぎていると、区議会に指摘することはできるだろう。ただ、いったん建築許可が下りてしまうと、これまでの例を見ても、覆ることはめったにない。

こういうことを本来は話しあいたかったんだが、残念ながら全員がいささか飲みすぎてしまったことを認めなくてはなるまい。アダムが気前よく酒をふるまってくれたおかげだが、それに加えてわたしもワインを持っていったし、たしかメイも……

メイ・ウィンズロウ

わたしはウオツカを持っていきました。どんちゃん騒ぎをする気なんて、さらさらなかったのよ。わたし自身、そんな気分じゃなかったしねえ。ただ、エラリーのことがあって、少しでも気持ちを立てなおす助けになるものがほしかったの。わたしたちみんな、ひどく動揺していたしね。それから、ひとつ言わせてもらえば、シュトラウス夫人に失礼なことを言うつもりはまったくないんだけれど、お酒に比べて食べものはちょっと少なめだったかも。

とにかく、ジャイルズ・ケンワージーのこと、今後どんな手を打つべきかということについて、みんなで腰を据えて議論しているうちに、どうしてか、いつの間にやら殺人の話になっていたのよね。

アダム・シュトラウス
いや、そんな真剣な話じゃないんだ！　ただ、みなでそうして鬱憤《うつぷん》を晴らしていただけでね！　誰がそんな話を始めたのかは憶えていないが、たしかロデリックだったんじゃないかと思うね。いや、フィリスが自分のお店の話と絡めて持ち出したんだったかな。考えてみれば、黄金時代のミステリをずらりとそろえたふたりのご婦人がいるんだから、そういう話になってもおかしくはない。「もう、いっそ殺してしまったら？」ああ、フィリスがそう切り出したはずだ。

フィリス・ムーア
そんなの、嘘よ。

アダム・シュトラウス
いや、けっして責めているわけではないんだ。ひょっとしたらロデリックだったかもしれない。誰だったにせよ、本気ではなかった。われわれはみな、酒を過ごしてしまっていたからね。ただの冗談にすぎなかったんだ！

トム・ベレスフォード

ロデリックじゃありませんよ。ぼくが言ったんだ。

本当に愚かな発言だったと思うし、いちおう言っておくと、ジェマはぼくを止めようとした。ぼくの面倒を見るという仕事に、いまやジェマがかかりきりになっていることは、ぼくだって自覚しているんだ。ともかく、あの男を殺すべきだとぼくが言ったとたん、みんなが代わる代わる殺害方法を提案しはじめてね。皮切りはぼくだ。やつの肺動脈にちょっとばかり空気を注射してやって、それがうまいこと脳循環に流入するのをねらうのはどうだろう、ってね。メイはシアン化物を推した。ほら、憶えているでしょう？　いろんなミステリで使われている毒物だから、ってね。テリは、よかったら香港の市場で断腸草と呼ばれるハーブを買ってこようかと言い出した。ジェマまで会話に加わってね。ドールズ・アイズという、別の毒草を紹介していたよ。アンドリューは、高い建物の屋上から突き落としてやるにかぎると言ってたな。ああ、実に愉快な夕べだったよ。

ロデリックだって、けっして遠慮はしていなかった。むしろ、誰よりも熱心だったくらいでね、何を言い出したか、ここにいる全員がはっきりと憶えているはずだ。あんなこと、どうして忘れられる？　うちの車庫にはクロスボウがあると、ロデリック自身がみなに宣言したんだから。みんな、一言一句そのまま思い出せるだろう？――〝それくらい、わけはないさ。あの家の呼鈴を鳴らし、出てきたあいつに矢を撃ちこんでやればいいんだ〟ってね。

テリ・シュトラウス
そのとき、フィリスが言ったのよね――だったら、みんなでやればいいじゃないの、って！

フィリス・ムーア
ええ、それはわたし。憶えているわよ。言うまでもなく、アガサ・クリスティの本から思いついたんだけど。その本ではね、容疑者全員が実は犯人で、犯行後にみなでかばいあうの。お互いのアリバイを証明したりとか、そんなふうにね。何の本か、みなさんもご存じでしょ！あれは二度も映画化されて、テレビではデイヴィッド・スーシェが演じたのよね。わたし、本当にデイヴィッド・スーシェが大好きなの！　ポワロを演《や》らせたら、あれ以上の俳優さんはいないわよ。そうそう、おもしろいことがあったの。たまたまなんだけど、その週、うちの店でまさにその本が二冊も売れてね。それぞれ、別のお客さんよ！　そんなこともあって、とっさにそのお話が頭に浮かんだというわけ。
そのとき、わたしはね、みんなで一本ずつ矢を撃ったらいい、って言ったの。あの男を針山みたいにしてやりましょうよ、って！　それが、わたしの言ったこと。

アンドリュー・ペニントン
いま思いかえしてみると、あのときのわれわれは全員が、おそろしく奇妙な心理状態にあった気がするよ。いっそ、集団ヒステリーと呼んでもいいくらいのね。その思いつきに全員が魅せられ、そこから離れられなくなってしまっていた。誰もが声をあげて笑いながら、とてつもなく怖ろしい言葉ばかりを並べていたんだ。どうやって殺す？　いつ決行する？　どうしたら露見せずに逃げられるか？　わたしが思うに、われわれが直面していた状況——われわれ全員が感じていた怒り——を実際に解決できるすべはなく、だからこそ、つい空想の世界にみなで逃げこんでしまったんだろうね。

わたしが何を言いたいか、わかってもらえるかな？　あのとき、本気で殺人を犯そうなどと考えている人間はひとりもいなかった。ただ、そんな言葉を口に出すことで、言ってみれば追いつめられた気持ちを解放していたんだよ。

ジェマ・ベレスフォード

不愉快な上司、頭にくる夫、意地の悪い教師、嘘つきな政治家、そういう誰かを殺してやりたいと願ったことのない人間なんて、この世にひとりもいないはず。そのときのわたしたちも同じだった。ただ、実際に口に出してしまっただけ。

あの男を殺すことで、意見は一致した。そのとき、誰かが当然の疑問を口にしたの。誰がやる？

ホーソーン

それで、おたくらはくじを引《ドロー・ストローズ》いた。

メイ・ウィンズロウ

あなたって、本当に頭の切れるかたなのね、ミスター・ホーソーン。どうしてわかったのか、わたしには見当もつかないわ。でも、そのとおり。トランプで決めようかとも話したの――スペードのエースを死のカードと決めて。あるいは、サイコロを転がそうか、ともね。いかにも、パーティの場での遊びっぽいでしょ！　わたしもちっちゃいころ、同じようなゲームを両親と楽しんだものよ。テーブルを囲み、マッチ棒を引いて殺し屋を決める――殺し屋になった人は、誰かにウインクするの。それが相手を殺すって意味なんだけれど、ウインクするところを誰にも見られてはいけないのよ。途中で誰かに正体をつきとめられるか、テーブルを囲んでいる人たちをひとり残らず殺してしまうか、それを競う遊びなのよね。

でも、そのときは、シュトラウス氏がたまたま前にパーティで使ったストローの残りがあることを思い出してね、これを使えばちょうどいい、ってことになったの――昔はわら《ストロー》でくじを引いたわけだから、まさに文字どおりでしょ。いちばん短いストローを引いた人がジャイルズ・ケンワージーを殺す、って決めてね。もちろん、こうしてお日さまの下に坐って話を聞くかぎり、そんな馬鹿げた無責任な行為があるものか、って思うのも当然だけれど。でも、そのときのわたしたちは、本当にそうしてしまったの。

フィリス・ムーア

わたしたち、そのストローを切って、それぞれちがう長さの八本にしたの。ちょうど、その場にいたのが八人だったから。いんちきができないように、シュトラウス氏はそのストローを後ろ手に持つことにしたのよ、どのストローが引かれたか見えないようにね。引いたのは、わたしが最初。本当にどきどきしたわ。わたしたち、すっかりのめりこんでいたから……その遊びに。

アンドリュー・ペニントン

まさに、そのとおりだったよ。われわれはみな、その雰囲気に呑まれてしまっていた。つけくわえるなら、ロデリックがいちばんその気になっていたかもしれない。ウィンズロウ夫人は七、八センチのストローを引いた。次に引いたわたしのストローはそれより短かったが、もっと短いストローがあるのはわかっていたんだ。誰かがストローを引くたび、はらはらするような笑い声があがり、アダムは残ったストローを手の中で交ぜていたよ。やがて、最後にアダムとロデリックが残った。

先に引くのはロデリックだ。アダムの手から突き出している二本のストローをじっくりと見比べ、その瞬間を存分に盛りあげたよ。やがて心を決めてストローを引くと、それがいちばん短いものだということを、みなに見えるよう高々と掲げた。けっして動揺しているようには見えなかったね。むしろ、勝ちほこってさえいるようだった。〝よし、引き当てたぞ〟――そんなふうに、ロデリックは言ったよ。〝さっさと出向いて、片づけてくるさ！〟とね。

アダム・シュトラウス

その後は、おもしろいように雰囲気が変わった。言うまでもなく、そこまでの一幕はただの冗談だったわけだが、まるでオチまでたどりついてみたら、思ったほどおもしろい冗談ではなかった、とでもいうようにね。われわれはまた、真面目な議論に戻った——区議会にどんな手紙を書くべきか、どんな対応をすべきかといった問題だ。アンドリューは、以前にも説明した助言のいくつかを、もう一度くりかえしていたな。だが、そのころにはもう九時半になろうとしていて、すでにみな疲れ、酔っぱらってもいた。何ひとつ、前には進めなかったんだ。そこからは、あっという間にしらけた空気になり、もう寝ようとみな帰宅したよ。

最後まで残っていたのはロデリックだったが、その様子を見て、わたしはどうにも心配でならなかった。別に、あの男が本気でジャイルズ・ケンワージーを殺すと思ったからではないよ。そんなことは、ちらりとも頭に浮かばなかった。ただ、ロデリックはひどくフェリシティのことで心を痛めていてね。この話しあいでも、何も得るところはなかった。あの男が沈みこんでいるのは、はたから見ても明らかだったよ。もしも何か話したいことがあったら、明日にでも電話をくれと声をかけたんだが、結局のところ、次にちゃんと話をしたのはロデリックが亡くなる日のことだった。知ってのとおり、あのときは電話で、うちに来てくれと言われたんだ。

あれは水曜の夜だった。そのときにはもう、ジャイルズ・ケンワージーは死んでいた。ロデリックが殺すと宣言してから、二十四時間も経たないうちにね。しかも、予告したとおりの殺されかただったんだ──首をクロスボウで撃たれて。前回、事情聴取であなたがたに話したことは、すべて本当だったんですよ。ただひとつ、二度めの話しあいで何があったかということを省略していただけで。ああいう経緯があったからこそ、ロデリックはあんなに動揺していたんだ。

実のところ、ロデリックは震えあがっていた。わたしに向かって、自分はやってない、あれは自分じゃないと、十回、二十回とくりかえしてね。懸命になだめながらも、その言葉を信じていいものかどうか、わたしにはわからなかった。偶然にしては、あまりに一致しすぎているように思えて──あの場にいてロデリックの言葉を聞いていた誰かが、そのまま自分で実行しようと決心したのでもなければね。いや、この胸に手を置いて誓ってもいい、わたしはここにいる誰かを疑ったりしているわけではないんだ。それに、ロデリックとフェリシティがふたりとも家にいるというのに、こっそり車庫に忍びこむことなどできるはずがないだろう？　わたしの知るかぎり、あの跳ね上げ扉はいつも内側から鍵がかかっているし、キッチンを通りぬけて入りこむなんてことはできそうにない。

ロデリックは、すでに尋問を──二度も──受けていた。自分を捕らえようとする網がじりじりと引き絞られている、カーン警視はもうすぐにでも逮捕しにくるかもしれないと言っていたよ。それに、われわれのうちの誰かが警察に話すかもしれないという心配もあった──二度めの話しあいについても、ストローを使ったくじ引きについても、いま話したすべてのことをね。そうなったら、もう終わりだということはわかっていた。まだ事件が起きてもいないうちから、自分は殺人を犯すと宣言していたんだから!

アンドリュー・ペニントン　あの二度めの話しあいは、われわれの心におそろしく長い影を落としていたね。誰ひとりとして、すべてを率直に話すことはできなかったんですよ、ミスター・ホーソーン。そして、知っていることを警察に隠しとおさなくてはならなかった。わたしにとって、それがどれだけ苦痛だったか、あなたならおわかりでしょう。わたしの本来のありかたとは、何もかもが相反する行動だったのでね。

要点をまとめると、こういうことになる。われわれはみな、いま説明してきたような、いわばごっこ遊びのようなゲームに興じた。だが、ジャイルズ・ケンワージーが殺害されたことで、すべてが変わってしまったのだ。その場にいた全員が、一九七七年刑事法が定めるところの共謀罪を犯してしまっていたことになる。いまふりかえってみると、どうしてそんな愚行を止めずにいたのか、わたしは自分が信じられないよ。われわれは犠牲者を選び、どんな凶器で殺害するかを話しあった。そして、何たることか、実行者を決めるべくくじを引いた! たとえジャイルズ・ケンワージーが殺害されなかったとしても、これだけでわれわれは罪を犯したことになる——厳密に言えば。そして、もしもこの事実が警察の捜査により明るみに出ていたら、われわれ全員が終身刑を宣告される危険と向かいあうことになるのだ。

メイ・ウィンズロウ

ブラウン家の車庫を出た次の瞬間、わたしはペニントン氏に電話をかけたの。何があったかを話すと、ペニントン氏はすぐにうちに来てくれたのよ。こんなことになるなんて、とうてい信じられない様子だった。それはわたしも同じだったけれど。わたしたち全員がおそろしく面倒なことになるかもしれないと、ペニントン氏は警告した。警察に嘘をつくわけにはいかない。それ自体が罪になるからよ。捜査の妨害をするわけにもいかない。でも、だからといって、日曜の夜に開いた話しあいのことを話してはいけない。ペニントン氏はそう教えてくれたの。このことについてはいっさい触れず、口をつぐんでいなくてはならない、って。

アンドリュー・ペニントン

木曜の朝、ロデリックの遺体が見つかったとき、わたしは全員に電話をかけた。嘘をつくことはできない。だが、法律によれば、知っている情報をすべて警察に提供する義務もない。黙っていることは法律違反ではないし、日曜の夜に何をしていたかなど、われわれが質問されることにはなるまい、とね。ミスター・ホーソーン、これがあなたの聞きこみにも影響を与えてしまっただろうことには、お詫びしなくてはいけないと思っていますよ。こうなったからには、あなたが知りえた事実をカーン警視に伝えるのもいたしかたのないことでしょう。

トム・ベレスフォード

でも、だから何だっていうんです？　ぼくたちはみな、真実を知っている。ロデリック・ブラウンはたしかに立派な男でしたよ。ぼくはロデリックが好きだった。みな、それは同じだ。そして、ぼくたちはみな、心の底からフェリシティを気の毒に思っている。でも、あの夜、ぼくたちが何を口にし、どんな行動をとったにしても、この結末とは何の関係もないでしょう。ジャイルズ・ケンワージーがここに住みつづけたとしたら、いちばん失うものが多かったのはロデリックだった。そして凶器となったのも、あの男のクロスボウだ。あれがロデリックのしわざじゃなかったかもしれないなどと、ぼくは一瞬たりとも疑ったことはありませんよ。ただ、その後、ロデリックは怖くなってしまったんだ。犯人は自分だと、警察にも知られているわけで——カーン警視も、はっきりとそう言っていたしね。逮捕されるのも、もう時間の問題だった。だからこそ、ロデリックは妻をウォキングに送りとどけ、遺書を残して自殺したんだ。鍵のかかった車庫の中の、鍵のかかった車内で、膝に遺書を載せて死んでいるのが見つかったんですよ。ほかに、いったいどんな解釈が？

5

ホーソーンとダドリーはフェリシティから預かった鍵を使い、《森の家》に足を踏み入れた。《庭師の小屋》には防犯カメラがいくつか設置されていたし、《厩舎》と《リヴァービュー館》

には防犯アラームが取り付けてあったが、それを除けば、この住宅地にある家には、驚くほど防犯のための電子機器が存在しない。隣人が玄関に鍵をかけずに出かけたり、鍵を玄関マットの下に隠しておいたりしても、めったに空き巣がニュースにならない、まるで五十年前のような世界が現代に残っているというのも、この住宅地の魅力ではあった。

その家は、いまだ痛みに耐えているかのようだった。ホーソーンもダドリーも、戸口をまたいだ瞬間にそれを感じた。突然の死が住人を襲ったときに決まってその家に漂う、まるで生命を持つものの意識めいた、奇妙な空気。それまで住人の日々の暮らしを慈《いつく》しんできたレンガや石膏の壁たちが、どうやってかその死を悟ってしまったかのようだ。ロデリック・ブラウンの不在が、そこかしこに感じられる。警察は、すでに現場検証用番号札や立ち入り禁止テープをすべて片づけていた。それでも、そうしたものが使われた記憶は、完全に拭い去ることはできないのだろう。

ちょうど午後三時ごろで、まだ陽も高かったが、ホーソーンは手を伸ばし、玄関脇のスイッチを入れてみた。玄関ホール、階段の上、そして上階の踊り場の照明までもが明るく灯《とも》る。いかにも納得がいったといわんばかりに、ホーソーンは周囲を見まわした。自ら生命を絶つ前のロデリックの声を最後に聞いたときの、アンドリュー・ペニントンの言葉を思い出す。ドアが閉まり、玄関の明かりが消える――まさに、いろいろな意味でそのとおりとなってしまった。

またしてもキッチンを通りぬけ、ロデリックの遺体が見つかった車庫へ向かう。車庫につながるドアは、いまは施錠されてはいない。開けてみると、車庫はがらんとしていた。シュコダ・オクタヴィア・マーク3は警察によって押収され、たとえ結論はすでに出ているとしても、検視報告書のため徹底的に調べられることとなっている。車がなくなってみると、コンクリートの床には鋳鉄《ちゅうてつ》の格子をかぶせた排水溝があった。ダドリーは床に膝をつき、その蓋を外そうとしてみた。だが、固くて動かない。

跳ね上げ扉は、きっちりと鍵がかかっている。前回ここに来たときに見た、雑多な道具類はそのまま棚に残っていた。クロスボウが置かれていた場所はぽっかりと空いたままで、まるで幽霊のように、かつてそこにあったものをこちらに意識させる。いくらか傾きかけた太陽の光が天窓から斜めに射しこみ、空気中の埃《ほこり》がきらきらと照らし出されていた。

「おれだったら、自殺するのにこんな場所は選ばないな」ホーソーンの背後でダドリーが、渋い顔で周囲を見まわしながらつぶやく。

「自殺する連中は、そこまで場所にはこだわらないさ」と、ホーソーン。

「揺るぎない自己認識を持ってるやつは、やっぱりこだわると思うんだよな。〝スター御用達の歯科医〟みたいなさ。ロデリックは坐り心地のいい椅子に身体を預け、シャンパンを飲むような人種だっただろう。御用達のスーパーはまちがいなく《ウェイトローズ》だな、《テスコ》じゃない」

「おまえの言うとおりかもな、相棒。だが、いちばん謎なのはどこだかわかるか？　ロデリック・ブラウンは自分がジャイルズ・ケンワージーを殺害した、近所の住人はみんなそれを知ってる、だから自殺するんだってことを百パーセント証明するために、これだけ面倒な手順を踏んでるってことだ」

「それでいて、胸ポケットには例のストローが入ってた」

「そのとおり。おかげで、おれたちは迷いなく連中の話を聞きにいけた」

「まるで、近所のやつらを巻きこもうとしてたみたいだよな」

細々《こまごま》した電気関係の部品が詰めこまれた段ボールの箱に、ホーソーンは歩みよった。これは、最初にこの車庫を訪れたときにはここになく、後から置かれたものだ。さまざまな種類のプラグやケーブル、プラスティックの箱。中には割れているものもある。調べる価値もなさそうなしろものだったが、ホーソーンはそれでも中身を検《あらた》めつづけた。いっぽう、ダドリーはダイソンの掃除機を吟味している。

「それ、動くのか？」ホーソーンが尋ねた。

「冗談だろ？　おれも、以前はこんなのを持ってたけどな。まともに使えたためしがないんだ」プラスティックの円筒部分を、ホーソーンに見せる。「集塵器にはひびが入ってるし、トリガーがなくなっちまってる。そんなに古くもなさそうなのにな」掃除機を置く。「こうなると、このおんぼろを吸いこんでくれるでかいダイソンが必要だ」

ホーソーンはすでにDVDの詰まった箱や、さまざまな庭仕事の道具、ゴルフ・クラブに目を移していた。どうやら、アイアンのパターが一本なくなっているようだ。さらに、跳ね上げ扉を留めつけているねじを調べる。がっしりとした鋼鉄製で、ホーソーンの指と同じくらいの太さがあった。

「こうしてひとつずつ確認してくしかないな。ロデリック・ブラウンが死んだのは午前零時前後だってことはわかってる」

「カーンはそう言ってたな」と、ダドリー。

「それから、午後十時にはまだ生きてて、意識があったのも確かだ。アダム・シュトラウスに別れを告げてる声が聞かれてる。そして、玄関の照明を消した。ここから、おまえはどう思う？」

「何かがおかしいと思うね」ダドリーはキッチンから椅子を運びこんでいた。それを床の真ん中に——ちょうど車の運転席があったあたりに置くと、そこに腰をおろす。「睡眠薬を服《の》み、それから亜酸化窒素でガス自殺したわけだろう。じゃ、どうして照明を消さなきゃならない？これから寝るわけでもないし、まさか電気代の節約でもあるまいし！」

「だよな。ロデリックがキッチンに入って睡眠薬を服み、眠くなってきたところで、仕上げに備えて車庫に来たとしよう。車に乗りこんでドアをロックし、中から窓を閉め……」

「……車の鍵をズボンのポケットに滑りこませ……」

「……そして、死んだと」

「だが、これが自殺じゃない、殺人だとすると、難しい問題が出てくる——犯人は、どうやってここから出ていった？」

ふたりは同時に天井を見あげた。

「天窓だな」と、ダドリー。「ほかに出口はない」

「梯子を持ってこないと」

車庫を出ると、脇の芝生に梯子が寝かせてあるのが見つかった。高さもぴったりだ。車庫の壁に梯子を立てかけ、ダドリーが押さえる。ホーソーンが上るのを待って、ダドリーも続いた。

車庫の上に立ってみると、そこはアスファルトに浸した屋根材をしっかりと釘で留めつけた平屋根だった。天窓は中央にある。ふたりが立っている位置からは、すぐ上にロデリック・ブラウンの洗面所の窓が見え、後ろをふりむくと三軒のテラスハウスの庭が並んで延びていた。リヴァービュー・クロース全体は、大部分がこの《森の家》の屋根に隠れてしまっているが、《庭師の小屋》最上階の軒下の窓辺に、若い女性が立っているのは見えた。あれは、ベレスフォード家に住みこんで子守をしているというカイリーにちがいない。

「おれたち、見はられてるな」そう言いながら、ダドリーは天窓の脇に膝をつき、枠を固定している八本のステンレス鋼のねじを調べた。ポケットからドライバーを出し、ねじを次々と回してみる。どれも、かっちりと動かない。

「ねじは錆《さ》びついてて動かないと、カーンが言ってたな」と、ホーソーン。

「たしかに、がっちり固まっちまってる」

最後の二本を試したところで、ダドリーは諦めた。

ホーソーンはタバコを取り出し、火を点《つ》けた。「じゃ、このガラスがはまってないと仮定しよう。車の屋根によじ上り、そこから車庫の屋根に上がって、梯子を伝い庭に下りるのは、たとえば足首を捻挫してても簡単にできるか？」

「簡単じゃないだろうな」

「まさに、おれはそれを考えてたんだ」

「七十九歳や八十一歳でも、やっぱり簡単じゃなさそうだな」


ホーソーンはうなずいた。指にはさんだタバコから、煙が立ちのぼる。ふたりはそこに佇《たたず》んだまま、自分たちの影が芝生に長く伸びているのを眺めていた。

「おまえは警察に戻るべきだ」やがて、ホーソーンが口を開く。

「おれをお払い箱にするのか？」

「おれと仕事をするより、警察にいたほうがおまえにとってはいいと思うからだよ」

「おまえも楽しんでくれてると思ってたのに」

「自分のことを考えて言ってるわけじゃない。おれが考えてるのは、おまえのことだ。おまえはブリストルに帰って、元の仕事に戻るべきだよ。起きちまったことは、起きちまったこととしてさ。そんなことで、自分を苦しめちゃいけない」

「まさに、スズマン先生にもそう言われたよ」悲しみに打ちひしがれているような目で、ダドリーはじっとホーソーンを見つめた。「いまそんなことを言い出すなんて、なんだか奇妙だな」

「この件――リヴァービュー・クロース事件には、どうも嫌な予感がしててね。うまく説明できないが。誰がジャイルズ・ケンワージーとロデリック・ブラウンを殺したか、それはつきとめた。手口も動機もわかってる。まだひとつふたつ曖昧な点はあるが、ほぼ解決したといっていい」

「心配なのは、カーンのことか？　あの男に真相を知らせること？」

「カーンはもう、方針を定めてるからな。おれとおまえは、すでに事件の捜査から外れてるんだ。あの男だって、みすみす面目が潰れるような真似はしないだろう」タバコを吸いこむ。

「だが、おれが怖れてるのはそこじゃない」

「続けてくれ」

「殺人事件を捜査すりゃ殺人犯にぶつかる、それは普通のことだ。だが、今回の相手はちょっとちがう気がしてる。おまえはここで降りて、あとはおれにまかせてくれたほうがいい」

「おれは最後まで見とどけたいね」

「おまえが決めたことだ、ジョン。警告したのを忘れるなよ」

ホーソーンは目をあげた。《庭師の小屋》の動きが気になっていたのだ。あの子守はいまだ窓辺に立ち、こちらをじっと見つめていた。これだけ距離が離れていても、どこか不安げな様子なのがわかる。ふたりの不審な男が屋根に上がり、ひとりはタバコを吸っているのだから。これ以上ここでのんびりしていると、警察に通報されてしまうかもしれない。

タバコの吸い殻を、ホーソーンは樋《とい》に放りこんだ。「わかったよ。カイリーか。あの娘の話を聞いてみよう」

6

「すみませんが、いまはあいにく折が悪くて」

アンドリュー・ペニントンの庭で開かれた集まりの後、こんなにもすぐに自宅の玄関先に現れたホーソーンとダドリーを見て、トム・ベレスフォードは驚いているようだった。ふたりを自宅に上げたくはないらしい。

「誰にとって折が悪いんですかね、正確にいうと?」ホーソーンが尋ねた。「当然ながら、リンダ・ケンワージーやフェリシティ・ブラウンにとっても、いまが最悪の時期だ。ハンプトン・ウィックに住むご婦人にとってもね。ところで、そのご婦人はもう退院したんですかね?おたくらが車の駐める場所をめぐって口論してる最中に、おたくの診療所でぽっくり逝っちまったレイモンド・ショーにとっても、残された奥さんと息子にとっても、折がいいわけがないんだ。リヴァービュー・クロースに住む誰にとっても、いまはけっしていい折じゃない。なにしろ、脅迫やら窃盗やら人種差別やら、ありとあらゆる騒ぎがこの周辺で起きてるらしいんでね」

「なんとも素敵な界隈だ」ダドリーがうなずく。

「どういうことなのか、ぼくにはわかりませんね」トム・ベレスフォードは言いかえした。

「あなたがたはもう、とっくに帰ったと思っていましたよ。ぼくたちが知っていることは、すでに何もかも話したでしょう。いったい、こんなところで何をしているんですか？」

「ロデリック・ブラウンが隣人を殺し、それから自殺したなんて説を、おたくはまだ唱えてるんですかね？」

「ほかにどういう説明ができるんです？」

「中に入れてもらえたら、おたくにもわかるかもしれませんよ。だがその前に、ちょっとおかしなことが目についたのでね、まずはそこから始めましょうか、ベレスフォード先生。ロデリックは睡眠薬を過剰摂取してた。おたくはあそこの奥さんに、テマゼパムを処方してましたね」

「ええ、していました。でも、まさか、あなたが言いたいのは――」

「言いたいことなど、別にありませんがね。ただ、警察の報告書によると、ロデリック・ブラウンが服用したのは三十ミリグラムのゾルピデムで――つまり、おたくが自分に処方してる睡眠薬だったわけですよ。これを聞いて、おかしいとは思いませんかね？」

戸口をふさぐようにその場に立ちつくしながらも、トム・ベレスフォードはいくらか自信を失ったように見えた。「ぼくはロデリックに自分の睡眠薬を渡したことはありませんよ、それを疑っているんなら」

「じゃ、どうやって手に入れたと？」

「ロデリックはときどきうちに来ることがありました。そのときに持っていったのかも」ふと、あることに気づく。「ぼくが服《の》んでいる薬を、どうして知っているんですか？　それは個人の秘密ですよ」

「殺人事件の捜査に、秘密なんてものは存在しないんですよ」ホーソーンはいかにも無垢な笑みを浮かべてみせた。「ところで、いつからまたタバコを吸いはじめたんです?」

「あなたに関係ないでしょう」

「車庫でこっそり一服しに、夜中に抜け出すこともあるんですかね?」

「たまには」

「ロデリックが亡くなった夜、アンドリュー・ペニントンがおたくを見かけたというんでね。そのことは、おたくも知っときたいかと思ったんですよ」

ホーソーンが諦める気配はない。これはもう仕方がないと、トム・ベレスフォードも観念したようだ。「じゃ、お入りください」

トムはふたりをキッチンに案内した。上の階のどこかで子どもたちが金切り声をあげてはしゃぎまわり、オーストラリア訛《なま》りの若い女性が声をかけているのが聞こえる。

「ルーシー! クレア! ちょっと静かにしてくれない?」

「こちらへ……」トムが告げる。

キッチンのテーブルには、ジェマ・ベレスフォードの姿があった。ひとりではない。ジェマと熱心に話しこんでいた若い青年は、ホーソーンとダドリーが入ってきた気配に気づき、こちらをふりむいた。フェリシティの介護士、ダミアン・ショーがここにいるのを見ても、訪問者のふたりはまったく驚いた様子はない。ダミアンのほうは、どうやらこの対面が気まずいらしく、居心地悪そうにもじもじしている。

「どうしても上がるというのでね、止められなかったよ」トムは重い口調で告げた。「こちらのふたりは、いまだに例の二件の死について捜査を続けているそうだ。警察の結論は誤りだと考えているらしい」

「三人がいっしょのところを、われわれに見られたくない理由でもあったんですかね?」と、ホーソーン。

「あるわけないでしょ!」ジェマがにらみつける。「ダミアンとはよく会っているのよ、とくにあれ以来は――」

「ダミアンの父親……レイモンド・ショーが亡くなって以来、ってことですね」

「そういうことよ、ミスター・ホーソーン。わたしたちには、ダミアンを気づかうべき責任があると思っているから」

ダミアンは以前ホーソーンに、つい先日に一週間ほど仕事を休まなくてはならなかったこと、いまは母親とふたり暮らしであることを語っていた。さらにショーという姓を考えあわせれば、この情報をつなぎあわせるのにさほど想像力を飛躍させる必要はなかったようだ。

「あの件について、ぼくはトムを責めるつもりはいっさいありませんよ」すぐさま、ダミアンはトムの味方に回った。

「ベレスフォード先生がおたくのおやじさんを診るのに間に合わなかったのは、隣人に足止めされてたからですよね」ホーソーンの口調は、まるでこの点に初めて気づいたとでもいうようだ。「じゃ、おたくはジャイルズ・ケンワージーを責めたんですかね？」

ダミアンの頰が、怒りに紅潮する。「だったら、どうだっていうんですか？」

「そう、たとえば相手の首に、クロスボウの矢を撃ちこみたくなるかもしれない」

「そんなの、馬鹿げてますよ」

「馬鹿げているとは、おれは思わないけどな」と、ダドリー。「おたくはクロスボウのことを知ってた。あの家で、フェリシティとふたりだけの時間もあった。車庫にも入れたんだ」

「ダミアンにかまわないで！」ジェマが手を伸ばし、ダミアンの腕をとる。「この人は、誰にも暴力をふるったりしない。そもそも、誰がジャイルズ・ケンワージーを殺したか、みんな知っているじゃないの」

「犯人はロデリックではないと、この人は言っているんだ」トムがつぶやく。

「ロデリック・ブラウンとジャイルズ・ケンワージーは、どちらも同じ人物に殺されたんですよ」と、ホーソーン。「そのことは、最初から明らかでしてね」

「だとしても、ダミアンは関係ないから」いまだダミアンの腕をとったまま、ジェマが言いはる。

「おたくは、どうしてここにいるんです？」ダドリーが尋ねた。

「きょうはお別れを言いにきたんです」口ごもりながら答えると、ダミアンはジェマの手から腕を引っこめる。「派遣会社には、もう辞表を出してきました。フェリシティに連絡をとったら、当分はリッチモンドには戻らないそうなんですよ。ぼくの仕事はあの人の介護が主だったし、どっちにしろ、そろそろ休暇をとりたかったから。今度の事件は、あまりに怖ろしすぎて！　これからヨーロッパを旅行するつもりなんです」

「ひとりで？」

「友人と」

それが合図だったかのように、戸口で何か動く気配がして、窓辺に立っていたあの娘が姿を現した。年齢は二十代、裾を切りっぱなしにしたジーンズをはき、シャツをウエストで縛っている。「クレアとルーシーは、いまテレビで『ホリッド・ヘンリー』を観てます。さっきから、おとなしくしてもらおうとさんざん頑張ってたんですけど――」

ホーソーンとダドリーが、さっき車庫の上にいた男たちだと気づき、その娘は言葉を切った。

「あたしが見たの、この人たちです」

ジェマはうなずいた。「だいじょうぶよ、カイリー。知っている人たちだから」

「おたくとは初対面ですね」と、ホーソーン。

「カイリー・ジェーンです」娘は警戒した顔つきで、こちらに近づいてこようとはしない。

「ヨーロッパには、カイリーと行くんですよ」ダミアンが口を添える。

たしかに、この部屋にカイリーが入ってきた瞬間から、ふたりが強い絆で結ばれているのは明らかだった。お互いを見る目つきからも、それは見てとれる。いかにも魅力的な恋人たちだ。

「おたくもリッチモンドを出ていくんですね？」ホーソーンが尋ねた。

カイリーはうなずいた。「あたし、つい先週、辞表を出したところなんです」

「カイリーがいなくなったら、本当に寂しくなるでしょうね」と、ジェマ。「まだ、娘たちには話していないの。でも、こんなことがあった以上、当然のなりゆきよね。ふたりにとっても、ここを出ていったほうがいいのよ」まるですべてがあなたの責任だといわんばかりに、ジェマはホーソーンをにらみつけた。

「じゃ、お別れの前に、いくつか訊いておきたいことがあるんですがね」ホーソーンが切り出す。

「ジャイルズ・ケンワージーのことなんて、あたし、何も知りません」カイリーは言いかえした。

「だが、ハンプトン・ウィックに住むマーシャ・クラークというご婦人のことなら知ってるはずですよ」

カイリーは目を見はった。「あの人に、何か関係があるんですか?」

「その後、身体の具合はどうなんです?」

話してもかまわないかと許可を求めるように、カイリーはジェマからトムへ視線を移した。ふたりとも、カイリーと同じくらいきょとんとしている。「ずいぶんよくなりました」質問に答える。「もう退院の許可も出て。猫たちのこと、マーシャはとっても心配してたんです」

「おたくがヨーロッパに出かけたら、きっとそのご婦人も寂しがるでしょう」

そこに遠回しな非難がこめられていたとしても、カイリーは無視する道を選んだ。「といっても、永遠のお別れじゃないし。支援団体にも、ちゃんと話をしておいたの。マーシャのところには、別のボランティアが定期的に寄ってくれるんですって」

「いったい、何の話をさせようとしているんです？」トムが尋ねる。

ホーソーンはそれを無視した。「そのご婦人にいったい何が起きたのか、話してもらえますかね」

「襲われたの」

「おやおや、お嬢さん。おたくなら、もっと詳しく知ってるでしょうに」

「まあね」こんなふうに呼ばれ、カイリーはうんざりしているようだったが、それでも説明を始めた。「マーシャのところには、もう三年くらい通ってるの……ご主人が亡くなってから、ずっと。マーシャは八十代で、ひとり暮らしをしてるんです。ほんとに優しい人で、誰にも迷惑なんかかけたことないのに。

夏の間は毎晩、マーシャは川へ歩いていって、アヒルに餌をやってるんです。あたしはいつも、この住宅地で出た残りもののパンをたっぷり持っていってあげてたの。マーシャはあれこれほしがるような人じゃないけど、このアヒルの餌やりは、本当に楽しんでたみたい。

それで、一週間前も夜七時半くらいに、マーシャは家に帰ろうとしてたんです。ミルトン・ガーデンズの突きあたり、公園の近くに、ちっちゃなテラスハウスを持ってて。門を通りぬけたところで、誰かに後頭部を殴られたんです。どうも、待ち伏せしてたみたい。頭蓋骨が割れなくて幸運だったと、警察が言ってました。もしかしたら、殺されてたかもしれないんですよ！」

「何が目的だったのか、警察はつかんだんですかね？」

「強盗じゃなかったんです。ハンドバッグを持ってて、中には家の鍵も入ってたから、押込みでもなかったってことですよね。郵便受けに、政党のチラシが突っこんであって——英国独立党のね。奇妙なのは、ミルトン・ガーデンズのほかの住人は、誰もそのチラシを受けとってないし、そもそも独立党もハンプトン・ウィックでは活動をしてなかったんですよ。それと、ミルトン・ガーデンズの住人で、黒人女性はマーシャだけだったんです」

「つまり、人種差別による襲撃だったわけだ」と、ダドリー。

「その事件が起きたのが、たまたまジャイルズ・ケンワージーが殺された前夜でね」ホーソーンがつけくわえる。「ケンワージーもまた、同じ政党の党員だった」

「あたし、そういうことはぜんぜんわからないんですよ、ミスター・ホーソーン」と、カイリー。「警察から連絡があって、その夜の半分は病院に詰めてたんです。その後は、ずっとマーシャの家に泊まって、猫たちの世話をしてました」

「おかしな話だよな」まるでひとりごとのように、ダドリーはつぶやいた。「どうも、この部屋にいる全員に、ジャイルズ・ケンワージーを憎む理由がある気がするんだが」

ダミアンが立ちあがり、カイリーに歩みよると、その肩に腕を回した。「ぼくたちは誰も憎んだりしていませんよ。トムとジェマも、ぼくたちにいつも親切でした。憎しみについて誰より詳しいのは、あなたのほうなんじゃないですか、ミスター・ホーソーン」

ホーソーンはにっこりした。「たしかに、こっちはこれまで、いろいろな殺人犯とさんざん顔を合わせてるんでね」

7

タクシーはリッチモンド橋を渡り、セント・マーガレッツに入った。それからぐるりと向きを変え、川の反対側をピーターシャムの方向へ走る。ダドリーは車窓を流れる風景を眺めていたが、ホーソーンのほうは自分のiPhoneを両手で持ち、その画面から注意を逸《そ》らさずに、中央で点滅する青い点を見つめつづけていた。

「そこを左折して、オーリンズ・ロードへ」ホーソーンが指示する。

運転手は言われたとおり道を曲がり、マーブル・ヒル・パークの端を突っ切った。その先は、道が鋭角に右へ曲がっている。ホーソーンが画面で見つめていたのは、まさにその地点だった。

「そこで停めてくれ!」

料金を払い、タクシーを降りると、川べりへ向かう細い小径をたどる。そこには古いハウスボートが二艘、少しだけ距離を空けて川岸に係留されていた。ホーソーンは最後にもう一度、携帯の画面に目をやった。「こっちだ!」近いほうの船を指さす。

その船の名は《ベラ》と記されていた。こんなに古びて見映えのしない船に、美女という意味を持つ名がついているとは、どうにも不釣り合いに思えてしまう。腐りかけた厚板、藻の絡みついたロープ、埃《ほこり》だらけの窓に加え、力なく水面から深く沈みこんだ様子は、いかにも落ち目という風情《ふぜい》だ。デッキの大部分は、がらくたで埋めつくされていた――ペットボトル、ケーブル、錆《さ》びた自転車、巻いた防水シート、機械の部品、片脚のとれたバーベキュー台。ヤナギの木々に囲まれ、ガンや白鳥の飛び交う水辺で、見わたすかぎり道路も建物もない。こんなところで目をさますのはさぞかし素敵な生活だろうに、なぜ《ベラ》はまったく手入れされた様子もなく、浮いているのがやっとの状態なのか、どうにも奇妙な印象だった。

がらくたで埋まっていないのは、出入り口の前だけ。岸辺からそこへ向かって、いかにもがたがたの厚板が渡してあったが、ホーソーンが一歩足を踏み出すと、その重みでわずかに船が揺れた。次の瞬間、ドアが勢いよく開き、誰が来たのか見るまでもなく腹を立てているらしいサラ・ベインズが姿を現す。ホーソーンだと気づいても、その表情に変化はなかった。

「ここは個人の家なんだけど。いったい、ここで何をしてるのよ？」

「素敵な住処《すみか》じゃないか」と、ホーソーン。「おたくの持ちものか？」

「借りてるの。何の用？」

「おたくに会いにきたんだ」

「あたしがここに住んでるって、どうしてわかった？」

「いや、知らなかったよ。入っていいか？」断れるものならやってみろといわんばかりの口調だ。

サラはむっつりした顔でホーソーンをじろじろと吟味した。「じゃ、五分だけ」

ハウスボートの中は、がらくたの積み重なったデッキから想像したよりは、いくらか居心地がよさそうだった。ごく狭いキッチン、壁に取り付けられた折りたたみテーブルと腰かけが三脚、そして小さな居間、奥に鋳鉄《ちゅうてつ》製のストーブ。ソファはベッド代わりにもなるらしい。船室の壁一面には、褪せてはいるが色とりどりのTシャツ、スカーフ、ズボン、靴下がずらりと吊り下げられていて、どこかディケンズの小説のような雰囲気さえ感じられる。コンロの向こうから、焦げたトーストを載せたフォークを手に、フェイギンが現れても不思議はない。

「それで、何の用なの?」それぞれが腰かけに坐ると、サラが口を開く。お茶が出てくる気配はない……ディケンズの小説ならではの、砂糖入りホット・ジンも。

「どうしてここがわかったのかと、さっき訊いてたよな」ホーソーンが水を向けた。

「ああ、それね。言ってみなさいよ」

「《iPhoneを探す》ってアプリは知ってるか? それを使って、ロデリック・ブラウンの携帯を探してたんだ」

それが何を意味するのか、サラはじっと考えこんだ。「そんなこと、どうしてできるのよ?」

「そういうことを手助けしてくれる友人がいてね」

「ロデリック・ブラウンが帰宅し、車庫で死んだ後、あの男の携帯はどこにも見あたらなかった」ダドリーが口をはさんだ。「その後に、家の中に入ったのはおたくとメイ・ウィンズロウだけなんでね、そのどっちかが携帯を持っていったとみてまちがいない」にやりとしてみせる。

「個人的な意見だが、あの気立てのいいウィンズロウ夫人が、あれこれと貴重品をちょろまかしてるとは思えなくてね」

「あのばあさん、あんたが思ってるほど気立てはよくないけどね」サラが怖い声を出す。

「ウィンズロウ夫人のことなら、こっちは何もかも調べあげてる。あんたのことと同じにな」

ホーソーンは片手を突き出した。「携帯はどこにある?」

これ以上はごまかせないと、サラも悟ったようだ。キッチンの引き出しのひとつを開け、中からロデリックの携帯を取り出す。「どっちにしろ、何の役にも立たなかったしね。暗証番号がわかんなくて」

「そのために盗んだのか? 売るために?」

「かもね」

「さて、どうかな……」ホーソーンは携帯の電源を入れ、フェリシティに教わった暗証番号を入力した。

「ロデリックの生年月日なんだよな」と、ダドリー。

「あんたたち、なかなか頭が切れるじゃない!」

「まあ、努力はしてるよ」

ホーソーンの探していたものが見つかるまで、ほんの数秒しかかからなかった。ロデリックのテキスト・メッセージのページを開き、携帯をサラに向けて、画面いっぱいに拡大しておいた画像を見せる。ちらりと目を走らせただけで、サラは気まずそうに顔をそむけた。

そこには、裸でポーズをとっているサラがいた。サラ自身がロデリックに送った複数の画像のうちの一枚だ。ホーソーンは手早く画面をスクロールし、ほかの画像も表示させた。どれも、きわどく露骨なものばかりだ。ダドリーが目を閉じる。ホーソーンは無表情のままだった。

「ロデリックは、おたくからこれを買ってたのか?」サラに問いかける。

「だったら、どうなのよ?」

「さっさと質問に答えてくれ。もう時刻も遅い。とっとと帰ってお茶でも飲みたいんでね……」

「画面を消して!」

ホーソーンは言われたとおりにした。

「そういうこと」サラは認めた。「ロデリックは一枚につき二十ポンド払ってくれた。でもね、あたしはあの人が可哀相で、親切にしてやっただけなんだ。奥さんはベッドで寝たきりで、十年も女の裸を見てないっていうからさ。あたしがいい気分にさせてやったんだよ」

「なるほど、メイ・ウィンズロウを脅迫するいっぽう、ケンワージー家から金目のものをくすね、エラリーを井戸に放りこみ、ロデリックにはえげつない写真を売りつけてた、ってわけか。リヴァービュー・クロースでは、ずいぶん忙しく立ちまわってたようだな」

「そりゃ、庭仕事してる余裕はないよな」と、ダドリー。

「この間も言ったけど、あたしはあの犬に指一本だって触れてない。リンダが文句を言ってたのは知ってるけど、あんな残酷なことをやれる人間がいたとしたら、それはジャイルズ・ケンワージーくらいだよ。ひょっとしたら、それが理由で殺されたのかもね。あたしのほうは、何ひとつ悪いことはしてないんだから」

「悪いことばかりしでかしておいて、よくもまあ」ホーソーンはロデリックの携帯をポケットに滑りこませた。「誰がロデリックを殺したか、おたくはどう思ってる?」

「あれは自殺でしょ」

「本気でそう思うのか? おたくのような、頭のよく回る女が……しかも、すべての家を頻繁に出入りしてるくせに。ひょっとして何か見かけたり、何か心当たりがあったりするんじゃないかと思ったんだが」

「これ以上つきまとわないでくれるんなら、いいことを教えてあげる」それを聞き、ホーソーンは問いかけるような目を向けた。「ペニントン氏の花壇ね。ロータリーにあるやつ。あそこが荒らされたのはわざとだよ――しかも、やったのは子どもらじゃない」

今度は、ホーソーンもにっこりした。「どうしてわかった?」

「土に車輪の跡がついてたんだよね。でも、私道に泥は落ちてなかった。そんなことってある?」

「そのことは、こっちも気づいてたよ、サラ。だが、おたくの言うとおりだ。話してくれて感謝するよ」頭を天井にぶつけないよう、気をつけながら立ちあがる。「助言に耳を貸す気があるなら、おたくは前に進んだほうがいい。そろそろ別の川を探すときかもな」

「あたしも《ベラ》も、行くあてなんてどこにもないんだ」

ホーソーンはドアを開けた。

「お願いがあるんだ、ミスター・ホーソーン。その画像、誰にも見せないで。あたしみたいな人間に、できることなんてかぎられてる。そもそも、育ったのだってリヴァービュー・クロースみたいな場所じゃないしね。あたしの人生なんて次から次へ、ろくでもないこと続きだよ。でもね、こんなあたしにだって、自尊心はいくらか残ってるんだ」

ホーソーンは答えなかった。土手に戻ると、夕闇の中を進む二艘のカヌーを見おくりながら、川べりを歩いてハウスボートから遠ざかる。絵のような色彩の柔らかい光と森閑とした空気に包まれて、どこまでも美しい宵になりそうだ。夏のテムズ川ならではの、得がたいひとときだった。

ふいに、ホーソーンが立ちどまった。ロデリックの携帯を取り出すと、手で重さを量る。やがて、勢いをつけて放りなげると、それが水しぶきをあげて川に落ち、後に一瞬のさざなみを残して消えるのを見まもった。

第八部　真相

1

　またしてもリッチモンドへ車を走らせるはめになったことに、タリク・カーン警視はほとほとうんざりしていた。

　まずは、いきなりキュー橋でひどい渋滞に引っかかってしまう。この橋は一九〇三年に建設され、当時は物見遊山にキュー・ガーデンやリッチモンド・グリーンへ出かける人々を乗せ、乗合馬車や辻馬車が行き来していたものだが、百年以上が経った現在となっては、まったく交通事情に合っていないのだ。そもそも、リヴァービュー・クロースの事件は、すでに解決したはずではなかったか。記者会見も開いた。またしてもカーン警視の姿が放映され、妻や義理の両親も、テレビ映りがよかったとみな褒めてくれたものだ。またリヴァービュー・クロースに戻ったりしたら、負けを認めることになるか、少なくとも何か見落としがあったと思われてしまうのではないだろうか。だが、いちばん腹が立つのは、自分がこの誘いをはねつけられなかったことだ。警視自身も、やはり真実を知りたかった。

運転しているのは、ルース・グッドウィン巡査だ。カーン警視は携帯でメッセージを確認したり、ソーシャル・メディアを眺めたりするのが好きなので(グーグル・アラートには自分の名を登録してある)、画面をスクロールして新着通知に目を通すことで、どうにか渋滞から気を紛らわせていた。きょうからまた新たな一週間が始まるが、週末に何をしていたか、ふたりが語りあうことはない。仕事では息の合う同僚ではあっても、仕事を離れてしまえば何のつながりも存在しないのだ。

三十分ほど経って、ふたりの車はようやくリッチモンドの中心部にたどりついた。ここからピーターシャムへ向かうには、住宅地をほぼ一周させられる腹立たしい一方通行の道路をたどらなくてはならない。ここまで来て、グッドウィン巡査が初めて口を開いた。

「どうして戻ることにしたんですか、警視?」

「いい質問だ」入力途中だった文章を打ちおえると、カーン警視は携帯を片づけた。

「ホーソーンが危険人物なのは、警視もご存じですよね」グッドウィン巡査が続ける。「勾留中の容疑者にひどい暴力をふるったこともあったし……」

「たしか、あの男に助力を仰いだのは、そもそもきみの提案じゃなかったかな」

「あのときは、こちらの役に立ってくれるかもしれないと思ったんです。でも、蓋を開けてみたら、最初に思ったよりずっと単純な事件でしたよね。警視の手ぎわがすばらしかったですし」

カーン警視は鼻を鳴らしたが、何も答えずにおいた。

「いまさら、またホーソーンとかかわると面倒なことになるかもしれませんよ」

「新しい情報が出てきたと、連絡があったんだ」

「もし、それですべてがひっくり返ってしまったら、《デイリー・メール》紙にはどう説明したらいいんですか?」

車の後部座席には、この事件の記事が掲載されている古い新聞や雑誌がどっさり積んである。《デイリー・メール》紙は、この事件をトップに持ってきて、見開きに大きな見出しをつけていた――〝有名人御用達の歯科医、遺体で発見〟。ロデリック・ブラウン本人に加え、ユアン・マクレガーの写真も載せ、さらには――〝「事件は解決した」敏腕刑事のカーン警視が会見〟の見出しの上に――警視自身の写真まで紙面を飾っている。

「あの男が本当に何かつかんだのだとしたら、それをマスコミにぶちまけられるよりは、われわれが先に聞いたほうがいいだろう」カーン警視は答えた。

「でも、もしもこちらの結論がすべてまちがっていたと言われたら?」

「われわれは何もまちがってなどいないよ、ルース。ああ、何ひとつな」

リッチモンド・ヒルを下り、リヴァービュー・クロースに車を乗り入れる。ホーソーンとダドリーはすでに到着していて、電動門扉を入ったところでふたりを待っていた。ふと気がつくと、前回、そして前々回に顔を合わせたときと、ホーソーンはまったく同じ服装をしている。グッドウィン巡査は《森の家》の前に車を駐め、ふたりは外に出た。

「どうか、われわれの時間を無駄にしないでくれるとありがたいがね」カーン警視が口を開く。挨拶も、握手もない再会だ。

「これが時間の無駄だと思ってたんなら、警視もわざわざ足を運ばなかったでしょうに」ホーソーンの返答は、たしかに理にかなっていた。

「それで、どんな用件なのかね？」

「そう、お尋ねとあらば、まずはダドリーとわたしの賃金が未払いになってるってことを指摘しておきますよ。警視のために働いた以上、まるまる一週間ぶんの賃金とボーナスをどうにか出してもらえるとありがたいんですがね」

「契約書にも書いてありますし」ダドリーがつけくわえる。

「新しい情報とやらを話してもらえれば、それはこっちが判断しよう」カーン警視は答えた。ふと、周囲を見まわす。「ずいぶん静かだな」

「犯人はいますよ。そこはご心配なく。警視をはるばる呼びつけるからには、ちゃんと確認してあるんでね」

どこかの窓の内側に動く気配はないかと、警視は目をこらした。《森の家》には、当然ながら、いまは誰もいない。だが、《庭師の小屋》には？　それとも《厩舎》か？　《井戸の家》？　どの家の窓にも、住人の気配はない。

「ここから始めるのがいいと思ったんですよ。きょうはこんなにいい日和だし、そもそもの最初まで遡《さかのぼ》る必要があるんでね」

「そもそもの最初って、いつだったんですか？」グッドウィン巡査が尋ねた。

「実のところ、かなり以前のことですよ。われわれが考えてたより、ずっと昔だ」

ホーソーンは何歩か前に進み出て、六軒の家に囲まれたロータリーの端に立った。ダドリーはその場から動かない。自分がここではたすべき役割は何もないと知りつつも、ここに立ち会える喜びを静かに嚙《か》みしめていた。カーン警視とグッドウィン巡査はそこに立ちつくし、どこか気まずそうにしながらも、ホーソーンが話しはじめるのを待っている。

「殺人者のほとんどは、自分がこれから何をするのか、たいして考えちゃいないんですよ」ホーソーンは切り出した。「いわゆる空想家はいる。女房を嫌う亭主、継父を憎む子どもなんかが、何年にもわたって殺人を夢見ることはね……だが、そういう連中は、けっして実行はしないんだ。計画だけで満足しちまう。いっぽう、たいていの殺人が激情に駆られて手を下したにすぎないことは、おたくらも知ってのとおりでね——衝動的な犯行、ってやつですよ。ほんの一杯だけ、酒を飲みすぎちまったとかね。喧嘩になり、つい理性を失ったとか。だが、ときには非凡な殺人者が現れる。自分はけっしてつかまるまいと、綿密な計画を練りあげるんだ。こういうやつが起こした殺人は難事件となる。知性の裏づけがある犯罪は、唯一無二の形をとるんでね。わたしが呼ばれるのは、そういう事件が起きたときだ。それが、わたしの専門分野ってわけです。

この事件が起きたときから、おたくは何かがおかしいと思ってた。だが、実際のところ、この事件のどこに不安をおぼえたんですかね？　たしかに、クロスボウの矢が使われたと聞けば、いかにも奇妙な事件だってことはわかる。そこらの平凡な殺人犯が選ぶ凶器じゃありませんからね。そのうえ、事件が起きた場所も場所だ——リッチモンドの小綺麗な住宅地ときた。そんな場所で起きた殺人が、いったいどれくらいあるもんですかね？　お上品なご婦人の片手でも、楽々と数えられるくらいのもんでしょう。とどめに、全員が同じ動機を持ってる。さすがに、これはあんまりだ！　バーベキューの煙が流れてくるとおかんむりの隣人と、自分の車が通れないと文句たらたらの隣人、どっちが犯人かなんて選べるもんじゃありませんからね。

それで、おたくはわたしを呼ぶことにした。正直に言わせてもらえば、最初にここに来た日、これはわたしの時間の無駄だと思いましたよ。何もかも、あまりに単純に見えましたからね。〝最悪の隣人〟。車庫にあったクロスボウ。誰が撃つ？　みなでくじを引いて……バン！」

「何のことだ――くじを引くというのは？」カーン警視が尋ねる。

「ああ、なるほど。結局、おたくは気づかなかったわけだ」ホーソーンは手短に、フェリシティ・ブラウンに会ったこと、メイ・ウィンズロウとフィリス・ムーアから話を聞いたこと、そして、その後の集まりのことを話した。

「じゃ、ロデリックの遺体の胸ポケットから見つかったストローの切れ端は……」グッドウィン巡査が言いかけた。

「ご名答、グッドウィン巡査。ロデリックはいちばん短いストローを引き当て、死んだときもそれを持ってたんですよ」

ホーソーンはしばし言葉を切った。

「だが、実際にはそうじゃなかった。リヴァービュー・クロースに来てみて、わたしは気づいたんですがね、見かけどおりのものは、ここには何もないんですよ。そう、何もね！　どの手がかりも、どの容疑者も、どの疑問も、どの答えも……どれもみな、綿密に練りあげられたまやかしにすぎないんだ。ここに住んでる人間は、みないいように操られてる。おたくらもね。そして、わたしもだった。何かが起きて、これは事件に関係があるだろうと思うと——実はそうじゃない。こっちをまちがえさせるための目くらましなんだ。煙幕やら、いまいましい鏡やらがばらまかれてるようなもんでね。こんな事件は初めてですよ。

そうだな……たとえば、この重なりあった偶然の出来事だ。偶然とは何か？　どこまでも行き当たりばったり、何の規則性もないめぐり合わせです。スーパーに買いものにいったら、たまたま母親とばったり出くわす、みたいなね。まさか、それが周到に仕組まれた——」

「ホーソーン、この話はいったいどこに行きつくんだ？」カーン警視はしびれを切らしつつあった。

「この事件の真相ですよ、警視。いまはただ、われわれがどういう状況に直面してたかを説明しようとしてるだけでね」

「偶然の出来事というと？」グッドウィン巡査が尋ねた。

「ほら、三件の襲撃事件があっただろう。ここから三キロほど離れたハンプトン・ウィックで、老婦人が襲われた事件。これは、ジャイルズ・ケンワージーが殺害される前夜に起きてる。このふたつの事件には何の関係もない、当然そう思うだろう。だが、この老婦人、マーシャ・クラークは、ベレスフォード家の子守、カイリー・ジェーンが面倒を見ていてね。さらにその二日前、金曜の朝には、誰かがアダム・シュトラウスを階段から突き落としてた」

「やっぱり、さすがですね」つぶやいた瞬間、グッドウィン巡査は後悔した。

そんな賛辞を、ホーソーンは意にも介さなかった。「防犯カメラも確認したよ」

「シュトラウス氏の背後に誰かいたのはまちがいない」ダドリーが説明した。「ただ、フードをかぶってて、カメラも背後から撮ってたんでね。若いやつには見えた。まあ、その映像だけじゃほとんど何もわからなかったよ」

「またしても、偶然の出来事だ。リヴァービュー・クロースでその後に起きる殺人とは、何の関係もないように見える。だが、それもまちがいだった。これも、すべて計画に組みこまれてたんですよ」

「三件めの襲撃というのは？」ルース・グッドウィン巡査が尋ねた。

「それは、事件から六週間前のことでね。誰かがジャイルズ・ケンワージーのコンピュータ・システムに侵入した。そのせいで、ケンワージーは《厩舎》で開かれた最初の話しあいに出席できなかったわけだ。まさか、これも計画の一部だったとは考えにくいところだが、実はそうだったにちがいないと、わたしはにらんでましてね」

「まわりくどい話はやめて、誰が犯人なのか、さっさと明かしたらどうだ」カーン警視が口をはさむ。からかわれ、引きずりまわされているような感覚が、どうにも我慢ならなかったのだ。

「偶然の出来事はまだまだあるんですよ」ホーソーンは続けた。「ジャイルズ・ケンワージーにどう対処すべきか、住人たちが二度にわたって話しあったことを、いまやわれわれは知ってる。最初の話しあいでは、言ってみれば形勢は五分五分《ごぶごぶ》だったわけです。ロデリックとフェリシティ・ブラウン夫妻は、ケンワージーを追い出すためなら何でもしようという勢いだった。あの男を嫌っているうえ、窓からの眺望を失いたくなくて必死でしたからね。それは、トムとジェマ・ベレスフォード夫妻も同じだ。駐車場所の揉めごとで旦那がえらく消耗してるのを、とりわけベレスフォード夫人は心配してた。だが、いっぽうアンドリュー・ペニントンは、けっして一線を踏み越えまいとしてましたね。アンドリューが提案した解決策は、手紙を書くこと、そして事態の悪化を防ぐこと――いかにも刑事専門弁護士らしい方針だ。メイ・ウィンズロウとフィリス・ムーアも、それに同意した。このふたりには、犯罪者めいた行動をとりたくない自分たちなりの理由があったわけでね。そして、アダム・シュトラウスとその妻は、あくまで中立の立場をとりつつ、どっちに転がるかを見まもることで満足してた。

さて、それからの六週間で何が起きたか？ それまで、さほどジャイルズ・ケンワージーを嫌ってなかった人間にも、嫌うべき理由が与えられたんですよ。メイ・ウィンズロウとフィリス・ムーアは、飼ってた犬をおそろしく残酷なかたちで失うことになり、それはケンワージーのしわざだと、誰もが思うように仕向けられた。アダム・シュトラウスは、このうえなく高価で貴重なチェス・セットを、クリケットのボールで粉々にされちまった。ちなみに、最初の話しあいのとき、すでにクリケットの話は出てたんですよ――スケートボードの件といっしょにね。そして、なんと！ アンドリュー・ペニントンが亡き妻を偲《しの》んで作りあげ、何年も丹精してきた花壇が、スケートボードで踏み荒らされちまった。それだけじゃない。その日は、ちょうどペニントン夫人が亡くなって五回めの命日だったんですよ。なんとまあ、不運なめぐり合わせもあったもんだ。

だが、それは本当にただの〝不運〟だったのか？　あるいは、本来なら考えもしなかった方向へ、みなの思考がねじ曲げられた？

「このときリヴァービュー・クロースで何が起きてたのか、全体をひとつの仮説にまとめてみましょう。これは〝最悪の隣人〟って筋書きだったんですよ。たしかにジャイルズ・ケンワージーは、さほど人好きのする人間じゃなかったかもしれない。だが、そこまでとんでもない人非人だっただろうか？　わたしが話を聞いてまわった中で、いちばん分別のある言葉は何だったと思います？　あれは、リンダ・ケンワージーが話してくれたんだったな――〝リヴァービュー・クロースなんて、別にそんな特別な場所じゃないのよね……ご近所どうしの揉めごとがない通りなんて、英国じゅう探したってどこにもあるもんですか。わたしはフリントンで育ったけど、あそこだってまったく同じよ〟ってね。近所の住人と揉めることなんて、誰にだってある。中世の昔から、みんなそうやって生きてきたんだ。そりゃ、たまには殺人にまで発展することもあったかもしれない。でも、わたしに言わせりゃ、そんなものはめったにない例外ですよ。貧困世帯の集まる高層住宅だって、住宅協会が安く斡旋してる団地だって、自分勝手な隣人にさんざんな思いをさせられることはしょっちゅうだが、みんな我慢しあってなんとかやってるんだ。それなのに、車を駐める場所で揉めたくらいのことが殺人の動機になるなんて、本気で信じられますか？　スケートボードを乗りまわす子どもらや、庭にひるがえる英国旗だって同じだ。そんなことのために、殺人なんか馬鹿げてる！」

「プール建設計画はどうなんだ?」カーン警視が尋ねた。

「ああ、それなんですがね。最初の話しあいと二度めの話しあいの間に起きた、大きな出来事がその件でした。ケンワージー家が出したプールの建築申請に、許可が下りたんです。それについちゃ、さんざんいろんな話を聞かされましたよね。フェリシティ・ブラウンの病床からの眺望が失われてしまう、これは大きな問題になってた。フェリシティがベッドから這い出して、夫のクロスボウでジャイルズ・ケンワージーを撃ち、ロデリックは妻をかばうために自殺して罪をかぶったって可能性を、どうして誰も考えてみないのかは不思議でしたね。わたしはいちおう検討はしてみましたよ。そのほかにも、プール建設に反対する理由はいくらでもあった──騒音、塩素の臭い、生態系の破壊、大勢の客が押しかけてくること。だが、そんなことがはたして殺人の動機になりうるのか、それとも、もっと深刻な結果をもたらす、まだ表に出ていない別の理由があるんですかね?」

「ずいぶん長々と語ってくれたものだな、ホーソーン」カーン警視が割りこんだ。「だが、結局のところ、わたしがわざわざここまで足を運んだ意味のある情報はひとつも出ていないようだが」

「だとしたら、おたくがちゃんと聞いてなかったんですよ、警視。だが、すぐに全貌が見えてくるはずだ。あとは、ロデリック・ブラウンのいわゆる自殺について、ちょっとばかり説明する必要がありますが」

「〝いわゆる〟なんて言葉、付ける必要はないでしょう」ルース・グッドウィン巡査も口をはさむ。「二度めの話しあいがどんなものだったかは、さっき聞きました。つまり、わたしたちが正しかったってことじゃないですか。ロデリック・ブラウンはいちばん短いストローを引き当ててしまった。それでジャイルズ・ケンワージーを殺し、そのことが露見するのを怖れるあまり、自殺してしまったってことですよね」

「ちょっと待った、お嬢さん。その前に、ロデリックの遺書とやらをあらためて読みなおしてみたらいい。誰かを殺したなんて話は、ひとことも出てこないんだ！〝わたしはひどく愚かなことをしてしまった〟――隣人を殺したのが〝愚かなこと〟だったと、おたくは本気で思ってるのか？〝その愚かさが招いた結果を見せるのが忍びなくて〟――これは、自分が自殺することを指してるって？〝こんなところをきみに見せたくなかった〟――つまり、車庫で発見される自分の遺体のことだと？」

「だって、そういうことでしょう」グッドウィン巡査は言いかえした。

「馬鹿馬鹿しい。ロデリックのいう〝愚かなこと〟は、ここの住人たちの前で、ケンワージーを殺すと宣言してしまったことを指してるんだ。〝その愚かさが招いた結果〟ってのは、みなに自分が犯人だと思われ、逮捕も間近に迫ってること。そして、〝きみに見せたくなかった〟こんなところってのは――手錠をはめられ、連行される自分の姿だよ」

「そんなふうに解釈すべきだというのは、いささか都合がよすぎる気がするが」カーン警視がつぶやいた。

「こちらの都合で解釈してるわけじゃない。これはみな、計画の一部だったんだ！」

ホーソーンの話す速度が、さらにゆっくりとなる。できるかぎり単純明快に説明しようと、心を砕いているようだ。

「もうひとつ、別の偶然の出来事を見てみよう。そもそも、こういうかたちでジャイルズ・ケンワージーを殺すという思いつきは、フィリス・ムーアの発言から生まれた。そのきっかけとなったのは――聞いてびっくりだが――あの老婦人たちが経営する書店で、ほんの数日の間にふたりの客が、同じアガサ・クリスティの小説を買っていったって話でね。その小説では、自分たちが憎む相手を殺すため、容疑者全員が協力しあうんだ！　そんな偶然が起きる確率など、いったいどれくらいあると思います？」

「もともと、アガサ・クリスティの本は人気があるからな」

「たしかに。だが、おたくはやっぱり、ここで起きていたことをきっちり理解できてないようですね。どこまで細かく、あらかじめ計画されていたのか。

二度めの話しあいで起きたことの結果、ロデリック・ブラウンが自殺したなんてことを、一瞬でも本気で信じたんだとしたら、まずはこの疑問を自分に問いかけてみるべきでしょう。第一に、どうしてあの自殺は、あんなにもややこしい方法をとってたのか？　鍵のかかった車庫の中の、鍵のかかった車内。たったひとつしかない車の鍵は、普段そんなものを入れないはずのポケットに入ってた。尻ポケットに入れたものを、坐った状態で取り出そうとしてみればわかりますよ！　さらに、本来なら錆《さ》びないはずのステンレス鋼のねじがなぜか錆びつき、天窓が開かなくなってた。そして、最後にふたつの疑問が残る。何週間も雨が降ってなかったのに、なぜ車庫の床に水たまりができてたのか？　最後に、どうしてあのストローの切れ端が、ロデリックの胸ポケットに入ってた？」

「ストローに何の意味があるのかは、さっき話してくれたじゃないですか」と、グッドウィン巡査。

「じゃ、ロデリック・ブラウンは自殺するとき、何があったかをわれわれにわかってほしくて、わざとストローを見つけやすい場所に入れておいたって？　あれはアンドリュー・ペニントンの花後、あのストローを肌身離さず持ち歩いてたとでも？　《厩舎》での二度めの話しあいの壇の花よりさらにわざとらしい、仕組まれた手がかりにすぎない。その目的は、われわれの目を二度めの話しあいに向けさせ、あれは自殺にまちがいない、けっして殺人などではないとみなに思いこませるためだったんだ！」

話すべきことは、すべて話した。ホーソーンは言葉を切ると、反論があるなら言ってみろとばかりに、その柔らかい茶色の目をふたりの警察官に向けた。

長い沈黙が続く。

「つまり、きみが言いたいのは、別の誰かがジャイルズ・ケンワージーを殺したということなんだな。その犯人がロデリック・ブラウンに罪を着せ、自殺に見せかけてこちらも殺してしまった。この事件の最初から最後まで、犯人はすべての関係者を糸で——何本もの糸で——操り、思うままに動かしてきたと。そういうことか？」

「ようやく、おたくにもわかってもらえたようですね、警視。いまも、犯人はわれわれを笑ってますよ。何もかも、計画どおりに進んだと思ってね」

「じゃ、その犯人というのは、いったい誰のことなんだ？」カーン警視は周囲を見まわし、この住宅地を構成する六軒の家にひとつずつ視線を向けていく――《リヴァービュー館》、《森の家》、《切妻の家》、《井戸の家》、《厩舎》、《庭師の小屋》。犯人は自宅にいると、さっきホーソーンは語った。「これから、どの家を訪ねる？」

ホーソーンはにっこりした。「ご案内しますよ」

2

六人は居間の二脚のソファと二脚の椅子に、かしこまった様子で向かいあっていた。椅子にかけているのが、ホーソーンとダドリーだ。

「つねに十手先を考えるのは、どんな人物か？」と、ホーソーン。「わたしは、これを自問していました。この世界をゲームに見立て、他人を右や左、こちらへあちらへと動かして、たいていのことを自分の思うとおり進めることができるのは誰なのか？　周囲の人々の細々《こまごま》としたことを正しく記憶しておき、それを自分の得になるよう利用できるのは？　どんな不測の事態をも計画に織りこんでおき、何が起きようとも正しい対応によって、本来の筋書きに戻すことのできる人物は誰か？」

「チェスのプレイヤーですな」アダム・シュトラウスが答えた。「たしかにおっしゃるとおり、ミスター・ホーソーン、なかなかおもしろい思いつきではある」

「そもそも、どうしてわざわざいらしたんです？」テリが詰問する。「主人がジャイルズ・ケンワージーを殺したとでもいうんですか？」

「そして、ロデリック・ブラウンもね」ホーソーンが愛想よくつけくわえた。

「言いがかりよ！　言いがかりもいいところ！　わたしの家から、さっさと出ていって」

アダムは笑みを浮かべ、妻の太ももに手を置いた。「心配はいらないよ。わたしには何ひとつ後ろめたいところはないし、ミスター・ホーソーンが何を言うつもりなのか、好奇心をそそられているくらいでね」

「つまり、否認するんですね？」カーン警視が尋ねる。

「否認も何も、いったいどんな疑いをかけられているのかさえ、よくわかりませんからね。まあ、殺人の嫌疑ではあるんでしょう。だが、いったいどうやって、どんな動機で、いつ？　わたしはけっして弓矢など得意ではないし、そもそもいまは」——杖を掲げてみせる——「この足じゃ、ロデリックの家に押し入ったり、あいつを殺したりなど、とうていできはしませんよ。たしかに、生きているロデリックを最後に見たのはわたしだった。だが、あくまで〝生きている〟ロデリックだったというところは強調しておきますよ。そもそも、わたしとロデリックは親しい友人だったんですよ、ミスター・ホーソーンにとっては、さほど意味のない情報のようですが。さあ、どうか続けてください、ミスター・ホーソーン。ここまでのところ、たしかに的を射てはいますよ、たとえまちがった木に吠えかかっているとしてもね」

「ウィンズロウ夫人の犬はそうじゃなかった」ダドリーが口をはさむ。「あの犬は、ケンワージー家の庭のタイサンボクに、何か思うところがあったらしいな」

「その話もすぐに出るよ」と、ホーソーン。アダム・シュトラウスの否認にも、いっこうに腹を立てた様子はない。いかにもくつろいだ態度だ。

「最初の話しあいについては、すでに何もかも明らかになってましてね」ホーソーンは続けた。「この住宅地の住人が不満をぶつけるべく顔をそろえたものの、土壇場でジャイルズ・ケンワージーは欠席を連絡してきた——何ものかが自分のコンピュータ・システムに侵入を試みたから、と。これはおたくが手を回してたんじゃないかと思いますがね、ミスター・シュトラウス。なかなか賢い手だ。このせいで、ジャイルズ・ケンワージーを実際よりも嫌なやつに見せることができる。最終的にみなの敵意をケンワージーに向けさせるための、効果的な演出というわけです。だが、これはほんの手始めにすぎなかった。それから数週間のうちに、弱いほうの駒——メイ・ウィンズロウとアンドリュー・ペニントン——が盤の中央へ送りこまれた。ひどい目に遭わせ、こちらの味方につけるためにね。メイは飼ってた犬を殺された。アンドリューは花壇を荒らされて——どちらも、ケンワージー家のせいにされたんですよ」

「わたしのチェス・セットも壊されましたよ」アダムが指摘した。

「ああ、そうだった……おたくの大切なチェス・セットがね、ミスター・シュトラウス！　おたくも、こちら側のチームの一員だってことをみなに見せなきゃならない。みなと同じように、ひどい目に遭う必要があったわけです。そのおかげもあって、みながおたくを信用した。自分たちの仲間のひとりだと思いこんでね。だが、実際にはクリケットのボールなんか、この家の窓から飛びこんじゃいなかったんですよ。おたくが自分でやったんだ――冷酷にもあの哀れな行儀の悪い犬を殺し、アンドリュー・ペニントンの妻の命日をねらって、花をずたずたに荒らしたように。ただ、ここは笑っちまうんだが、おたくは意地が汚すぎて、本当に価値のあるものを壊すのは嫌だったらしい。そこで選んだのが、十三年前に公開された映画の、ちょっと気の利いたライセンス商品だったわけです。派手な演出にしたかったんだろうが、さすがにあれは、駒が三十二個どころか百個そろってたって、たいした品には見えませんでしたよ。ここにいる友人のダドリーも、あれはがらくただと思ったそうでね。イアン・マッケランにそっくりのキング？　オーランド・ブルームに似せて作ったナイト？　そもそも、オークとホビットの軍勢を戦わせるって？　たとえ、それがどこかの有名な首長《シーク》から贈られたものだとしたって――その話もあやしいものだと思ってますがね――eBayでせいぜい五十ポンドというところかな。残念ながら、その手は食いませんよ！

最初の話しあいによって、この計画に欠かせない駒――おたくの隣人たち――が招集された。そして二度めの話しあいで、それぞれの駒が適切な位置に進められたわけです。そういえば、アンドリュー・ペニントンによると、二度めの話しあいを開こうという提案は、自分が出したものかもしれないが、たしか最初はこちらの仲むつまじいシュトラウス夫妻のおしゃべりから生まれたものだった気がすると語ってましたね。どうやら、おたくはこの思いつきをうまいことアンドリューにほのめかす方法を編み出したんでしょう。ふたりの人間を雇い、それぞれで同じ本を買わせ、みなで協力してひとりの人間を殺すという思いつきを、フィリスやメイにほのめかしたように。おたくの生きる世界じゃ、自分たち以外は誰もが《ティー・コージー》いちばん価値の低いポーンの駒らしい。

さて、まんまとおたくの策に乗せられ、ケンワージー家に対する憎しみをつのらせた住人たちが顔をそろえたところで、おたくはつまみをあまり出さずに酒だけをふんだんにふるまい、みなの抑制が利かなくなり、はめを外すまで酔っぱらわせた。誰かが殺人の話を持ち出したときには、それはただの冗談にすぎなかったんですよ。最初は、みなでいっしょに実行するって話だった——クリスティの本と同じにね。だが、そこで、ストローがキッチンにあると、おたくが思い出したわけだ。実のところ、その話を最初に聞いた瞬間、わたしは妙だと思いましたよ。この家には子どももいないのに、パーティで使ったストローが残ってるって？　当然ながら、これも嘘っぱちですよ。おたくはわざわざこの夜のために、あのストローを買ってきたんだ。これもまた、巧妙な一手でした。

そしてもうひとつ、このストローの話にはどうにも奇妙なところがあった。フィリス・ムーアによると、切ったストローの束を持ってたのはおたくだったそうで——それは何の不思議もないが——〝いんちきができないように〟後ろ手に持ってたっていうんですよ。だが、どう考えたって理屈に合わない。いんちきができないようにするんなら、全員から見えるように前で持つべきでしょう。後ろ手に持ってたら、いちばん短いストローをズボンのベルトかどこかに隠しておいて、最後に残った人物に押しつけることだってできる。その人物とは、ロデリック・ブラウンだった。ロデリックを捨て駒にすることを、おたくは最初から決めてたんだ。とはいえ、念には念を入れ、これまで戦ってきたすべての相手に対するのと同じく、おたくはまるで蝶をピンで留めるように、ロデリックを心理的に身動きがとれないようにしていった。おたくにとって、ロデリックはうってつけの犠牲者だったんですよ。

ロデリックと妻のフェリシティは、ここの住人のうちでも、ジャイルズ・ケンワージーをもっとも声高に非難していた――当然ながら、ベレスフォード医師と並んで、ってことになりますが。受け持ちの患者だったレイモンド・ショーの突然の死は、いわばおまけのようなものでね……さすがにチェスのグランドマスターといえども、心臓発作を仕組むことができたとは思えないのでね、これだけは本当に偶然の産物だったんでしょう。どっちにしろ、トム・ベレスフォードはこちら側の味方でまちがいない。だが、実際に捨て駒にするのはロデリック・ブラウンと決まってたんです。プール建設の件で、ロデリックとフェリシティは躍起になってましたからね。あの夫妻にとっちゃ、これはまさに生きるか死ぬかの問題だった。そのうえ、殺人の凶器も持ってた。それも、うってつけの場所に。何もかも、準備は万端だったわけですよ。

わたしの見るところ、たぶんおたくはくじ引きの前に、クロスボウをすでに持ち出してたんでしょう。それが、いつものおたくのやりくちなんだ。十手先を読む。ケンワージー家の息子たちが寮に泊まる日なのも知ってた。おそらく、ケンワージー夫人とフランス語教師との関係さえも知ってたんでしょう。あの夜、そっと《リヴァービュー館》を訪れ、自宅にひとりだったジャイルズ・ケンワージーを撃つ。それから、ロデリックの指紋が残ったままのクロスボウを、ご親切にも持ち主の家に向けてその場に残し、警察が発見するにまかせたんだ。事件のときは、ポーランド人の友人とオンラインでチェスを指してた、それがアリバイになるはずだと、おたくは話してくれたが――わたしが考えるに、おそらくiPhoneで対局してたんでしょう。殺人とチェス、マルチタスクとはこのことだ！

さて、その結果はどうなったか？　おたくは完璧な共犯関係を作りあげた。酔っぱらったはずみで始めた〝ごっこ遊び〟が、いきなり現実になったわけです。自分がジャイルズ・ケンワージーを殺すと、ロデリック・ブラウンは全員の前で宣言するばかりか、ご丁寧にも凶器まで指定してたんだから。おたくはもう、笑いが止まらなかったでしょうね！　翌日の深夜、ケンワージーはまさに喉に矢を突き立てた姿で発見された。ロデリックが本当に実行してしまった、あの男が犯人だと、みなが思いこむのは自然の流れだったんですよ。

だが、そのいっぽうで、住人たちはみな恐怖にすくみあがってもいました。いまや、全員が否応なしに事件に巻きこまれてしまったわけでね。アンドリュー・ペニントンはひとりひとりに警告しました。これはもう、昔からある〝殺人の共謀罪〟でね、罪に問われるのはロデリックひとりじゃない。全員なんですよ！　立派な、どこに出しても恥ずかしくない人たち――医師と宝飾デザイナーである妻、引退した法廷弁護士、ふたりの老婦人……誰もがその場にいたんだから。警察が現場に到着するより早く、住人たちは〝血の掟《オメルタ》〟を誓約してました。罪を問われるかもしれないことは、絶対に口にしてはならない。二度めの話しあいのことは、けっして話に出すな！　そうして、誰もが嘘をつくはめになった。話を聞きにいったわたしに、開口一番ロデリックは何と言ったと思います？　〝誰か、何か言っていましたか？〟――隣人たちの誰かが自分を売るのではないかと、ロデリックは気が気じゃなかったんだ。

ロデリックにとっては、事態はさらに悪化するいっぽうだった。警視、おたくは火曜日にあの男から話を聞きましたね。水曜にはあの男が妻をウォキングへ車で送ってきたところをつかまえて、シェパーズ・ブッシュ署に連行した。厳しい取り調べを受けて、自分はもう逮捕され、起訴されるのは免れないと、ロデリックは覚悟した――だからこそ、あんな手紙を書くはめになったんだ。もう一度、ちゃんと読みなおしてみてくださいよ！　あれは自白なんかじゃない！　ただただ、みなの目の前で手錠をかけられ、連行される屈辱を怖れてるだけなんです。〝また、きっとあちらで会えるさ〟――これは天国への門の話だとでも思ったんですかね？　この〝あちら〟というのは、逮捕後、裁判中、あるいは刑に服してる最中に自分がいるであろう場所のことですよ。だが、ロデリックが亜酸化窒素のボンベを脇にレジ袋をかぶり、この手紙を膝に置いた状態で発見されてしまっては、読んだ人間が〝あちら〟の意味をとりちがえるのも無理はない」

「じゃ、ロデリック・ブラウンは、刑務所に入るのが怖くて自殺したってことなんですね」グッドウィン巡査が口をはさむ。

「どうやら、おたくはここまでの話を聞いてなかったらしい。ロデリック・ブラウンを殺したのはアダム・シュトラウスだ、最初からの予定どおりにね」

「何もかも嘘っぱちよ」テリがささやく。

アダム・シュトラウスは妻の手を握りしめた。「こちらにも、反論の機会はあるからね」おちついた口調だ。

「だが、車庫はわたしも調べた」カーン警視が口を開いた。「侵入するのも、逃亡するのも、あそこからは不可能だ。それも、ちゃんと説明できるのか？」

「当然ですとも。だが、まずは下準備について話しましょう。あれが自殺に見えるよう、アダム・シュトラウスは周到に準備した。まったく〝これは自殺だ！〟と叫んでるような現場でしたよ。そう、警視の言うとおり！　車と車庫、二重に鍵がかかってた。天窓もがっちりとねじで留められてる。車の唯一の鍵は、遺体のズボンの尻ポケットだ。遺書は膝の上。正気の人間が、ここまで面倒なことはしないでしょう。まるで、ごく当然に見えることを、疑いなく受け入れてもらおうと必死になってるみたいだ。さすがに、いまとなっては、自分がシュトラウスに思考を操られてたことに、おたくも気づいたはずですよ。念には念を入れて、自殺の理由と推察できる証拠さえ、簡単に見つかるところに残しておいた。ロデリック・ブラウンがストローの切れ端を胸ポケットに入れておく理由なんて、考えてみればどこにもないでしょう。手紙の中でも、そんなことには触れてない。ロデリック自身は、最後の最後まで隣人たちを守ろうとしていたわけだ。そういうことです。あのストローは警察に発見させるため、シュトラウスがわざわざ新しいものを入れておいたんですよ。もしも、ロデリックがコカイン常習者だったという説に――この可能性を、まさにカーン警視は指摘してたんですがね――そのまま警視が固執してたとしたら、おそらくシュトラウスは何らかの形で別の証拠を発見させ、本来のねらいどおり、われわれの目を二度めの話しあいに向けさせたことでしょう。

生きてるロデリック・ブラウンを最後に見たのはシュトラウスだったこと、それがロデリックによって自宅に招かれた折だったことは、すでにわかってます。アンドリュー・ペニントンが毎週水曜の夜に友人宅でブリッジをすることをシュトラウスは知ってたし、だからこそ、アンドリューが帰宅する時間に合わせて別れの場面を演出するのも簡単なことでした。さて、アンドリューは実際に何を見たのか？　シュトラウスがブラウンに別れを告げているところ。ブラウンのほうは〝いつもあれこれと気づかってくれてありがとう……〟とかなんとか、そんな言葉を返した。そしてドアが閉まり、明かりが消えた、と。死亡推定時刻はそれから二時間後のことでした。つまり、その瞬間、たしかにロデリックは生きてたってことになる。

そう考えるよう、われわれは誘導されてたんです。だが、シュトラウスは少なくともロデリックと一時間半はいっしょにいたと、自分で認めてますね。実際には、シュトラウスはそのときに、ロデリックのウイスキーに睡眠薬をどっさり混ぜこんでた。だが、ここで小さな手ちがいがあってね。フェリシティが服用していたテマゼパムを手に入れられなかったので、ベレスフォード医師から盗んだであろう錠剤を使うしかなかったんですよ……とはいえ、それも次善の手といえるでしょう。疑いの目を別の方向へ誘導するのは、どんなときもそれなりの意味があるんでね。実のところ、十時にシュトラウスが引きあげたときには、ロデリックはすでに意識を失ってた。では、玄関口での会話はどういう仕掛けだったのか？　あれは、ｉＰｈｏｎｅとポータブル・スピーカーを使えば簡単なことでね。ここにいるダドリーは、いまも含めて、わたしと関係者との会話をすべて録音してますよ！　アンドリュー・ペニントンが聞いたのも、そんな録音でした。

玄関の明かりの件では、アンドリューが実に興味ぶかいことを言ってた――〝ドアが閉まり、玄関の明かりが消えて、アダムは立ち去りました〟とね。だが、いろんな理由から、これはどうにもおかしな話なんですよ。まず、当然ながら、ロデリックは寝室へ向かったわけじゃない。さらに、アンドリューの言葉をじっくり考えてみてほしいんですがね。消えたのは玄関の明かりだ。だが、ドアの脇のスイッチを切ると、玄関ホールに階段、上階の踊り場までもの明かりが一気に消えるんですよ。ロデリックがドアの脇のスイッチを切ったんなら、アンドリューはその辺が一度に真っ暗になるのを見たことになる。だが、玄関の明かりが消えただけなら、ロデリックはドアを閉めてから玄関ホールを横切り、簞笥《たんす》の上にあった骨董品のランプを消したってことだ」

「つまり、その明かりを消したのはシュトラウスだったってことですか？」グッドウィン巡査が口を開いた。何かトリックが仕掛けられていた可能性に、ようやく思いあたったらしい。

「ご名答」

「いったい、どうやって？」カーン警視が尋ねる。

「簡単なことですよ。プラグに紐を結んでおいて、コンセントから引き抜くことだってできた。だが、車庫にいきなり現れた電気部品の箱のことを考えると、おそらく安もののリモコンを買ってきて、それを使ったんでしょう。実際には、ロデリック・ブラウンはゾルピデムを服《の》まされ、そのころはキッチンでぐっすり眠りこんでいた。シュトラウスが録音の会話を流す。そして、玄関のドアを閉めると、リモコンで玄関の明かりを消し、後でそのリモコンを車庫の箱に放りこんでおく。自宅に持ちかえって、警察に発見される危険を冒す意味はありませんからね。とにかく、これが手品の仕掛けです。ロデリック・ブラウンは、この時点では元気でぴんぴんしてるように見えた。実際には、そうではなかったわけですが。

　そして、アダム・シュトラウスはロデリックの家に戻った。車庫の鍵は開けておいたので、出入りに問題はありません。だが、まずは梯子をかけて車庫の屋根に上り、天窓を留めてあったねじを外した。実は、ここでマーシャ・クラークが登場するんですよ。そう、ハンプトン・ウィックに住む愛すべき老婦人だ！　ダドリーとわたしは車庫の屋根に上ってみたんですが、そこからこの住宅地を見まわしてみると、ただひとつ見える窓があったんです——ベレスフォード家の子守、カイリー・ジェーンの暮らす部屋でした。つまり、もしもカイリーがその部屋にいたら、いつ《森の家》の車庫を見おろして、何が起きてるのか目撃しないともかぎらない。だとしたら、カイリーを追いはらう必要がある。そのために、シュトラウスはマーシャ・クラークを襲撃したんです。カイリーがリヴァービュー・クロースで出た残りもののパンを集め、マーシャに届けるのを以前から見ていて……ふたりの関係を知ってたんでしょう。老婦人に怪我をさせれば、カイリーは猫の世話をするために泊まりこまなきゃならなくなる。郵便受けに入ってた政党のチラシも、目くらましのひとつです。これもまた、偽装工作だったんですよ。

そんなわけで、さっき話したとおり、シュトラウスは家の中に戻りました。おそらくはロデリックが眠りこむ前に、すでに旧友が妻に宛てて手紙を書くのを手助け済みだったんじゃないかと思いますよ。文章のひとつふたつは、いっしょに考えてやったりして。この手紙は、あくまでシュトラウスの役に立つ内容じゃないと困るんでね。さて、意識を失ったロデリックを車庫に運びこむ。頭にレジ袋をかぶせる――ここで、またしても小さな誤りを犯してしまった。ロデリックは《テスコ》で買いものはしない。とはいえ、これは自殺だ。そんなこと、誰も気にしませんよ。そして、ガスを放出する。さあ、ここで、気の利いた仕掛けの登場だ。どうやって唯一の車の鍵をポケットに入れた状態でロデリックを車内に残し、すべての窓を閉め、ドアをロックできたのか？

実のところ、ごく簡単なことでした。翌朝わたしが車庫に入ったとき、コンクリートの床には水たまりができてましてね、それをまたがなきゃならなかった。どうしてこんなところに水が溜まっているのか、不思議に思ったものですよ。なにしろ、雨は何週間も降ってなかった――庭の状態を見れば、それは明らかでした。答えは、ロデリック・ブラウンが所有する車、シュコダ・オクタヴィアの作りにあったんです。この車には、いろんな装備が搭載されてた。ここで使われたのはレイン・センサーってやつでね、フロントガラスの内側についてます。運転中に雨が降りゃ、自動的にワイパーを動かしてくれる。駐車中なら、窓を閉めてくれるんですよ。

車庫には水栓も、バケツもあった。ある程度の水をフロントガラスにかけてやりゃ、窓は勝手に閉まり、みごとロデリックは密室の中に取り残される。ほとんどの水は自然に蒸発したが、小さな水たまりが残ってた。わたしがそれに気づいたのは、犯人にとっては不運でしたね。

さてと。話を事件の夜に戻しましょう。

車庫の跳ね上げ扉は鍵がかかってる。家の中に通じるドアも、同じく鍵をかけた。そして、シュトラウスはシュコダの車体によじ上り、天窓から屋根に出たんです。もちろん、ひどく捻挫した足でそんなことをするのは至難の業《わざ》だが、実はこれも、事前に準備した仕掛けのひとつでね。リッチモンド駅で階段から転落したのは、実は見せかけにすぎなかったんですよ。カイリー・ジェーンに見とがめられることもなく車庫の屋根に出ると、シュトラウスはまた天窓のねじを留め、持ってきた接着剤でねじが回らないようにした。あれは錆《さ》びついてたわけじゃない。ステンレス鋼は錆びませんからね。そして、梯子で地面に下りると、家に帰って寝たんです。

まあ、ざっとこんなところですよ。そう、警視はきっと、テリ・シュトラウスは事件についてどこまで知ってたのか、そこを訊きたいとお思いでしょう。実のところ、旦那がこっそり真夜中に家を抜け出してるのに目がさめなかったら、そっちのほうが驚きだ――それから、シュトラウスが駅の階段から〝突き落とされた〟瞬間の映像を見ると、その背後にはフードをかぶった何ものかがたしかに映ってましたね。小柄とはいえ、なかなか気が強そうだ。この計画の一部は、東洋人の頭脳から生まれたものかもしれない」

「この人種差別主義者！」テリが声を荒らげる。

「殺人者になるよりゃ、はるかにましだ」ホーソーンが言いかえした。

「ちょっと待ってくれ！」カーンが割って入る。「ここまで長々と聞かせてもらったが、たしかにうなずけるところはある、とうてい信じられない話ではあるがね。だが、ひとつだけ、きみがまだ説明していないことがある。そもそも、なぜシュトラウス氏がジャイルズ・ケンワージーを亡きものにしたいと願うんだ？　あのチェス・セットは偽装にすぎず、ほかの苦情とも関係がないのなら、何のためにこんな面倒なことを？」

「まさに、そこが目くらましの最たるところでね」ホーソーンは答えた。「いわゆる〝最悪の隣人〟をめぐる大騒ぎ――これは、事件とは何の関係もないんです。注目すべきは、ちょうど最初の話しあいが開かれたころ、ここで起きた大きな変化は何か、ってことなんですよ」

「プール建設計画だよな」ダドリーが口をはさんだ。

「そのとおり。ケンワージーは自宅の庭を掘りかえし、プールを建設しようとしてた。さて、どれも状況証拠にすぎないいきらいはあるが、情報をまとめてみましょう。まず第一に、あの庭にはみごとな花を咲かせるタイサンボクの木がある。リンダ・ケンワージーさえ感心してたくらいのね。そして、ウィンズロウ夫人の犬は、いつもその周りを嗅ぎまわってた……どうやら、何か犬を惹きつけるものがあるらしい。そこで頭に浮かぶのは、アダム・シュトラウスの最初の妻、離婚したきり姿を消してしまったウェンディだ。この女性について、われわれが知ってる情報は？　せいぜい、チェスが好きじゃなかったってことくらいだ。それから、この住宅地にも馴染めなかったらしい。夫ともうまくいってなかった。シュトラウスは懐が寂しくなってたようだから、資産の半額を持っていかれるのもきつかったんだろう」

「それで、何が言いたいんです？」シュトラウスが尋ねる。いかにもくつろいだ様子で、薄笑いを浮かべてさえいた。

「ウェンディはあのタイサンボクの根元に埋まってる、って話ですよ」と、ホーソーン。「ケンワージーのプール建設工事が始まったら、最初に見つかるのはウェンディの骸骨だ。あの建築申請に許可が下りた時点で、ケンワージーは死ぬしかなかったんです」

長い沈黙が部屋に広がる。やがて、ついに口を開いたのはカーン警視だった。

「それで、ミスター・シュトラウス、何か言いたいことはありますか？」

3

「いや、もう、何から説明すればいいのか」アダム・シュトラウスは口を開いた。「こんなとてつもない話、これまでに聞いたこともないくらいですよ。たしかに、ある意味でみごとな推理ではある——この点については、あなたを称賛すべきでしょうな、ミスター・ホーソーン——だが、同時に絵空事であり、憶測にすぎず、そこらじゅうに穴がある。何か超自然的な力が、わたしに備わっているとでも思いたいようだ。たしかに、本当にそんな力があれば嬉しいのですがね、残念ながら、そうではないのですよ」

そして、カーン警視に目を向ける。「実のところ、わたしはいささか驚いていましてね。警察が、まさか……何というのでしょうね？　私立探偵？　そんなものを雇うとは。はたして法律に則《のっと》っているのか、それさえあやしいと思うのですが」

「警察としては、誰も雇ったりはしていませんよ」カーン警視が答えた。「ホーソーン氏は現在、あくまで本人の責任のもと行動しています。ただ、われわれには一般市民から提供された情報に対応する責任がありまして」

これは、聞こえをよくするために警察ならではのお役所言葉で飾りたてただけで、なかば嘘といってよかった。

「じゃ、どこがまちがってたんですか？」ルース・グッドウィン巡査が尋ねる。カーン警視は怖い目で巡査をにらみつけた。

それに答える代わりに、アダムは妻をふりかえった。「あの絵はがきを持ってきてくれないか？　四月か五月に来たやつがあっただろう。それから、もっと最近のやつも」

テリは憤然《ふんぜん》と立ちあがった。「この人の言ってることは、何もかも言いがかりよ。どうしてこんな人を家に入れて、好き勝手なことを言わせておくの？」

そう言い捨てて、キッチンへ向かう。

「それから、春節のカードもだ」

「そんなの、あったかな」

「ああ、あるよ。手紙の引き出しを見てくれ」

テリがはがきを探している間、アダムはホーソーンに視線を戻すと、悲しみにも似た表情でじっと見つめた。

「わたしの最初の家内は、亡くなってはいませんよ。五年前、二〇〇九年十月十七日に英国を出ました。日付をはっきり憶えているのは、それがわたしの誕生日の翌日だったからでね。まっすぐ香港に帰ったわけじゃない。ヒースローからニューヨークへビジネスクラスで飛んだんです。あちらに住む友人に会いたいといってね。いまでも、記録は確認できるはずですよ。どうぞ、調べてみてください。空港までは、わたしが車で送っていったんです。最初の家内との結婚は、たしかにうまくはいきませんでしたが、それはわたしのほうが悪かったんですよ。チェス一色の生活でしたからね。少なくともその部分については、あなたが分析したわたしの人物像は当たっています。わたしはもう、チェスにとりつかれているようなものですからね。ウェンディはチェスにまったく興味がなく、そんな結婚がどんなひどいことになるか、わたしにはわかっているべきでした。この点から見ても、あなたの言うような予知能力は、わたしにはまったく備わっていないんですよ。ウェンディは放っておかれていると感じるようになり、やがては別れることになってしまいました。

しかし、ひどく険悪な別れかただったと言いたいのなら、それはまちがっています。ウェンディとテリはいとこどうしですしね。ふたりは、よく電話していますよ。わたしだって、折に触れて連絡はとっているんです。結婚していたころより、むしろいまのほうが仲がいいくらいでね」

「見つかった！」キッチンからテリの声がした。

三通の郵便を手にソファへ戻ってくると、それをカーン警視に手渡す。一通めはマカオからの絵はがきで、天に向かって伸びる花のような奇妙な形の高層ビルの写真の上に、《グランド・リスボア》と麗々しくホテルの名が印刷されていた。それぞれの階が、ちがう色のネオンで彩られている。そのはがきを裏返し、カーン警視は青のインクで書かれている文字を読んだ。


ここ、本当にとんでもない場所よ。一文なしになっちゃうんじゃないかと怖くって、スロットマシンに十アヴォスのコインを入れるのもためらってるところ。リウがよろしくって。帰ったら電話します。ウェンディ×

「リウというのは？」カーン警視が尋ねた。

「ウェンディの男友だちです」テリが説明する。「マカオで働いているの。ウェンディは、よくその人に会いにいくんですよ」

「どうして英語で書いてあるんですか？」

「見てもらえればわかりますが、カーン警視、これはわたしたちふたりに宛てたはがきなんです。中国語で書いたら、アダムが読めないでしょう」

「消印も見てください」アダムがつけくわえる。「それは、たしか四ヵ月前に投函されたものじゃなかったかな。墓の下から届いたわけじゃない。次のはがきはテリ宛てなので、中国語で書かれています」

二通めの絵はがきは、香港の港の写真だった。中国語で書かれているため、筆跡が同じかどうかは確認できないが、たしかに同じ色のインクだ。

「追伸があるでしょう」と、テリ。「そっちは英語よ」

ロデリックによろしく。また、すぐにお便りします。W

「ウェンディはロデリックの診療所に通ってたから」テリが説明する。「ここに住んでいたときは、友人づきあいをしてたんです」

その間に、アダムは自分の携帯を取り出していた。画面をスクロールしながら口を開く。

「三通めは、二月に届きましたよ……」

カーン警視は、すでにそのカードを検《あらた》めていた。表には、翡翠《ひすい》でできた馬の写真が印刷されている。開くと、中には同じ筆跡で、短いひとことが記されていた。

幸せにね。愛をこめて。ウェンディ

「ウェンディはいつも、中国の新年にカードを送ってくれるんですよ」アダムは説明した。

「今年は馬の年なのでね」ようやく探していたものを見つけ、いちばん近くに坐っていたグッドウィン巡査に携帯を渡す。「そのとき、メールで画像も送ってきたんです……」

それは、微笑んでいる若い女性――香港系中国人らしい――が片手を挙げ、こちらに手を振っている画像だった。

「撮影日も確認できますよ」アダムは続けた。「場所がどこかはわかりませんが、たぶん香港です」

グッドウィン巡査は、その携帯をテリに向けた。ホーソーンとダドリーも、その画像をのぞきこむ。

「これが、あなたのいとこさん？」巡査が尋ねる。

「ええ、そうよ。わたしのいとこ！」テリがうなずいた。

「まったく馬鹿げた話だ」アダムが声を荒らげた。自分の携帯をひったくると、ふたたびスクロールして画面に触れる。「香港では、ちょうど夕方くらいです。スターフェリーの隣にある海事博物館で、ウェンディは働いていましてね。よかったら、ご自分で確かめてみたらいい」

「何をしているんです？」カーン警視がとがめた。

「ビデオ通話でウェンディを呼び出しているところです」アダムは携帯を差し出した。「この時間なら、もう家に帰っているでしょう。わたしは何も言いません。どうぞ、自由に話してみてください」

携帯からは、《フェイスタイム》の小刻みに連続する呼び出し音が響いていた。十秒ほどして、小さい枠の中に女性の姿が現れ、すぐにその枠が画面いっぱいに広がる。それは、たしかに先ほどアダムが見せてくれた画像と同じ女性だった。いまはキッチンにいるらしく、背後には窓が見える。

その女性が、何か中国語で話しはじめた。

「ちょっとよろしいですか」カーン警視がその言葉をさえぎる。「こちらはタリク・カーン警視。英国のリッチモンドから電話しています」

女性は心配げな顔になった。「アダムに何かあったんですか？」英語に切り替えて尋ねる。

「いえいえ。シュトラウス夫妻はお元気ですよ。失礼ですが、あなたは？」

「ウェンディ・ヤンです」

警視が眉をひそめる。「ウェンディ・シュトラウスではなく？」

「いえ、そうじゃなくて！　たしかにウェンディ・シュトラウスですけど、いまはもう、その名前は使っていないんです。主人とは離婚して」流暢《りゅうちょう》に話してはいるが、完璧な英語ではない。「どうして電話を？」

「ミズ・ヤン、いくつか確認させてください。あなたは、五年前に英国を出たんですね？」

「ええ。香港に戻ってきたんです」

「まっすぐ香港に帰ったんですか？」

「何ですって？」

カーン警視は質問をくりかえした。

「いいえ。まず、米国に行きました。友人のところに滞在したの」

「それで、いまはどちらに？」

その問いに、女性は怪訝《けげん》そうな顔をした。「いま、お見せしますね！」携帯を手にキッチンを横切ると、画面が一瞬ふわっとぼやける。携帯のカメラを窓の外の街路に向けると、そこはまちがいなくアジアだった。カーン警視が見まもるうち、画面には路面電車、店の前を行き交う大勢の人々、中国語の看板が映し出される。「ほら、香港よ！」女性はまた、カメラを自分に向けた。「どうして、そんな質問を？　なぜ、そんなことを知りたいんですか？」

「ちょっと、あることを確認していたんですよ、ミズ・ヤン。お手間をとらせて申しわけありませんでした」

カーン警視から携帯を受けとったアダムは、女性と手短に言葉を交わした。「後で説明するよ、ウェンディ。何も心配することはないんだ」通話を切ると、挑むような目をカーン警視に向ける。「ついでに、わたしが個人的に腹の立った点を指摘させてもらいましょう。離婚手当を支払いたくないがために、わたしがウェンディを殺したのではないかと、ミスター・ホーソーンはほのめかしていましたね。たしかに、わたしは経済的に行き詰まっていました。こうして小さな家に住みかえたのも、そのためです。とはいえ、お望みならわたしの口座のある銀行の支店長から、ここ数年にわたる自動引き落としの詳細をお送りさせてもかまいませんよ。毎月千ポンド、香港の口座に振り込んでいるのが確認できるはずです。年に一万二千ポンドなど、たいした額ではないと思われるかもしれないが、わたしにはこれでせいいっぱいですし、ウェンディもそれ以上は望んではいませんしね。ウェンディには家族からの援助もたっぷりありますし、そもそもテリとも親戚なのでね、お互いにとって、このあたりがちょうどいい落としどころだったんです。ほかに、まだ何か確認したいことはありますか？」

長い沈黙。カーン警視は軽蔑を隠そうともせずにホーソーンを見やった。

「警視、これは……」ホーソーンが口を開く。

カーン警視は手を挙げ、その言葉をさえぎった。

「ありがとう、だが、きみの話はもう充分に聞かせてもらったよ」警視が立ちあがる。「お詫びを申しあげなくてはいけませんね、ミスター・シュトラウス」

「お詫びなど必要ありませんよ、警視。わたしを糾弾したのは、あなたではなかったんですから。もしも、さらに何か必要なものがあれば――銀行口座の記録でも何でも――遠慮なくお知らせください」

「十手先を読む、か……」ホーソーンがつぶやく。

「それでは、われわれはこれで失礼します」カーン警視が告げた。

第九部　終　局

1

これが、ホーソーンの警告していた結末だったのだろうか？

この事件の本を、ホーソーンは書いてほしくないと言っていた。結果にあまり満足していないからだと——それは事件の結末のことでもあり、ジョン・ダドリーとの関係のことでもあるのだろう。ダドリーが助手を辞めたのは、この事件の余波なのだ。後を引き継いだのがこのわたしなのだから、当然ながら、それはわかっている。ローランド・ホーソーンもまた、この本を書くのをやめさせようとした。《フェンチャーチ・インターナショナル》を訪ねていったときには、この事件にかかわること事態が過ちであり、いずれは後悔することになるだろうと、モートンから警告されたのだ。ホーソーンが導き出した真相を警察が受け入れなかったこと、アダム・シュトラウスは逮捕されることも、裁きを受けることもなかったのだということを、モートンは知っていたのだろう。つまり、ここまでこの物語を書いてきたわたしの努力は、すべて単なる時間の無駄だったということになる。わたしがずっと怖れていたことが、ついに現実となってしまった。物語の最後までたどりついてみて、これは物語として成立していないとようやく気づくはめになるとは。

ダドリーの録音を聞いた後、わたしは三度にわたってホーソーンに電話してみたが、応答がないどころか、留守録にさえ切り替わらない。わたしがどう反応するかはわかっていて、そんな話はしたくないとばかり、電源を切っているのだろう。机に向かってはいるものの、わたしはリヴァービュー・クロースの事件にも、ジェームズ・ボンドの新作にも、そのほかの仕事にもまったく集中できずにいた。頭に浮かぶのはただ、けっして世に出ることのない本のために、自分がどれだけの時間を無駄にしたかということばかり。この本にとりかかったときには、あんなに簡単だと思えたことが、いまとなってはとうてい信じられない！

ひょっとして、わたしは何か見落としてしまっているのだろうか。どこかに、うっかり見すごした手がかりがあったのだろうか？　これまでに渡された資料、そして自分が書いた原稿のすべてに、あらためて目を通す。とくに、《厩舎》でホーソーンがカーン警視に説明した内容を、わたしはじっくりと吟味した。すべて、いかにも信頼がおける推理のように思えた――あの絵はがきと春節祝いのカードが突きつけられるまでは。そして、あのビデオ通話！　たとえば、アダム・シュトラウスが実際にあのふたりを殺してはいるものの、動機は別にあった可能性はないのだろうか？　タイサンボクの根元に埋められていたのはウェンディ・シュトラウスではなく、何か別のものが隠してあったとか？

だが、アダム・シュトラウスがついに裁判を受けずに終わったという事実を、わたしはあらためて考えてみずにはいられなかった。アダムはチェスのグランドマスターで、テレビに出演していた有名人でもある――もしも裁判になっていたら、さぞかし世間をにぎわしたにちがいない。だが、そうはならなかった。ホテルのバルコニーから転落するという事故により、アダムは死んだのだ。ふと、背筋に冷たいものが走る。ジャイルズ・ケンワージー、ロデリック・ブラウン、レイモンド・ショー、犬のエラリー、そしてアダム・シュトラウス……ロンドンの人気地区にある閑静な住宅街から、どうしてこんなにも多くの死者が出たのだろう？

それは、はたして本当に事故だったのだろうか。

殺人者だと名指しされたアダム・シュトラウスが、なぜか転落死を遂げる。いくら否定しようとしてはみても、偶然にしてはできすぎだ。やはり、アダムは殺されたにちがいない。そうとしか考えられなかった。そうなると、どうしても避けては通れない思いが頭に浮かぶ。

かつてホーソーンに階段から突き落とされて重傷を負った容疑者、デレク・アボットのことは、これまでに何度も述べてきた。それがはたして法に触れる行為なのかどうかはわからないが、ホーソーンはあの男を言葉で追いつめ、自殺に追いやったことはまちがいない。ひょっとしたら、アダム・シュトラウスに対して、ホーソーンはさらに一歩踏みこんだ行動に出てしまったのだろうか？　モートンが何かそんなことを言っていたような気がして、わたしは自分の原稿を読みなおしてみた。そう、これだ――〝ホーソーンについて、知りたくなかったと思うことも発見してしまうでしょう。だが、知ってしまったら、もう戻れない。ホーソーンとの友情も終わりますよ〟。

いや、そんなはずがあるものか。たしかに、ホーソーンにさまざまな面があるのはまちがいない。ときには無慈悲なこともある。とうてい見すごせないほどひどいふるまいをすることもしょっちゅうだ。どうやら深い傷を抱えてもいる。だが、心根は高潔な人間なのだ。ホーソーンが殺人者であるはずはない。そんなことを信じるものか。

そのとき、携帯が鳴った。

わたしはすばやく携帯を引っつかみ、発信元の名前も見ずに電話に出た。ホーソーンからにちがいないと思ったのだ。だが、耳に響いたのは知らない声だった。

「アンソニー?」

「ええ」

「こちらはカーン警視だ」まさに、夢にも思っていなかった相手だ。「いま、ロンドンに……警視庁本部にいてね。こちらに来てもらえるなら、十分だけ時間を割《さ》こう」

「すぐ、そちらに向かいますよ」

「角を曲がったところにパブがある。パーラメント・ストリートの《レッド・ライオン》だ。そこで、十二時に」

わたしは腕時計に目をやった。そこまで足を運ぶのに、あと三十分の余裕がある。

「ぜひお会いしましょう」わたしは答えた。「ありがとう」

だが、最後のひとことが届く前に、警視は電話を切っていた。

2

《レッド・ライオン》は、いかにも伝統的なパブだった——真鍮《しんちゅう》のランプ、窓の外に吊るした植木箱、店内の磨きあげられた木製の備品や鏡張りの棚。ロンドン警視庁本部から歩いて二、三分の交差点の角に位置し、道を渡ったすぐ先にはダウニング街がある。約束の時間ぴったりに店に入ると、カーン警視はテーブル席に坐り、コーラを飲んでいるところだった。

顔を見た瞬間にわかったとはいえ、思っていたよりも老けていて、さほど映画スターらしくも見えない。リヴァービュー・クロースの事件からすでに何年かが経っているのだから、それも当然というものだろう。ごく平凡なスーツ姿で、ネクタイをゆるめ、襟もとのボタンを外している。ひょっとして、ルース・グッドウィン巡査もいっしょではないかと期待していたのだが——登場人物たちには、できるだけ大勢に会っておくに越したことはない——そこにいたのは、カーン警視ひとりだった。疲れた顔をしており、向こうから電話してきたというのに、わたしを見てもとくに嬉しそうな様子もない。

自己紹介をして、わたしは席についた。あらためて考えてみると、いったい何のために呼び出されたのかまったく見当もつかないことに、いまさらながら気づく。

「それで、本はどうなっている?」警視は口を開いた。

「終わりましたよ」こう答えたものの、これは執筆を終えたという意味ではない。

「わたしも登場するのかな？」

「ええ、もちろん」

「うちの息子は、それがすばらしくかっこいいと思っているらしくてね。息子の意見だ、わたしのじゃない」警視にナディームという名の十二歳の息子がいることは、新聞の紹介記事でよく触れられている。「きみも気をつけたほうがいい」警視は続けた。「わたしをくそみそに書いたりしたら、一生うるさく言われるぞ」

その話しぶりに、わたしは驚いた。録音を聞いたかぎりでは、もっと礼儀正しい言葉づかいだったのだが、たぶん、仕事のときは公的な立場を意識してふるまっているのだろう。これまで書いたうちで、警視のことを描写したいくつかの文章が記憶によみがえる。〝頭の回転が遅く、想像力に欠ける〟〝自己満足がすぎる〟――これらは原稿から削っておくことにしよう。

背負っていたバックパックを開き、わたしは一冊の本を取り出した……《アレックス・ライダー》シリーズの最新作だ。「息子さんにどうぞ。喜んでもらえるといいのですが」

カーン警視は、ちらりと表紙に視線を走らせた。「これはもう持っていたな」そう言いながらも、本を受けとる。「だが、ありがたくいただくよ。よかったら、サインをしてやってくれ」

「それで、どうしてわたしに電話を？」

「きみも知っておきたいかと思ったんだが、わたしはいま、ちょうど面談を受けてきたところでね。警視正に昇進することになった」

「それは、おめでとうございます」

「きみの応援は必要ないが、それでも感謝はしておくよ。こんなことを伝えたのは、いまわたしについて好き勝手なことを書かれるのは非常に迷惑だからだ。主な情報源がホーソーンだというなら、なおさらな。きみがこれから出版する本の内容は、すべてわたしの弁護士が中身を吟味することになる。とくに、事件の結末についてはね」

「その部分をどうするかについては、わたし自身、まだ方針が固まっていないんですよ」わたしは認めた。「《厩舎》で起きたこと、ホーソーンが説明したこと――どうもつじつまが合わなくて」カーン警視が無言のままなのを見て、さらにつけくわえる。「あの後、庭は掘りかえしてみたんですか？」

「もちろん、掘りかえしなどするものか。すべて調べがついたのでね。香港の海事博物館には、たしかにウェンディ・ヤンが勤務していた。アダム・シュトラウスの言っていた日時に、ヒースロー空港から出国した記録もあったよ。そもそも、わたしはビデオ通話であの女性とじかに話しているんだ！　それだけの証拠がそろっていて、どうして庭にブルドーザーを入れなきゃならない？」

「ホーソーンがまちがうなんてことは、めったにありませんからね」

「われわれはみな、時としてまちがうものさ」

「あなたも含めて？」

カーン警視は頭を振った。「今回、わたしはまちがってなどいない――ここでぐらついたりしたら、むしろそのほうがまちがいだろう。この事件は解決した。ずっと以前にね。きみが過去をほじくりかえそうものなら、大勢の人間に新たな悲しみを味わわせることになる。そして、この件で警察に時間の無駄づかいをさせたりしたら、きみは罪に問われ、刑務所に入ることにもなりかねないのを忘れるな」

刑事からこう脅されたのは、けっして初めてのことではない。

「アダム・シュトラウスの身に、いったい何が起きたんですか?」わたしは尋ねてみた。

これには、警視も意表を突かれたようだ。「公式発表によると、シュトラウスはチェスのトーナメント参加のため、パーク・レーンにあるホテルに宿泊していた。そして、対局の合間に自室に戻り、何らかの理由でバルコニーから転落したようだ。当時、夫人はその場にいなかった。シュトラウスは飲酒していたことがわかっている」

「それを信じるんですか?」

カーン警視はにっこりしたが、けっして温かい笑みではなかった。「テリ・シュトラウスによると、対局があるとき、アダムはけっして酒を口にしなかったそうだ。頭脳を明晰な状態にしておかなくてはならないからね。とはいえ、そのときアダムはあまり調子がよくなかったようだ。トーナメントも負けていてね。それも理由のひとつだったのかもしれない」

「どうやら、あなたもその捜査に参加していたんですね」

「実をいうと、呼び出されてね——例の事件のとき、シュトラウス氏と顔を合わせていた、という理由から。といっても、この転落事故については、わたしが捜査の指揮をとっていたわけではない」

「それで？」

「きみがこの事故に興味を持つのは、故人を気づかってのことか？」警視は言葉を切った。「それとも、きみの友人である元刑事、ホーソーンが事故にかかわっているのではないかと考えているからなのかね？」

「とんでもない」と、わたし。「そんな考えは、ちらりとも頭に浮かびませんでしたよ」

「そうか、わたしは考えたよ。そういうことでは、とかく噂のある男だからな」

「ホーソーンは人殺しなどしません」

「防犯カメラの映像も見たが、ただの時間の無駄だった。ホテルのロビーには大勢の人間が行き来していたが、きょうび誰もが野球帽やパーカのフードをかぶったり、サングラスをかけたりしているからな。そもそも、誰かがこっそりアダムの宿泊していた客室に入ろうと思ったら、従業員用の通路を抜け、非常階段を上ったっていいんだ。あのホテルの警備体制といったら、まったくひどいものだったよ。われわれがホーソーンを署に連行し、じっくり事情聴取をしたことも、きみは知っておきたいだろうな。当然ながら、あの男はまったくの無実だという顔で、目をまん丸に見はってみせた。だが、転落が起きたと思われる時間、どこにいたのかとホーソーンに尋ねても、それを証明してくれる人間は誰もいなくてね。ひとりで自宅にいた、とあの男は答えたよ。奇妙なことに、その日は自分から電話もしていないし、かかってきてもいない。電波さえ飛んでいなかったわけだ。ホーソーンによると、ずっとひとりで《エアフィックス》社のプラモデル、スーパーマリンのスピットファイアMk.1を組み立てていたんだそうだ。たったひとりでまる一日、ずっとプラモデルを組み立てているだなんて、いったいどんな人間なのかと思うね」

「ホーソーンがアダム・シュトラウスに何かしただなんて、そんなことは信じられませんね」

「きみは信じたいことを信じていればいいさ。だが、これだけ証拠がそろっているにもかかわらず、ホーソーンは依然としてアダム・シュトラウスが犯人だったと結論づけている。そして、過去の経歴を見れば何の驚きもないはずだ、自分の手で始末をつけようと、あの男が決心したとしても……」

「どうか、ホーソーンを放っておいてやってください」

「きみがわたしを放っておいてくれれば、われわれは何もしない」

カーン警視は先ほどわたしが贈呈した本を開き、サインをしてくれというようにこちらに差し出す。「息子の名はナディームだ」

わたしがペンを走らせ、本を返すと、警視は何を書いたか見もせずにそのまま閉じた。

「ところで、まだジョン・ダドリーに興味があるのかね？」ふと思いついたという口調で、警視が尋ねる。

「ええ、とても。何か聞かせてもらえるんですか？」

カーン警視はうなずいた。「ある意味で、ダドリーとホーソーンは息がぴったり合っていたよ。ダドリーは気の毒な男でね――ブリストルで、頭の切れる刑事として頭角を現してきていた。あの男を非常に高く評価していた人間は多かったよ。だが、婚約者が交通事故で亡くなってから、すべての歯車が狂ってしまったんだ。運転していたのはテレンス・スタッグという男でね。カーディフのホテルでバーの店長をしていたんだが、あまり評判のいい人間ではなかった。ダドリーの婚約者をはねたのは、出勤する途中の事故だ。実のところ、運転中に携帯を見ていたのがわかっている」

「それで、その男は刑務所に？」

「本来なら十年から十二年の刑を食らうところだったんだが、やり手の弁護士がついて、無罪放免になったよ。スピード違反をしていたと立証できなくてね。手に携帯を持っているところを目撃されてはいるんだが、あれはハンズフリーだったと主張されてしまった。さらに、街灯がひとつ故障していて——それが、弁護側の決め手になったんだ。これだけ材料がそろえば充分だった。罰金さえ払わずに、スタッグは大手を振って出ていくことになったんだ。

こういうことは、時として起きるものでね。こちらもどうにか折り合いをつけていくしかないんだが、このときは、そうはいかなかった。裁判所を出たところで、スタッグを仲間たちが出迎えてね、笑い声をあげて釈放を祝ったんだ。ひとりはシャンパンのボトルまで持ちこんでいたよ。やはり裁判所から出てきたダドリーは、その光景を見て逆上してね。殴ってひとりを気絶させ、スタッグのあごを折って病院送りにした。幸い起訴はされなかったが、そこから先は、すっかり仕事に身が入らなくなってしまったんだ。酒に溺れはじめてね。そのほかにも二、三の問題が起きて、結局それから一年も経たずに、ダドリーは警察を辞めた。この四年間は警備会社で働いているとか……そんな話を聞いたよ。実に気の毒な話だ」

ポケットから畳んだ紙を取り出すと、カーン警視はそれをわたしの目の前に置いた。

「きみのために、あの男の居場所をつきとめておいたよ。これがダドリーの住所だ――ここから、さほど遠くない。もしも訪ねていくのなら、わたしから聞いたとは言わないでくれ」

そう言いのこし、警視は立ち去った。紙を広げ、記されている住所に目をやる。見た瞬間に、わたしはその意味を悟った。これがどこなのかは知っている。最初からわかっていてもよかったのに。

3

リヴァー・コート19B。

またしても〝リヴァー〟が頭につく住所だが――こちらは、わたしがもう何度となく訪れたことのある建物だ。ホーソーンはここの最上階に住んでおり、いま判明したところによると、ダドリーは二階に住んでいるらしい。これはホーソーンが手配したのか、それともモートンが住処《すみか》を提供したという形なのだろうか？　《フェンチャーチ・インターナショナル》はこうしたアパートメントをいったい何部屋くらい抱えているのか、逃亡者や犯罪者、あるいは何らかの危険にさらされている外国人といった人々がどれくらい身を隠しているのか、いまや、わたしは真剣に好奇心をそそられていた。

アパートメントの入口にたどりついたとき、わたしにはふたつの選択肢があった。どちらの部屋を訪ねるべきか――ホーソーンか、それともわたしの前任の助手か？　これは、さほど難しい選択ではなかった。どちらもわたしになど会いたくはないだろうが、ドアを開けてくれる可能性は、ダドリーのほうが高い。わたしに会ったからといって、失うものなど何がある？

呼鈴を押す。

返答はない。

だが、しばらくして……

「はい？」ダドリーの声が聞こえた瞬間、胸にひときわ深い感慨が広がる。自分の書く登場人物が語りかけてくるという作家は多いが、まさに文字どおりそんな経験をしたものはめったにいないにちがいない。

「ジョン・ダドリー？」

「ああ」

わたしは名を名のった。「いまは、ホーソーンと仕事をしていて」説明をつけくわえる。「少しお邪魔してもかまわないかな？」

またしても長い沈黙があり、ひょっとして無視するつもりだろうかという疑念が頭をよぎる。いま、まさにホーソーンに電話しているところかもしれない。あるいは、裏口から部屋を出ていってしまったか。だが、そのとき機械の作動する音がした。ドアを押すと、すっと開く。ダドリーが電子錠を解除してくれたのだ。

二階まで、階段を上る。ダドリーは部屋のドアを開けたまま、通路の途中に立ってわたしを待っていた。ホーソーンの部屋へ向かう通路と、見たところそっくりだ――使われている中間色も、控えめな照明も。何もかもが、しんと静まりかえっている。わたしはそちらへ歩いていった。

「あんたがここに来ると、ホーソーンは知ってるのか?」ダドリーが尋ねる。

最初の質問がこれなのは、なかなか興味ぶかい。「いや」

「まあ、そのほうがかえっていいんだろうな。おれの住所は、カーン警視から聞いた?」

わたしが警視と会ったことを、どうして知っているのだろう? こうなったら、真実を話すしかない。「そうなんだ。サイン本をあげたお返しに」

「そりゃまた、警視もずいぶん安く買収されちまったもんだ」しばらくの間、ダドリーはわたしをじっと見つめていた。やがて、心を決める。「いいや、どうせここまで来たんだから、寄っていってくれ」

足を踏み入れると、そこはホーソーンの部屋と同じくらいがらんとしていた――だが、その理由はちがう。玄関の脇には三個のスーツケースが並び、窓辺には引っ越し業者が生活の何もかもを詰めこむのに使うような段ボール箱が積んである。キッチンは間仕切りがなく、流しの脇に皿が一枚、ナイフとフォークが一本ずつ置いてあるのが見えた。家具はぎりぎり必要なものだけ残し、すでに運び出されている。こんな状態の部屋で、ずっと生活していたわけではあるまい。ダドリーは、ここを出ていこうとしているのだ。

「おれをつかまえるのに、ぎりぎり間に合ったな」と、ダドリー。

「引っ越し先は?」

「ケイマン諸島へね。明日」

ふと、レディ・バラクローのことを思い出す。「長い滞在になりそうなのか?」

「片道切符になるかもしれないな」ダドリーの視線が、じっとこちらに注がれているのがわかる。だが、その表情からは何も読みとれなかった。「コーヒーでもどうかな?」

「いただくよ。ありがとう」

ダドリーは戸棚を開け、インスタント・コーヒーの壜、マグ・カップを二客、砂糖の袋を取り出した。それから電気ケトルのスイッチを入れ、冷蔵庫からミルクの紙パックを出す。その様子をずっと見まもっているうちに、わたしはまるで自分自身を眺めているような、不思議な感覚に襲われた。この男がかつていた場所に、いまはわたしが立っているのだ! ダドリーの茶色の目や、黒っぽい――そして、まちがいなくこしのない――髪を見ていると、たしかにわたしのほうが年をとっていて、恰好だけは小綺麗かもしれないが、どこか自分に似ているような気さえしてくる。コーヒーを淹《い》れる間、わたしたちはどちらも無言のままだった。ひょっとしたら、ダドリーはわたしが先に口を開くのを待っていたのかもしれない。

「わたしがホーソーンの本を書いているのは知っているだろう」席についたダドリーに、わたしは切り出した。

「最初の二冊は読んだ」と、ダドリー。「すごく売れてるって聞いたよ」

かすかに不満げな響きを、わたしは聞きとったような気がした。「なんだか、きみの居場所を奪ってしまったような気がしてね」こちらから水を向けてみる。

「いや、それはちがうな」ダドリーは自分のカップに砂糖を三杯入れた。「あんたはあいつの本を書いてる。おれはあいつの下で働いてた。それって、そもそもまったく異なる役割だろう」

「いまはリヴァービュー・クロース事件の本を書いていることは、ホーソーンから聞いた？」

コーヒーをかき混ぜる手を、ダドリーは途中でぴたりと止めた。「いや。聞きはしたんだが――あいつからじゃない」

「じゃ、誰から？」

「アラステア・モートンから」がらんとした部屋を見まわす。「不思議に思ってるかもしれないが、いま、おれが引っ越しの荷造りをしてるのは、けっして偶然じゃなくてね。あんたのおかげなんだ」

「また、どうして？」

「あんたはカーン警視と話したよな」ぽかんとしているわたしを見て、ダドリーは続けた。「おれのことをいろいろ訊いて、ここの住所も手に入れた。この建物のうち半分くらいは《フエンチャーチ・インターナショナル》が所有してててね、知ってたか？　安全な居場所として提供されてるわけだが――これでもう、そうじゃなくなっちまった。モートンにとっちゃ、危険因子には出ていってもらいたい。そんなわけで、おれは引っ越すことになったんだ」

あっけらかんとした口調だったが、それでも、わたしは罪悪感に胸が痛んだ。「モートンは、そんなにもきみを思いどおりに動かせるのか？」

「そりゃ、雇い主だからね。この仕事を斡旋してくれたのはホーソーンだが、給料を払ってくれてるのはモートンなんで」

「それは、本当に申しわけない……」わたしはもう、何と言っていいのかわからなかった。

「まあ、そう気にしないで。日当たりのいい土地は嫌いじゃないし、詐欺とか――いわゆるホワイトカラー犯罪にも、前々から興味があったんでね。これもいい経験だよ」

しばらく沈黙があった。

「ホーソーンとはしょっちゅう会っているんだろうね」わたしは言ってみた。「同じ建物に住んでいるんだから」

「以前はね――ただ、いわゆる意見の相違ってやつが起きちまって。まあ、ここの出入り口で、ときにばったり顔を合わせることはあるよ。だが、まあ、基本的にはお互い距離を置くようにしてるんだ」

「ホーソーンとは、どこで知りあった？」

答えてもらえるとは思っていなかったが、ダドリーの言葉にわたしは驚いた。

「リースで」

「きみはリース育ち？」

「おれたちは同じ学校に通ってたんだ」ダドリーはにっこりした。「知りあったのは八歳のときだったな。八歳どうしならではの親友になってね。おれにとっちゃ、兄弟みたいなもんだった」

「リースでホーソーンに何があったのか、それは聞かせてもらえないんだろうな」

ダドリーは頭を振った。「それは、おれが話すことじゃない」そして、あえて話題を変える。

「ところで、あいつはあんたのこと、すごく褒めてたよ」

「ホーソーンが?」

「だから、部屋に上がってもらうことにしたんだ。ずっと前から、会ってみたいと思ってたしね。とはいえ、きょうのことは、何もあいつに言わないでおいてくれ」

「モートンにもね」

「いや、モートンはもう知ってる。この建物を出入りする全員を把握してるんだから」

「それで、またきみを面倒なことに巻きこまないといいんだが」

これは、わたしの本心だった。奇妙なことだが、まるでずっと以前からの知りあいだったかのように、わたしはすっかりジョン・ダドリーに心を許していた。わたしたちには、どこかお互いにしっくりくるところがあったのだ。ダドリーはわたしと役割がちがうと言っていたが、どちらもホーソーンの軌道に引き寄せられたものどうしであり、それがわたしたちを結びつけていたのだろう。

ダドリーはかぶりを振った。「もう手遅れだ。とはいえ、おれはもう、明日の夜にはここにいないからな。お互い、何もなかったって顔をしてりゃいい」

「もちろん、それはかまわない」

「ホーソーンはつきあいにくい男だよな。それは、おれも知ってる。だが、あんたがあいつを助けてくれてるのはありがたい。あいつには、あんたが必要なんだ」

同じ瞬間に、わたしたちはマグ・カップを持ちあげた。またしても、まるで鏡に映っている自分を見ているような、奇妙な気分に襲われる。

「ひとつだけ、どうしても知りたいことがあってね」わたしは切り出した。「ずっと気にかかっていたから、よかったら教えてほしいんだ。ホーソーンとは、どうして距離を置くことにした？」返事がないので、思いきってたたみかける。「それは、ホーソーンがアダム・シュトラウスをホテルのバルコニーから突き落としたのを、きみが知ってしまったからか？」

ダドリーは笑みを浮かべた。「そりゃまた、ずいぶん踏みこんだな」

「ほら、さっきも言っていたとおり、きみはもう地球の裏側に旅立ってしまうんだろう。だったら、本当のことを教えてくれたっていいじゃないか」

「まあ、そんなようなところかな」ダドリーは認めた。

それ以上の言葉は必要なかった。あれはホーソーンのしわざだとカーン警視も知ってはいたが、ついに証明することはできなかったのだ。モートンは、その真実が漏れることを怖れていた。ダドリーは自力で真相にたどりつき、そしてふたりは道を分かつに至ったのだろう。

「警察の捜査があんな結果に終わったのは、実に残念だったね」

ダドリーは肩をすくめた。「なるようにしかならない、ってことさ。あんたの本には、あまり役に立ちそうにないが」

「ロデリック・ブラウンを殺したのは誰だと、きみは思っている？」

ダドリーがこちらに向けた目は、とまどっているように見えた。「思うも何も、はっきりわかってることだ。アダム・シュトラウスだよ」

「だが、動機はわからないままだろう？」

「動機だってはっきりしてる。ホーソーンが探り出したとおりだ。あいつの言うことは、何だって正しいんだ！」

今度は、わたしがきょとんとした。「しかし、《厩舎》で最後に話したときには……」

「まさに、そのときのことだよ。最後の話しあい――ホーソーンとおれ、そしてシュトラウス夫妻とね。あんたは録音を聞いてないのか？」

「録音はすべて聞かせてもらったよ。記録を残しておいてくれて、ありがたいと思っている。あれがなければ、とても本なんか書けなかっただろう」

「あの日、ホーソーンが言ったことは何もかも大当たりだったよ。話を始める前から、おれにはわかってた。アダム・シュトラウスは《リヴァービュー館》に住んでたとき、最初の女房を殺して庭に埋めたんだ。カーン警視はそんなことも理解できないくらい間抜けだったのか、それとも自分の面子《メンツ》を守りたくて事実を受け入れられなかったのか、どっちにしろ、それはあの警視の責任だな。まあ、あそこでシュトラウスが絶妙な技を繰り出したのは認める。そもそも、あの男の取り柄はそこだからな。チェスのグランドマスターは、いつだって十手先を読んでるんだ」

これまでも、さんざん聞かされた台詞《せりふ》だ。

「最初に会ったときから、シュトラウスはそう自慢してた」ダドリーは続けた。「だが、あのとき、おれたちの目の前で見せたのは……さらにひときわ磨きのかかった仕掛けだったな」

「どういう意味で？」

ほんの一瞬、ダドリーは苛立《いらだ》ちを見せた。「あの一幕を、シュトラウスはもう何年も昔から計画してたんだ。あの殺人や、偽装自殺を計画したのと同じにね。シュトラウスって男は、何ひとつ運まかせにしない。もしも自分を逮捕しようと、警察官が家に踏みこんできたらどうする？　実際に女房を殺すよりも前から、シュトラウスはその対策を考えてた。そして、絵はがきやら何やらを用意して、誰かが都合の悪い質問をぶつけてきたら、すぐに突きつけてやれるように隠し持ってたんだ。そうそう、毎年の春節には香港からカードを送らせるのも忘れなかった――二〇一三年は蛇の年だし、二〇一四年は馬の年だ。携帯には、いつでも見せられるようにウェンディの写真も用意してある。何ひとつ、抜かりはないんだ。ほんもののウェンディがタイサンボクの根元でじわじわと土に還りつつある間にも、シュトラウスは生きてるウェンディの物語を着々と組み立てていたんだよ。

離婚後、ニューヨークへ向かう飛行機に乗りこんだのはウェンディじゃない、テリだったとおれは確信してる。これも、あらかじめ計画してあったんだ！　あのふたりは、きっと見た目もそっくりだったんだろう。人種が同じだってことを差し引いたってね。なにしろ、血がつながってるんだから！　どっちにしろ、ビジネスクラスでニューヨークへ向かう女のひとり旅なんて、出国も入国も、審査官はたいして注目しないだろうしな。下手すりゃ、女装したシュトラウスだって突破できちまう！」

「だが、香港の海事博物館にはウェンディ・ヤンという女性が実際に働いていると、あのときシュトラウスは言っていたはずだ」

「もしカーン警視がちゃんと調べさえすりゃ――実のところ、調べなかったんだが――たしかにそういう名の女性はいるものの、別人だってことがわかったはずだ。たいしてめずらしい名でもないからな。同じ名の女を探すくらい、シュトラウスには簡単なことだったんだよ」言葉を切る。「ほら、手品師が客に好きなカードを選ばせておいて、気が変わったら別のを選びなおしてもいいとか言うのと同じなんだ。実際には、客はめったに選びなおしたりしない。そういう機会を与えられただけで満足しちまう。手品師が正々堂々とやってるって錯覚してね」

「しかし、きみたちはあの場で女性に電話したんだろう」

ダドリーはため息をついた。

「そうじゃない。アダム・シュトラウスが番号をダイヤルして、こっちに携帯を渡してよこしたんだ。自分は何も言わないと、あらかじめ宣言してね。これも、手品師の手口なんだよ！　実際に電話口で話したのはカーン警視だったんだが、最初になんて言ったと思う？――〝こちらはタリク・カーン警視〟ってね。言うにこと欠いて、よくもまあ、あんな間抜けなことを。あれが合図だったんだ！　香港で電話に出たのが誰だったにせよ、あれはウェンディじゃない。

友人か、親戚か、女優か、とにかくあの役を演じるべく、何年も前から金をもらってた人物なんだよ。しかも、どう答えるかも教えてあった。あの女はためらうことも、説明を待つ必要もなかったね。どういう相手が電話をかけてきたか聞いた瞬間、あらかじめシュトラウスと練習しておいたとおりの台詞を並べただけだ」

「シュトラウスはウェンディに離婚手当を払っていると言っていたね。あれも嘘だったのか？」

「あれは、おそらく本当だろう。香港の口座に毎月千ポンドを振り込むくらい、簡単に手配できるからな。こっちから入金する。すると、その金は別の口座に移されて、またシュトラウスの口座に戻ってくるって仕掛けだ」ダドリーはコーヒーを飲んだ。「ここが重要なところでね、アンソニー。こんなにも周到に、はるか以前から殺人を計画する人間はいない。そこが、シュトラウスの特別なところなんだ。だからこそ、おそろしく危険な人物でもある。ある意味じゃ、最初からもっともあやしい容疑者だったね。あそこまで手のこんだ犯罪を思いつくなんて、チェスのグランドマスターくらいのものだからな」

何もかもが、しっかりと腑に落ちた。

「ありがとう」と、わたし。

「本を書くなら、ちゃんとわかってないとな」

「ああ。それに、わたしをトニーと呼ばないでくれるのもありがたいよ」

ダドリーはどの時点で真相にたどりついていたのだろうと、わたしは考えをめぐらせた——ホーソーンより先だったのか、それとも後だった？　だが、そんなことは訊かずにおこう。わたしと比べてダドリーがどれだけ頭が切れるか、以前ホーソーンに笑われたことがある。まあ、たしかにそのとおりだと認めるしかない。ちなみに、わたしが推理した犯人はダミアン・ショーで、ひょっとしたらトム・ベレスフォードが共犯なのではないかと考えていた。このことも、やはりうちあけずにおく。

「アダム・シュトラウスが死んだと聞いて、きみはどう思った？」わたしは尋ねた。

ダドリーは笑みを見せたものの、ほんの一瞬、この世のすべての悲しみがその顔をよぎったかに見えた——婚約者を亡くしたこと、孤独と酒に溺れたこと、スズマン先生と呼ばれるセラピストと重ねたカウンセリング、破れてしまったホーソーンとの友情、ケイマン諸島への配流《はいる》。これまでの人生のすべてが、走馬灯のように瞳に映し出される。

「当然の報いだと思う人間もいるだろうけど、誰の死であっても、おれは祝う気にはなれない。たとえ、アダム・シュトラウスでもな。ホーソーンはおれと別の見かたをしてて、それがおれたちの間を裂いちまったのかもしれない。向こうに行ったらあいつを思い出して寂しいだろうけど、たぶん、これでよかったんだろう。あんたの本についちゃ、これでちゃんと真相がわかったわけだし、アダム・シュトラウスがいなくなって、少しはいい世の中になったってことには、きっとあんたも賛成してくれるだろうから、どうにかハッピーエンドにまとめられるよな。シュトラウスの女房がどうなったのかは、よくわからない。言うまでもなく、ずっと共犯ではあったんだが……」

「どうして、そう言いきれる？」

ダドリーはコーヒーのカップを置いた。「ちょうど《厩舎》を出ようとしたとき、おれは見ちまったんだ。カーン警視とグッドウィン巡査は先に出た。次に、ホーソーンが。だが、最後におれが玄関のドアに近づいたとき、脇の壁に立てかけてあった金縁の鏡に、あの夫婦の姿が映っててね。シュトラウスと女房はお互いの手を握ってたが、その顔といったら……あれは、まさにとんでもない眺めだったよ。勝ちほこってたんだ！　凱歌をあげてるような表情だった。ついに逃げおおせた、ってね。その瞬間の表情で、あいつらは化けものだと、おれは確信した。悪の化身だ。もしもシュトラウスをバルコニーから突き落としたのがホーソーンなら、おれはどうこう言えないね」

ダドリーは腕時計に目をやった。

「いろいろあったが、あんたに会えてよかったよ、アンソニー。グランドケイマン島でも、あんたの本は売れてるかな？」

「うーん、どうだろう……」

「まあ、探してみるよ」

ダドリーは立ちあがった。そろそろ帰ってほしいということだろう。

「送ってくれなくてだいじょうぶだ」と、わたし。「出口はわかるよ」

4

ダドリーと話している間じゅう、これが終わったら次は十二階へ向かおうと、わたしは考えていた。ダドリーが話してくれたことは口にしない。そもそも、会ったことも言わずにおこう。あの約束を破るのは、自分を裏切るのも同じではないか！　ただ、ホーソーンの部屋のドアをノックし、中に入って顔を合わせる。どうして《フェンチャーチ・インターナショナル》を訪ねていったのか説明し、謝罪もするつもりだった——ホーソーンに、そしてローランドに対しても。わたしの行動のせいで、すでに迷惑がかかっているのではないかと心配だったが、ホーソーンをがっかりさせてしまったかもしれない、これでもう、いっしょに捜査に出ることはないかもしれないと思うのは、とうてい耐えられなかったのだ。

だが、ふと足が止まる。ちょうど、ダドリーが話してくれたことについて考えているときだった。ひとまず階段を下り、建物を出て、秋の日射しの中に足を踏み出す。いまや『死はすぐそばに』と呼んでいるこの本について、ホーソーンと初めて話しあってから、もう八週間が経っていた。多くの作家が味わうことではあるが、またしても、気づかないうちに新たな季節が忍びよってきていたようだ。街路には落ち葉が舞い、空は金属的な光沢を帯びている——もう、すぐにクリスマスの装飾がきらめきはじめることだろう。リヴァー・コートの道向かい、この建物全体がよく見える位置にベンチがあるのを見つけ、わたしは腰をおろした。ひょっとしたらホーソーンが出てくるか、帰ってくるかする姿を見られるかもしれないと、心のどこかで願いながら。別に、話をしたいわけではなかった。その必要はない。結局のところ、ちゃんと本が完成するのはわかっている。どう締めくくるか、いまやわたしにははっきりと見えていた。

すべての出来事の中心に据えられるのは、ダドリーだ。最初にホーソーンに連れられてリヴァービュー・クロースを訪れ、物語の中で紹介されたとき、わたしはまだ、この男がどんな役割をはたすのかぴんときていなかった。そして、これだけのページを書いている間、ずっとただの探偵の相棒にすぎないと思っていたのだ。これまでのわたしのように。

だが、アダム・シュトラウスの死について尋ねたとき、ダドリーがこちらに向けた目つき、鏡に映っていたシュトラウスとその妻の姿をちらりと見てしまったという話が、いまは生々しく脳裏に焼きついている。化けもの。悪の化身。それが、ダドリーの使った言葉だった。

探偵の才能など、自分にはまったくないのはわかっている。わたしは何度もホーソーンの後ろをついて歩き、いつだって何もかもまちがった解釈をしてきた。間抜けな過ちもくりかえし、自分の生命さえ危険にさらしたこともある。ホーソーンが正しかったこと、そして、どの点から見てもダドリーがわたしより鋭かったことは、まず最初に認めておこう。だが、今回にかぎっては、わたしは自力で最後の真相にたどりつき、それが正しいことをはっきりと悟っていた。

勝ちほこってたんだ！　凱歌をあげてるような表情だった。ついに逃げおおせた、ってね。

そう、あのテレンス・スタッグのように。

ホーソーンの所業に気づき、友に背を向けたのはダドリーではなかった、実際にはその逆だったのだと、わたしはリヴァー・コートの建物を出る前からすでに悟っていた。アダム・シュトラウスをホテルのバルコニーから突き落としたのは、ホーソーンではなかったのだ。あれはダドリーがしたことで――最初から、モートンにはそれがわかっていたにちがいない。だから、わたしがあれこれ訊きまわりはじめたとたん、モートンはダドリーをできるだけ遠い場所に飛ばすことを決めたのだ。ホーソーンはといえば、当然そのことを知っていたが、自分がアダム・シュトラウス殺害容疑で取り調べを受け、いまだ最有力容疑者とされていながらも、ひたすら沈黙を貫きとおした。わたしですらホーソーンを疑ったというのに、あの男はどこまでもダドリーを守ったのだ。ふたりが八歳だったとき、わたしがほとんど何も知らない日々をともにすごした間柄だったから。お互いに、大切な友だったから。

そこに一時間ほど坐っていたころだっただろうか、一台のタクシーが、道向かいに停車した。降りてきたのはホーソーンだ。運転手に料金を支払うと、ゆっくりとした足どりでリヴァー・コートの正面入口へ向かい、鍵を取り出して中に入る。わたしは声をかけなかった。ただ、その姿が見えなくなるまで、じっと目をこらす。

やがて、わたしは立ちあがり、その場を去った。

謝辞

これは、書いているときから実に入り組んだ小説だった……その理由は、主として物語の時系列が二本あるからだろう。二〇一四年六月から七月にかけて、リヴァービュー・クロースで起きた一連の出来事が描かれるいっぽう――ジャイルズ・ケンワージーの死とその後の展開について、ホーソーンとわたしがじっくり腰を据えて話しあったのは二〇一九年のことだ。八週間にわたって、わたしたちは何度か顔を合わせたものの、結局この本をわたしが書きあげたのは二〇二〇年四月のことで、ヒルダ・スタークから要求されたクリスマスの締切は、とうに過ぎていた。

まあ、そんなことはどうでもいい。さまざまな理由により、『死はすぐそばに』がようやく出版されたのは二〇二四年で――つまるところ、あれだけ重圧をかけられた意味は、最初からまったくなかったというわけだ。

こんなことを述べたのは、わたしの原稿整理を担当する編集者、キャロライン・ジョンソンに、ここで特別に謝意を表したいからだ。ばらばらに流れる時系列をまとめ、いつどんなことが起きたのか、そのときわたしはどこにいたのか、ホーソーンは何をしていたのかをはっきりさせて、すべてをすっきりと組み立ててくれた。その努力がなかったら、この本はわけのわからないままに終わってしまっていただろう。とはいえ、裏を返せば、もしも何かまちがいが見つかったら、それはすべてキャロラインのせいだと申し添えておく。

偶然ながら、わたしはこの本を書きおえて間もなく、リッチモンドに引っ越した。リヴァービュー・クロースとその住人について、詳しいことをいろいろ教えてくれた作家のマイケル・フレインには感謝を伝えたい。マイケルはたまたまリヴァービュー・クロースの近くに住んでおり、知りあえたのはすばらしく幸運だったと思っている。また、商事紛争を専門とし、英国でもっとも影響力を持つ黒人専門家たちを選ぶ《パワーリスト》に四年連続で選出された勅選弁護士のハリー・マトーヴからは、きわめて役に立つ意見を聞かせてもらうことができた。言うまでもなく、わたしはアンドリュー・ペニントンからも話を聞けたが、ハリーのほうが多くを語ってくれたのは確かだ。

そして、短期間ではあったがリヴァービュー・クロースの住人だったジョン・エミンにも感謝の言葉を。ジョンはこの物語に名前を連ねることをたいへん喜んでくれ、サフォーク州の地元に根付いた慈善団体であり、わたしが後援している《ホーム＝スタート》に多額の寄付をしてくれた。また、わたしのオンライン・ストレス・カウンセラーであり、いつも助言を惜しまずわたしを支えてくれるジェフリー・ハンター・ホワイト（パーム・スプリングス在住）にも感謝している。

いつものことだが、妻のジル・グリーンはわたしの原稿を最初に読み、有益な感想をきかせてくれた。ジルがいなかったら、わたしはどうなっていたことか。息子のニコラスとキャシアン、義理の娘となってくれたアイオナとソフィア、そして新たに家族に加わったひとり――リアンダー・ホロヴィッツ――を思うたび、すべての作家が生きる孤独を埋めてくれる温かい家族に恵まれた幸福を、わたしはしみじみと嚙《か》みしめている。わたしのアシスタント、テス・カトラーは、引きつづきわたしの毎日を管理し、わたしが自分の能力以上のことを背負いこまないよう目を光らせていてくれる。ヒルダ・スタークは忙しすぎて、わたしが電話してもなかなか出てくれないが、そんなときはいつもアシスタントのジョナサン・ロイドに助けてもらっている。

《ペンギン・ランダムハウス》のチームについては名前の一覧を別掲するが、とくに巻頭のすばらしい見取り図を作成してくれたダレン・ベネットには、特別にここで感謝を述べたい（わたしはミステリについてくる見取り図が大好きなのだ）。また、いつも斬新な装幀を考案するため、たゆみない努力を続けるグレン・オニールにも。出版人のセリーナ・ウォーカーは、言ってみれば巣の中央に陣どる蜘蛛《くも》のような存在だが、ジェマ・ベレスフォードのアクセサリーとちがって、けっして毒は持っていない。セリーナがいなければ、この本が読者に届くことはなかっただろう。

自分はたったひとりで孤独に仕事をしていると、作家はつい感じてしまいがちだ。だが、実際には多くの人々の協力と尽力があってこそ、また新たな本が世に送り出される。着想を得て、原稿を書き、それを本に仕上げるという長い旅路の間、わたしを支えてくれた人々のすばらしい力添えに、心からの感謝を捧げたい。

出版人
セリーナ・ウォーカー

編集
ジョアンナ・テイラー
シャーロット・オスメント
キャロライン・ジョンソン

デザイン
グレン・オニール

製作

ヘレン・ウィン＝スミス

営業（英国）

アリス・ゴーマー
オリヴィア・アレン
カーステン・グリーンウッド
ジェイド・アンウィン
イーヴィ・ケトルウェル

営業（海外）

アンナ・カーヴィス
リンダ・ヴァイバーグ

宣伝

サラ・ハーウッド
クララ・ザク

マーケティング

サム・リーズ＝ウィリアムズ

オーディオ・ブック

ジェイムズ・キート

メレディス・ベンスン

解説

古山裕樹

アンソニー・ホロヴィッツは、語りの形式を強く意識している小説家である。

たとえば、代表作の一つ『カササギ殺人事件』では、名探偵アティカス・ピュントの物語を作中作として配置し、その外側で編集者スーザン・ライランドによる謎の解決を描くという構造を活かして読者を魅了した。

それだけではない。コナン・ドイル財団やイアン・フレミング財団の公認のもとに書いたシャーロック・ホームズやジェームズ・ボンドの続編の中にも、原典の語りを尊重したもの、あるいは原典の設定を活かしつつ大胆な語りの仕掛けを施《ほどこ》したものがある。

そして、〈ホーソーン&ホロヴィッツ〉シリーズでは、ホロヴィッツ自身を語り手として登場させ、その視点から探偵ダニエル・ホーソーンが事件を解決する様子を描いてみせる。作中のホロヴィッツを現実の作者に近づける書き方は徹底していて、作中では実際に本人が書いた小説や、脚本に参加したドラマはもちろん、実在の人物にも言及して、作中のホロヴィッツと現実のホロヴィッツをなるべく近づけようとしている。巻末の謝辞まで、あたかもホーソーンが実在の人物であるかのように書かれているという徹底ぶりだ。

本書『死はすぐそばに』は、その〈ホーソーン&ホロヴィッツ〉シリーズの第五作である。作者アンソニー・ホロヴィッツの構想では全部で十作程度を想定しているそうなので、シリーズとしてはそろそろ中盤にさしかかったことになる。そのせいか、本書の内容や枠組みには、これまでの四作とは大きく異なるところがある。

そんな本書の特徴について述べる前に、まずは過去の四作について簡単に振り返っておこう。

前述のとおり、このシリーズはアンソニー・ホロヴィッツ本人が作中の人物として登場し、ホーソーンが事件を解決する様子を小説として書く……というのが基本形だ。第一作の『メインテーマは殺人』では、ホロヴィッツがホーソーンの本を書くことになるいきさつと、自分の葬儀の手配をしてから六時間後に殺された女性の死の謎が描かれる。『その裁きは死』では、弁護士が殺され、現場の壁に謎の数字が描かれていた事件を追う。『殺しへのライン』では、小説のプロモーション企画でホーソーンとホロヴィッツが訪れた島で殺人事件が起きる。『ナイフをひねれば』は、ホロヴィッツ自身が容疑者となった事件にホーソーンが挑む。

これらの作品は、いずれもホロヴィッツ自身の一人称視点で書かれている。一作ごとに少しずつ趣向を変えてはいるものの、現在進行形のできごとをホロヴィッツの視点から描く……という基本的な構図は変わらない。

だが、第五作の本書『死はすぐそばに』では、その基本的なパターンを崩してみせる。本書で描かれる事件は、ホロヴィッツがホーソーンに出会う前のものである。作中の叙述も、現在に加えて、ホロヴィッツ自身が関与していない過去という二つの時系列を行き来することになる。したがって、すべてを彼一人の視点で描くわけにはいかない。

過去――事件が起きたのは二〇一四年。現場は、門と塀で周囲から区切られた住宅地リヴァービュー・クロース。六軒の家が並ぶ区画で、住人たちは穏やかに暮らしていた。だが、ヘッジファンド・マネージャーのジャイルズ・ケンワージーとその一家が新たに移り住んできて以来、住人たちは騒音をはじめとする彼（とその家族）の無神経なふるまいに悩まされるようになり、ついに住人たちの話し合いの場が設けられた。そしてある日、ジャイルズがクロスボウで喉を射抜かれて殺される。迷惑な隣人に耐えかねた誰かの仕業《しわざ》なのか？　警察は捜査を開始するとともにホーソーンに連絡を取って、彼の手助けを要請する……。

現在――事件から五年後の二〇一九年。ホロヴィッツは出版社との契約の都合上、ホーソーンの新たな物語を書かなくてはならない。だが、ホーソーンは新たな事件調査の依頼を受けていないようで、ホロヴィッツにも連絡がない。しかたなくホロヴィッツから連絡をとって、ホーソーンが以前話していた過去の事件について書きたいと相談する。だが、彼はあまり乗り気ではない。事件の真相は突き止めたものの、その結果には満足していないというのだ。いちおう資料は送ってくれたホーソーンだが、当時の助手ダドリーについては多くを語ろうとはしない。かくして自ら取材を始めたホロヴィッツの前に、この事件のことを書かないようにと告げる者が現れる……。

ホーソーンが提供した資料をもとに、ホロヴィッツが三人称視点で書いた過去の記述と、ホーソーンとのやりとりやホロヴィッツ自身による取材の過程を一人称視点で語る現在の記述が交互に配置されている。ほぼすべてがホロヴィッツの一人称視点だった過去の四作とは異なり、三人称で、さまざまな人物の視点から語られる部分がかなりの割合を占めるのが本書の大きな特徴である。

過去の記述は、『カササギ殺人事件』のような明確な作中作というわけではない。だが、叙述の形式の違いによって、現在とは明確に分けられている。

現在の場面では、ホーソーンが過去の記述について意見を述べることもある。たとえば第二部では、「あんたが書き漏らした重大な点もいくつかある」といって、ホロヴィッツが書かなかったいくつかの重要な手がかりを列挙してみせる。第一作『メインテーマは殺人』でも、被害者の様子を三人称で綴《つづ》った冒頭の文章にホーソーンがあれこれ注文をつける場面があるが、本書では三人称の記述を大きく増やすことで、その趣向をさらに拡大している。

また、ホロヴィッツが過去の記述を検証するため、かつての事件現場を訪れる場面もある。作中のある記述に対して、他の箇所で登場人物たちが意見を交わし、あるいは検証を行う。いわば「半・作中作」とでもいうべき構造を備えた作品なのだ。

このシリーズには、もともと作者自身が作中に登場するメタフィクション的な趣向が織り込まれている。作者はそこに、さらなる構造の深化を取り入れて、シリーズのこれまでの作品にはなかった、新たな語りのプラットフォームを作り上げてみせた。

では、こうしたプラットフォームの上に、作者ホロヴィッツはどのようなミステリを構築したのだろうか?

まず、シリーズの縦糸と横糸の交錯である。

このシリーズに潜む謎は、各作品に描かれる事件に関わるものだけではない。「ホーソーンとは何者なのか?」という、シリーズを貫く謎が存在するのだ。ホーソーンとホロヴィッツの関係には、いわゆる「ホームズ役とワトスン役」のものとしては妙な緊張感が漂っている。ホーソーンはさまざまな秘密を抱えている。警察をやめた理由、家族と離れて暮らすことになったいきさつ、彼が暮らすアパートメントとその主……。ホーソーンは自身について語ろうとしないし、ホロヴィッツは小説を書く上でそこを知りたいと考えている。これまでの四作でその秘密は少しずつ明かされてきたものの、まだまだ彼の過去には謎が多い。

過去の四作では、作中で起きる事件と、ホーソーンの秘密に関するエピソードとはそれぞれ独立しており、両者が混じり合うことはなかった。だが、本書では事件とホーソーンの秘密の一端がつながっている。彼がかたくなに語ろうとしないことの裏に何があるのか? なぜ、ホーソーンの周辺の人々はホロヴィッツにこの事件について書くことをやめるように勧めるのか? こうした問いが、本書の謎解きがもたらす驚きにつながるだけでなく、シリーズとしての秘密にも関わってくる。ホロヴィッツがホーソーンに同行するのではなく、ほぼ単独で行動するという本書の構造が、この趣向を後押ししている。

こうした物語を成立させるための、ミステリとしての伏線と誘導の技巧も見逃せない。

このシリーズを、そして他のホロヴィッツ作品をお読みの方ならばすでにご存じのとおり、作者は手がかりの提示のしかたも、そしてその意味合いを隠す手際も非常に優れている。たとえば、リヴァービュー・クロースの住人たちを紹介する第一部だ。ここですでに、殺人の背景に関する重要な情報が（それとは分からない形で）暗示されている。第二部で、ホロヴィッツの原稿を読んだホーソーンが指摘する「書き漏らした重大な点」の内容も、最初に読んだ時には何の関係があるのかまるでわからないが、真相を知った後ならばその意味が十分理解できるはずだ。

また、作中にちりばめられた数々の手がかりは、単に犯人の正体、そして物理的な犯行方法を指し示すだけではない。ホーソーンは、手がかりに隠された心理の痕跡を暴き出して、犯人の動機だけでなく、その性格や思考の癖を明らかにしてみせる。謎を解き明かすことが、登場人物について深く掘り下げることにつながるのだ。事件と関係があるのかないのか分からない事象が、実は犯人の思考パターンを雄弁に語っていることもある。本書は謎解きと人物描写が切っても切れない関係にある小説なのだ。

ミステリ好きに向けられたちょっとしたサインも記憶に残る。特に、ホロヴィッツが「わたしの本が置かれているかどうか探してみたい」というミステリ専門書店《ティー・コージー》は忘れがたい。黄金時代の探偵小説、あるいはその雰囲気を踏襲した作品だけを扱う書店。イアン・ランキンやジョー・ネスボの本を探しに来た客でも追い返してしまうという、穏やかな店名に似ず（あるいはその名に恥じない？）かなりハードコアな専門店である。しかも、この書店は単なるストーリー上の寄り道ではなく、事件にも意外な形で関わっているのだ。

日本のミステリ読者にとっては、島田荘司の『斜め屋敷の犯罪』や横溝正史の『本陣殺人事件』に言及する第六部も興味深い。ちなみに、作者ホロヴィッツへのあるインタビューによると、日本の作家では、ほかに東野圭吾や桐野夏生の作品も読んでいるそうである。

シリーズ五作目として、巧妙な謎解きはそのままに、これまでにない趣向を詰め込んでみせた『死はすぐそばに』。六作目以降も、謎と解決の優れた技巧と、シリーズとしての新たな趣向が見られることに期待したい。

［16ページに掲載の訳詞］

訳者紹介　英米文学翻訳家。ホロヴィッツ『カササギ殺人事件』『ヨルガオ殺人事件』『メインテーマは殺人』『その裁きは死』『殺しへのライン』『ナイフをひねれば』、クリスティ『スタイルズ荘の怪事件』、ハレット『ポピーのためにできること』など訳書多数。

検　印
廃　止

死はすぐそばに

2024年9月13日　初版

著　者　アンソニー・ホロヴィッツ
訳　者　山《やま》田《だ》　蘭《らん》
発行所　（株）東京創元社
代表者　渋谷健太郎
162-0814/東京都新宿区新小川町1-5
電　話　03·3268·8231-営業部
03·3268·8204-編集部
URL　http://www.tsogen.co.jp
DTP　キャップス
暁印刷・本間製本

ISBN978-4-488-26515-1　C0197

7冠制覇『カササギ殺人事件』に匹敵する傑作！

THE WORD IS MURDER◆Anthony Horowitz

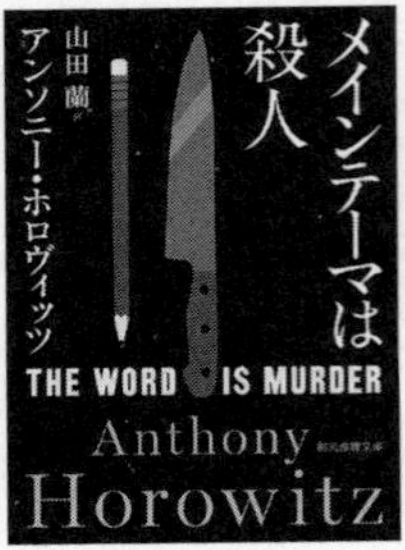

メインテーマは殺人

アンソニー・ホロヴィッツ
山田 蘭 訳　創元推理文庫

◆

自らの葬儀の手配をしたまさにその日、
資産家の老婦人は絞殺された。
彼女は、自分が殺されると知っていたのか？
作家のわたし、アンソニー・ホロヴィッツは
ドラマの脚本執筆で知りあった
元刑事ダニエル・ホーソーンから連絡を受ける。
この奇妙な事件を捜査する自分を本にしないかというのだ。
かくしてわたしは、偏屈だがきわめて有能な
男と行動を共にすることに……。
語り手とワトスン役は著者自身、
謎解きの魅力全開の犯人当てミステリ！

〈ホーソーン&ホロヴィッツ〉シリーズ第2弾!

THE SENTENCE IS DEATH◆Anthony Horowitz

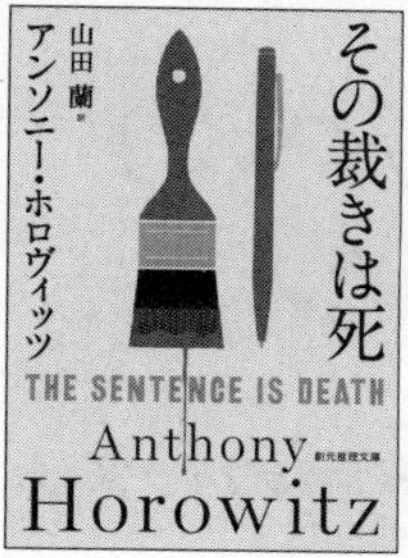

その裁きは死

アンソニー・ホロヴィッツ
山田 蘭 訳 創元推理文庫

◆

実直さが評判の離婚専門の弁護士が殺害された。
裁判の相手方だった人気作家が
口走った脅しに似た方法で。
犯行現場の壁には、
ペンキで乱暴に描かれた謎の数字“182”。
被害者が殺される直前に残した奇妙な言葉。
わたし、アンソニー・ホロヴィッツは、
元刑事の探偵ホーソーンによって、
この奇妙な事件の捜査に引きずりこまれる——。
絶賛を博した『メインテーマは殺人』に続く、
驚嘆確実、完全無比の犯人当てミステリ!